Christy Lefteri
Das Versprechen des Bienenhüters

CHRISTY LEFTERI

Das Versprechen des Bienenhüters

ROMAN

Aus dem Englischen
von Bettina Spangler

LIMES

Die Originalausgabe erschien 2019 unter dem Titel
»The Beekeeper of Aleppo« bei Zaffre, London.

Sollte diese Publikation Links auf Webseiten Dritter enthalten,
so übernehmen wir für deren Inhalte keine Haftung,
da wir uns diese nicht zu eigen machen, sondern lediglich auf
deren Stand zum Zeitpunkt der Erstveröffentlichung verweisen.

Verlagsgruppe Random House FSC® N001967

2. Auflage
Deutsche Erstveröffentlichung August 2019 bei Limes Verlag,
einem Unternehmen der Verlagsgruppe Random House GmbH,
Neumarkter Straße 28, 81673 München
Copyright © der Originalausgabe by Christy Lefteri 2019
Copyright der deutschsprachigen Ausgabe © 2019 by Limes Verlag,
in der Verlagsgruppe Random House GmbH,
Neumarkter Straße 28, 81673 München
Umschlaggestaltung: Favoritbuero, München
Umschlagmotiv: © Stephen Mulcahey/Trevillion Images;
Getty Images (Ayham Ktait/500 px; Edward Kinsman/Science Source);
Kapustin Igor/Shutterstock.com
JB · Herstellung: sam
Redaktion: Kerstin von Dobschütz
Satz: Uhl + Massopust, Aalen
Druck und Bindung: GGP Media GmbH, Pößneck
Printed in Germany
ISBN 978-3-8090-2715-7

www.limes-verlag.de

Für Dad. Und für S.

1

Ich fürchte mich vor den Augen meiner Frau. Sie sieht nicht heraus, und niemand kann durch sie hineinschauen. Sie sind wie Steine, graue Kiesel am Meeresufer. Seht sie euch an. Seht, wie sie auf der Bettkante sitzt, das Nachthemd auf dem Boden, Mohammeds Murmel zwischen den Fingern rollt und darauf wartet, dass ich sie ankleide. Ich lasse mir Zeit mit meinem Hemd und meiner Hose, denn ich habe es so satt, sie anzuziehen. Seht euch die Hautfalten an ihrem Bauch an; sie haben die Farbe von Wüstenhonig und sind dunkler an den tiefer liegenden Stellen. Seht die hauchfeinen Linien an ihren Brüsten und ihre Fingerkuppen mit den winzigen Schnitten, das Muster aus Erhebungen und Rillen, die früher mit blauer, gelber oder roter Farbe befleckt waren. Ihr Lachen war einst reines Gold, man sah und hörte es. Seht sie euch an, denn ich befürchte, sie verschwindet allmählich.

»Ich wurde heute Nacht von Traumfetzen heimgesucht«, sagt sie. »Sie waren überall im Zimmer.« Ihre Augen heften sich auf einen Punkt ein Stück links von mir. Übelkeit steigt in mir auf.

»Was soll das heißen?«

»Sie waren zerbrochen. Meine Träume waren überall, und ich wusste nicht, ob ich wach bin oder schlafe. Es waren so viele, sie schwirrten umher wie Bienen, als wäre ein ganzer

Schwarm im Zimmer. Und ich bekam keine Luft. Ich bin aufgewacht und dachte, bitte lass mich nicht verhungern.«

Verwirrt schaue ich ihr ins Gesicht, das immer noch keinerlei Regung zeigt. Ich verrate ihr nicht, dass ich mittlerweile nur noch von diesem Mord träume, immer den gleichen wiederkehrenden Traum. Da sind nur ich und der Mann, und ich halte den Schläger in meiner blutenden Hand. Die anderen sind in diesem Traum nicht anwesend. Er liegt auf dem Boden unter den Bäumen und sagt etwas zu mir, das ich nicht verstehe.

»Und ich habe Schmerzen«, sagt sie.

»Wo?«

»Hinter den Augen. Heftige, stechende Schmerzen.«

Ich gehe vor ihr auf die Knie und schaue ihr in die Augen. Die ausdruckslose Leere darin erschreckt mich. Ich hole mein Handy aus der Tasche, aktiviere die Taschenlampen-App und leuchte hinein. Ihre Pupillen weiten sich.

»Kannst du irgendetwas sehen?«, frage ich.

»Nein.«

»Nicht einmal einen Schatten, eine Veränderung in Farbton oder Helligkeit?«

»Nur Schwarz.«

Ich stecke das Telefon wieder ein und trete einen Schritt von ihr zurück. Ihr Zustand hat sich verschlechtert, seit wir hier sind. Als würde ihre Seele nach und nach verdunsten.

»Kannst du mich zu einem Arzt bringen?«, fragt sie. »Denn der Schmerz ist unerträglich.«

»Natürlich«, sage ich. »Bald.«

»Wann?«

»Sobald wir die Papiere haben.«

Ich bin froh, dass Afra das alles hier nicht sehen kann. Die Möwen mit ihren irrwitzigen Flugkünsten würden ihr allerdings gefallen. In Aleppo waren wir weit weg vom Meer. Diese Vögel wären ihr sicher ein willkommener Anblick, und vielleicht auch die Küste, denn sie ist am Meer aufgewachsen, während ich aus Ost-Aleppo stamme, dort wo die Stadt an die Wüste grenzt.

Als wir heirateten und sie zu mir zog, fehlte ihr das Meer so sehr, dass sie anfing, Wasser zu malen, wann immer es ihr in irgendeiner Form begegnete. Im trockenen Hochland von Syrien gibt es vielerorts Oasen, Bäche und Flüsse, die in Sümpfe und kleine Seen münden. Bevor wir Sami bekamen, folgten wir bei jeder Gelegenheit dem Wasser, und dann malte sie es in Öl. Es gibt ein Gemälde vom Quwaiq, das ich mir zu gern noch einmal ansehen würde. Darauf erinnert der Fluss an einen Hochwasserüberlauf, der sich durch den Stadtpark zieht. Afra hatte das Talent, die Wahrheit in Landschaften zu erkennen. Das Gemälde mit dem kümmerlichen Fluss ließ mich immer an den alltäglichen Kampf ums Überleben denken. Ungefähr dreißig Kilometer südlich von Aleppo kapituliert der Fluss vor der rauen syrischen Steppe und verflüchtigt sich in einer Sumpflandschaft.

Ich fürchte mich vor ihren Augen. Aber diese feuchten Wände, die Stromkabel in der Decke und die Anschlagtafeln – ich weiß nicht, wie sie mit alldem umgehen würde, wenn sie es sehen könnte. Auf dem Plakat gleich draußen vor der Tür steht, wir seien zu viele, und diese Insel werde unter unserem Gewicht nachgeben. Ich bin froh, dass sie blind ist und all das nicht sehen muss. Natürlich ist mir bewusst, wie das klingt! Wenn ich ihr den Schlüssel zu der Tür in eine andere Welt geben könnte, würde ich mir für sie wünschen, sie könnte wieder sehen. Aber es müsste eine Welt sein, die sich grundlegend von dieser hier unterscheidet. Eine Welt, in der eben die Sonne aufgeht und die Mauer rund um die Altstadt und die zellenartigen Quartiere außerhalb dieser Mauer berührt, die Wohnhäuser und Apartmentblöcke und Hotels und die engen Gassen und den Markt unter freiem Himmel, wo an Ständen Tausende Halsketten hängen und im ersten Licht des Tages glänzen, und wo in der Ferne, jenseits der Wüste, Gold auf Gold und Rot auf Rot trifft.

Sami wäre dort; immer noch lachend würde er in seinen abgetragenen Sneakers durch diese Gassen rennen, das Kleingeld in der Hand, auf dem Weg zum Milchladen. Ich versuche, nicht an Sami zu denken. Aber was ist mit Mohammed? Ich warte immer noch darauf, dass er den Brief und das Geld findet, das ich unter dem Glas mit dem Schokoladenaufstrich für ihn zurückgelassen habe. Ich glaube, eines Morgens wird es an der Tür klopfen, und wenn ich aufmache, wird er vor mir stehen, und ich werde fragen: »Wie hast du es geschafft, den weiten Weg hierherzukommen, Mohammed? Woher wusstest du überhaupt, wo du uns finden würdest?«

Gestern habe ich im beschlagenen Spiegel des Badezimmers, das wir uns mit den anderen teilen, einen Jungen gesehen. Er trug ein schwarzes T-Shirt, aber als ich mich umdrehte, war es der Mann aus Marokko, der auf dem Klo saß und pinkelte. »Du solltest die Tür abschließen«, sagte er in seinem eigenen Arabisch.

Ich erinnere mich nicht an seinen Namen, aber ich weiß, dass er aus einem Dorf in der Nähe von Taza am Fuße des Rif-Gebirges stammt. Gestern Abend hat er mir erzählt, dass sie ihn wahrscheinlich in ein Abschiebezentrum namens Yarl's Wood verlegen werden – die Sozialarbeiterin hält es zumindest für möglich. Heute Nachmittag habe ich ein Gespräch mit ihr. Der Marokkaner sagt, sie sei sehr schön; sie sieht angeblich aus wie eine Tänzerin aus Paris, mit der er einmal in einem Hotel in Rabat geschlafen hat, lange bevor er seine Frau heiratete. Er hat sich nach meinem Leben in Syrien erkundigt. Ich habe ihm von meinen Bienenstöcken in Aleppo erzählt.

Abends bringt die Hauswirtin uns Tee mit Milch. Der Marokkaner ist alt – schätzungsweise achtzig, vielleicht sogar neunzig. Er sieht aus wie aus Leder und riecht auch so. Er liest ein Buch mit dem Titel *Wie man Brite wird*, und manchmal lächelt er dabei spöttisch vor sich hin. Er hat sein Telefon auf dem Schoß liegen, und am Ende jeder Seite hält er inne und wirft einen kurzen Blick darauf, aber nie ruft jemand an. Ich weiß nicht, auf wen er wartet, ich weiß nicht, wie er hergekommen ist, und ich weiß nicht, warum er so spät im Leben eine solche Reise auf sich genommen hat, denn er sieht mir aus wie ein Mann, der nur noch auf den Tod wartet. Er findet es unmöglich, dass die nicht muslimischen Männer ihr Geschäft im Stehen verrichten.

Wir wohnen ungefähr zu zehnt in dieser heruntergekommenen Pension am Meer, alle aus verschiedenen Gegenden, und alle warten wir auf etwas. Vielleicht lassen sie uns bleiben, vielleicht schicken sie uns wieder zurück, aber darauf haben wir kaum mehr Einfluss – es gibt keine Entscheidungen mehr zu treffen, welchen Weg wir einschlagen, wem wir vertrauen, ob wir noch einmal diesen Schläger erheben und einen Mann töten sollen. Das alles ist Vergangenheit. Die Erinnerung daran wird sich verflüchtigen, genau wie der Fluss.

Ich nehme Afras Abaya vom Kleiderbügel im Schrank. Sie hört es, steht auf und hebt die Arme. Sie sieht älter aus, benimmt sich aber nicht ihrem Alter entsprechend; es ist, als hätte sie sich in ein Kind verwandelt. Ihr Haar hat die Farbe und Textur von Sand – wir haben es für die Fotos gefärbt und das Arabische herausgebleicht. Ich binde es ihr zu einem Knoten, lege ihr den Hidschab um den Kopf und befestige ihn mit Haarnadeln. Sie führt dabei meine Finger, wie sie es immer tut.

Die Sozialarbeiterin hat sich für ein Uhr angekündigt, sämtliche Gespräche finden in der Küche statt. Sie wird wissen wollen, wie wir hergekommen sind, und einen Grund suchen, uns wieder wegzuschicken. Aber ich weiß, wenn ich das Richtige sage und sie überzeuge, dass ich kein Mörder bin, dürfen wir bleiben, denn wir haben das große Glück, vom schlimmsten Ort der Welt geflohen zu sein. Der Marokkaner hat es da schwerer, er wird einiges nachweisen müssen. Jetzt sitzt er im Wohnzimmer an der Terrassentür und hält eine bronzefarbene Taschenuhr in den Händen. Er schmiegt sie in seine Handflächen, als wolle er ein Ei ausbrüten, starrt sie an und wartet. Worauf? Als er mich bemerkt, sagt er: »Sie läuft nicht, weißt du. Sie ist in einer anderen Zeit stehen geblieben.« Er hebt sie an ihrer Kette ins Licht und lässt sie sanft hin und her schwingen, diese gefrorene Uhr aus Bronze.

BRONZE

glitzerte die Stadt tief unter uns, es war ihre Farbe. Wir wohnten auf einer Anhöhe in einem Bungalow mit zwei Schlafzimmern. Von dort oben konnten wir die ganze planlose Architektur, aber auch die schönen Kuppeln und Minarette sehen, und in der Ferne schimmerte etwas undeutlicher die Zitadelle.

Es war angenehm, im Frühling auf der Veranda zu sitzen. Wir konnten den Wüstenboden riechen und sehen, wie die rote Sonne über dem Land unterging. Aber im Sommer saßen wir drinnen unter dem Ventilator mit einem nassen Handtuch auf dem Kopf, die Füße in einer Schüssel mit kaltem Wasser, denn es war heiß wie in einem Backofen.

Im Juli war die Erde verdorrt, doch im Garten hatten wir Aprikosen- und Mandelbäume und Tulpen und Iris und Schachblumen. Wenn der Fluss austrocknete, ging ich hinunter zum Bewässerungsbecken und holte Wasser, damit der Garten überlebte. Als es August wurde, kam es mir so vor, als wollte ich einen Leichnam wiederbeleben, und so schaute ich machtlos zu, wie alles abstarb und eins wurde mit dem restlichen Land. Sobald es kühler wurde, machten wir einen Spaziergang und sahen den Falken zu, wie sie den Himmel in Richtung Wüste überquerten.

Ich hatte vier Bienenstöcke im Garten, sie waren übereinandergestapelt, denn ich war nicht gern ohne Bienen. Die anderen standen auf einem Stück Land am östlichen Rand von Aleppo. Morgens wachte ich sehr früh auf, noch vor Sonnenaufgang, bevor der Muezzin zum Gebet rief. Dann fuhr ich die dreißig Meilen bis zu den Bienenhäusern und traf rechtzeitig zum Sonnenaufgang dort ein, die Felder lichtdurchflutet und das Summen der Bienen ein einzelner glasklarer Ton.

Die Bienen waren das Idealbild einer Gemeinschaft, ein kleines Paradies inmitten des Chaos. Die Arbeiterinnen legten weite Strecken zurück auf der Suche nach Nahrung, am liebsten zu den entlegensten Feldern. Dort sammelten sie Nektar aus Zitronenblüten und Klee, Schwarzkümmel und Anis, Eukalyptus und Baumwolle, in Dornengestrüpp und Heide. Ich sorgte für die Bienen, fütterte sie, überprüfte die Stöcke regelmäßig auf Schädlingsbefall und Krankheiten. Manchmal baute ich neue Stöcke, teilte die Völker oder züchtete Königinnen; ich nahm dazu die Larven aus einer anderen Kolonie und sah zu, wie die Ammenbienen sie mit Gelée royale fütterten.

Später, in der Erntezeit, kontrollierte ich die Stöcke und überprüfte, wie viel Honig die Bienen produziert hatten, dann hängte ich die Waben in die Schleuder und füllte die Kübel, ich schabte die Rückstände ab und sah den goldenen Honig darunter. Es war meine Aufgabe, die Bienen zu beschützen und sie gesund und kräftig zu erhalten, und dafür machten sie Honig und befruchteten das Land, das uns am Leben erhielt.

Es war mein Cousin Mustafa, der mich in die Bienenzucht einführte. Sein Vater und sein Großvater waren Imker in den grünen Tälern westlich des Anti-Libanon-Gebirges gewesen. Mustafa war ein Genie mit dem Herzen eines Knaben. Er studierte und wurde Professor an der Universität von Damaskus, wo er die exakte Zusammensetzung von Honig erforschte. Während er zwischen Damaskus und Aleppo hin und her pendelte, sollte ich auf seine Bienenhäuser aufpassen. Er brachte mir eine Menge über das Verhalten der Bienen bei und lehrte mich, sie zu beherrschen. Die einheimischen Bienen reagierten bei Hitze aggressiv, aber er half mir, sie zu verstehen.

Wenn die Universität die Sommermonate über geschlossen war, blieb Mustafa die ganze Zeit bei mir in Aleppo. Wir arbeiteten hart und viele Stunden lang, und am Ende dachten wir wie die Bienen – ja, wir aßen sogar wie die Bienen! Wir aßen Pollen gemischt mit Honig, damit wir in der Hitze durchhielten.

In der ersten Zeit, als ich mit dieser Arbeit noch nicht so vertraut war – ich war gerade Anfang zwanzig –, bestanden unsere Stöcke aus Pflanzenmaterial, das mit Lehm verputzt wurde. Später ersetzten wir die Stämme von Korkeichen und die Terrakotta-Stöcke durch Holzkästen, und bald hatten wir über hundert Kolonien! Wir erzeugten mindestens zehn Tonnen Honig im Jahr. Es waren so viele Bienen, sie gaben mir das Gefühl, lebendig zu sein. Wenn ich ihnen fern war, fühlte ich mich, als sei eine ausgelassene Feier zu Ende gegangen. Jahre später eröffnete Mustafa im neuen Teil der Stadt einen Laden. Dort verkaufte er neben Honig auch Kosmetik auf Honigbasis, üppig süß duftende Cremes und Seifen und Haarpflegemittel von unseren eigenen Bienen. Er hatte diesen Laden für seine Tochter eröffnet. Sie war noch jung zu der Zeit, aber sie hatte vor, in die Fußstapfen ihres Vaters zu treten und Agrarwissenschaften zu studieren. Mustafa nannte den Laden *Ayas Paradies* und versprach ihr, dass er eines Tages ihr gehören würde, wenn sie fleißig studierte. Sie liebte den Duft der Seifen und Cremes. Aya war intelligent für ihr Alter. Einmal sagte sie: »So wie es hier im Laden duftet, so würde die Welt duften wenn es keine Menschen gäbe.«

15

Mustafa lag nichts an einem ruhigen Leben. Er war immer so sehr darauf aus, mehr zu tun und mehr zu lernen, wie ich es bei keinem anderen Menschen je erlebt habe. So groß unser Betrieb auch wurde – und selbst als wir bedeutende Kunden aus Europa, Asien und den Golfstaaten hatten –, war ich derjenige, der sich um die Bienen kümmerte, der Einzige, dem er sie anvertraute. Er sagte, ich hätte ein Einfühlungsvermögen, das den meisten Menschen fehlte, und ich verstünde ihre Rhythmen und Muster. Er hatte recht. Ich lernte, den Bienen wirklich zuzuhören, und sprach mit ihnen, als wären sie ein einziger atmender Körper mit einem Herzen, denn wisst ihr, Bienen arbeiten zusammen, und selbst wenn die Drohnen am Ende des Sommers von den Arbeiterinnen getötet werden, um Nahrungsvorräte zu sparen, agieren sie trotzdem als Einheit, und sie kommunizieren miteinander durch einen Tanz. Es war jahrelange harte Arbeit, bis ich sie verstand, und als es mir schließlich gelang, sah die Welt um mich herum nie wieder so aus wie vorher.

Aber die Wüste dehnte sich aus, das Klima wurde rauer, die Flüsse trockneten aus, die Bauern hatten zu kämpfen. Nur die Bienen widerstanden der Dürre. »Seht euch diese kleinen Krieger an«, sagte Afra, wenn sie mit Sami zu Besuch in der Imkerei war. »Seht sie euch an, wie sie unbeirrt weiterarbeiten, während um sie herum alles stirbt!« Sie betete um Regen, immer um Regen, denn sie hatte große Furcht vor Staubstürmen und Trockenheit. Wenn ein solcher Staubsturm aufzog, konnten wir von unserer Veranda aus sehen, wie der Himmel über der Stadt sich violett färbte. Dann hörten wir ein Pfeifen in den Tiefen der Atmosphäre, und Afra lief hektisch im Haus umher, schloss alle Türen und verriegelte Fenster und Läden.

Jeden Sonntagabend gingen wir zu Mustafa zum Essen. Dahab und Mustafa kochten zusammen, und Mustafa maß jede Zutat, jedes Gewürz, gewissenhaft auf der Waage ab, als könnte ein winziger Fehler die gesamte Mahlzeit verderben. Dahab war eine hochgewachsene Frau, beinahe so groß wie ihr Mann, kopfschüttelnd stand sie neben ihm, wie ich es sie auch bei Firas und Aya hatte tun sehen. »Beeil dich!«, sagte sie dann. »Beeil dich! Wenn das so weitergeht, essen wir dieses Sonntagsmahl erst nächsten Sonntag.« Er summte beim Kochen vor sich hin, und ungefähr alle zwanzig Minuten legte er eine Rauchpause ein. Dann stand er im Hof unter dem blühenden Baum, hielt das Ende seiner Zigarette zwischen den Zähnen und zog daran.

Ich gesellte mich oft zu ihm, aber er war bei diesen Gelegenheiten schweigsam; seine Augen waren glasig von der Hitze in der Küche, und er war mit seinen Gedanken woanders. Mustafa fing vor mir an, das Schlimmste zu befürchten, das verrieten mir die tiefen Sorgenfalten auf seiner Stirn.

Sie wohnten im Erdgeschoss eines Wohnblocks, der Hof war zu drei Seiten von den Wänden der Nachbargebäude umschlossen. So blieb es dort immer kühl und schattig. Von den Balkonen über uns wurden Geräusche zu uns heruntergetragen – Gesprächsfetzen, Musik oder das leise Murmeln eines Fernsehgeräts. Weinranken voller Trauben wuchsen in diesem Hof, ein Spalier mit Jasmin bedeckte eine Wand, und an einer anderen stand ein Regal mit leeren Gläsern und Wabenstücken.

Ein Gartentisch aus Metall nahm den meisten Platz in Anspruch; er stand direkt unter dem Zitronenbaum. An den Mauern entlang reihten sich Vogelhäuser aneinander, und ein rechteckiges Stückchen Erde diente als Beet, auf dem Mustafa

Kräuter zu ziehen versuchte. Sie wurden aber meistens welk, denn es gab nicht genug Sonne. Ich sah zu, wie Mustafa eine Zitronenblüte zwischen Daumen und Zeigefinger zerdrückte und den Duft einatmete. In Momenten wie diesem, in der Stille eines Sonntagabends, fing er an, alles Mögliche zu überdenken und abzuwägen. Seine Gedanken kamen nie zur Ruhe, waren niemals still. »Stellst du dir manchmal vor, wie es wäre, ein anderes Leben zu haben?«, fragte er mich an einem solchen Abend.

»Wie meinst du das?«

»Es ängstigt mich manchmal, mir vorzustellen, dass das Leben so oder so verlaufen kann. Was wäre denn, wenn ich irgendwo in einem Büro arbeiten würde? Oder wenn du auf deinen Vater gehört hättest und in den Stoffhandel eingestiegen wärst? Wir können aus vielerlei Gründen dankbar sein.«

Darauf wusste ich keine Antwort. Mein Leben hätte leicht einen anderen Weg nehmen können, aber es war ausgeschlossen, dass Mustafa in einem Büro gelandet wäre. Seine düsteren Gedanken kamen aus einer anderen Richtung, er fürchtete bereits, alles zu verlieren, als werde ein Echo aus der Zukunft zurückgetragen und flüstere ihm ins Ohr.

Zu Mustafas großem Verdruss konnte Firas sich nie von seinem Computer losreißen, um beim Essen zu helfen. »Firas!«, rief Mustafa immer und ging zurück in die Küche. »Steh auf, bevor du an diesem Stuhl festwächst!« Aber Firas blieb in Unterhemd und Shorts auf dem Korbstuhl im Wohnzimmer sitzen. Er war ein schlaksiger Junge mit einem schmalen Gesicht und etwas zu langem Haar, und wenn er lächelte, statt seinem Vater zu gehorchen, sah er für einen Sekundenbruchteil aus wie ein Saluki-Jagdhund, wie man sie in der Wüste findet.

Aya, die nur ein Jahr älter als ihr Bruder war,trug Sami auf der Hüfte und deckte den Tisch. Er war gerade drei Jahre alt und fühlte sich schon sehr wichtig. Aya reichte ihm einen leeren Teller oder eine Tasse und er hielt sie fest in der festen Überzeugung, ihr zu helfen. Sie hatte langes goldenes Haar wie ihre Mutter, und Sami nahm ihre Locken in den Mund und saugte daran und kaute darauf herum. Schließlich packten doch alle mit an, sogar Firas – Mustafa zerrte ihn an einem dürren Arm von seinem Stuhl herunter –, und wir trugen dampfende Platten und farbenprächtige Salate und Dips und Brot zu dem Tisch draußen im Hof. Manchmal gab es Suppe aus roten Linsen und Süßkartoffeln mit Kreuzkümmel, Kawaj mit Rindfleisch und Zucchini oder gefüllte Artischockenherzen oder Eintopf aus grünen Bohnen oder Bulgursalat mit Petersilie oder Spinat mit Pinien- und Granatapfelkernen. Später folgten honiggetränktes Baklava und siruptriefende Awameh-Teigklößchen oder Gläser mit Aprikosen, die Afra eingekocht hatte. Firas telefonierte, und Mustafa riss ihm das Gerät aus der Hand und warf es in eins der leeren Honiggläser, aber er wurde nie wirklich wütend auf seinen Sohn – es lag immer ein gewisser Humor im Umgang zwischen ihnen, selbst wenn sie miteinander im Clinch lagen.

»Wann kriege ich es zurück?«, fragte Firas etwa.

»Wenn es in der Wüste schneit.«

Wenn dann schließlich der Kaffee auf dem Tisch stand, wanderte das Telefon aus dem Honigglas wieder zurück in Firas' Hände. »Beim nächsten Mal, Firas, werfe ich es nicht in ein leeres Glas!«

Solange Mustafa kochte oder aß, war er glücklich. Erst später, wenn die Sonne untergegangen war und der Duft von Jasmin uns umwehte, und vor allem, wenn die Luft still und drückend war, legte sich eine Schwermut auf seine Züge, und dann wusste ich, dass er nachdachte und die lautlos dunkle Nacht erneut ein Flüstern der Zukunft zu ihm trug.

»Was ist denn, Mustafa?«, fragte ich eines Abends, als Dahab und Afra nach dem Essen die Spülmaschine einräumten und Dahabs schallendes Lachen die Vögel an den Fassaden empor in den Nachthimmel hinaufflattern ließ. »Du bist in letzter Zeit nicht du selbst.«

»Die politische Lage verschlechtert sich zusehends«, sagte er. Ich wusste, er hatte recht, auch wenn keiner von uns beiden wirklich darüber reden wollte. Jetzt aber drückte er seine Zigarette aus und wischte sich mit dem Handrücken über die Augen.

»Es wird noch richtig übel werden – das wissen wir alle, oder? Aber wir bemühen uns, weiterzuleben wie bisher.« Er stopfte sich ein Teigklößchen in den Mund, als wollte er damit unterstreichen, was er sagte. Es war Ende Juni, der Bürgerkrieg hatte erst im März mit Protesten in Damaskus begonnen und Gewalt und Unruhe nach Syrien gebracht.

Offenbar hatte ich in diesem Moment den Kopf hängen lassen, vielleicht sah er auch die Sorge in meinem Gesicht, denn als ich wieder aufschaute, lächelte er.

»Ich sag dir was! Wie wär's, wenn wir ein paar neue Rezepte für Aya entwickeln würden? Ich habe da ein paar Ideen – Eukalyptushonig mit Lavendel zum Beispiel!« Mit glänzenden Augen klappte er seinen Laptop auf und arbeitete die genaue Zusammensetzung seiner neuen Seife aus, und dann rief er Aya zu uns, die mit Sami spielte. Wie sehr der Junge sie liebte! Er wollte ihr nicht von der Seite weichen, fixierte sie immerzu mit seinen großen grauen Augen. Sie hatten die gleiche Farbe

wie die seiner Mutter. Steingrau. Wie die Augen eines neuge-
borenen Kindes, bevor sie braun werden, nur dass seine sich
nicht veränderten; sie wurden auch nicht blauer. Sami folgte
Aya auf Schritt und Tritt und zupfte an ihrem Rock, woraufhin
sie ihn mit gestreckten Armen hochhob, um ihm die Vögel in
den Futterhäuschen zu zeigen oder die Insekten und Eidechsen, die über die Wände und die betonierte Terrasse huschten.

Für jedes Rezept sahen sich Mustafa und Aya Farbe und
Säure- sowie Mineralstoffgehalt der verschiedenen Honigsorten
an, um eine Kombination zu schaffen, die perfekt zusammen-
wirkte, wie er sagte. Sie berechneten Zuckerdichte und Gra-
nulation, die Tendenz zur Feuchtigkeitsaufnahme aus der Luft
sowie die Haltbarkeit. Ich machte Vorschläge, die sie lächelnd
zur Kenntnis nahmen, aber es war Mustafa, dessen Verstand
so unermüdlich arbeitete wie die Bienen. Er war der mit dem
umfangreichen Wissen und den Ideen, während ich es war, der
alles in die Tat umsetzte.

Eine Zeit lang waren wir an diesen Abenden, da wir süße
Aprikosen aßen und den nächtlichen Duft des Jasmins einat-
meten, da Firas an seinem Computer und Aya bei uns saß, während sie Sami auf dem Arm hielt, der an ihren Haaren kaute,
im Hintergrund Afras und Dahabs Lachen, das aus der Küche
zu uns herausschallte – eine Weile waren wir noch glücklich.
Das Leben war noch annähernd normal, sodass wir unsere
Zweifel vergessen oder sie zumindest in die dunklen Winkel
unseres Bewusstseins verbannen konnten, während wir bereits
Pläne für die Zukunft schmiedeten.

Als die ersten Unruhen auftraten, gingen Dahab und Aya fort.
Mustafa überredete sie, sich ohne ihn auf den Weg zu machen.
Und kaum sah er seine ärgsten Befürchtungen bestätigt, stan-

den seine Pläne schnell fest, aber er musste noch eine Weile bleiben, um seine Bienen zu versorgen. Im ersten Moment dachte ich, er würde die Sache völlig überstürzen; der frühe Tod seiner Mutter in seiner Kindheit – er hatte ihn verfolgt, solange ich ihn kannte – habe ihn irgendwie überbehütend in seinem Umgang mit den Frauen in seinem Leben werden lassen, und infolgedessen gehörten Dahab und Aya zu den Ersten, die die Nachbarschaft verließen, und blieben glücklicherweise verschont von dem, was kommen sollte. Mustafa hatte einen Freund in England, einen Soziologieprofessor, der aus Karrieregründen vor einigen Jahren dort hingezogen war, und dieser hatte Mustafa angerufen und ihn gedrängt, nach Großbritannien zu kommen. Er war davon überzeugt, dass die Lage sich noch verschlimmern würde. Mustafa gab seiner Frau und seiner Tochter ausreichend Geld für die Reise und blieb selbst mit Firas in Syrien.

»Ich kann die Bienen nicht einfach im Stich lassen, Nuri«, sagte er eines Abends und strich sich mit der großen Hand über Gesicht und Bart, als wollte er den ernsten Ausdruck wegwischen, der sich dauerhaft auf seine Züge gelegt zu haben schien. »Sie sind unsere Familie.«

Bevor es wirklich schlimm wurde, kamen Mustafa und Firas abends immer zu uns zum Essen, und dann saßen wir zusammen auf der Veranda, schauten hinunter auf die Stadt, hörten das Donnern einer fernen Bombe und sahen den Rauch in den Himmel aufsteigen. Als die Lage sich dramatisch verschlechterte, sprachen wir davon, zusammen wegzugehen. Im Dämmerlicht des frühen Abends versammelten wir uns um meinen Leuchtglobus, und Mustafa folgte mit der Fingerspitze dem Weg, den Dahab und Aya genommen hatten. Für sie war es leichter gewesen. In einer dicken Ledermappe hatte Mustafa

22

die Namen und Nummern mehrerer Schleuser. Wir gingen die Bücher durch, überprüften die Finanzen und stellten Berechnungen über die möglichen Kosten unserer Flucht an. Natürlich war so etwas schwer kalkulierbar; Schleuser änderten ihre Tarife nach Lust und Laune, aber wir hatten einen Plan, und Mustafa liebte Pläne und Listen und Landkarten. Sie gaben ihm ein Gefühl der Sicherheit. Aber ich wusste, es war nur leeres Gerede. Mustafa war nicht bereit, die Bienen zu verlassen.

Eines Nachts im Spätsommer zerstörten Vandalen die Bienenstöcke. Sie zündeten sie an, und als wir am Morgen zur Imkerei kamen, waren die Häuser restlos verkohlt. Die Bienen waren tot, das Land war schwarz. Die Stille werde ich nie vergessen, diese tiefe, endlose Stille. Ohne die Bienenwolken über dem Feld sahen wir uns mit der lähmenden Regungslosigkeit von Licht und Himmel konfrontiert. In diesem Augenblick, als ich so am Rand des Feldes stand und die Sonnenstrahlen schräg auf die zerstörten Stöcke trafen, ergriff mich ein Gefühl der Leere, ein lautloses Nichts, das mit jedem Atemzug tiefer in mich eindrang. Mustafa saß im Schneidersitz mit geschlossenen Augen mitten auf dem Feld. Ich ging umher und suchte den Boden nach lebenden Bienen ab, um sie zu zertreten, weil sie keinen Stock und kein Volk mehr hatten. Die meisten Bienenhäuser waren restlos niedergebrannt, aber ein paar standen da wie Skelette, auf denen Überreste von Nummern sichtbar waren: zwölf, einundzwanzig, hunderteinundzwanzig – die Völker von Großmutter, Mutter und Tochter. Das wusste ich, weil ich sie selbst geteilt hatte. Drei Generationen von Bienen, aber jetzt waren sie alle fort. Ich fuhr nach Hause und brachte Sami ins Bett, eine Weile saß ich noch neben seinem Bett. Dann setzte ich mich auf die Veranda und betrachtete den dunkler werdenden Himmel und die brütende Stadt darunter.

Am Fuße der Anhöhe verlief der Quwaiq. Als ich den Fluss das letzte Mal sah, war er voller Müll. Im Winter fischten sie die Leichen von Männern und Jungen heraus. Ihre Hände waren gefesselt, und man hatte ihnen in den Kopf geschossen. An jenem Wintertag im südlichen Teil von Bustan al-Quasr sah ich, wie sie die Toten herauszogen. Ich folgte ihnen zu einer alten Schule, wo sie sie auf dem Hof nebeneinanderlegten. Im Schulgebäude war es dunkel, brennende Kerzen steckten in einem Eimer mit Sand. Eine Frau mittleren Alters kniete auf dem Boden neben einem anderen Eimer, der mit Wasser gefüllt war. Sie wollte die Gesichter der Toten waschen, sagte sie, damit die Frauen, die sie liebten, sie erkennen könnten, wenn sie kämen und sie suchten. Wäre ich einer der toten Männer im Fluss gewesen, wäre Afra auf hohe Berge gestiegen, um mich zu finden. Sie wäre bis auf den Grund dieses Flusses getaucht, aber das war, bevor sie sie erblinden ließen.

Vor dem Krieg war Afra anders. Sie sorgte laufend für Unordnung. Wenn sie buk, war zum Beispiel immer alles voller Mehl, sogar Sami. Er war von oben bis unten bedeckt davon. Wenn sie malte, verursachte sie ein Chaos. Und wenn Sami ebenfalls malte, war alles noch viel schlimmer – als hätten sie farbtriefende Pinsel ausgeschüttet. Selbst wenn sie redete, brachte sie alles durcheinander, sie warf mit Wörtern um sich, nahm sie zurück und versuchte es mit anderen, und manchmal unterbrach sie sich sogar selbst. Wenn sie lachte, lachte sie so sehr, dass das ganze Haus erbebte.

Aber wenn sie traurig war, verdunkelte sich meine Welt. Dagegen war ich machtlos. Sie war stärker als ich. Sie weinte wie ein Kind, lachte wie ein Glockenspiel, und ihr Lächeln war das schönste, das ich je gesehen habe. Sie konnte stundenlang ununterbrochen diskutieren. Afra liebte, sie hasste, und sie atmete die Welt ein wie den Duft einer Rose. Aus all diesen Gründen liebte ich sie mehr als mein Leben.

Die Kunst, die sie schuf, war fantastisch. Sie bekam Preise für ihre Gemälde, die das städtische und ländliche Syrien zeigten. Sonntagmorgens gingen wir alle auf den Markt und bauten einen Stand auf, direkt gegenüber von Hamid, der Gewürze und Tee verkaufte. Der Stand war im überdachten Teil des Souks. Es war dunkel und ein bisschen muffig dort, aber es roch auch nach Kardamom, Zimt, Anis und Millionen anderen Gewürzen. Selbst im dortigen Dämmerlicht waren die Landschaften ihrer Bilder nicht starr; es war, als bewegten sie sich, als bewegte sich der Himmel, als bewegte sich das Wasser darin.

Ihr hättet erleben sollen, wie sie mit den Kunden umging, die an den Stand kamen – Geschäftsleute und Frauen, hauptsächlich aus Europa und Asien. Bei diesen Gelegenheiten saß sie dann vollkommen still da, hielt Sami auf dem Schoß und hatte den Blick fest auf die Kunden gerichtet, wenn sie näher an ein Gemälde herantraten und ihre Brille hochschoben, sofern sie eine trugen, und dann zurückwichen, oft so weit, dass sie mit Hamids Kunden kollidierten, und dann blieben sie lange Zeit wie erstarrt stehen. Oft fragten die Kunden schließlich: »Sind Sie Afra?«, und sie antwortete: »Ja, ich bin Afra.« Und das genügte. Bild verkauft.

Sie trug eine ganze Welt in sich, das entging den Kunden nicht. In diesem Moment, wenn sie das Gemälde anstarrten und dann sie anschauten, konnten sie sehen, woraus sie gemacht war. Afras Seele war so groß wie die Felder und die Wüste und der Himmel und das Meer auf ihren Bildern und genauso geheimnisvoll. Es gab immer noch mehr zu erfahren und zu verstehen, und so viel ich auch wusste, es war nicht genug, ich wollte mehr. Aber bei uns in Syrien gibt es eine

Redensart: In dem Menschen, den du kennst, verbirgt sich einer, den du nicht kennst. Ich liebte sie vom ersten Tag an, als ich ihr auf der Hochzeit des ältesten Sohnes meines Cousins Ibrahim im Dama-Hotel in Damaskus begegnete. Sie trug ein gelbes Kleid mit einem seidenen Hidschab, und das Blau ihrer Augen war nicht das Blau des Meeres oder des Himmels, sondern das Tintenblau des Flusses Quwaiq, mit braunen und grünen Einsprengseln. Ich erinnere mich an unsere Hochzeitsnacht zwei Jahre später; sie wollte, dass ich ihr den Hidschab abnehme. Behutsam zog ich die Haarnadeln heraus, eine nach der anderen, nahm den Stoff ab und sah zum ersten Mal ihr langes schwarzes Haar, so dunkel wie der Himmel über der Wüste in einer sternenlosen Nacht.

Aber was ich an ihr am meisten liebte, war ihr Lachen. Sie lachte, als wäre sie unsterblich.

Nach dem Tod der Bienen war Mustafa bereit, Aleppo zu verlassen. Wir machten uns bereit für den Aufbruch, als Firas verschwand; also warteten wir auf ihn. Mustafa sprach kaum ein Wort. Er war ganz in Gedanken versunken und malte sich dieses und jenes aus. Ab und zu äußerte er eine Vermutung darüber, wo Firas sein mochte. »Vielleicht ist er auf der Suche nach einem Freund, Nuri« oder »Vielleicht bringt er es nicht über sich, Aleppo zu verlassen, und versteckt sich irgendwo, damit wir bleiben.« Einmal sagte er auch: »Vielleicht ist er gestorben, Nuri. Vielleicht ist mein Sohn tot.«

Unsere Taschen waren gepackt, wir waren reisefertig, aber die Tage und Nächte vergingen ohne eine Spur von Firas. Also fand Mustafa Arbeit in einem Leichenschauhaus, das in einem verlassenen Gebäude eingerichtet worden war, dort verzeichnete er die detaillierten Todesursachen – Kugeln, Splitterhagel, Explosionen. Es war eigenartig, ihn drinnen zu sehen, eingesperrt und ohne Sonne. Rund um die Uhr schrieb er mit einem Bleistiftstummel die Namen der Toten in ein schwarzes Buch. Wenn er bei einer Leiche einen Ausweis fand, vereinfachte ihm das seine Aufgabe; bei anderen notierte er ein besonderes Merkmal: die Farbe von Augen oder Haaren, die besondere Form der Nase oder des Körperbaus, einen Leberfleck auf der linken Wange, eine Narbe oder die tödliche Verletzung. Das tat Mustafa bis zu jenem Wintertag, an dem ich seinen Sohn vom Fluss hereinbrachte. Ich hatte den halbwüchsigen Jungen, der tot auf den Steinplatten des Schulhofs lag, sofort erkannt. Ich bat zwei Männer, die ein Auto hatten, mir zu helfen, den Leichnam in das Leichenschauhaus zu bringen. Als Mustafa Firas sah, bat er uns, ihn auf den Tisch zu legen, und dann drückte er dem Jungen die Augen zu, nahm seine Hand und stand lange Zeit reglos da. Ich blieb in der Tür stehen, die Männer gingen wieder, ich hörte ein Motorengeräusch, das Auto fuhr davon, und dann war es still, so still, und das Licht fiel schräg durch das Fenster über dem Tisch herein, auf dem der Junge lag und neben dem Mustafa stand und seine Hand hielt. Eine Zeit lang war kein Laut zu hören – keine Bombe, kein Vogel, kein Atemzug.

Dann wandte Mustafa sich von dem Tisch ab, setzte seine Brille auf, spitzte den kurzen Bleistiftstummel sorgfältig mit seinem Messer an, nahm an seinem Schreibtisch Platz, schlug das schwarze Buch auf und schrieb:

Name – Mein wunderschöner Junge.

Todesursache – Diese kaputte Welt.

Es war das letzte Mal, dass Mustafa den Namen eines Toten verzeichnete.

Genau eine Woche später starb Sami.

2

Die Sozialarbeiterin sagt, sie ist hier, um uns zu helfen. Sie heißt Lucy Fisher, und sie wirkt beeindruckt, weil ich so gut Englisch spreche. Ich erzähle ihr von meiner Arbeit in Syrien, von den Bienen und den Kolonien, aber sie hört nicht richtig zu, das sehe ich ihr an. Sie ist in die Unterlagen vertieft, die sie vor sich liegen hat.

Afra wendet ihr noch nicht einmal das Gesicht zu. Wenn man nicht wüsste, dass sie blind ist, könnte man denken, sie schaut aus dem Fenster. Heute spitzt sogar gelegentlich die Sonne durch, das Licht lässt die Iris in beiden Augen funkeln, sodass sie aussehen wie Wasser. Ihre Hände liegen ineinander verschränkt auf dem Küchentisch, ihre Lippen sind fest zusammengepresst. Sie beherrscht ein paar Brocken Englisch, genug, um sich durchzuschlagen, aber sie redet mit niemandem außer mir. Die einzige andere Person, mit der ich sie habe sprechen hören, war Angeliki. Angeliki, aus deren Brüsten Milch tropfte. Ich frage mich, ob sie wohl aus diesen Wäldern hinausgefunden hat.

»Wie gefällt Ihnen die Unterbringung, Mr. und Mrs. Ibrahim?« Lucy Fisher mit den großen blauen Augen und der silbergerahmten Brille konsultiert ihre Unterlagen, als fände sich darin die Antwort auf ihre Frage. Ich bemühe mich, ihre Schönheit zu sehen, von der der Marokkaner gesprochen hat.

Jetzt blickt sie zu mir auf, und ihr Gesicht strahlt vor Wärme. »Es ist sehr sauber und sicher dort«, sage ich. »Im Vergleich zu anderen Orten.« Ich erzähle ihr nichts von diesen anderen Orten, und auf keinen Fall erwähne ich die Mäuse und Kakerlaken in unserem Zimmer. Ich befürchte, das könnte undankbar wirken.

Sie stellt nicht viele Fragen, sondern erklärt, dass wir schon bald ein Gespräch mit jemandem von der Einwanderungsbehörde haben würden. Dabei schiebt sie ihre Brille auf der Nase hoch und versichert mir mit sanfter, präziser Stimme, dass Afra wegen der Schmerzen in ihren Augen zum Arzt gehen kann, sobald wir die Papiere haben, die zum Nachweis unseres Asylantrags dienen. Sie schaut Afra an, und mir fällt auf, dass Lucy Fisher die Hände auf genau die gleiche Weise vor sich verschränkt hat. Das finde ich irgendwie eigenartig. Dann reicht sie mir einen Stapel Dokumente, einen ganzen Packen vom Innenministerium: Informationen zum Asylantrag und zur Asylberechtigung sowie Anmerkungen zum Screening und zum Befragungsverfahren. Ich blättere alles durch, während sie geduldig wartet und mir dabei zusieht.

Um als Flüchtling im Vereinigten Königreich zu bleiben, muss es Ihnen unmöglich sein, in irgendeinem Teil Ihres Heimatlandes ungefährdet zu leben, weil Sie überall Verfolgung zu befürchten haben.

»In irgendeinem Teil?«, frage ich. »Schicken Sie uns in einen anderen Landesteil zurück?«

Sie runzelt die Stirn, zupft an einer Haarsträhne und presst die Lippen zu einer schmalen Linie zusammen, als hätte sie etwas abscheulich Schmeckendes gegessen.

»Eine Sache ist jetzt ganz wichtig«, sagt sie. »Sie müssen Ihre Geschichte überzeugend vorbringen können. Überlegen Sie sich gut, was Sie dem Beamten von der Einwanderungsbehörde sagen werden. Sehen Sie zu, dass Sie alles so klar, zusammenhängend und geradlinig wie möglich darlegen.«

»Aber schicken Sie uns in die Türkei oder nach Griechenland zurück? Was verstehen Sie denn unter Verfolgung?« Ich stelle meine Fragen lauter als beabsichtigt, in meinem Arm fängt es an zu pochen. Ich reibe über den dicken Wulst aus harter Haut und rotem Gewebe und erinnere mich an das Messer. Lucy Fishers Gesicht verschwimmt vor meinen Augen, meine Hände zittern. Ich knöpfe meinen Hemdkragen auf und versuche, mich zu beruhigen.

»Ist es heiß hier drin?«, frage ich.

Sie sagt etwas, aber ich kann sie nicht verstehen, ich sehe nur, dass ihre Lippen sich bewegen. Jetzt steht sie auf, und ich spüre, dass Afra nervös auf ihrem Stuhl herumrutscht. Ich höre das Geräusch von fließendem Wasser. Ein rauschender Fluss. Dann sehe ich etwas aufblitzen, etwas wie die Klinge eines sehr scharfen Messers. Lucy Fisher dreht den Wasserhahn zu, legt meine Hände um ein Wasserglas und führt es an meinen Mund, als wäre ich ein kleines Kind. Ich leere das Glas in einem Zug, und sie setzt sich zurück an ihren Platz. Jetzt sehe ich sie wieder deutlich vor mir, sie wirkt besorgt. Afra legt eine Hand auf mein Bein.

Die Himmelsschleusen öffnen sich, es fängt zu regnen an. Ein wahrer Sturzregen. Schlimmer noch als auf Leros, wo das Land von Regen- und Meerwasser durchtränkt war. Mir wird bewusst, dass sie etwas gesagt hat, ich höre ihre Stimme durch den Regen, ich registriere das Wort »Feind«. Stirnrunzelnd starrt sie mich an, eine leichte Röte überzieht ihr weißes Gesicht.

»Wie bitte?«, sage ich.

»Ich habe gesagt, wir sind dazu da, Ihnen zu helfen, so gut wir können.«

»Ich habe das Wort Feind gehört«, erwidere ich.

Sie strafft die Schultern, schiebt die Unterlippe vor und wirft noch einmal einen Blick auf Afra, und in dem Anflug von Wut, der in ihren Gesichtszügen und in ihren Augen aufflackert, sehe ich, wovon der Marokkaner gesprochen hat. Aber sie ist nicht wütend auf mich; sie nimmt mich gar nicht richtig wahr.

»Ich habe lediglich gesagt, dass ich nicht Ihr Feind bin.« Jetzt liegt ein reumütiger Ton in ihrer Stimme; sie hätte das nicht sagen dürfen, es ist ihr herausgerutscht. Sie steht unter Druck, das erkenne ich an der Art, wie sie diese Haarsträhne um ihren Finger zwirbelt. Aber die Worte klingen im Raum nach, noch während sie ihre Sachen zusammenpackt und sich an Afra wendet, die ihr kaum merklich zunickt, und sei es nur, um ihre Anwesenheit zur Kenntnis zu nehmen.

»Ich hoffe, es geht Ihnen gut, Mrs. Ibrahim«, sagt sie, als sie sich zum Gehen wendet.

Ich wünschte, ich wüsste, wer mein Feind ist.

Später gehe ich hinaus in den betonierten Garten und setze mich auf den Stuhl unter dem Baum. Ich erinnere mich an das Summen der Bienen, an den Klang des Friedens. Beinahe kann ich den Honig riechen, die Zitronenblüten und den Anis, aber plötzlich verschwindet der Duft unter dem hohlen Geruch von Asche.

Ich höre ein Brummen. Nicht das kollektive Geräusch von Tausenden von Bienen in den Stöcken, sondern ein separates Summen, das vom Boden kommt. Da unten neben meinen Füßen sitzt eine Biene. Erst bei genauerem Hinsehen stelle ich fest, dass sie keine Flügel hat. Ich strecke die Hand aus, und sie krabbelt auf meinen Finger und weiter bis zur Handfläche – eine Hummel, rund und flauschig mit ihrem weichen Pelz, mit breiten gelben und schwarzen Streifen und einer langen Zunge, die sich unter ihren Körper schmiegt. Jetzt kriecht sie über die Oberseite meines Handgelenks. Ich nehme sie mit hinein, setze mich in den Sessel und sehe zu, wie sie sich in meiner Handfläche zum Schlafen bereit macht. Im Wohnzimmer bringt uns die Hauswirtin Tee mit Milch. Heute Abend herrscht hier reger Betrieb. Die meisten Frauen sind schlafen gegangen; nur eine unterhält sich flüsternd mit einem Mann neben ihr auf Farsi. Daran, wie sie den Hidschab lose auf dem Haar trägt, erkenne ich, dass sie sehr wahrscheinlich aus Afghanistan stammt.

Der Marokkaner schlürft den Tee, als hätte er nie etwas Köstlicheres getrunken. Nach jedem Schluck schmatzt er mit den Lippen. Er wirft gelegentlich einen Blick auf sein Telefon. Dann klappt er sein Buch zu und tätschelt es mit der flachen Hand, als wäre es der Kopf eines Kindes.

»Was hast du da in der Hand?«, fragt er.

Ich halte sie ihm entgegen, damit er das Tier sehen kann. »Sie hat keine Flügel«, sage ich. »Ich vermute, sie hat das Flügeldeformationsvirus.«

»Weißt du«, sagt er, »in Marokko gibt es eine Honigstraße. Die Leute kommen aus der ganzen Welt, um von unserem Honig zu kosten. In Agadir gibt es Wasserfälle und Berge und reichlich Blumen, die Menschen und Bienen anlocken. Ich frage mich, wie diese englischen Bienen wohl sind ...« Er beugt sich vor, damit er besser sehen kann, und hebt die Hand, als wollte er sie mit dem Finger streicheln wie einen winzigen Hund, aber dann lässt er es bleiben. »Sticht sie?«, fragt er.

»Sie könnte.«

Er bringt seine Hand auf dem Schoß in Sicherheit. »Was hast du mit ihr vor?«

»Viel kann ich nicht machen. Ich bringe sie wieder hinaus. Aber sie wird nicht lange überleben – sie ist von ihrem Volk verstoßen worden, weil sie keine Flügel hat.«

Er schaut durch die Terrassentür hinaus in den Garten, ein kleines betoniertes Viereck mit einem Kirschbaum in der Mitte.

Ich stehe auf und drücke das Gesicht an die Scheibe. Es ist neun Uhr, die Sonne geht eben unter. Der Kirschbaum ragt als schwarze Silhouette in den leuchtenden Himmel empor.

»Jetzt scheint die Sonne«, sage ich, »aber in drei Minuten wird es regnen. Bei Regen kommen Bienen nicht heraus. Bei Regen kommen sie nie heraus, und hier regnet es zu siebzig Prozent der Zeit.«

»Ich glaube, die englischen Bienen sind anders«, sagt er. Als ich mich zu ihm drehe und ihn ansehe, lächelt er wieder. Es gefällt mir nicht, dass er sich über mich zu amüsieren scheint.

Hier unten gibt es ein Badezimmer, einer der Männer ist dort zur Toilette gegangen. Sein Strahl in der Kloschüssel klingt wie ein Wasserfall.

»Verdammte Ausländer«, sagt der Marokkaner und steht auf, um schlafen zu gehen. »Kein Mensch pinkelt im Stehen. Setzt euch gefälligst hin!«

Ich gehe in den Garten und setze die Biene auf eine Blüte der Heidekrautpflanze direkt am Zaun.

In einer Ecke des Wohnzimmers steht ein Computer mit Internetzugang. Ich setze mich davor, um nachzusehen, ob Mustafa mir eine Nachricht geschickt hat. Er hat Syrien vor mir verlassen, wir haben während unserer Reisen die ganze Zeit per

E-Mail korrespondiert. Er wartet in Nordengland auf mich, in Yorkshire. Ich weiß noch, wie seine Worte mich immer weiter vorangetrieben haben. »Wo es Bienen gibt, gibt es auch Blumen, und wo es Blumen gibt, gibt es Hoffnung und neues Leben.« Mustafa ist der Grund, weshalb ich hierhergekommen bin. Er ist der Grund, weshalb Afra und ich nicht aufgegeben haben, bis wir es nach Großbritannien geschafft hatten. Aber jetzt starre ich nur noch mein Spiegelbild auf dem Display an, zu mehr bin ich nicht in der Lage. Mustafa soll nicht wissen, was aus mir geworden ist. Endlich sind wir im selben Land. Aber wenn wir uns treffen, wird er einen gebrochenen Mann sehen. Ich glaube nicht, dass er mich erkennen wird. Ich wende mich vom Bildschirm ab.

Ich warte, bis das Zimmer sich geleert hat, bis alle Bewohner mit ihren fremden Sprachen und fremden Gebräuchen gegangen sind und ich nur noch das ferne Rauschen des Verkehrs höre. Ich stelle mir einen Bienenstock vor, schwärmende Bienen, die vom Flugloch aus geradewegs in den Himmel hinauf- und davonfliegen, um Blüten zu suchen. Und ich versuche, mir das Land vorzustellen, das jenseits davon liegt, die Straßen mit ihren Lichtern und das Meer.

Plötzlich lässt der Bewegungsmelder das Licht im Garten anspringen. Von meinem Sessel an der Terrassentür aus bemerke ich einen Schatten, etwas Kleines, Dunkles, das flink über den Betonboden huscht. Es sieht aus wie ein Fuchs. Ich stehe auf und will nachsehen, aber in dem Moment geht das Licht wieder aus. Ich lege das Gesicht an die Scheibe: Das Ding ist größer als ein Fuchs und steht aufrecht. Es bewegt sich, und die Lampe leuchtet wieder auf. Es ist ein Junge, der mir den Rücken zugewandt hat. Er späht durch eine Lücke im Zaun in den Nachbargarten. Ich klopfe laut an die Scheibe, aber er dreht sich nicht um. Ich suche nach dem Schlüssel und finde ihn an seinem Platz an einem Nagel hinter dem Vorhang. Als ich neben dem Jungen stehe, dreht er sich zu mir um, als habe er mich erwartet, und schaut mich mit diesen schwarzen Augen an, die sich von mir die Antwort auf alle Fragen der Welt zu erhoffen scheinen.

»Mohammed«, sage ich leise; ich will ihn nicht erschrecken.

»Onkel Nuri«, sagt er, »siehst du den Garten da – er ist so grün!«

Er tritt zur Seite, damit ich es auch sehen kann, aber es ist so dunkel, dass ich kein Grün erkennen kann, sondern nur die weichen Schatten von Büschen und Bäumen.

»Wie hast du mich gefunden?«, frage ich, aber er antwortet nicht. Ich glaube, ich muss ganz behutsam vorgehen. »Möchtest du hereinkommen?« Aber er setzt sich mit gekreuzten Beinen auf den Betonboden und späht wieder durch die Lücke im Zaun. Ich setze mich neben ihn.

»Es gibt einen Strand hier«, sagt er.

»Ich weiß.«

»Ich mag das Meer nicht.«

»Ich weiß. Ich erinnere mich.« Er hält etwas in der Hand. Es ist weiß, und ich rieche Zitronenduft, obwohl es hier keine Zitronen gibt.

»Was ist das?«, frage ich.

»Eine Blüte.«

»Woher hast du sie?« Ich halte die Hand auf, und er reicht sie mir. Sie ist von dem Zitronenbaum in Aleppo.

ALEPPO

versank im Staub. Afra wollte nicht weggehen. Alle anderen waren schon fort. Sogar Mustafa drängte jetzt verzweifelt darauf, sich auf den Weg zu machen. Aber nicht Afra. Mustafa wohnte an der Straße zum Fluss, wenn ich ihn besuchte, lief ich immer den Hang hinunter. Der Weg war nicht weit, aber es gab Heckenschützen, deshalb musste ich vorsichtig sein. Normalerweise zwitscherten die Vögel. Der Klang ihres Gesangs ändert sich nie. Das hat Mustafa gesagt, vor vielen Jahren schon. Und immer wenn die Bomben schwiegen, kamen die Vögel heraus und sangen ihr Lied. Sie saßen auf den Skeletten der Bäume, auf Kraterrändern, Stromkabeln und eingestürzten Mauern, und sie sangen. Sie flogen hoch oben im von alldem unberührten Himmel und sangen.

Wenn ich mich Mustafas Haus näherte, hörte ich schon aus einiger Entfernung leise Musik. Ich fand ihn dann immer in seinem halb ausgebombten Zimmer; er saß auf dem Bett und spielte eine Schallplatte auf einem alten Plattenspieler, hielt das Ende seiner Zigarette zwischen den Zähnen und zog daran. Rauchwolken stiegen über ihm auf, und auf dem Bett neben ihm schnurrte eine Katze. Aber als ich an diesem Tag dort ankam, war Mustafa nicht da. Die Katze schlief an der Stelle, wo sie immer lag, und hatte den Schwanz dicht um ihren Körper gelegt. Auf dem Nachttisch stand ein Foto von uns beiden aus dem Jahr, in dem wir unser gemeinsames Geschäft eröffnet hatten. Wir blinzelten beide in die Sonne, Mustafa war mindestens einen Kopf größer als ich, und hinter uns befanden sich die Bienenhäuser. Ich weiß noch, dass wir von Bienen umgeben waren, aber auf dem Bild sind sie nicht zu sehen. Vor dem Foto lag ein Brief an mich.

Lieber Nuri,

manchmal denke ich, wenn ich immer nur weitergehe, finde ich ein wenig Licht. Aber ich weiß, ich kann bis ans andere Ende der Welt gehen, und es wird immer noch dunkel sein. Nicht dunkel wie die Nacht, die ja noch ein wenig Licht von den Sternen und vom Mond erhält. Diese Dunkelheit ist in mir. Sie hat nichts zu tun mit der Außenwelt.

Jetzt sehe ich im Geiste meinen Sohn vor mir, wie er auf diesem Tisch liegt, und nichts kann bewirken, dass dieses Bild verblasst. Ich habe es jedes Mal vor mir, sobald ich die Augen schließe.

Danke, dass du jeden Tag mit mir in den Garten kommst. Hätten wir doch nur ein paar Blumen für das Grab. Manchmal sehe ich ihn vor meinem geistigen Auge am Tisch sitzen und sein Lakhma essen. Mit der anderen Hand bohrt er in der Nase und wischt sie an der Hose ab. Ich sage ihm dann, er soll aufhören, sich zu benehmen wie sein Vater, und er sagt: »Aber du bist mein Vater!«, und er lacht. Dieses Lachen. Ich höre es noch immer ganz deutlich. Es fliegt über das Land und verliert sich mit den Vögeln in der Ferne. Ich glaube, das ist seine Seele; sie ist jetzt frei. Allah, lass mich leben, solange es gut für mich ist, und wenn der Tod besser ist, nimm mich zu dir.

Gestern ging ich am Fluss spazieren und sah, wie vier Soldaten eine Gruppe von Jungen in einer Reihe aufstellten. Sie verbanden ihnen die Augen und erschossen sie, einen nach dem anderen, und dann warfen sie die Leichen in den Fluss. Ich hielt mich im Verborgenen und sah zu. Ich stellte mir Firas vor, wie er mit ihnen in der Reihe stand – die Angst in seinem Herzen, als ihm zu Bewusstsein kam, dass er sterben würde, und die Tatsache, dass er nicht sehen konnte, was passierte, und nur die Schüsse hörte. Hoffentlich war er als Erster tot. Ich hätte nie gedacht, dass ich je einen solchen Wunsch äußern würde. Auch ich schloss die Augen und lauschte, und zwischen den Schüssen und dem dumpfen Aufschlag der fallenden Körper hörte ich einen Jungen weinen. Er rief nach seinem Vater. Die anderen waren stumm; sie hatten zu viel Angst, um einen Laut von sich zu geben. In jeder Gruppe gibt es immer einen, der mehr Mut hat als der Rest. Es erfordert Tapferkeit, aufzuschreien und herauszulassen, was man auf dem Herzen hat. Dann schwieg auch er für immer. Ich hatte ein Gewehr in der Hand, ich habe es letzte Woche am Straßenrand gefunden, geladen mit drei Patronen. Ich hatte drei Schuss, und es waren vier Männer. Ich wartete ab, bis sie sich ans Flussufer setzten, die Füße ins Wasser baumeln ließen, in das sie die Leichen geworfen hatten, und rauchten.

Ich zielte gut. Den einen traf ich in den Kopf, den zweiten in den Bauch, den dritten ins Herz. Der vierte stand auf und hob die Hände, und als er begriff, dass ich keine Patrone mehr hatte, raffte er seine Waffe an sich, und ich rannte weg. Er hat mein Gesicht gesehen, sie werden mich finden. Ich muss noch heute Abend verschwinden. Ich muss zu Dahab und Aya. Ich hätte nicht so lange damit warten sollen, aber ich wollte nicht ohne dich gehen und dich hier in der Hölle zurücklassen.

Ich kann nicht warten, um mich zu verabschieden. Du musst Afra dazu bringen, auch fortzugehen. Du bist zu weich, zu sensibel. Das ist eine bewundernswerte Eigenschaft, wenn es um die Arbeit mit den Bienen geht, aber in diesem Fall steht sie dir im Weg. Ich werde mich nach England durchschlagen und meine Frau und meine Tochter suchen. Verlasse diesen Ort, Nuri, er ist keine Heimat mehr. Aleppo ist wie der Leichnam einer Geliebten; die Stadt hat kein Leben, keine Seele mehr, sie ist voll von verdorbenem Blut.

Eins der Bilder von dir, die ich im Kopf habe, stammt von dem Tag, als du zum ersten Mal die Bienenhäuser meines Vaters in den Bergen besuchtest und ohne Schutzkleidung inmitten der Bienen standst und nur deine Augen mit den Händen beschirmtest. »Mustafa, hier will ich sein«, hast du zu mir gesagt, obwohl du wusstest, dass dein Vater darüber nicht glücklich sein würde. Erinnere dich daran, Nuri. Erinnere dich an die Kraft, die du damals hattest. Nimm Afra und komm und suche mich.

Mustafa

Ich setzte mich auf das Bett und weinte, ich schluchzte wie ein Kind, und von jenem Tag an trug ich das Foto und den Brief in meiner Tasche. Aber Afra wollte nicht gehen, und so zog ich jeden Tag aus, stöberte in den Ruinen nach etwas Essbarem und kam mit einem Geschenk für sie zurück. Ich fand so viel Kram – zerbrochene oder unbeschädigte Überreste aus dem Leben anderer Menschen: einen Kinderschuh, ein Hundehalsband, ein

Mobiltelefon, einen Handschuh, einen Schlüssel. Interessant, einen Schlüssel zu finden, wenn es keine Türen zum Aufschließen mehr gibt. Und wenn ich es mir überlege, ist es noch seltsamer, einen Schuh oder einen Handschuh zu finden, wenn es die Hand und den Fuß nicht mehr gibt, denen sie passen.

Es waren traurige Geschenke. Trotzdem brachte ich sie ihr, legte sie ihr in den Schoß und wartete auf eine Reaktion, die niemals kam. Ich versuchte es immer weiter. Es war eine gute Ablenkung. Jeden Tag zog ich los und fand etwas Neues. Und an diesem Tag brachte ich ihr ein ganz besonderes Geschenk.

»Was hast du gesehen?«, fragte sie, als ich in der Tür stand.

Sie saß auf dem Feldbett, auf dem Sami geschlafen hatte, das Gesicht zum Fenster gerichtet und mit dem Rücken zur Wand. Sie erinnerte mich an eine Katze mit ihrem schwarzen Hidschab, ihrem weiß versteinerten Gesicht und den steingrauen Augen. Völlig ausdruckslos. Wie sie sich fühlte, konnte ich nur ahnen, wenn ich ihre Stimme hörte oder wenn sie so manisch an ihrer Haut herumzupfte, dass sie blutete.

An diesem Tag fand ich das beste Geschenk von allen: einen Granatapfel. Im Zimmer roch es nach warmem Brot, nach normalem Leben. Ich wollte etwas sagen, blieb dann aber stumm, und sie wandte mir durch eine winzige Bewegung ihr Ohr zu.

Ich sah, dass sie wieder Brot gebacken hatte. »Du hast Chubz gemacht?«, fragte ich.

»Für Sami«, sagte sie, »nicht für dich. Aber was hast du gesehen?«

»Afra ...«

»Ich bin nicht blöd, weißt du. Ich habe nicht den Verstand verloren. Ich wollte nur ein bisschen Brot für ihn backen. Ist dir das recht? Mein Verstand ist schärfer als deiner, vergiss das nicht. Was hast du gesehen?«

»Müssen wir das jedes Mal wieder durchmachen?«

Ich beobachtete sie. Sie schob die Finger ineinander.

»Also … die Häuser«, fing ich an, »die sind wie Skelette, Afra. Skelette. Wenn du sie sehen könntest, würden dir die Tränen kommen.«

»Das hast du mir gestern schon erzählt.«

»Und das Lebensmittelgeschäft … das ist jetzt leer. Aber in den Kisten ist noch Obst, das Adnan zurückgelassen hat – Granatäpfel, Feigen, Bananen und Äpfel. Alles ist verfault, und die Fliegen … zu Tausenden schwärmen sie in der Hitze herum. Ich habe alles durchwühlt und einen Granatapfel gefunden, der noch gut war. Den habe ich dir mitgebracht.« Ich ging zu ihr und legte ihr die Frucht in den Schoß. Sie nahm sie und betastete sie mit den Fingern, drehte sie herum und drückte sie an die Handflächen.

»Danke«, sagte sie, aber sie zeigte keinerlei Regung. Ich hatte gehofft, mit dem Granatapfel würde ich zu ihr durchdringen. Früher hatte sie Stunden damit verbracht, diese Früchte zu schälen und die Kerne herauszupulen. Sie schnitt sie in zwei Hälften, drückte das Mittelstück heraus und schlug mit einem Holzlöffel hinten drauf. Wenn sie die Glasschüssel bis zum Rand gefüllt hatte, lächelte sie und verkündete, sie habe tausend Edelsteine. Ich wünschte, sie würde jetzt lächeln. Aber es war ein dummer Wunsch, und ein selbstsüchtiger noch dazu. Sie hatte keinen Grund zum Lächeln. Es wäre besser, ich wünschte mir, dieser Krieg möge zu Ende gehen. Aber ich brauchte etwas, woran ich mich festhalten konnte. Und wenn sie lächelte, wenn sie durch irgendein Wunder lächeln würde, wäre es, als fände ich Wasser in der Wüste.

»Bitte sag es mir.« Sie ließ nicht locker. »Was hast du gesehen?«

»Das habe ich dir doch gesagt.«

»Nein. Du hast mir gesagt, was du gestern gesehen hast. Nicht, was du heute gesehen hast. Und heute hast du jemanden sterben sehen.«

»Dein Kopf spielt dir einen Streich. Das macht die viele Dunkelheit.« Das hätte ich nicht sagen sollen. Ich bat sie um Verzeihung, einmal, zweimal, dreimal, aber ihr Gesicht blieb ausdruckslos.

»Ich habe es daran erkannt, wie du geatmet hast, als du hereinkamst«, sagte sie.

»Und wie habe ich geatmet?«

»Wie ein Hund.«

»Ich war ganz ruhig.«

»Ruhig wie ein Sturm.«

»Na schön, als ich aus dem Lebensmittelladen kam, habe ich einen kleinen Umweg gemacht. Ich wollte sehen, ob Akram noch hier ist, und ich war auf der langen Straße, die nach Damaskus führt, gleich hinter der Bank, in der Kurve, wo montags immer der rote Transporter gehalten hat.«

Sie nickte. Jetzt sah sie es im Geiste vor sich. Sie brauchte sämtliche Details. Das hatte ich inzwischen begriffen; sie musste auch noch die kleinsten Einzelheiten erfahren, damit sie sich ein Bild machen konnte, damit sie so tun konnte, als nähme sie alles mit eigenen Augen wahr. Wieder nickte sie und drängte mich weiterzusprechen.

»Tja, irgendwann ging ich hinter zwei bewaffneten Männern her und hörte, wie sie um irgendetwas wetteten. Sie hatten vor, ein Zielschießen zu veranstalten. Als sie ihre Wetten abschlossen, begriff ich, dass sie von einem achtjährigen Jungen redeten, der auf der Straße spielte. Um ehrlich zu sein, ich weiß nicht, warum seine Mutter erlaubte, dass er ...«

»Was hatte er an?«, unterbrach sie mich. »Der achtjährige Junge. Was hatte er an?«

»Einen roten Pullover und eine kurze blaue Hose. Aus Jeansstoff.«

»Und welche Farbe hatten seine Augen?«

»Seine Augen habe ich nicht gesehen. Ich nehme an, sie waren braun.«

»War es ein Junge, den ich kennen könnte?«

»Vielleicht. Ich kannte ihn nicht.«

»Und was hat er gespielt?«

»Er hatte einen Spielzeuglaster.«

»In welcher Farbe?«

»Gelb.«

Sie schob das Unausweichliche hinaus und klammerte sich so lange wie möglich an dem Bild des Jungen fest, erhielt ihn in ihrer Vorstellung am Leben. Ich ließ sie ein paar Augenblicke lang schweigend sitzen, während sie die Geschichte in Gedanken immer wieder durchspielte. Vielleicht prägte sie sich die Farben, die Bewegungen des Jungen ein. Sie würde alles festhalten.

»Weiter«, sagte sie.

»Ich habe es zu spät begriffen. Der eine hatte die Wette angenommen und schoss ihm in den Kopf. Alle rannten weg, und dann lag die Straße verlassen da.«

»Und was hast du getan?«

»Ich konnte mich nicht rühren. Das Kind lag auf dem Asphalt. Ich konnte mich nicht rühren.«

»Du hättest auch erschossen werden können.«

»Es war kein sauberer Schuss, der Junge war nicht gleich tot. Seine Mutter war in einem Haus in dieser Straße, und sie schrie. Sie wollte zu ihm, aber die Männer schossen weiter wild um sich … und brüllten, sie brüllten: ›Du kannst nicht zu deinem Kind. Du kannst nicht zu deinem Kind!‹«

Ich weinte in meine Handflächen. Ich presste die flachen Hände auf meine Augen und wünschte, ich könnte wegwischen, was ich gesehen hatte. Ich wollte das alles aus meinem Gedächtnis löschen. Dann fühlte ich Arme um mich herum, und der Duft von Brot umfing mich.

Eine Bombe fiel in der Dunkelheit, der Himmel leuchtete für einen kurzen Moment auf, und ich half Afra, sich für die Nacht bereit zu machen. Im Haus fand sie sich inzwischen zurecht, sie tastete sich mit flachen Händen an den Wänden entlang, schob die Füße schlurfend voreinander, und sie konnte Brot backen. Aber abends wollte sie, dass ich sie auszog, ihre Kleider zusammenfaltete und sie auf den Stuhl neben dem Bett legte, so, wie sie es immer getan hatte. Ich zog ihr die Abaya über den Kopf, während sie die Arme hochstreckte wie ein Kind. Ich nahm ihr den Hidschab ab, und ihr Haar fiel über ihre Schultern herab. Dann blieb sie auf der Bettkante sitzen und wartete, während ich mich fertig machte. Es war ruhig an diesem Abend; keine Bomben fielen mehr, und das Zimmer war von Frieden und Mondlicht erfüllt.

Es war ein einziger riesiger Krater: Die hintere Wand und ein Teil der Decke waren nicht mehr vorhanden. Stattdessen klaffte da ein offenes Maul, durch das man Garten und Himmel sehen konnte. Im Jasmin über dem Vordach fing sich das Licht, und der Feigenbaum dahinter war schwarz und bog sich tief über die Holzschaukel, die ich für Sami gebaut hatte. Aber die Ruhe wirkte hohl, denn ihr fehlte das Echo des Lebens. Der Krieg war immer präsent. Die Häuser waren verlassen oder eine Wohnstatt der Toten. Afras Augen leuchteten im matten Licht. Ich wollte sie in den Armen halten, die zarte Haut ihrer Brüste küssen, mich in ihr verlieren. Für eine Minute, nur für eine Minute, vergaß ich einfach. Dann drehte sie sich zu mir um, als könnte sie mich sehen und als wüsste sie, was ich denke, und sie sagte: »Weißt du, immer wenn wir etwas lieben, wird es uns genommen.«

Wir legten uns hin, und von draußen wehte der Geruch von Feuer und Verbranntem und Asche herein. Sie war mir zugewandt, berührte mich aber nicht. Wir hatten nicht mehr miteinander geschlafen, seit Sami tot war. Nur manchmal durfte ich ihre Hand halten, dann ließ ich meinen Finger auf ihrer Handfläche kreisen.

»Wir müssen, Afra«, sagte ich.

»Ich habe es schon gesagt. Nein.«

»Aber wenn wir bleiben …«

»Wenn wir bleiben, sterben wir.«

»Genau.«

»Genau.« Ihre Augen waren geöffnet, aber ausdruckslos.

»Du wartest darauf, dass uns eine Bombe trifft. Aber wenn man unbedingt will, dass es passiert, wird es niemals passieren.«

»Dann höre ich eben auf zu warten. Ich werde ihn nicht verlassen.«

»Aber er ist nicht mehr da«, wollte ich einwenden. »Sami ist fort. Er ist nicht mehr hier. Er ist nicht hier bei uns in der Hölle, sondern woanders. Und wir sind ihm nicht näher, wenn wir hierbleiben.« Aber darauf hätte sie nur entgegnet: »Das weiß ich. Ich bin ja nicht blöd.«

Also hielt ich den Mund. Ich zeichnete mit dem Finger Muster auf ihre Handfläche, während sie darauf wartete, dass uns eine Bombe traf. Als ich in der Nacht aufwachte, streckte ich die Hand aus, um sie zu berühren, um mich zu vergewissern, dass sie noch da war und dass wir noch lebten. Im Dunkeln erinnerte ich mich an die Hunde auf den Feldern, die menschliche Leichen gefressen hatten, dort wo man einst Rosen angebaut hatte. Und irgendwo in der Ferne hörte ich ein durchdringendes Kreischen von Metall auf Metall, das klang, als würde dort ein Lebewesen in den Tod geschleift. Ich legte meine Hand zwischen ihre Brüste und fühlte ihren Herzschlag, bis ich wieder einschlief.

Am Morgen rief der Muezzin über menschenleere Häuser hinweg zum Gebet. Ich ging aus und machte mich auf die Suche nach Mehl und Eiern, bevor uns das Brot ausging. Ich schleppte mich durch den Staub, der den Boden bedeckte, so dick wie Schnee. Ich sah ausgebrannte Autos, Leinen mit dreckiger Wäsche, die über verlassenen Terrassen hingen, Stromkabel, die tief über der Straße baumelten, ausgebombte Geschäfte, Wohnblocks ohne Dächer, Berge von Müll auf den Gehwegen. Überall stank es nach Tod und verbranntem Gummi. In der Ferne stieg eine Rauchwolke in den Himmel. Mein Mund wurde trocken, meine Hände ballten sich zitternd zu Fäusten, und ich fühlte mich eingesperrt in diesen entstellten Straßen. Die Dörfer draußen auf dem Land waren abgebrannt, Menschenströme fluteten hinaus wie ein mächtiger Fluss, flohen. Die Frauen waren von Panik getrieben, denn paramilitärische Einheiten waren unterwegs, deshalb hatten sie Angst vor Vergewaltigungen. Aber hier neben mir stand ein Damaszenerrosenstrauch in voller Blüte. Wenn ich die Augen schloss und den Duft einatmete, konnte ich einen Moment lang so tun, als hätte ich nicht gesehen, was geschehen war.

Als ich aufschaute, sah ich, dass ich an einem Checkpoint

angekommen war. Zwei Soldaten versperrten mir den Weg. Beide hatten Maschinenpistolen in den Händen. Einer trug eine karierte Kufiya auf dem Kopf. Der andere nahm ein Gewehr von der Ladefläche eines Trucks und stieß es mir gegen die Brust.

»Nimm das.«

Ich bemühte mich, den Gesichtsausdruck meiner Frau zu imitieren. Auf keinen Fall wollte ich irgendeine Gefühlsregung zeigen, denn sonst wäre ich fällig. Der Mann stieß mir das Gewehr noch härter gegen die Brust, sodass ich ins Taumeln geriet und rücklings in den Schotter auf der Straße fiel.

Er warf das Gewehr auf den Boden. Ich schaute auf, und beide Männer standen über mir. Der Mann mit der Kufiya zielte mit seiner Maschinenpistole auf meine Brust. Ich konnte nicht länger ruhig bleiben; ich hörte mich um mein Leben betteln und kroch auf Knien vor ihnen im Staub.

»Bitte«, flehte ich, »es ist nicht so, dass ich nicht will. Ich wäre sogar stolz; ich wäre der stolzeste Mann der Welt, wenn ich dieses Gewehr in eurem Namen tragen könnte, aber meine Frau ist sehr krank, ernsthaft krank, sie braucht mich, damit ich für sie sorge.« Das sagte ich, obwohl ich nicht glaubte, dass es sie kümmern würde. Warum sollte es? In jeder Minute starben Kinder. Weshalb sollten sie sich für meine kranke Frau interessieren?

»Ich bin stark«, sagte ich, »und intelligent. Ich werde hart für euch arbeiten. Ich brauche nur ein paar Tage Zeit. Das ist alles, worum ich euch bitte.«

Der andere Soldat berührte den mit der Kufiya an der Schulter, woraufhin der sein Gewehr sinken ließ.

»Wenn wir dich das nächste Mal sehen«, sagte der andere, »nimmst du entweder dein Gewehr und stellst dich an unsere

Seite, oder du suchst dir gleich jemanden, der deine Leiche abholt.«

Auf dem Nachhauseweg spürte ich einen Schatten hinter mir, doch ich hätte nicht genau sagen können, ob mir jemand folgte oder meine Nerven mir nur einen Streich spielten. Jedenfalls bildete ich mir ein, eine verhüllte Gestalt, wie man sie aus kindlichen Albträumen kennt, würde hinter mir über dem Staub schweben. Aber als ich mich umdrehte, war niemand zu sehen. Ich kam nach Hause, und Afra saß auf dem Feldbett, das Gesicht zum Fenster gerichtet und mit dem Rücken zur Wand. Sie hielt den Granatapfel in den Händen, drehte ihn hin und her und befühlte die Schale, und sie spitzte die Ohren, als ich hereinkam. Doch bevor sie etwas sagen konnte, lief ich schon hin und her, suchte nach einer Tasche und stopfte Dinge hinein.

»Was ist los?« Ihr Blick ging suchend ins Leere.

»Wir verschwinden.«

»Nein.«

»Sie bringen mich um, wenn wir bleiben.« Ich war in der Küche und füllte Plastikflaschen am Wasserhahn. Ich packte für jeden von uns einen Satz Wechselkleidung ein. Dann kramte ich die Pässe und unseren Notgroschen unter dem Bett hervor. Afra wusste nichts davon – es war das Geld, das Mustafa und ich zur Seite gelegt hatten, bevor das Geschäft zusammengebrochen war. Abgesehen davon hatte ich noch eine kleinere Summe auf einem Privatkonto, auf das ich hoffentlich noch würde zugreifen können, sobald wir hier heraus waren. Sie rief mir aus dem Nebenzimmer etwas zu. Worte des Widerspruchs. Ich packte auch Samis Pass ein; ich konnte ihn nicht hierlassen. Schließlich kehrte ich mit unseren Taschen ins Wohnzimmer zurück.

»Das Militär hat mich aufgehalten. Sie haben mir mit einem Gewehr gedroht«, sagte ich.

»Du lügst. Warum ist das vorher noch nie passiert?«

»Vielleicht, weil bisher noch genügend jüngere Männer da waren. Da haben sie mich nicht bemerkt. Wozu auch? Aber jetzt sind wir die einzigen Dummen, die noch da sind.«

»Ich gehe nicht weg.«

»Sie bringen mich um.«

»Dann soll es so sein.«

»Ich habe ihnen gesagt, ich brauche ein paar Tage, um dich zu versorgen. Sie waren bereit, mir den Aufschub zu gewähren. Aber wenn sie mich wiedersehen und ich mich ihnen nicht anschließe, bringen sie mich um. Sie haben gesagt, ich soll mir schon mal jemanden suchen, der meine Leiche abholt.«

Bei diesen letzten Worten riss sie die Augen auf, und plötzlich sah ich Angst in ihren Zügen, echte Angst. Bei der Vorstellung, mich zu verlieren, vielleicht auch bei dem Gedanken an meine Leiche erwachte sie zu neuem Leben, und sie stand auf. Sie tastete sich durch den Korridor, und ich folgte ihr atemlos. Sie legte sich aufs Bett und schloss die Augen. Ich redete ihr gut zu, aber sie lag da wie eine tote Katze in ihrer schwarzen Abaya und dem schwarzen Hidschab und mit diesem steinernen Gesicht, das ich inzwischen so verabscheute.

Ich setzte mich auf Samis Bett und starrte aus dem Fenster. Der Himmel war grau, stahlgrau, Vögel waren keine zu sehen. Den ganzen Tag und den ganzen Abend saß ich so da, bis die Dunkelheit mich verschluckte. Ich dachte daran, wie die Arbeitsbienen auf Reisen gingen, um neue Blüten und Nektar zu finden, und wie sie dann zurückkehrten und den anderen Bienen davon berichteten. Sie schüttelten ihren Körper, und der Winkel, in dem sie tanzten, verriet den anderen Bienen, in welcher Richtung im Verhältnis zur Sonne die Blüten zu finden waren. Ich wünschte, es gäbe jemanden, der mich anleitete und mir sagte, was ich tun und wohin ich gehen sollte, aber ich war mutterseelenallein.

Kurz vor Mitternacht legte ich mich zu ihr. Sie hatte sich keinen Fingerbreit bewegt. Ich hatte das Foto und den Brief unter meinem Kopfkissen liegen. Als ich diesmal mitten in der Nacht aufwachte, sah ich, dass sie mir zugewandt war und meinen Namen flüsterte.

»Was ist?«, fragte ich.

»Hör doch.«

Vor dem Haus nahm ich Schritte und Männerstimmen wahr, gefolgt von einem rauen Lachen.

»Was tun die da?«, fragte sie.

Ich stand auf, schlich leise um das Bett herum auf ihre Seite und nahm ihre Hand. Ich half ihr beim Aufstehen und führte sie zur Hintertür und hinaus in den Garten. Sie folgte mir, ohne zu fragen und ohne zu zögern. Ich klopfte mit dem Fuß auf den Boden, um das Blechdach zu finden, dann schob ich es zur Seite und half ihr, sich an den Rand des Lochs zu setzen und die Beine hinunterbaumeln zu lassen, bevor ich als Erster hineinkletterte und sie herunterhob. Dann verschloss ich die Öffnung wieder mit dem Blech.

Unsere Füße versanken in einer Handbreit Wasser, voll von Eidechsen und Insekten, die in diesem Loch eine neue Heimat gefunden hatten. Ich hatte das Versteck im Jahr zuvor ausgehoben. Afra schlang die Arme um mich und vergrub das Gesicht an meiner Halsbeuge. So saßen wir im Dunkeln, jetzt beide blind, in einem Grab für zwei. In der tiefen Stille war ihr Atmen das einzige Geräusch, das auf der Welt noch existierte. Und vielleicht hatte sie recht. Vielleicht hätten wir beide so sterben sollen, und niemand müsste unsere Leichen abholen. Irgendetwas bewegte sich dicht neben meinem linken Ohr, über uns und draußen. Dinge wurden verschoben, zerbrachen krachend. Offenbar waren die Männer jetzt im Haus. Ich spürte, wie sie in meinen Armen zitterte.

»Weißt du was, Afra?«, sagte ich.

»Was denn?«

»Ich muss furzen.«

Eine Sekunde lang blieb es still, dann fing sie an zu lachen. Sie lachte und lachte an meinem Hals. Es war ein leises Lachen, aber es schüttelte ihren ganzen Körper, und ich umschlang sie fester und dachte, ihr Lachen sei das einzig Schöne, das noch übrig war auf der Welt. Eine Weile konnte ich nicht sagen, ob sie noch lachte oder angefangen hatte zu weinen, aber plötzlich spürte ich, dass mein Hals nass war von ihren Tränen. Irgendwann ging ihr Atem dann ruhiger, und ich wusste, sie war eingeschlafen, als wäre dieses schwarze Loch der einzige Ort, an dem sie sich sicher fühlte. Wo innere und äußere Dunkelheit eins wurden.

Jetzt konnte ich mir vorstellen, wie es war, blind zu sein. Dann blühten Erinnerungen auf, farbenprächtig wie Träume. Das Leben vor dem Krieg. Afra in einem grünen Kleid, wie sie Sami an der Hand hielt; er hatte gerade angefangen zu laufen, watschelte neben ihr her und zeigte hinauf zu einem Flugzeug auf seiner Bahn über den kühlen blauen Himmel. Wir wollten irgendwo hin. Es war Sommer, und Afra ging mit ihren Schwestern vor uns her. Ola trug Gelb und Zeinah Pink. Zeinah gestikulierte beim Reden wie immer wild mit den Armen. Die beiden anderen antworteten wie aus einem Munde mit »Nein!« auf etwas, das sie gesagt hatte. Neben mir ging ein

Mann – mein Onkel. Ich sah seinen Gehstock, hörte das Tappen auf dem Zementboden. Er erzählte mir von seiner Arbeit, er hatte ein Café in der Altstadt von Damaskus und wollte sich nun zur Ruhe setzen, aber sein Sohn wollte den Betrieb nicht übernehmen. »… der undankbare Faulpelz … er hat dieses Äffchen des Geldes wegen geheiratet, aber das ist weg, und das Äffchen ist immer noch ein Äffchen …« Afra hob im selben Moment Sami auf ihre Hüfte, drehte sich um und lächelte. Das Licht fing sich in ihren Augen und verwandelte sie in Wasser. Und dann verblasste alles. Wo waren diese Menschen jetzt?

Ich blinzelte in der Dunkelheit. Sie war undurchdringlich. Afra seufzte im Schlaf. Ich überlegte, ob ich ihr das Genick brechen, sie von ihrem Elend erlösen und ihr den Frieden schenken sollte, nach dem sie sich so sehr sehnte. Samis Grab war hier in diesem Garten. Sie würde in seiner Nähe sein und ihn nicht verlassen müssen. Ihre Selbstvorwürfe hätten ein Ende.

»Nuri«, sagte sie.

»Hm?«

»Ich liebe dich.«

Ich antwortete nicht. Ihre Worte wurden zu einem Teil der Dunkelheit, und ich ließ sie im Boden versickern, in der vom Wasser getränkten Erde.

»Werden sie uns umbringen?«, fragte sie mit leicht zitternder Stimme.

»Du hast Angst.«

»Nein. Wir sind jetzt so dicht davor.«

Dann hörte ich Schritte ganz in der Nähe und Stimmen, die lauter wurden. »Ich hab's ja gesagt«, schimpfte ein Mann, »ich habe dir gesagt, du sollst ihn nicht laufen lassen.«

Ich hielt den Atem an, drückte sie so fest an mich, dass sie sich nicht bewegen konnte, und dachte sogar daran, ihr mit einer Hand den Mund zuzuhalten. Ich wollte nicht darauf vertrauen, dass sie nichts sagen oder schreien würde. Von oben hörte ich Scharren, gemurmelte Worte, dann schließlich verklangen die Schritte. Erst als Afra ausatmete, wurde mir klar, dass ihr Überlebensinstinkt sie noch nicht verlassen hatte.

Es war Morgen geworden, als ich zu dem Schluss kam, dass die Männer weg sein mussten. Seit mehreren Stunden hatte ich nichts mehr gehört, außerdem drang an den Rändern des Blechdachs Licht herein und erhellte die Lehmwände. Ich drückte das Blech hoch und sah den Himmel, weit und unberührt: das Blau der Träume. Afra war wach, aber stumm – verloren in ihrer ewig finsteren Welt.

Als wir ins Haus zurückkamen, wünschte ich, ich wäre ebenfalls blind. Das Wohnzimmer war verwüstet, Schmierereien bedeckten die Wände. *Wir siegen oder wir sterben.*

»Nuri?«

Ich antwortete nicht.

»Nuri, was haben sie getan?«

Sie stand inmitten der zertrümmerten Sachen, eine dunkle Geistergestalt, aufrecht, reglos und blind.

Ich schwieg, weshalb sie einen Schritt vorwärts machte, auf die Knie sank und mit den Händen den Boden um sie herum abtastete. Sie hob eine zerbrochene Zierfigur auf, einen kristallenen Vogel, in dessen einen gespreizten Flügel die Worte »99 Namen Allahs« in Gold eingraviert waren. Ein Hochzeitsgeschenk von ihrer Großmutter.

Sie drehte die Figur in den Händen hin und her, wie sie es mit dem Granatapfel getan hatte, und betastete die Konturen und geschwungenen Linien. Leise, mit der Stimme eines Kindes, das aus der Vergangenheit wiederauferstanden war, begann sie die Liste aufzusagen, die in ihr Gedächtnis eingraviert war.

53

»Der Ordnende, der Unterwerfer, der Allwissende, der Allsehende, der Allhörende, der Lebengebende, der Lebennehmende...«

»Afra!«, sagte ich.

Sie legte die Kristallfigur beiseite, beugte sich vor und tastete weiter mit den Fingern umher. Sie fand eins der Spielzeugautos, die ich ein paar Wochen nach Samis Tod alle in den Schrank geräumt hatte.

Ich ertrug den Anblick nicht, wie sie jetzt zertreten auf dem Boden verstreut lagen. Auch ein Glas mit Schokoladenaufstrich lag da, Samis Lieblingsleckerei. Es rollte von Afra weg und blieb vor dem Stuhlbein liegen. Wahrscheinlich war der Inhalt inzwischen verdorben, aber ich hatte das Glas zusammen mit all den Sachen, die mich an Sami erinnerten, im Schrank verwahrt. Als Afra erkannte, dass sie ein Spielzeugauto in der Hand hielt, legte sie es sofort wieder hin und wandte mir das Gesicht zu. Irgendwie gelang es ihr, meinen Blick mit ihrem einzufangen.

»Ich gehe«, sagte ich. »Ob du mitkommst oder nicht.«

Ich ließ sie zurück und machte mich auf die Suche nach unseren Taschen. Ich fand sie unversehrt im Schlafzimmer, warf sie mir über die Schultern und kehrte ins Wohnzimmer zurück. Afra stand jetzt mitten im Zimmer. Auf ihrer flachen Hand lagen bunte Legosteine, die Überreste eines Hauses, das Sami gebaut hatte – das Haus, in dem wir wohnen würden, wenn wir in England wären, hatte er gesagt, als er begriffen hatte, dass es gut wäre fortzugehen.

»Da wird es keine Bomben geben«, hatte er gesagt, »und die Häuser gehen nicht kaputt wie diese hier.« Ich war nicht sicher, ob er Legohäuser oder richtige Häuser meinte, bis ich zu der traurigen Erkenntnis kam, dass Sami in eine Welt hineingeboren worden war, in der es keine Sicherheit gab. Richtige Häuser bröckelten und stürzten ein. Nichts war von Bestand in Samis Welt, aber trotzdem versuchte er, sich einen Ort vorzustellen, an dem nicht alles um ihn herum zusammenbrach. Ich hatte das Legohaus wohlbehalten im Schrank verstaut, damit es wirklich genau so blieb, wie Sami es hinterlassen hatte. Ich hatte sogar daran gedacht, es auseinanderzunehmen und die einzelnen Steine zusammenzukleben, damit wir es für immer behalten konnten.

»Nuri«, sagte sie in die Stille hinein. »Ich bin fertig. Bitte. Bring mich weg von hier.«

Dabei schweifte ihr Blick durchs Zimmer, als könnte sie alles haargenau sehen.

3

Ich wache auf dem Rücken liegend im Garten auf. Es hat geregnet, meine Kleidung ist durchnässt. Ein einzelner Baum steht inmitten dieser zubetonierten Fläche, die Wurzeln haben den Boden durchbrochen, ich spüre, wie sie sich in meinen Rücken bohren. Mir wird bewusst, dass ich einige Blüten in der Hand halte. Eine Gestalt schiebt sich vor die Sonne und beugt sich über mich.

»Was machst du hier, Geezer?« Der Marokkaner schaut auf mich herunter, ein strahlendes Lächeln im Gesicht. Er spricht Arabisch. »Hast du hier im Garten geschlafen, Geezer?« Er hält mir die Hand hin. Als ich danach greife, stelle ich fest, dass er unerwartet kräftig ist für einen Mann seines Alters. Er gerät noch nicht einmal ins Wanken, als er mich hoch auf die Beine zieht.

»Giza?«, frage ich, noch halb benommen.

»Geezer«, sagt er und kichert. »Der Verkäufer im Laden sagt ›Geezer‹. Es bedeutet ›alter Mann‹!«

Ich folge ihm nach drinnen ins Warme. Er teilt mir mit, Afra habe nach mir gesucht. »Sie hat geweint«, sagt er, aber es fällt mir schwer, das zu glauben. Ich finde sie in der Küche, sie sitzt bereits angekleidet am Tisch, kerzengerade und stocksteif, genau wie an dem Tag, an dem Lucy Fisher hier war. Auf mich macht sie nicht den Eindruck, als hätte sie geweint, ich habe sie seit Aleppo nicht mehr weinen sehen. Sie hält Mohammeds

Murmel in der Hand und rollt sie zwischen den Fingerkuppen hin und her. Ich habe versucht, sie ihr abzunehmen, aber sie will sie nicht hergeben.

»Du kannst dich also doch allein anziehen?«, frage ich. Doch sofort bereue ich meine Worte, als ich merke, was für ein langes Gesicht sie macht.

»Wo warst du?«, will sie wissen. »Ich lag die halbe Nacht wach und wusste nicht, wo du steckst.«

»Ich bin unten eingeschlafen.«

»Hazim hat mir gesagt, dass du im Garten geschlafen hast!«

Mein Körper versteift sich.

»Er ist sehr freundlich«, sagt sie. »Er hat mir angeboten, nach dir zu suchen, ich solle mir keine Sorgen machen.«

Ich beschließe, einen Spaziergang zu machen. Es ist das erste Mal, dass ich rausgehe. Der ganze Ort ist mir fremd, mit seinen heruntergekommenen Läden, die stolz die Straßen säumen – Go Go Pizza, Chilli Tuk-Tuk, Polskie Smaki, Pavel India, Moshimo und ganz am Ende der Lebensmittelladen, in dem laute arabische Musik läuft. Ich gehe bis hinunter ans Meer. An diesem Strand gibt es keinen Sand, nur Kiesel und Geröll, aber unten am Ufer bei der Promenade gibt es einen großen Sandkasten für die Kinder zum Spielen. Ein Junge in einer kurzen roten Hose baut eine Sandburg. Es ist nicht heiß, aber alle scheinen vom Gegenteil überzeugt zu sein, deshalb hat seine Mutter ihn in Shorts gesteckt. Der Junge schaufelt Sand auf und befördert ihn vorsichtig in sein blaues Eimerchen, bis es randvoll ist. Mit äußerster Präzision beginnt er, die Oberfläche mit dem Griff seines Spatens zu glätten.

Kinder laufen umher, mit Eiscreme und Lollis so groß wie ihre Köpfe. Der Junge mit der Sandburg hat mittlerweile eine ganze Stadt errichtet – abschließend hat er sogar Plastikverpackungen, Kronkorken und Bonbonpapier dazu verwendet, um den Gebäuden etwas Farbe zu verleihen. Aus einer einzelnen verlorenen Socke und einem Zuckerwattestäbchen hat er eine Fahne gebastelt. Das Schloss in der Mitte krönt er mit einer Teetasse.

Der Junge steht auf und tritt einen Schritt zurück, um sein Werk zu bewundern. Es ist beeindruckend, vielschichtig, und er hat mit seiner Teetasse kleine Häuser um das Schloss herum errichtet; da steht sogar eine Wasserflasche, die aussieht wie ein gläserner Wolkenkratzer. Er muss gespürt haben, dass ich ihn beobachte, weil er sich jetzt umdreht, meinen Blick einfängt und ihn eine Weile hält. Er hat diesen unschuldigen, nachdenklichen Blick, wie die Kinder bei uns vor dem Krieg. Für einen Sekundenbruchteil habe ich den Eindruck, er will etwas zu mir sagen, doch dann ruft ihm ein Mädchen zu, ob er mit ihr spielen will. Sie lockt ihn mit einem Ball. Er zögert einen kurzen Moment, wirft einen letzten prüfenden Blick auf sein Wunderwerk, sieht noch einmal zu mir und läuft schließlich los, ohne sich weiter darum zu kümmern.

Eine Weile sitze ich an der Promenade vor dem Sandkasten und sehe zu, wie die Sonne sich über den Himmel bewegt. Am Nachmittag wird es ruhiger, Wolken sind aufgezogen, die Kinder sind nach Hause gelaufen. Ich hole die Asylunterlagen aus meinem Rucksack.

Im Vereinigten Königreich wird als Flüchtling anerkannt, wer in irgendeinem Teil seines Heimatlandes aufgrund von Verfolgung um sein Leben fürchten muss.

Ein lautes Krachen am Himmel. Dann ist ein greller Blitz zu sehen. Dicke Regentropfen fallen auf das Blatt Papier in meiner Hand.

Vereinigtes Königreich.

In irgendeinem Teil.

Verfolgung.

Der Regen nimmt zu. Ich verstaue die Dokumente wieder in meinem Rucksack und mache mich auf den Weg hügelaufwärts zurück zur Pension.

Afra sitzt an der Doppeltür im Wohnzimmer; der Fernseher läuft bei voller Lautstärke, es sind noch ein paar andere Gäste hier. Der Mann aus Marokko sieht mich mit hochgezogenen Brauen an. »Wie geht's dir, Geezer?«, sagt er den ganzen Satz auf Englisch, und seine dunklen Augen funkeln vergnügt.

»Nicht schlecht, Geezer«, antworte ich und ringe mir ein Lächeln ab. Das stellt ihn offenbar zufrieden. Er lacht aus voller Brust und klatscht sich die Hände auf die Knie. Ich setze mich wieder an den Schreibtisch und starre auf mein Gesicht, das sich im Computermonitor spiegelt. Ich lege die Finger auf die Tastatur, bringe es aber nicht über mich, mir meine E-Mails anzusehen. Immer wieder wandert mein Blick zur Terrassentür. Wann immer ich einen Luftzug spüre und das Licht im Hof angeht, erwarte ich, Mohammed draußen zu sehen.

Ich gehe hinaus in den Garten und suche nach der Hummel, bis ich sie über ein paar Zweige und Blätter unter dem Baum krabbeln sehe. Als ich die Hand ausstrecke, klettert sie hoch auf meinen Finger und weiter auf meine Handfläche, in die sie sich hineinschmiegt. Ich nehme sie mit nach drinnen.

Unsere Hauswirtin bringt auf einem Tablett Tee für alle herein, dazu ein paar kenianische Süßigkeiten, die von dem darin enthaltenen Kurkuma ganz gelb sind. Sie spricht perfekt Englisch, zumindest soweit ich das beurteilen kann. Sie ist klein und zierlich, als hätte sie eigentlich ein Püppchen werden sollen. Am Ende ihrer dürren Beinchen trägt sie Schuhe mit klobigen Holzabsätzen, damit stapft sie durchs Wohnzimmer und verteilt Tee und Süßes. Sie erinnert mich an einen Babyelefanten.

Der Marokkaner hat mir erzählt, sie sei eigentlich Buchhalterin; sie arbeitet Teilzeit in einem Büro im Süden Londons, den Rest der Zeit führt sie diese Pension oder Bed and Breakfast, wie man hierzulande sagt. Dafür, dass sie uns ein Dach über dem Kopf bietet und sich um uns kümmert, bekommt sie Geld von der Gemeinde. Ständig schrubbt sie Wände und Böden, als wollte sie den Schmutz wegwaschen, den wir von unseren Reisen mitgebracht haben. Aber sie hat noch etwas anderes an sich – auch sie hat kein einfaches Leben gehabt, das weiß ich. In der Ecke des Wohnzimmers steht eine Vitrine aus Mahagoni. Sie ist glänzend lackiert und sieht aus, als wäre sie mit Wasser überzogen, darin die verschiedensten Gläser in allen möglichen Größen, aus denen man Alkohol trinken kann. Jeden Tag poliert sie die blitzsauberen Gläser. Dann steht sie mit einem Tuch da, das aussieht wie ein Fetzen von einem gestreiften Herrenhemd – es ist sogar noch ein Knopf dran, wie mir aufgefallen ist. Doch den grünlichen Schimmel an den Wänden wird sie nicht los und auch nicht die schmierige Fettschicht in der Küche, die so dick wie meine Haut ist. Dennoch ist es nicht zu übersehen, wie stolz sie es macht, für uns zu sorgen. Sie kennt sogar all unsere Namen, was eine beachtliche Leistung ist, wenn man bedenkt, wie viele von uns kommen und gehen. Eine Weile unterhält sie sich mit der Frau aus Afghanistan und erkundigt sich, woher sie ihren Hidschab hat; er ist handgewebt und mit Gold durchwirkt.

»Die Hummel lebt noch!«, sagt der Marokkaner.

Lächelnd sehe ich ihn an. »Sie ist eine Kämpferin«, erwidere ich, »gestern Nacht hat es geregnet. Aber wenn sie nicht fliegen kann, wird sie dort draußen nicht lange überleben.«

Ich bringe die Hummel wieder nach draußen, setze sie auf einer Blume ab und führe Afra hinauf in unser Zimmer, um ins Bett zu gehen. Ich helfe ihr beim Auskleiden und lege mich neben ihr schlafen.

»Wo ist Mustafa?«, fragt sie. »Hast du von ihm gehört?«

»Schon länger nicht mehr«, antworte ich.

»Hast du deine E-Mails überprüft? Vielleicht hat er geschrieben? Weiß er, dass wir hier sind?«

Ein sonderbares Geräusch ist zu hören, ein tiefes Pfeifen am Himmel. »Hörst du das auch?«, frage ich.

»Es ist der Regen, der gegen die Scheibe trommelt.«

»Nicht das. Dieses Pfeifen. Ich höre ein anhaltendes Pfeifen. Es hört nicht auf. Wie ein sich nähernder Staubsturm.«

»Hier gibt es keine Staubstürme«, erwidert sie. »Nur Regen oder keinen Regen.«

»Dann hörst du es also nicht?«

Mit besorgter Miene schiebt sie die Hände unter ihren Kopf. Gerade will sie etwas sagen, als ich ihr mit einem Lachen zuvorkomme. »Heute war es kalt, aber sonnig! Und jetzt regnet es! Dieses englische Wetter ist wirklich verrückt! Vielleicht solltest du morgen mal mit rausgehen? Wir könnten einen Spaziergang ans Meer machen.«

»Nein«, antwortet sie. »Ich kann nicht. Ich will nicht hinaus in diese Welt.«

»Aber du bist jetzt frei, du kannst jederzeit rausgehen. Du brauchst keine Angst mehr zu haben.«

Darauf entgegnet sie nichts.

»Ich habe einen Jungen gesehen, der eine wunderbare Sandburg gebaut hat, eine ganze Stadt, mit Häusern und einem Wolkenkratzer!«

»Wie schön«, sagt sie.

Es gab eine Zeit, da wollte sie alles wissen, da hätte sie mich gefragt, was ich gesehen habe. Jetzt interessiert sie sich für gar nichts mehr.

»Wir müssen Mustafa kontaktieren«, sagt sie.

Die Dunkelheit nagt an mir, ihr Geruch nagt an mir, diese Mischung aus Rosenparfüm und Schweiß. Sie legt den Duft auf, bevor sie zu Bett geht, nimmt die Glasflasche aus ihrer Tasche und betupft Handgelenk und Hals damit. Die anderen Bewohner unterhalten sich unten im Wohnzimmer, eine sonderbare Mischung aus verschiedenen Sprachen und Dialekten. Jemand lacht, auf der Treppe sind Schritte zu hören. Die Dielen knarzen, und ich weiß, dass es der Marokkaner ist; inzwischen erkenne ich ihn an seinem Gang. Er hat eine ganz eigene Art, sich fortzubewegen, mit kurzen Unterbrechungen, als würde er zwischendurch zögern. Anfangs kam es mir willkürlich vor, aber es liegt ein bestimmter Rhythmus zugrunde. Er geht an unserem Zimmer vorbei, und im selben Moment höre ich eine Murmel über die Holzdielen rollen. Ich kenne dieses Geräusch. Schlagartig springe ich aus dem Bett und knipse das Licht an. Ich sehe, wie Mohammeds Murmel auf den Teppich zurollt, hebe sie auf und betrachte das durchsichtige Glas mit der roten Ader, die sich durch ihre Mitte zieht, im Schein des Lichts.

»Was hast du da?«, will Afra wissen.

»Nur eine Murmel. Nichts weiter. Schlaf ruhig.«

»Leg sie auf das Nachtschränkchen neben mir«, sagt sie.

Ich folge ihrer Bitte und lege mich wieder ins Bett, nur dass ich mich diesmal auf die andere Seite drehe. Ich spüre ihre

Hand auf meinem Rücken, flach presst sie sie auf meine Wirbelsäule, als wollte sie meinem Atem nachspüren. Ich halte die Augen im Dunkeln geöffnet, weil ich Angst habe vor der Nacht.

NACHT

war es in der Altstadt von Aleppo, wir waren am Bab al-Faradsch und warteten unter einem Bitterorangenbaum auf den Wagen, einen Toyota. Zusammen mit dem Leichnam eines Mannes. Es handelte sich um einen Pick-up, er würde ohne Scheinwerfer fahren und hatte Metallstangen an den Seiten der Ladefläche. Normalerweise wurde damit Vieh wie Kühe oder Ziegen transportiert. Der Tote lag auf dem Rücken, ein Arm über seinem Kopf. Er war schätzungsweise Mitte zwanzig, trug einen schwarzen Pullover und eine schwarze Jeans. Ich sagte Afra nichts davon, dass er da lag.

Der Schleuser hatte uns angewiesen, hier zu warten.

Mit einem Mal war das Gesicht des Toten in helles Licht getaucht. Ein grellweißer Schein. Flackernd ging das Licht an und aus. Er hatte ein Telefon in der Hand, die über seinem Kopf ruhte. Seine Augen waren braun, darüber dichte Augenbrauen. Auf der linken Wange eine alte Narbe. Das Glitzern einer Silberkette, der Anhänger ein Namensschriftzug: *Abbas*.

»Es ist wunderschön hier«, sagte sie. »Ich weiß genau, wo wir sind.«

Früher rankten Weinreben über dieser Straße, und an ihrem Ende befand sich eine Treppe, die zum Tor einer Schule emporführte.

»Wir sind bei diesem Turm«, sagte sie, »und dort drüben

gleich um die Ecke ist dieses Café, wo es Rosenwassereis gibt. Wir waren mal mit Sami da, weißt du noch?«

Direkt hinter den Gebäuden zeigte der Bab al-Faradsch-Uhrenturm die Zeit an, das Ziffernblatt leuchtete grünlich. Dreiundzwanzig Uhr fünfundfünfzig. Noch fünf Minuten. Hilflos stand ich da und beobachtete sie, Licht fiel auf ihr Gesicht, sie wirkte bleich. Seit sie wieder lachen und weinen konnte, kehrte sie Stück für Stück ins Leben zurück. Im einen Moment blitzte etwas von ihr in einem Riss in ihrer Fassade auf, und im nächsten war sie wieder verschwunden. Jetzt, da sie vor mir stand, ihr Gesicht nur wenige Zentimeter von meinem entfernt, sah ich darin die Sehnsucht, die Entschlossenheit, an einer Illusion festzuhalten, an einer Vision des Lebens, an Aleppo, wie es früher war. Die alte Afra wäre entsetzt darüber gewesen. Plötzlich fürchtete ich mich vor ihr. Das Telefon hörte auf zu leuchten. Schlagartig wurde es dunkler.

In der Ferne sah ich die Zitadelle auf ihrem elliptisch geformten Hügel, wie der Krater eines Vulkans.

Der Wind frischte auf und wehte den Duft von Rosen heran.

»Riechst du die Rosen?«, fragte ich.

»Ich trage das Parfüm«, sagte sie.

Sie kramte in ihrer Tasche und brachte den Glasflakon zum Vorschein. Sie hielt ihn auf der flachen Hand hoch. Ich hatte ihn für sie gemacht, in dem Jahr, als wir heirateten. Ein Freund von mir besaß eine Rosendestillerie, ich hatte die Blüten für das Parfüm eigenhändig ausgewählt.

Jetzt senkte sie die Stimme zu einem Flüstern. Sie wollte im Frühjahr zurückkehren, wenn die Sträucher in voller Blüte standen. Sie wollte dafür eigens ihr Parfüm und das gelbe Kleid tragen, Arm in Arm würden wir durch die Straßen ziehen. Wir würden bei unserem Haus losgehen und durch die Stadt auf den Hügel hinauf zum Souk laufen. Dort würden wir durch die überdachten Gassen des alten Marktes streifen, durch die Gänge voller Gewürze und Seifen und Tees und Bronze und Gold und Silber und getrockneter Zitronen und Honig und Kräuter, und ich würde ihr einen Schal aus reiner Seide kaufen.

Plötzlich überkam mich Übelkeit. Ich hatte ihr bereits erzählt, dass der Souk jetzt leer war, einige der Gassen waren zerbombt und ausgebrannt, mittlerweile traf man hier nur noch Soldaten, Ratten und Katzen an, wo sich einst zahlreiche Händler und Touristen tummelten, weil die Zitadelle jetzt von Soldaten besetzt war und als Militärstützpunkt diente, der von Panzern umringt war. Die Verkaufsstände lagen verlassen da, alle bis auf einen, an dem ein alter Mann den Soldaten Kaffee verkaufte. Es waren nicht nur die Leute, die gestorben waren. Der al-Madina-Souk war früher einer der ältesten Märkte der Welt, ein wichtiges Handelszentrum an der berühmten Seidenstraße, wo sich Händler auf der Durchreise von Ägypten und Europa und China trafen. Afra sprach von Aleppo, als wäre es ein magisches Land aus einem Märchen. Es war fast so, als hätte sie alles andere vergessen, die Jahre vor dem Krieg, die Unruhen, die Staubstürme, die große Dürre, wie wir uns schon damals, noch vor den Bomben, durchkämpfen mussten, um zu überleben.

Wieder leuchtete das Telefon des Toten auf. Jemand versuchte verzweifelt, ihn zu erreichen. Ein Wiedehopf saß auf dem Orangenbaum, seine tintig schwarzen Augen funkelten. Der Vogel breitete seine Schwingen aus, und die schwarz-weißen Streifen fingen das Licht des Mobilfunktelefons ein. Das helle Leuchten machte mir Angst. Ich ging auf die Knie, entwand das Telefon den steifen Fingern des Mannes und ließ es in meinem Rucksack verschwinden.

Die Turmuhr schlug zwölf. Aus der Ferne war das schwache Brummen eines Motors zu hören. Afra horchte auf, ihr Gesicht voller Furcht. Ein Toyota kam um die Kurve gefahren, ohne Licht, die Reifen wühlten sich durch die Asche. Der Fahrer stieg aus; grobe Gesichtszüge, Bart, kahlköpfig, schwarzes T-Shirt, Armeestiefel, Militärhose, Gürteltasche, Pistole an der Hüfte. Er sah aus wie der typische Regimesoldat: Sein Kopf war kahl rasiert, der Bart war ebenfalls akkurat zurechtgestutzt. Ein Trick, falls er von Assads Schabiha-Miliz aufgehalten würde.

Einen Moment stand er da und musterte mich prüfend. Afra zog ihren Fuß durch den Staub, doch der Mann achtete nicht auf sie.

»Ihr könnt mich Ali nennen«, sagte er schließlich mit einem Lächeln, das so breit war, dass sich sein gesamtes Gesicht in Falten legte. Doch irgendetwas an diesem Lächeln bereitete mir Unbehagen; es erinnerte mich an ein anderes Lächeln, das von einem Aufziehclown, den Samis Großmutter ihm auf dem Markt gekauft hatte. Unverhofft verblasste das Lächeln, und Alis Augen huschten suchend durch die Dunkelheit.

»Was ist?«, fragte ich.

»Man hat mir gesagt, es wären drei Leute.«

Wortlos deutete ich auf den Mann am Boden.

»Wie bedauerlich.« Es lag ein unerwartet trauriger Ton in Alis Stimme, einen Augenblick stand er über den Leichnam gebeugt da, ehe er in die Hocke ging und einen goldenen Ehering vom Finger des Mannes zog, den er sich bedächtig ansteckte. Seufzend hob er den Blick und sah zum Uhrenturm hinauf, dann schaute er in den Himmel. Ich folgte seiner Blickrichtung.

»Die Nacht ist klar. Wir stehen unter einer Kuppel voller Sterne. Bis Sonnenaufgang bleiben uns vier Stunden. Um spätestens drei müssen wir es nach Armanāz geschafft haben, wenn ihr bis vier die Grenze überqueren wollt.«

»Wie lange dauert die Fahrt?«, wollte Afra wissen.

Erst jetzt wandte Ali sich ihr zu und betrachtete sie, als hätte er sie bislang nicht wahrgenommen. Doch als er antwortete, hatte er den Blick bereits wieder auf mich gerichtet. »Knapp unter zwei Stunden. Und du sitzt nicht vorn bei mir. Steig hinten ein.«

Auf der Ladefläche des Pick-ups stand eine Kuh inmitten ihrer eigenen Exkremente. Ich half Afra hinauf, und der Fahrer gab uns Anweisung, die Köpfe gesenkt zu halten. Wenn wir erwischt wurden, würden die Scharfschützen die Kuh erschießen. Die Kuh starrte uns an. Der Motor wurde angelassen, und der Toyota bewegte sich möglichst leise durch die staubigen Straßen und holperte über Schutt und Geröll.

»Da klingelt ein Handy«, bemerkte Afra.

»Was meinst du?«

»Ich spüre ein Vibrieren am Bein, in deiner Tasche. Wer ruft uns denn jetzt an?«

»Das ist nicht mein Handy«, sagte ich. »Meins ist ausgeschaltet.«

»Wessen Telefon ist es dann?«

Ich holte das Mobiltelefon aus dem Rucksack. Fünfzig verpasste Anrufe. Es klingelte wieder.

Zujet Abbas: Abbas' Ehefrau.

»Wer ist es?«, wollte sie wissen. »Geh ran.«

»Gib mir deinen Hidschab«, sagte ich und wich ihrer Frage aus.

Afra nahm ihren Hidschab ab und reichte ihn mir. Ich bedeckte meinen Kopf damit und nahm ab.

»Abbas!«

»Nein.«

»Wo bist du jetzt, Abbas?«

»Nein, tut mir leid. Ich bin nicht Abbas.«

»Wo ist er? Kann ich ihn sprechen? Wurde er abgeholt? Haben diese Leute ihn geholt?«

»Abbas ist nicht hier.«

»Aber wir haben vorhin noch telefoniert. Das Gespräch wurde unterbrochen.«

»Wann?«

»Noch nicht lange her. Vor einer Stunde ungefähr. Bitte, lassen Sie mich mit ihm reden.«

Im selben Moment hielt der Pick-up an, der Motor erstarb, Schritte näherten sich. Der Fahrer riss mir den Hidschab herunter, warf ihn achtlos nach hinten, und im nächsten Moment spürte ich kaltes Metall zwischen den Augenbrauen.

»Bist du von allen guten Geistern verlassen?«, zischte Ali. »Willst du unbedingt sterben?« Er drückte die Pistole fester gegen meine Stirn, seine Augen funkelten wütend. Aus dem Telefon hörte man die Stimme von Abbas' Frau: »Abbas, Abbas …«, wieder und wieder und wieder.

»Gib her!«, herrschte der Schleuser mich an, also händigte ich ihm das Telefon aus, und wir fuhren weiter.

Wir waren auf dem Weg nach Urum al-Kubra, ungefähr zwanzig Kilometer westlich von Aleppo. Wir schlängelten uns zwischen den Ruinen der Altstadt hindurch; die westlichen Viertel waren von den Regierungstruppen besetzt, die Rebellen hielten die östlichen Stadtteile. Der Fluss überschaute alles und floss jetzt durch das Niemandsland zwischen den feindlichen Linien. Wenn man von der Regierungsseite aus etwas in den Quwaiq warf, gelangte es früher oder später zu den

Rebellen. Am Stadtrand angekommen, fuhren wir an einer riesigen Plakatwand vorbei, die Baschar al-Assad zeigte, mit seinen stechend blauen Augen, die wie Diamanten funkelten, selbst im Dunkeln. Das Poster war noch intakt, vollkommen makellos.

Wir erreichten die zweispurige Schnellstraße, und plötzlich öffnete sich die Welt vor uns, um uns herum schwarze Felder, Maulbeer- und Olivenbäume, die im Mondlicht bläulich schimmerten. Ich wusste, dass zwischen den Rebellen und den syrischen Regierungstruppen inmitten der toten Städte Schlachten geschlagen worden waren, jenen Hunderten schon vor Langem verlassenen römisch-byzantinischen Siedlungen, deren Ruinen außerhalb von Aleppo lagen. In dieser blauen Leere versuchte ich, das zu vergessen, was mir vertraut war, die Dinge, die ich gehört hatte. Ich stellte mir vor, es wäre alles noch unberührt und makellos. Genau wie Baschar al-Assads blaue Augen. Was verloren gegangen ist, ist für immer verloren. Die Festungen der Kreuzfahrer, Moscheen und Kirchen, römische Mosaike, altertümliche Märkte, Häuser, Heime, Herzen, Männer, Frauen, Töchter, Söhne. Söhne. Ich erinnere mich genau an Samis Augen. Der Moment, als das Licht aus ihnen schwand und sie sich in Glas verwandelten.

Afra war schweigsam. Sie trug ihr Haar jetzt offen, es hatte die Farbe des Himmels angenommen. Ich beobachtete sie, während sie dasaß und an ihrer Haut herumzupfte, ihr weißes Gesicht noch bleicher als sonst. Langsam fielen meine Augen zu, und als ich sie wieder aufschlug, sah ich, dass wir Urum al-Kubra erreicht hatten. Direkt vor uns lag das ausgebrannte Wrack eines Lkws. Unser Fahrer lief nervös auf und ab. Er teilte uns mit, wir würden noch auf eine Mutter und ihr Kind warten.

Der Ort lag wie verlassen da. Er war nicht mehr wiederzuerkennen. Ali war unruhig. »Wir müssen es vor Sonnenaufgang schaffen«, sagte er. »Wenn wir nicht ankommen, bevor die Sonne aufgeht, können wir es vergessen.«

Aus der Dunkelheit zwischen den Häusern tauchte ein Mann auf einem Fahrrad auf.

»Überlasst mir das Reden«, sagte Ali. »Er könnte alles sein. Sogar ein Spion.«

Als der Mann sich näherte, erkannte ich, dass er so grau war wie Asche; niemals war dieser Mann ein Spion. Trotzdem wollte Ali kein Risiko eingehen.

»Ich wollte fragen, ob Sie wohl etwas Wasser haben?«, erkundigte sich der Mann.

»Schon gut, mein Freund«, antwortete Ali. »Wir haben welches.« Er griff nach der Flasche, die auf dem Beifahrersitz stand, und reichte sie dem Mann, der sie sofort ansetzte und so gierig trank, als hätte er seit hundert Jahren Durst gelitten.

»Wir haben auch etwas zu essen.« Ali brachte eine Tomate zum Vorschein.

Der Mann hielt seine Hand auf, Handfläche nach oben, als hätte man ihm Gold versprochen. Dann stand er reglos da, die Tomate auf der Hand, und musterte uns einen nach dem anderen. »Wohin wollt ihr?«, fragte er.

»Wir fahren unsere Tante besuchen«, sagte Ali. »Sie ist sehr krank.«

Er deutete auf die Straße vor uns, um ihm zu zeigen, in welche Richtung wir wollten. Ohne ein weiteres Wort ließ der Mann die Tomate in seinem Fahrradkorb verschwinden, stieg wieder auf und fuhr los. Doch statt sich zu entfernen, beschrieb er nur einen großen Kreis und kam zu uns zurück.

»Tut mir leid«, begann er. »Ich habe ganz vergessen, dass ich euch etwas sagen muss.« Er fuhr sich mit dem Handrücken übers Gesicht, um den Staub wegzuwischen, sodass seine Finger Spuren auf der Wange hinterließen und die helle Haut darunter zum Vorschein brachten.

»Ich könnte es mir nie verzeihen, wenn ich erst euer Wasser trinke und eine Tomate von euch nehme und dann verschwinde, ohne es euch zu sagen. Dann müsste ich heute Nacht zu Bett gehen und mich fragen, ob ihr noch am Leben oder tot seid. Wenn ihr die Straße entlangfahrt, wie ihr gesagt habt, erwartet euch ein Scharfschütze oben auf einem Wassertank, ungefähr fünfzig Kilometer von hier. Er wird euch sehen. Ich würde euch deshalb raten, stattdessen die andere Straße zu nehmen.« Er deutete auf einen Schotterweg, der zu einer kleineren Landstraße führte. Und dann erklärte er uns, wie wir von dort aus weiterfahren sollten, damit wir am Ende wieder auf der richtigen Route wären.

Ali wollte nicht länger auf die Mutter und ihr Kind warten, und wir beschlossen, dem Mann zu vertrauen, und nahmen den Umweg in Kauf. Wir bogen also rechts ab und nahmen die Landstraße, die uns zwischen den Städten Zardana und Ma'arrat Misrin durchführte.

»Wo sind wir?«, fragte Afra, als wir über die holprige Piste fuhren. »Was siehst du?«

»Keine Sorge. Es ist dunkel, aber wunderschön. Da sind Weinreben und Olivenbäume, so weit das Auge reicht.«

»So wie früher?«

»Als wäre nichts geschehen.«

Sie nickte, und ich malte mir aus, es hätte keinen Krieg gegeben, dass wir wirklich auf dem Weg wären, unsere kranke Tante zu besuchen, und bei unserer Ankunft sähen die Häuser und Straßen und Leute aus wie immer. Das ist es, was ich wollte, hier mit Afra zu leben, in einer Welt, die noch nicht zerbrochen war.

Während der Pick-up über die Fahrbahn holperte, zwang ich mich, wach zu bleiben, um die syrische Nacht zu atmen, mit ihren unberührten Sternen und ihren unberührten Weinreben. Ich nahm den Duft von Nachtjasmin wahr und etwas schwächer, von weiter her, den von Rosen. Ich stellte mir ein ganzes Feld davon vor, rote Farbtupfer im Mondlicht auf den schlafenden Feldern, und bei Dämmerung würden die Arbeiter eintreffen, sie würden die Blütenblätter in Kisten packen. Und dann sah ich auf dem angrenzenden Feld meine Bienenstöcke und in den Kästen reihenweise Waben, und jeder einzelne Einsatz enthielt zarte goldene Sechsecke. Darüber das Dach, und seitlich waren die Löcher, wo die Arbeiterbienen ein- und ausflogen; aus Drüsen sonderten sie Wachs ab, das sie kauten und mit Speichel vermischten, um damit Reihe um Reihe symmetrischer Sechsecke zu bauen, jedes fünf Millimeter im Durchmesser, als würden sie Kristalle ablegen. Die Bienenkönigin in ihrem Königinnenkäfig, mit ihrem Gefolge, ihr königlicher Duft, der den Schwarm wie magisch anzog. Und dann das Summen, das melodiöse Summen, das kein Ende zu nehmen schien, wie die Bienen mich umschwirrten, an meinem Gesicht vorüberflogen, sich in meinen Haaren verfingen, sich wieder befreiten und ihren Flug fortsetzten.

Dann fiel mir Mustafa wieder ein, an den Tagen, da er nach der Universität im Anzug zur Imkerei kam, eine Thermosflasche Kaffee in der Hand und mit einem Rucksack voller Bücher und Unterlagen. Dann zog er sich schnell um und schlüpfte in den Schutzanzug und gesellte sich zu mir, überprüfte die Waben, die Konsistenz, den Geruch und den Geschmack des Honigs, indem er den Finger eintauchte und ihn kostete. »Nuri!«, rief er dann immer. »Nuri! Weißt du, ich finde, unsere Bienen machen den besten Honig auf der ganzen Welt!« Und später, wenn die Sonne unterging, ließen wir die Bienen allein und machten uns durch den dichten Stadtverkehr auf den Heimweg. Sami wartete am Fenster, mit einer Miene, als hätte er etwas verbrochen, und Afra öffnete uns die Tür.

»Nuri, Nuri, Nuri ...«

Ich schlug die Augen auf. »Was ist?«

Afra hatte ihr Gesicht dicht vor meines geschoben. »Du hast geweint«, sagte sie. »Ich habe gehört, wie du geweint hast.« Und dann wischte sie mir mit beiden Händen die Tränen fort. Sie schaute mir in die Augen, als könnte sie mich sehen. Und in diesem Moment sah ich sie auch, die Frau dort drinnen, die Frau, die ich verloren hatte. Sie war hier bei mir, ihre Seele zeigte sich mir klar und deutlich, wo sie sich mir sonst entzog. In diesen wenigen Sekunden hatte ich keine Angst mehr vor der Reise, vor dem Weg, der vor uns lag. Doch schon im nächsten Moment überschattete sich ihr Blick, und ihre Augen wirkten wieder wie tot. Kraftlos sackte sie in sich zusammen und zog sich zurück. Ich wusste, dass ich sie nicht zwingen konnte, bei mir zu bleiben, es gab nichts, was ich sagen konnte, um sie noch einmal hervorzulocken, nachdem sie verschwunden war. Ich musste sie ziehen lassen und abwarten, bis sie von allein zurückkam.

Wir umfuhren Ma'arrat Misrin und gelangten anschließend wieder auf die Schnellstraße, überquerten einen Hügel und durchfuhren das Tal, das sich zwischen Haranbush und Kafar Nabi erstreckte, und näherten uns schließlich Armanāz, und dort, vor uns, lagen die riesigen Scheinwerfer, die die Grenze zur Türkei markierten und die weite Ebene wie grellweißes Sonnenlicht erhellten.

Zwischen Armanāz und der Grenze liegt der Fluss Orontes. Er trennt die Türkei von Syrien, und mir war bewusst, dass wir ihn überqueren mussten. Der Fahrer hielt den Pick-up an einer dunklen Stelle unter einer Baumgruppe an und führte uns über einen Pfad durch einen Wald. Afra hielt meine Hand fest umklammert und stolperte und stürzte immer wieder, sodass ich ihr jedes Mal aufhelfen und sie mit der Hand um die Hüfte stützen musste. Doch in der Dunkelheit konnte selbst ich nicht viel sehen, ich nahm nur Bewegungen im Blätterwerk und den Ästen über uns wahr. Nicht weit entfernt hörte ich Stimmen, und dann, als wir den Wald hinter uns ließen, sah ich dreißig bis vierzig Menschen, die als geisterhafte Umrisse am Ufer des Flusses standen. Ein Mann half gerade einem jungen Mädchen in einen riesigen Kochtopf – von der Sorte, wie wir sie normalerweise zum Kochen von Couscous verwenden. Ein langes Kabel war daran befestigt, damit die Männer auf der anderen Flussseite sie hinüberziehen konnten. Der Mann plagte sich damit, dem Mädchen hineinzuhelfen, doch sie weinte und klammerte sich mit beiden Armen an seinem Hals fest und wollte nicht loslassen.

»Bitte, setz dich da rein«, flehte der Mann. »Geh mit diesen netten Leuten, wir sehen uns auf der anderen Seite.«

»Aber warum kommst du nicht mit mir?«, fragte sie.

»Ich verspreche dir, wir treffen uns auf der anderen Seite. Bitte hör auf zu weinen. Sie könnten uns sonst hören.« Doch das Mädchen ließ nicht locker. Deshalb zwang er sie hinein und schlug ihr hart ins Gesicht. Schockiert setzte sie sich zurück und hielt sich die Hand an die Wange, und schon zogen die Männer an dem Kabel, und sie trieb davon. Als sie nicht mehr zu sehen war, ließ der Mann sich auf den Boden sinken, als wäre alles Leben aus ihm gewichen, und er begann zu

75

schluchzen. Ich wusste, dass er sie nie wiedersehen würde. In dem Moment warf ich einen Blick zurück. Ich hätte es nicht tun sollen, aber ich wandte mich von der Menge ab und blickte hinter mich in die Dunkelheit hinein und auf das Land, das ich im Begriff war zu verlassen. Ich sah die Öffnung zwischen den Bäumen, den Pfad, der mich dorthin zurückführen würde, wo ich herkam.

4

Es gibt einen neuen Mitbewohner in unserer Pension. Seine Schultern sind so spitz und sein Rücken derart gebeugt, dass man den Eindruck bekommt, als hätte er Flügel unter seinem T-Shirt, wenn er vornübergebeugt auf seinem Stuhl sitzt. Er unterhält sich mit dem Marokkaner, sie reden radebrechend in einer Sprache, die ihnen beiden noch fremd ist. Der Marokkaner scheint den jungen Mann zu mögen. Sein Name ist Diomande, er stammt von der Elfenbeinküste. Immer wieder sieht er während des Gesprächs zu mir her, aber ich lasse mir nicht anmerken, dass ich sie belausche.

Die Hummel lebt noch immer. Ich habe sie im Garten auf der Blüte gefunden, auf der ich sie abgesetzt hatte. Ich habe sie mit hereingebracht, jetzt krabbelt sie an meinem Arm empor. Mein Blick ist fast ununterbrochen auf die Terrassentüren gerichtet. Ich konzentriere mich auf Diomandes Spiegelbild und auf die Schatten der Bäume dahinter.

»Ich habe in Gabun gearbeitet«, sagt Diomande. »Dort habe ich gehört, ich soll nach Libyen gehen – da hätte man bessere Chancen. Mein Freund hat mir erzählt, dort habe es Krieg gegeben, aber jetzt sei es sicher, deshalb beschloss ich, dorthin zu gehen und mir gute Arbeit zu suchen. Ich habe 15 000 CFA-Francs bezahlt für eine achttägige Fahrt durch die Wüste, aber ich wurde gefangen genommen und ins Gefängnis gesteckt.« Er hat die Ellbogen auf seine Knie gestemmt, während er spricht, und wenn er sich bewegt, heben sich seine Schulterblätter, und jedes Mal denke ich, gleich breitet er seine Schwingen aus. Er ist sehr hochgewachsen und knochig, seine Knie ragen hoch empor, fast als würde sein Körper sich zusammenfalten wollen.

»Drei Tage hatten wir nichts zu essen«, fährt er fort, »nur ein wenig Brot und Wasser, das wir uns zu sehr vielen teilen mussten. Sie schlugen uns, sie schlugen uns immer wieder. Ich weiß nicht, wer sie waren, aber sie verlangten 200 000 CFA-Francs für meine Freiheit. Ich rief meine Familie an, aber das Geld kam nie.«

Jetzt wechselt er die Position und legt seine langen braunen Finger über seine Knie. Ich wende mich von seinem Spiegelbild in der Scheibe ab und schaue ihn eindringlich an, sehe, wie seine Knöchel hervortreten und seine Augen aus dem Gesicht hervorstechen. An diesem Jungen ist kein bisschen Fleisch dran. Fast könnte man meinen, Vögel hätten es ihm heruntergepickt. Er erinnert an einen Leichnam oder an ein ausgebombtes Gebäude. Er fängt meinen Blick auf und erwidert ihn einen kurzen Moment, dann sieht er hinauf zur Decke und betrachtet die nackte Glühbirne.

»Und wie bist du dann rausgekommen, Geezer?«, erkundigt sich der Marokkaner. Offenbar kann er es kaum erwarten, den Rest der Geschichte zu hören.

»Nach drei Monaten ist eine rivalisierende Miliz in das Gefängnis eingedrungen und hat sämtliche Geiseln befreit. Ich war frei. Ich bin zu Fuß nach Tripolis gelaufen, habe einen Freund getroffen und Arbeit gefunden.«

»Das freut mich für dich!«, sagt der Marokkaner.

»Aber mein neuer Arbeitgeber wollte nicht bezahlen, und

als ich Geld verlangte, sagte er, er wird mich umbringen. Ich wollte zurück nach Gabun, aber es gab keine Möglichkeit, deshalb bin ich in ein Schleuserboot gestiegen und habe das Mittelmeer überquert.«

Der Marokkaner lehnt sich jetzt in seinem Sessel zurück und folgt dem Blick des Jungen in Richtung der Glühbirne an der Decke.

»Du hast es hierher geschafft. Wie?«

»Das ist eine lange Geschichte«, sagt Diomande. Aber dann verstummt er. Er wirkt plötzlich müde, und weil der Marokkaner das offenbar merkt, tätschelt er ihm das Knie und wechselt das Thema. Er erzählt ihm von den sonderbaren Gebräuchen der Menschen hier.

»Sie tragen Turnschuhe zum Anzug! Wer tut denn so was! Und sie tragen Schlafkleidung draußen! Warum?«

»Du meinst Jogginganzug«, sagt Diomande und deutet auf seinen eigenen.

Der alte Mann ist um diese nächtliche Stunde normalerweise im Pyjama, aber tagsüber trägt er einen alten graublauen Anzug mit Krawatte.

Ich warte, bis die beiden zu Bett gegangen sind, dann gehe ich hinaus in den Garten und setze die Hummel wieder auf die Blüte. Ganz schwach ist das Rauschen des Verkehrs zu hören, es weht eine leichte Brise, die die Blätter rascheln lässt. Der Sensor hat mich nicht registriert, die Dunkelheit wirkt beruhigend, der volle Mond hängt hoch am Himmel. In diesem Moment spüre ich, dass jemand hinter mir steht. Als ich mich umdrehe, sitzt Mohammed am Boden und spielt mit seiner Murmel, er lässt sie an den Rissen im Beton entlangrollen. Neben ihm windet sich ein Regenwurm in einer Pfütze. Er sieht zu mir auf.

»Onkel Nuri«, sagt er. »Ich gewinne gegen den Wurm! Sein Name ist Habib. Willst du Habib Hallo sagen?«

Er hebt den Regenwurm hoch, damit ich ihn besser sehen kann.

»Was tust du hier?«, frage ich.

»Ich war auf der Suche nach dem Schlüssel, weil ich hier raus wollte.«

»Welchen Schlüssel?«, frage ich.

»Ich glaube, er ist an diesem Baum. Er hängt irgendwo darin, aber ich wusste nicht, welcher es ist.«

Ich drehe mich um und sehe weit über hundert goldene Schlüssel am Baum hängen. Sie drehen sich träge im schwachen Luftzug und funkeln im Mondlicht.

»Holst du ihn für mich herunter, Onkel Nuri?«, bettelt er. »Weil ich nicht hinkomme, und Habib wird langsam müde.«

Ich sehe Habib an, der an seinem Finger baumelt.

»Sicher«, sage ich. »Aber woher weiß ich, welchen Schlüssel du möchtest?«

»Hol sie einfach alle herunter, dann probieren wir sie so lange aus, bis einer passt.«

Ich gehe in die Küche und hole eine Rührschüssel. Mohammed wartet draußen geduldig auf mich, und dann mache ich mich daran, die Schlüssel einen nach dem anderen vom Baum zu pflücken – im Garten gibt es eine Trittleiter, die benutze ich, um auch die an den höher gelegenen Zweigen zu erreichen. Schon bald ist die Schüssel fast randvoll, und ich vergewissere mich mehrfach, dass ich auch keinen übersehen habe. Als ich mich mit der Schüssel in der Hand umdrehe, ist Mohammed verschwunden. Der Wurm kriecht zurück in die Pfütze.

Ich gehe nach drinnen und hinauf ins Schlafzimmer, wo ich die Schüssel auf Afras Seite auf dem Nachtschränkchen abstelle, direkt neben der Murmel. Ich achte gut darauf, sie nicht zu wecken. Dann gehe ich um das Bett herum und lege mich neben sie. Mit geschlossenen Augen liegt sie mir zugewandt da, beide Hände unter die Wange geschoben, und ich weiß, dass sie tief und fest schläft, weil sie langsam und gleichmäßig atmet. Ich drehe mich in die andere Richtung und starre in die Dunkelheit, weil ich es nicht schaffe, die Augen zu schließen. Ich denke zurück an unsere Zeit in Istanbul.

ISTANBUL

hieß das Ziel, dort traf ich Mohammed.

Auf der anderen Seite des Orontes befand sich ein Stacheldrahtzaun mit einem Loch darin, das wie ein offenes Maul klaffte, ungefähr zwei Meter im Durchmesser. Da mussten wir hindurch. Die Leute warfen ihr Hab und Gut über den Zaun und reichten Kleinkinder durch die Öffnung. Es war immer noch dunkel, die Schleuser wiesen uns an, die Köpfe unten zu halten und auf Händen und Knien über die mit Farn überwucherte Ebene zu kriechen.

Als wir in der Türkei waren, liefen wir hundert Meilen weit, über Felder voller Weizen und Gerste. Alles war still. Afra hielt sich an meinem Arm fest und zitterte, die Kälte war unerträglich. Nach ungefähr einer halben Stunde Fußmarsch sahen wir in der Ferne ein Kind auf die Straße rennen, eine Silhouette, die sich gegen die Sonne abzeichnete. Der Junge winkte jemandem zu, dann lief er eilig in Richtung einer kleinen Ansammlung von Häusern davon.

Wir näherten uns dem Dorf, den kleinen Bungalows mit ihren Terrassen und den geöffneten Fensterläden, hinter den Fenstern Menschen, die neugierig herausschauten, während andere aus ihren Häusern traten und am Straßenrand standen, die Augen vor Verwunderung ganz groß, als sähen sie einen Wanderzirkus vorüberziehen. Ein langer Tisch mit Plastikbechern und Krügen voller Wasser stand bereit. Wir machten halt und tranken, und die Frauen aus dem Dorf brachten uns Decken. Sie gaben uns Brot und Kirschen und kleine Säckchen mit Nüssen zu essen, dann traten sie zurück und sahen zu, wie wir weiterzogen. Erst hinterher wurde mir bewusst, dass ihre Blicke, aus denen ich Staunen zu lesen glaubte, in Wirklichkeit voller Angst gewesen waren, und ich malte mir aus, wie ich mit ihnen den Platz tauschte und zusah, wie Hunderte von vom Krieg gebeutelten Menschen vor meinen Augen in eine ungewisse Zukunft zogen.

Wir liefen mindestens noch eine weitere Stunde, der Wind wurde stärker und bremste uns aus. Dann drang plötzlich der stechende Geruch von Abwasser in unsere Nasen, und wir standen vor einer weiten Ebene. Überall waren Zelte und Menschen zu sehen, die inmitten von Müll auf Decken schliefen.

Ich fand einen freien Platz unter einem Baum. Hier herrschte eine Ruhe, wie ich sie lange nicht mehr gekannt hatte; in Syrien lauerte in der Stille immer Gefahr, sie konnte jeden Moment durch eine Granate oder Geschützfeuer oder die schweren Schritte von Soldaten oder der Rebellen gestört werden. Irgendwo in der Ferne Richtung Syrien erschütterte ein tiefes Grollen die Erde.

Der Wind wehte von den Bergen herab und trug den Geruch von Schnee heran. Ich hatte ein ganz bestimmtes Bild im Kopf – das weiße Leuchten des Hermon, wo ich das erste Mal in meinem Leben Schnee gesehen hatte, vor unzähligen Jahren, Syrien zur Linken, der Libanon zur Rechten, die Grenze definiert vom Grat des Bergmassivs, und das Meer tief unten. Wir hatten eine Melone in den Fluss gelegt, die Kälte hatte ihre Schale aufplatzen lassen. Meine Mutter biss in die eisig grüne Frucht. Was taten wir dort oben auf dem Dach der Welt?

Ein Mann neben mir sagte: »Wenn man zu jemandem gehört, aber derjenige verschwindet, wer ist man dann?« Der Mann machte einen ziemlich mitgenommenen Eindruck, sein Gesicht war schmutzig, die Haare zerzaust. Er hatte Flecken auf der Hose, ein strenger Geruch nach Urin ging von ihm aus. Im Dunkeln waren Geräusche zu hören, tierische Laute, und ich glaubte den fauligen Geruch des Todes wahrzunehmen. Dieser Mann reichte mir und Afra eine Flasche Wasser und empfahl mir, mich eine Weile daraufzusetzen, bevor wir tranken; sie war eiskalt. Die Nacht kam und ging, die Sonne erhob sich am Horizont. Am Boden lagen etwas zu essen und eine neue Decke. Jemand hatte hartes Brot und Bananen und Käse vorbeigebracht. Afra aß und schlief, den Kopf an meine Schulter gelehnt, wieder ein.

»Woher stammst du?«, fragte der Mann.

»Aleppo, und du?«

»Nordsyrien.« Aber er verriet mir nicht, woher genau.

Er nahm die letzte Zigarette aus einer Packung und zündete sie an. Langsam rauchte er sie und blickte auf die ausgedörrte Landschaft. Früher mag er ein kräftiger Mann gewesen sein, aber jetzt hatte er kein bisschen Fleisch mehr auf den Knochen.

»Wie heißt du?«, fragte ich.

»Ich habe meine Tochter und meine Frau verloren«, sagte er und ließ den abgebrannten Stumpen zu Boden fallen. Mehr sagte er dazu nicht, mit matter, tonloser Stimme. Doch dann schien ihm plötzlich etwas einzufallen. »Manche Leute …«, brachte er schließlich nach längerer Pause hervor, »manche Leute sind schon seit einem Monat hier. Es wäre das Beste, die Behörden zu umgehen und sich an einen Schleuser zu wenden. Ich habe etwas Geld.« Voller Hoffnung sah er mich an, gespannt, was ich dazu sagen würde.

84

»Weißt du, wie?«, fragte ich.

»Ich habe mich mit ein paar Leuten unterhalten, es gibt einen Bus, der in die nächste Stadt fährt, dort könnten wir uns einen Schleuser suchen. Ich habe viele Menschen gehen sehen, die nicht wiedergekommen sind. Ich wollte es nur nicht auf eigene Faust versuchen.«

Als ich mich einverstanden erklärte, mit ihm zu kommen, verriet er mir, dass sein Name Elias sei.

Den Rest des Tages befand Elias sich auf einer Mission; er sprach mit verschiedenen Leuten, führte mehrere Telefonate von meinem Handy aus, dessen Akkustand ohnehin schon niedrig war. Bis zum Nachmittag war es ihm gelungen, einen Schleuser für uns drei zu organisieren, den sollten wir in der nahe gelegenen Stadt treffen, und von dort aus würden wir uns auf den Weg nach Istanbul machen. Schon eigenartig, wenn man sich überlegt, wie einfach es war, das alles zu arrangieren, dass es für diejenigen unter uns, die das Glück hatten, über ein wenig Geld zu verfügen, ein solch gut organisiertes System gab.

Am nächsten Morgen begaben wir uns zur Bushaltestelle und fuhren in die nächste Stadt, wo wir den Schleuser trafen, einen kleinen, asthmatischen Mann mit Augen, die umherschwirrten wie ein Schwarm Fliegen. Er fuhr uns in seinem Auto bis nach Istanbul. Dort angekommen, folgte Elias mir auf Schritt und Tritt. Die prunkvollen Gebäude der Stadt ragten hoch empor, alt und neu, rund um den Bosporus, wo Marmarameer und Schwarzes Meer aufeinandertreffen.

Ich hatte vergessen, dass Gebäude intakt sein können, dass es eine ganze Welt da draußen gab, die nicht wie Aleppo zerstört war.

Wir schliefen bei dem Schleuser in der Wohnung auf dem Fuß-
boden. Es gab zwei Zimmer, eins für die Frauen und eins für
die Männer. Im Männerzimmer hing ein Bild an der Wand, das
die Familie zeigte, die früher hier gewohnt hatte. Das Foto war
von der Sonne fast restlos ausgeblichen, ich fragte mich unwillkürlich, wer sie waren und wo sie jetzt lebten. Nachts wurde
es sehr kalt, stets wehte ein frischer Wind vom Wasser heran.
Er pfiff durch die Ritzen der hölzernen Türrahmen und unter
den Fensterbrettern hindurch und brachte das Jaulen von Hunden und Automotoren mit sich. Allerdings war es hier um einiges wärmer als draußen auf dem offenen Land, und zumindest
hatten wir eine Toilette und ein Dach über dem Kopf.

Früh am Morgen, sobald das Zwitschern der Vögel einsetzte, mühten die Leute sich aus ihrer unbequemen Schlaf-
haltung und begannen zu beten. Es blieb ihnen nichts anderes zu tun, als zu warten. Jeden Morgen kehrte der Schleuser
aus seinem uns unbekannten Unterschlupf zurück und infor-
mierte uns über die allgemeine Wetterlage und die Bedingun-
gen auf See. Wir konnten die Überfahrt nicht riskieren, solange
der Wind derart stark war. Sobald er wieder verschwand, unterhielten sich die Menschen, erzählten sich Geschichten von
denen, die es nicht hinüber nach Griechenland geschafft hatten, von ganzen Familien, Männern und Frauen und Kindern,
die auf weiter See verschollen waren. Ich beteiligte mich nie
aktiv an diesen Gesprächen, sondern lauschte nur und wartete
ab, dass die Stille zurückkehrte. Afra saß auf einem Korbstuhl
am Fenster, den Kopf leicht nach links oder rechts geneigt, und
hörte sich alles an.

Als ich zu ihr ging, sagte sie: »Nuri, ich will nicht in das Boot
steigen.«

»Hier können wir nicht bleiben.«

»Warum nicht?«

»Weil wir sonst für immer in den Camps werden leben müssen. Möchtest du das?«

»Ich will gar nichts mehr.«

»Unser Leben wird zum Stillstand kommen. Wie soll ich je wieder arbeiten?«

Darauf antwortete sie nichts.

»Wir haben die Reise begonnen – es hat keinen Sinn, jetzt aufzugeben.«

Sie stieß nur ein mürrisches Knurren aus.

»Außerdem wartet Mustafa auf uns. Willst du nicht auch Dahab wiedersehen? Du willst doch auch, dass wir wieder sesshaft werden, irgendwo, wo wir sicher sind. Ich habe es satt, so zu leben.«

»Ich habe Angst vor dem Wasser«, gab sie schließlich zu.

»Du hast vor allem Angst.«

»Das ist nicht wahr.«

Erst da bemerkte ich den kleinen Jungen, etwa sieben oder acht Jahre alt, der im Schneidersitz auf dem Boden saß und eine Murmel über den Fliesenboden rollen ließ. Er hatte etwas Merkwürdiges an sich, als ob er weit weg wäre, verloren in seiner eigenen Welt. Er schien alleine zu sein.

Später, als ich hinaus auf den Balkon trat, folgte der Junge mir. Eine Weile stand er schweigend neben mir, trat von einem Fuß auf den anderen und bohrte dabei mit dem Finger in der Nase, den er immer wieder hinten an seiner Jeans abwischte.

»Werden wir ins Wasser fallen?«, fragte er und sah mit großen Augen zu mir auf, genau wie Sami es getan hätte.

»Nein.«

»Wie diese anderen Menschen?«

»Nein.«

»Wird der Wind das Boot vom Kurs abbringen? Wird es kentern?«

»Nein. Aber wenn doch, haben wir immer noch die Rettungswesten. Wir schaffen es schon.«

»Und Allah – Friede sei mit ihm – wird uns helfen?«

»Ja. Allah wird uns helfen.«

»Mein Name ist Mohammed«, sagte der Junge.

Ich hielt ihm die Hand hin, und er schüttelte sie wie ein kleiner Mann.

»Schön, dich kennenzulernen, Mohammed. Ich bin Nuri.«

Der Junge sah erneut zu mir auf, diesmal mit noch größeren, angsterfüllten Augen. »Aber warum hat er den Jungen nicht geholfen, als man ihnen die Köpfe abgeschlagen hat?«

»Wer hat ihnen die Köpfe abgeschlagen?«

»Sie standen in einer Schlange und mussten warten. Sie trugen nicht Schwarz. Deshalb. Mein Vater hat gesagt, es lag daran, dass sie kein Schwarz trugen. Ich hatte etwas Schwarzes an. Siehst du?«

Er zupfte an seinem schwarzen, fleckigen T-Shirt.

»Wovon redest du?«

»Dann gab mein Vater mir einen Schlüssel und wies mich an, zu einem Haus zu gehen. Er sagte mir, wo ich es finden würde und dass ich hineingehen und die Tür hinter mir abschließen solle. Aber als ich dort hinkam, hatte das Haus keine Tür.« Er zog einen Schlüssel aus der hinteren Hosentasche und zeigte ihn mir, als hoffte er immer noch, die Tür zu finden, in die dieser Schlüssel passen würde. Dann ließ er ihn wieder in der Tasche verschwinden.

»Aber Allah wird uns auf dem Wasser helfen? Weil sie uns auf dem Meer nicht finden können?«

»Ja. Er wird uns übers Meer helfen.«

Mohammeds Schultern schienen sich zu entspannen, und eine Weile blieb er noch neben mir stehen, mit seiner schwarzen Jeans und dem schwarzen Oberteil und den schwarzen Fingernägeln und den schwarzen Augen.

Während die Tage verstrichen, fiel mir auf, dass niemand sonst mit Mohammed redete, und seit unserem Gespräch auf dem Balkon warf er mir immer wieder Blicke zu und sah ständig nach, wo ich war. Ich glaube, in meiner Nähe fühlte er sich sicher.

Am dritten Tag unternahm ich einen Spaziergang. Es gab da diesen gepflasterten Pfad, der in ein Wäldchen führte; wenn man dem folgte, gelangte man schließlich zu den großen Gebäuden. Am Himmel waren nur vereinzelt Wolken zu sehen, das Wetter war dem in Syrien nicht unähnlich, vielleicht etwas kühler, aber in der Luft lag ein Dunst von den Abgasen, besonders am Morgen hing der dichte graue Nebel über dem Wasser und in den Straßen, und er war nicht sauber wie an einem frostigen Wintertag, sondern trug die Gerüche der Großstadt und ihrer Menschen in sich.

Am vierten Tag beschloss Elias, mich auf meinem Spaziergang zu begleiten, doch er sprach kaum ein Wort, es sei denn, um eine Bemerkung über das Wetter zu machen, das mehr oder weniger jeden Tag gleich war. Doch er kommentierte noch die kleinste Veränderung, wie:»Der Nebel ist heute Morgen dichter als sonst«. Oder: »Heute Abend weht ein eisiger Wind«. Er machte stets Bemerkungen zum Offensichtlichen, nur dass das Wetter tatsächlich wichtig für uns war, während wir warteten und auf ein Anzeichen lauerten, dass die See ruhiger werden würde, damit wir unsere Reise fortsetzen konnten.

Während wir nebeneinander hergingen, fielen mir noch

weitere Dinge auf, zum Beispiel die Katzen, die mich an Aleppo erinnerten; wie sie aus ihrem schläfrigen Zustand erwachten und den ganzen Tag im Schatten auf etwas zu fressen hofften. Und auch die Straßenhunde, unberechenbar und ungepflegt, mit ihren alten Narben und den neuen Wunden, von Verletzungen oder Krankheiten oder Unfällen. Sie sahen alle recht ähnlich aus und hatten entweder helles oder dunkelbraunes Fell. Sie waren überall, streiften durch die Gassen und Seitenstraßen hinter den Restaurants, auf Nahrung lauernd, oder sie spazierten mitten durch den dichten Verkehr. Nachts schienen die wilden Hunde von Istanbul sich in der ganzen Stadt gegenseitig etwas zuzurufen. Und am Morgen lagen sie dann unter Stühlen und Tischen vor den Cafés auf dem Taksim-Platz und dösten schläfrig vor sich hin, um sich von den nächtlichen Eskapaden zu erholen. Die meisten Leute schienen sie gar nicht mehr zu bemerken, doch die Hunde beobachteten jeden, aus Augen wie Halbmonde unter den gesenkten Lidern, die Köpfe auf die Pfoten gebettet: die Kinder, die durch den fahrenden Verkehr huschten und an Autoscheiben klopften, um den Vorüberfahrenden Flaschen mit Wasser zu verkaufen.

Ganze Familien zogen durch die Straßen, manche barfuß, und wenn sie müde wurden, setzten sie sich an den Straßenrand, um sich auszuruhen, und da waren Menschen auf der Flucht an den Marktständen, wo sie Dinge verkauften, ohne die keiner von uns mehr leben könnte: Handyladegeräte, Rettungswesten, Zigaretten.

Manchmal vergaß ich fast, dass ich auch einer von diesen Flüchtlingen war. Wie die Hunde saß ich Tag für Tag auf derselben Bank und beobachtete die gelben Taxis, die im Kreisverkehr um die Pflanzbeete mit dem roten Mohn herumfuhren. Ich sog die unterschiedlichen Gerüche in mir auf, von den Grillhäusern und Kebabläden mit ihren Drehspießen und Holzfeuern, und der wunderbare Duft des ringförmigen Hefegebäcks, wenn es frisch aus dem Ofen kam; oder die fliegenden Händler, die jeden Tag ihre Runden auf dem Platz zogen. Da lagen rohe Burger in Vitrinen, und in den Fenstern zur Straße saßen Frauen in traditioneller Kleidung und rollten von Hand Crêpes. Ich beobachtete, wie die Flüchtlingskinder lernten, sich anzupassen, wie sie die Kunst des Überlebens meisterten – diese kleinen Unternehmer, diese Glückspilze. Was hätte Sami von diesen Straßen gehalten? Von den Marktständen und Restaurants und den Lichtern auf der İstiklal Caddesi, auch Unabhängigkeitsstraße genannt, nur ein kurzes Stück von den Slums und Ghettos entfernt. Er hätte mich an der Hand genommen und mich in die Schokoladenläden gezerrt, und Afra hätte die Boutiquen und Buchläden und Patisserien geliebt.

Von dem Tag an, als wir in der Unterkunft des Schleusers ankamen, verließ Afra das Haus nicht ein einziges Mal. Wenn ich dann nach meinem Fußmarsch durch die Straßen zu ihr zurückkehrte, erzählte ich ihr von den ottomanischen Gebäuden, von den Autos und dem Lärm und dem Chaos und dem Essen und den Hunden. Wenn ich etwas Kleingeld in der Tasche hatte, kaufte ich ihr einen Teigring mit Sesam. Die liebte sie, besonders wenn sie noch warm waren, dann brach sie das Gebäck in der Mitte entzwei und teilte es mit mir. Afra aß nie etwas, ohne etwas abzugeben – das war ihre Art. Ich erzählte ihr nicht von den Straßenkindern. Ich wollte nicht, dass sie sich ihren Anblick ausmalte und mit ihnen gemeinsam in den finsteren Tunneln ihres Gedächtnisses eingeschlossen wurde, aus denen es kein Entrinnen gab.

Nachts, wenn die Straßenhunde erwachten, wurde Afra unruhig. Sie schlief mit den anderen Frauen im Zimmer nebenan.

91

Nacht für Nacht tupfte sie das Rosenparfüm auf die zarte Haut an ihrem Handgelenk und ihrem Hals, als würde sie noch ausgehen. Ich musste mir ein Zimmer mit zehn anderen Männern teilen. Ich vermisste Afra. Es war das erste Mal seit Jahren, dass ich nicht neben ihr schlief. Ich vermisste ihre ruhigen Atemzüge. Ich vermisste es, meine Hand auf ihren Brustkorb zu legen, um ihren Herzschlag zu spüren. Ich schlief nicht viel. Ich dachte an meine Frau. Ich wusste, dass es nachts Momente gab, da vergaß sie völlig, dass sie nicht in Aleppo war. Ihr Gehirn täuschte ihr etwas vor, dann ging sie hinaus auf den Flur mit der hohen Decke und dem langen Fenster. Ich erkannte das Geräusch ihrer Schritte auf den Fliesen und stand ebenfalls auf, um hinauszuschleichen und mich zu ihr zu gesellen.

»Nuri, bist du das? Ich kann nicht schlafen. Bist du wach?«

»Jetzt schon.«

»Ich kann nicht schlafen. Ich möchte einen Spaziergang machen.«

»Es ist spät. Jetzt ist es nicht sicher. Wir gehen morgen früh.«

»Ich will Khamid besuchen und seine riesigen Hosen auf der Wäscheleine sehen.«

Khamid war ihr Großonkel. Er wohnte ein Stück die Straße hinunter, gegenüber einer vertrockneten Wiese mit einer Metallschaukel und einer Rutsche darauf. Abends ging Afra immer mit Sami dorthin, um zu schaukeln, und dann lachten sie jedes Mal über Khamids viel zu große Hosen.

Sanft legte ich ihr die Hände ans Gesicht und küsste erst das eine Augenlid, dann das andere. Insgeheim wünschte ich mir, ich könnte sie mit meinen Küssen töten, sie für immer in den Schlaf schicken. Ihre Gedanken ängstigten mich. Was sie sah, woran sie sich erinnerte, verschlossen hinter ihren Augen.

Nach einigen Tagen versuchte ich, Arbeit zu finden. Es gab

so viele Flüchtlinge, die auf den Straßen Rettungswesten und Zigaretten verkauften, alle arbeiteten illegal, weil sie kein Recht hatten, hier zu sein. Es war nicht allzu schwer, einen Job als Autowäscher zu finden. Elias kam mit mir. Wir arbeiteten Seite an Seite und schrubbten den Ruß und den Schmutz der Großstadt von den Fahrzeugen. Manchmal stahlen wir Kleinigkeiten aus den Kofferräumen oder Handschuhfächern, Dinge, die den Kunden kaum fehlen würden, weil sie ihnen nichts bedeuten konnten – Kaugummipäckchen, halb leere Wasserflaschen, ein wenig Kleingeld. Elias nahm sogar Zigarettenstummel aus den Aschenbechern mit. Unser Boss war ein sechzigjähriger Türke, der am Tag locker sechzig Zigaretten rauchte und uns nur ein Almosen bezahlte, aber wir waren jetzt schon drei Wochen in Istanbul, und noch immer war das Wetter schlecht, deshalb tat uns das bisschen Extrageld und der Zeitvertreib ganz gut. Einmal, nach der Arbeit, umrundete ich den Taksim auf der Suche nach einem Internetcafé. Mein Handy ging nicht mehr, ich wollte unbedingt wissen, ob Mustafa versucht hatte, mich zu erreichen. Ich wusste, wenn er am Leben und wohlauf war, würde er mir eine Nachricht schicken, und tatsächlich: Als ich mich in mein E-Mail-Konto einloggte, warteten drei Mails von ihm auf mich.

22.11.2015

Mein lieber Nuri,

ich hoffe, du hast den Brief gefunden, den ich für dich hinterlassen habe. Jeden Tag denke ich an Afra und dich. Es tut mir leid, dass ich gehen musste, ohne mich von euch zu verab-

schieden. *Wäre ich geblieben, hätten sie mich gefunden und umgebracht. Ich hoffe, du verstehst das und kannst mir verzeihen.*

An jedem einzelnen Tag frage ich mich, wie es so weit kommen konnte, wie grausam das Leben einem mitspielen kann. Die meiste Zeit ertrage ich es kaum, am Leben zu sein. Die Gedanken, die mir durch den Kopf gehen, vergiften mich, und ich bin ganz allein mit ihnen. Ich weiß, dass jeder andere hier genau wie ich in seiner eigenen Hölle gefangen ist – es gibt einen Mann, der umklammert jede Nacht seine Knie und schaukelt unentwegt vor und zurück, und dabei singt er, Nuri. Er singt ein Schlaflied, das mein Herz in einen Eisblock verwandelt. Am liebsten würde ich ihn fragen, für wen er dieses Schlaflied früher gesungen hat oder wer es ihm vorgesungen hat. Aber ich fürchte mich vor der Antwort, deshalb biete ich ihm lieber Zigaretten an. Mehr kann ich nicht tun, aber wenigstens hört er für einige Minuten auf zu singen, während er sie raucht. Ich wünschte, ich könnte meinen Gedanken entfliehen, könnte mich von dieser Welt und allem, was ich in den vergangenen Jahren erfahren und sehen musste, befreien. Und die Kinder, die überlebt haben – was wird aus ihnen werden? Wie sollen sie in dieser Welt existieren können?

Die Reise verlief nicht nach Plan. Ich bin durch die Türkei und Griechenland gereist und habe die Grenze nach Mazedonien überquert, doch dann kamen die ersten Komplikationen – ich wurde erwischt und ausgewiesen und in einen Zug nach Bulgarien gesetzt, wo ich gegenwärtig bin, in einem Lager irgendwo in den Wäldern. Ich schicke dir diese Nachricht vom Handy eines jungen Mannes aus, den ich hier kennengelernt habe. Es gibt große Zelte, wir schlafen in Etagenbetten, sie stehen dicht an dicht. Ständig fürchte ich, beim nächsten starken Wind könnte alles umstürzen. Es gibt einen Bahnhof in der Nähe. Die Züge, die hier einfahren, sind alt, die Leute versuchen, sich dranzuhängen, weil sie hoffen, so nach Serbien zu gelangen. Bislang habe ich selbst es noch nicht probiert, auf einen von diesen Zügen aufzuspringen.

Gerade ist die Essenslieferung gekommen, wir müssen warten, bis man uns etwas gibt, Sardinen und Brot. Das essen wir jeden Tag. Wenn ich es je hier rausschaffe, will ich nie wieder in meinem ganzen Leben eine Sardine essen.

Ich hoffe sehr, von dir zu hören. Ich bete, dass du in Sicherheit bist.

Dein Cousin Mustafa

29.12.15

Mein lieber Nuri,

ich bin jetzt in Serbien in einem Lager unweit einer Fabrik. Es handelt sich um ein Industriegebiet am Ende einer Eisenbahnstrecke. Von hier aus führt kein Weg weiter. Hoffentlich bedeutet das nicht, dass meine Reise an diesem Ort endet. Von Bulgarien aus habe ich den Zug genommen, einen Tag und eine Nacht lang bin ich gefahren und wurde dann zu diesem mit Stacheldraht umgrenzten Lager unmittelbar außerhalb eines Dorfes gebracht. Ich komme hier nicht raus – das Camp ist abgeriegelt, wer hinauswill, muss sich in einer langen Schlange einreihen. Der Zug hat keine Trittfläche. Als ich hier ankam, sah ich Leute über Leitern einsteigen, aber

95

*zumindest konnten sie von hier wegfahren. Ein Mädchen hat
seine Stimme verloren – sie muss um die achtzehn sein, jeden
Tag fleht ihre Mutter sie an, sie möge doch endlich wieder
sprechen, und das Mädchen öffnet den Mund, doch es
kommt kein Laut über ihre Lippen. Ich frage mich, was für
Worte in ihrem Inneren eingeschlossen sind und warum sie es
nicht nach draußen schaffen. Sie ist das Gegenteil von dem
Jungen an diesem Fluss, der um seinen Vater geweint hat.
Aber wer weiß, was dieses Mädchen durchmachen musste,
was sie gesehen hat.*

*Hier herrscht große Stille, aber die Stille ist erfüllt von
Chaos und Irrsinn. Ständig versuche ich, mich an das
Geräusch der Bienen zu erinnern, Licht zu finden, indem ich
die Augen schließe und mir die Wiesen und unsere Bienenstöcke vorstelle. Aber dann kommt jedes Mal die Erinnerung
an das Feuer, und ich muss an Firas und Sami denken.
Unsere Söhne sind dort, wo die Bienen sind, Nuri, sie sind bei
den Blumen und den Bienen. Allah passt für uns auf sie auf,
bis wir sie wiedersehen, wenn wir dieses Leben hinter uns
haben.*

*Ich bin müde, Nuri. Ich bin dieses Leben leid, aber ich
vermisse meine Frau und meine Tochter. Sie warten auf
mich, und ich weiß nicht, ob ich es je zu ihnen schaffen
werde. Sie sind beide wohlbehalten in England angekommen
und warten nun darauf, dass man ihnen Asyl gewährt. Wenn
es klappt, wird es leichter für mich werden, ihnen dorthin zu
folgen.*

*Ich muss weiter; und wenn du dies liest, bitte ich dich
inständig, ebenfalls nicht aufzugeben. Gib dein Geld weise
aus – die Schleuser werden möglichst viel aus dir rausholen
wollen, aber behalte immer im Hinterkopf, dass noch eine*

*lange Reise vor dir liegt. Du musst lernen, zu feilschen. Die
Menschen sind nicht wie die Bienen. Wir arbeiten nicht
zusammen, wir haben keinen Sinn für ein übergeordnetes
Wohl – das ist mir mittlerweile klar geworden.*

*Die gute Nachricht ist, dass ich seit einer Woche keine
Sardine essen musste. Hier geben sie uns Käse und Brot, an
manchen Tagen sogar Bananen.*

Mustafa

Die letzte E-Mail war auf Englisch verfasst:

20.01.2016

Lieber Nuri,

*ich habe einen Tag in Österreich auf einem Militärgelände
in der Nähe der deutschen Grenze verbracht, wo sie uns
durchsucht und unsere Fingerabdrücke genommen haben.
Anschließend brachte man uns in eine Jugendherberge in den
deutschen Alpen. Der Winter hier ist bitterkalt – wir sitzen
in einem alten Haus, umringt von Schnee, und sind so hoch
oben, dass die Wolken zum Greifen nah sind. Es erinnert
mich an das Anti-Libanon-Gebirge und an meinen Vater
und Großvater, an die Tage, die ich mit ihnen bei den Bienenstöcken verbracht habe und alles über diese Tiere lernte.
Aber diese Berge waren voller Sonnenlicht, und man konnte
von ihnen aus hinunter aufs Meer sehen. Die Berge hier sind
weiß und still, man weiß nicht, wo sie anfangen und wo sie
enden.*

Ich würde es gerne bis Frankreich schaffen. Einer der Wachleute hat freundlicherweise angeboten, eine E-Mail von seinem Handy aus abzuschicken, er tippt diese Nachricht für mich. Ich habe auch eine an meine Frau geschickt, die immer noch auf mich wartet und betet. Ich bete für sie, und ich bete für dich und auch für Afra. Ich habe nichts von dir gehört, aber trotzdem will ich mir nicht das Schlimmste ausmalen.

Dein lieber Freund Mustafa

Ich saß eine Weile da und stellte mir vor, was wohl nach Deutschland passiert war. Wir hatten jetzt Anfang Februar. Hatte er es nach Frankreich geschafft? War er noch am Leben und wohlauf? Ich dachte an das erste Mal, als ich bei den Bienenhäusern in den Bergen war. Ja, alles dort war in ein strahlendes Licht getaucht, und weit unten sah man das Meer glitzern. Mustafa hatte mich herumgeführt; er war damals noch jung, Ende zwanzig, und ich war gerade mal achtzehn. In kurzer Hose und Flipflops lief er herum, er hatte keine Furcht vor den Bienen.

»Hast du keine Angst?«, fragte ich ihn, ängstlich und übertrieben wachsam.

»Ich kenne sie«, erwiderte er. »Ich weiß, wenn sie wütend werden.«

»Woher weißt du das?«

»Sie sondern ein Pheromon ab, das nach Bananen riecht.«

»Bananen?«

Er nickte, sichtlich erfreut über meine Begeisterung. »Die anderen Bienen riechen das und wissen, dass sie angreifen müssen.«

»Aber was tust du, wenn sie wütend werden?«

»Dann bleibe ich ganz still stehen und bewege mich keinen Millimeter. Ich tue so, als wäre ich ein Baum.«

Dann stand er da, wie eine lebensgroße Statue, die Augen mit den Händen abgeschirmt, und lächelte. Ich ahmte seine Haltung nach, stand möglichst bewegungslos da und hielt die Luft an, während die Bienen zu Hunderten um uns herumschwirrten, eingehüllt in ihr Summen; wie ein unsichtbares Netz umspannte mich das Geräusch. Nicht eine einzige Biene ließ sich auf mir nieder.

»Siehst du«, flüsterte er. »Siehst du, du musst dich nur entspannen und zu einem Teil der Natur werden. Dann passiert dir nichts.«

Mein lieber Mustafa,

deine letzte E-Mail wurde im Januar abgeschickt, danach sind keine Nachrichten mehr von dir gekommen. Ich würde nur zu gerne wissen, ob du es nach Frankreich geschafft hast. Ich wünsche mir nichts sehnlicher, als dass du mit Frau und Tochter in England bist. Gerade habe ich mich daran erinnert, wie ich das erste Mal bei den Bienenstöcken in den Bergen war. Wie ein Film spult es sich in meiner Erinnerung ab. Wir waren so jung. Wenn wir damals nur geahnt hätten, was das Leben für uns bereithalten würde. Doch wenn wir es gewusst hätten, was hätten wir unternommen? Wir wären zu verängstigt gewesen, um zu leben, hätten zu viel Angst gehabt vor der Freiheit und davor, Pläne zu schmieden. Ich wünschte, ich könnte diesen Moment noch einmal erleben, einfach nur dort stehen, umschwärmt von den Bienen, und

*mit jeder Sekunde mehr zu der Gewissheit zu gelangen, dass
sie nicht meine Feinde sind.*

*Ich bin jetzt in Istanbul. Afra und ich sind in der Wohnung
eines Schleusers untergekommen, mit zwanzig anderen
Menschen, und wir warten darauf, nach Griechenland weiterzureisen, doch der Wind ist im Moment noch zu stark. Es
gibt hier einen Jungen, ungefähr in Samis Alter. Er ist allein,
und ich bin mir nicht sicher, was seiner Familie zugestoßen
ist. Ich will gar nicht darüber nachdenken. Aber er vertraut
mir, und ich sorge mich um ihn.*

*Ich weiß, dass noch eine lange Reise vor mir liegt. An man-
chen Tagen denke ich, ich kann keinen Schritt mehr gehen,
aber ich träume davon, dich in England zu treffen. Dieser
Gedanke ist es, der mich weitermachen lässt. Ich habe Geld
und Pässe. Ich kann mich glücklich schätzen, dass ich sie
habe, weil ich auch Leuten begegne, die nichts vorzuweisen
haben. Ich werde auf deine Antwort warten.*

Nuri

Als ich am Abend in die Wohnung des Schleusers zurückkam,
gab ich Mohammed die Sachen, die ich gefunden hatte: Kaugummi, Pfefferminzbonbons, ein Taschenmesser, einen Stift,
einen Schlüsselanhänger, einen Klebestift und eine Straßen-
karte.

Von der Karte war Mohammed am meisten begeistert; er
breitete sie auf dem Boden aus und fuhr mit dem Finger die
Linien von Straßen und Gebirgsketten nach. In den Blumen-
töpfen auf dem Balkon fand er kleine Steinchen, auf die er mit
dem Stift Gesichter malte. So machte er eine ganze Familie von

Steinen, die er über die Landkarte schob, als wären sie auf einer Reise: Vater, Mutter, Großmutter, ein Bruder und zwei Schwestern. In dieser Nacht fand ich ihn tief und fest schlafend auf der Landkarte vor, also hob ich ihn hoch, hievte ihn mir über die Schulter und legte ihn auf die Decke. Mohammed rührte sich kein einziges Mal; er war verloren in seinen Träumen.

»Wir brechen bald auf«, sagte ich am folgenden Abend zu Elias. Wie eine riesige antike Statue stand er auf dem Balkon und öffnete eine neue Packung Zigaretten. Er steckte sich eine zwischen die Lippen, zündete sie an und sah hinaus auf die Wälder. Nachdem er eine Weile gut gegessen und hart gearbeitet hatte, war seine Statur wieder etwas kräftiger geworden; nun sah man, wie stark dieser Mann von Natur aus war.

»Der Schleuser sagt, noch zwei Tage.«

Elias schien zu überlegen, bis er seine Zigarette zu Ende geraucht hatte und sich eine neue anzündete. »Ich will nicht weg. Ich bleibe hier.«

»Hast du den Schleuser nicht schon bezahlt? Wo willst du wohnen?«

»Ich finde schon was. Mach dir keine Sorgen um mich. Ich will nicht mehr weiterziehen – ich bin schon viel zu weit gereist. Ich bin es leid.« Sein Blick wirkte traurig, aber sein Lächeln hatte sich verändert; seine Gesichtszüge waren voller Leben und innerer Kraft. Schweigend standen wir eine ganze Weile da und lauschten auf die nächtlichen Geräusche, auf den Wind und die Fahrzeuge und die Hunde.

5

Als Afra am nächsten Morgen aufwacht, fragt sie mich, warum sie Blumen riecht.

»Es ist wahrscheinlich dein Parfüm«, sage ich.

»Aber es sind keine Rosen. Es riecht schwächer, nach irgendwelchen Blüten.« Sie streckt die Hand zum Nachtschränkchen aus, und mir fällt die Schüssel mit den Schlüsseln wieder ein. Sie tastet, bis sie die Schüssel berührt, dann richtet sie sich auf und nimmt sie auf den Schoß, um sich darüberzubeugen und tief zu inhalieren. Sie taucht mit beiden Händen hinein, und erst da fällt mir auf, dass die Schüssel nicht mit Schlüsseln, sondern mit mehreren Handvoll weißer Blüten gefüllt ist.

»Hast du die für mich gepflückt?«, fragt sie.

»Ja.«

»Noch ein Geschenk!« Das Morgenlicht fängt sich in ihren Augen. Ich will es nicht sehen. Ich hasse es, sie so zu sehen, und ich könnte noch nicht einmal sagen, warum. Ich stehe auf, schließe die Lücke zwischen den Vorhängen und schaue zu, wie sich der Schatten über ihr Gesicht legt. »Du hast mir schon länger keins mehr gebracht«, sagt sie und hebt die Blüten an ihr Gesicht, um ihren Duft einzuatmen. Im selben Moment stiehlt sich ein zaghaftes Lächeln auf ihre Lippen, so schwach wie der Duft der Blüten.

»Danke«, sagt sie. »Wo hast du sie gefunden?«

»Im Garten steht ein Baum.«

»Ist es ein großer Garten?«

»Nein, es ist nur ein kleiner Hof, der größtenteils zubetoniert ist, aber es gibt diesen einen Baum darin.«

»Ich dachte, du würdest mir nie wieder ein Geschenk mitbringen.«

Sie stellt die Schüssel zurück auf das Nachtschränkchen und überprüft, ob die Murmel noch dort liegt. Ich bringe sie ins Badezimmer und setze mich auf die Toilette, während sie sich die Zähne putzt, dann helfe ich ihr beim Ankleiden. Ich nehme ihre Abaya vom Kleiderbügel, lasse das Kleidungsstück über ihre Arme, ihren Körper, über die Wölbung ihres Bauchs, über ihre Kaiserschnittnarbe – die ein bleibendes Lächeln auf ihrem Unterleib bildet – und über die feinen Härchen an ihren Schenkeln gleiten. Ich nehme ihren Duft wahr. Rosen und Schweiß. Die Narbe und die gekräuselte Haut an ihrem Bauch erinnern mich stets daran, dass sie unser Kind im Leib getragen hat, dass sie ihn auf diese Welt gebracht hat, und ich will sie nicht berühren. Ich binde ihr Haar hoch und lege ihr den Hidschab um den Kopf, stecke die Haarnadeln dort fest, wo sie sie haben will. Ich bemühe mich, sanft zu ihr zu sein, ihre Finger nicht zu abrupt fortzuwischen. Das Lächeln zupft immer noch an ihren Mundwinkeln, ich will es nicht kaputtmachen. Es erschreckt mich, dass ein Geschenk von mir ihr ein Lächeln ins Gesicht zu zaubern vermag, so flüchtig und kaum existent es sein mag. All die Male, da ich versucht habe, auf sie einzuwirken, ein kleines Leuchten in ihre Augen zu bringen, und jetzt schockiert es mich, dass es mir gelungen ist, weil es bedeutet, dass sie mich liebt und dass sie auf meine Liebe gehofft hat. Aber ich bin ihrer nicht länger würdig, habe ihre Vergebung nicht verdient.

Wir haben einen weiteren Termin bei Lucy Fisher, deshalb sitzen wir etwas später an diesem Nachmittag wieder dort, wo wir schon einmal saßen, ihr gegenüber an diesem Küchentisch. Afra sieht sie auch diesmal nicht an und klammert sich mit beiden Händen an der Tischkante fest. Sie macht den Eindruck, als würde sie zum Fenster hinausstarren. Lucy Fisher scheint heute etwas besser gelaunt zu sein. Sie hat die Unterlagen mitgebracht, die belegen, dass wir unseren Asylantrag bei ihr gestellt haben. Sie ist sehr effizient – kreuzt Kästchen an und macht sich hastig Notizen in einem Ringbuch.

»Ich bin froh, dass wir für Sie keinen Übersetzer benötigen«, sagt sie über die Unterlagen gebeugt, doch dann hebt sie den Blick für einen kurzen Augenblick und sieht mich mit ihren großen blauen Augen an. Heute trägt sie ihr Haar offen. Sie hat weiches, dünnes Haar, das mich an Federn erinnert, es ist ganz anders als das dicke, schwere Haar von Afra, das früher so schwarz wie Teer war.

Lucy Fisher hat eine Leichtigkeit an sich, die mir sehr gefällt. Sie scheint stolz darauf zu sein, dass sie alles im Blick behält und Ordnung herrscht. Wenn die Dinge nicht so laufen, wie sie das wünscht, legt sich ein feuriger Ausdruck auf ihre Züge, und dann sieht sie wunderschön aus. Ich frage mich, ob ihr das bewusst ist. Im Moment jedoch ist sie ruhig und ihr Gesicht ganz gewöhnlich. Sie erinnert mich an eine Nachrichtensprecherin. Ihre Stimme auch. Mir fällt ihre Reaktion von neulich wieder ein, und ich stelle mir vor, mit wie vielen Menschen sie schon gearbeitet hat, wie viele von ihnen zurückgeschickt wurden, wie viele Fragen diese Menschen ihr gestellt haben, wie sie sich alle an ihr festgeklammert haben müssen, als wäre sie das rettende Schiff auf stürmischer See.

»Werden Sie den Marokkaner wegschicken?«, frage ich.

»Welchen?«, fragt sie.

»Den alten Mann.«

»Hazim?«, fragt sie.

»Ja.«

»Tut mir leid, aber diese Informationen sind vertraulich. Es ist mir nicht erlaubt, über meine Klienten Auskunft zu geben. Das trifft auf Ihren Fall genauso zu.« Wieder lächelt sie mich an und schließt die Akte, ehe sie fortfährt. »Als Nächstes müssen Sie mit diesem Brief zum Arzt, die Adresse steht auf diesem Blatt.« Sie deutet auf die entsprechende Stelle. »Es wird keine Probleme geben. Und wenn Sie dort sind, können Sie gleich einen Termin für Ihre Frau und für sich selbst vereinbaren. Kann nicht schaden, den Gesundheitscheck schnell hinter sich zu bringen.« Sie wirft einen Blick auf Afra, und mir entgeht nicht, dass sie sich unwohl fühlt.

»Wann haben wir das Gutachtengespräch?«, frage ich, damit sie wieder mich ansehen muss.

»Ich melde mich bei Ihnen, sobald ich den Termin für die Anhörung habe. Ich schlage vor, Sie bereiten sich darauf schon einmal vor. Überlegen Sie sich genau, wie Ihre Geschichte aussieht, wie Sie hierhergekommen sind, was Ihnen unterwegs alles zugestoßen ist. Man wird Ihnen alle möglichen Fragen stellen, darauf müssen Sie vorbereitet sein, weil viele von ihnen aus emotionaler Sicht schwer zu beantworten sein werden.«

Ich sage nichts dazu.

»Haben Sie sich dazu schon etwas überlegt?«

»Ja«, antworte ich. »Natürlich. Ich denke die ganze Zeit daran.« Und wieder sehe ich etwas in ihr, das echter ist als die direkte Art einer Nachrichtensprecherin.

Sie wischt sich mit dem Handrücken der rechten Hand über

das Auge und verschmiert dabei ihr Make-up ganz leicht, ein wenig wie ein kleines Mädchen. »Ich sag das nur, weil die sich auf alles stürzen werden«, erklärt sie, »vor allem dann, wenn Ihre Geschichte nicht ganz schlüssig ist.«

Ich nicke. Ich glaube, sie bemerkt nicht, dass ich mir Sorgen mache. Sie schaut kurz auf ihre Uhr, um mir zu signalisieren, dass das Treffen vorüber ist.

Diomande soll als Nächster mit ihr reden. Wir geben uns die Tür in die Hand, tauschen Platz, und er geht rein und setzt sich, mit seinen eingeklappten Flügeln unter dem T-Shirt. Er ist viel gesprächiger als ich. Er begrüßt sie herzlich mit seinem gebrochenen Englisch und fängt sofort an zu erzählen, woher er kommt, wie er hergekommen ist. Er plaudert munter drauflos, bevor sie ihm irgendeine Frage stellen kann. Selbst am Ende des Flurs kann ich ihn immer noch reden hören, sein energiegeladenes Gemurmel; irgendwie erinnert es mich an ein galoppierendes Pferd.

Afra sagt mir, dass sie müde sei, und ich bringe sie auf das Zimmer, wo sie auf der Bettkante mit dem Gesicht zum Fenster sitzt, genau wie sie das in Aleppo immer getan hat. Ich betrachte sie eine Weile, möchte etwas sagen, aber die Worte kommen nicht, und so gehe ich wieder nach unten.

Der Marokkaner ist nicht im Wohnzimmer. Ich glaube, tagsüber geht er raus und zieht von Laden zu Laden, um sich mit Leuten zu unterhalten, neue Wörter aufzuschnappen, zu beobachten und unterwegs neue Dinge zu lernen. Ein paar andere sind da: die Frau aus Afghanistan mit dem handgewebten Hidschab. Sie macht etwas mit einem blauen Faden. Es gibt nicht

viel zu tun hier, außer im Wohnzimmer zu sitzen und fernzu-
sehen. Auf dem Monitor spricht gerade ein Politiker. Er sieht
aus wie ein Frosch.

Wir haben die Tore buchstäblich jedem geöffnet, völlig unab-
hängig von irgendwelchen Konditionen, und sind nicht mehr
dazu in der Lage, alle zu überprüfen … Die Anschlagspläne
von Düsseldorf konnten vereitelt werden, zum Glück – die
geplanten Attacken auf die breite Bevölkerung im Stil von
Paris und Brüssel sind höchst alarmierend. Sämtliche Betei-
ligte gelangten im vergangenen Jahr als Flüchtlinge nach
Deutschland.

Meine Wangen fangen an zu glühen. Ich wechsle den Sender.

Dieser Mann gibt zu, seine Frau sechsmal betrogen zu haben!
Trotzdem liegt die Beziehung nur auf Eis! Jetzt will sie ihn
loswerden! Begrüßen Sie ASHLEY in der Jeremy Kyle Show,
meine Damen und Herren!

Ich stelle den Fernseher aus, Schweigen senkt sich über den
Raum. Es scheint niemanden zu interessieren.

Ich setze mich vor den Computer. Denke an die Wiesen in
Aleppo, vor dem Feuer, als die Bienen noch wie eine Wolke
über dem Land hingen und ihr Lied summten. Ich sehe lebhaft
vor mir, wie Mustafa eine Wabe aus dem Stock holt und sie ein-
gehend betrachtet, den Finger in den Honig taucht, um ihn zu
kosten. Das war unser kleines Paradies, am Rande der Wüste
und der Stadt.

Ich mustere mein Gesicht, das sich auf dem dunklen Bildschirm spiegelt, und überlege, was ich schreiben könnte – *Mus-*

107

tafa, ich glaube, es geht mir nicht gut. Ich habe keine Träume mehr.

Unsere Hauswirtin säubert das Wohnzimmer mit einem grellgelben Staubwedel. Sie versucht, die Spinnweben in den Ecken zu erreichen, und stellt sich in ihren hohen Schuhen auf Zehenspitzen, mit ihren dünnen Elefantenbeinen, deshalb stehe ich auf und biete ihr meine Hilfe an. Den Nachmittag verbringe ich damit, die Wände und Tische und Schränke im Wohnzimmer und die ganzen anderen Zimmer oben, die nicht abgeschlossen sind, von Staub und Spinnweben zu befreien. So bekomme ich einen flüchtigen Einblick in die Leben der anderen Bewohner. Einige haben ihre Betten gemacht, andere haben ihre Zimmer unordentlich hinterlassen. Bei manchen liegt irgendwelcher Plunder auf den Nachtschränkchen, Dinge aus ihrem früheren Leben, die sie lieb gewonnen haben, Fotos, die ohne Rahmen auf Kommoden aufgestellt sind.

Ich rühre nichts an. Das Zimmer des Marokkaners ist ordentlich, alles ist fein säuberlich gefaltet, eine Flasche Rasierschaum steht auf der Kommode, daneben aufgereiht die Rasierklingen. Ich entdecke eine Schwarz-Weiß-Aufnahme von einer Frau in einem Garten. Das Foto ist verblasst und an den Rändern restlos ausgeblichen, und auf dem Frisiertisch daneben liegt ein kleiner goldener Ehering. Das nächste Foto zeigt dieselbe Frau, nur dass einige Jahre dazwischenzuliegen scheinen. Sie hat dieselben Augen und dasselbe Lächeln; auf diesem Bild sitzt sie auf einem Korbstuhl und hält ein Baby im Arm, neben ihr steht ein Kleinkind. Noch ein Foto, Hochglanz, viele Jahre später, es zeigt eine Familie, einen Mann, eine Frau und zwei Kinder im Teenageralter. Die letzte Aufnahme zeigt eine Frau, die am Strand steht, das Meer hinter ihr. Ich drehe das Bild um und lese auf Arabisch die folgenden Worte:

Vater, mein Lieblingsort. Ich liebe dich x.

Als ich wieder nach unten gehe, fühle ich, als laste ein neues Gewicht auf mir, deshalb beschließe ich, einen Spaziergang zu machen. Ich gehe zum Laden an der Ecke, schon auf dem Weg die Straße hinunter dringt arabische Musik an mein Ohr. Ich kenne das Lied zwar nicht, das gerade läuft, aber die Musik versetzt mich sofort zurück in meine Heimat, ihr Rhythmus und ihre Klänge, die Laute meiner Sprache umgeben mich und spenden mir Trost, als ich den kleinen Laden betrete.

»Guten Morgen«, sagt der Mann auf Englisch. Er hat eine ganz passable Aussprache, aufrecht steht er da, als würde er über diesen Raum wachen. Er ist mittleren Alters und glatt rasiert. Sofort stellt er die Musik leiser und folgt mir mit dem Blick, während ich umhergehe und mich umsehe. Am Kassentresen bleibe ich stehen und starre auf die Zeitungen, die mir so fremd sind – *The Independent, The Telegraph, The Guardian, The Daily Mail.*

»Was für ein wunderschöner Tag«, sagt er.

Ich will schon auf Arabisch antworten, doch eigentlich möchte ich mich nicht auf ein Gespräch mit diesem Mann einlassen, ich will nicht, dass er mir Fragen stellt und wissen will, wo ich herkomme und was mich hierher verschlagen hat.

»Ja«, sage ich schließlich nur, und er lächelt.

Direkt unterhalb der Magazine, auf dem untersten Regalbrett, sticht mir ein Skizzenblock und Zeichenstifte ins Auge. Ich habe ein wenig Kleingeld in der Tasche, also kaufe ich sie kurzerhand für Afra. Der Mann sieht ein paarmal verstohlen zu mir und öffnet den Mund, um etwas zu sagen, doch dann ruft ihn aus dem hinteren Teil des Ladens eine Frau, und ich verschwinde.

Am späten Nachmittag kehrt der Marokkaner zurück und ruft meinen Namen, kaum kommt er zur Tür herein.

»Nuri! Mr. Nuri Ibrahim! Bitte komm her – hier ist ein Geschenk für dich!«

Ich trete hinaus auf den Flur, und dort steht er, ein breites Grinsen auf den Lippen. Er hält eine hölzerne Kiste mit fünf Pflanzen darin in den Händen.

»Was ist das?«, frage ich.

»Ich hatte ein wenig Geld gespart und bin zum Händler unten an der Straße gegangen. Die hier habe ich für die Hummel gekauft!« Er drängt mich, die Kiste zu nehmen, und schiebt mich in Richtung Wohnzimmer, wo er die Terrassentüren aufsperrt. Draußen hebt er einen Plastiktisch hoch, der umgedreht in der Ecke des Hofs steht, und wischt mit der Hand den Schmutz und die vertrockneten Blätter ab.

»Gut«, sagt er, »stell das hier drauf!« Dann steht er eine Zeit lang da und bewundert die Blumen – Honigklee, Distel, Löwenzahn. »Der Mann hat mir bei der Auswahl der Pflanzen geholfen, er konnte mir genau sagen, welche Blumen Hummeln und Bienen mögen.« Er geht nach drinnen in die Küche und kommt mit einer Untertasse voll Wasser wieder heraus. Er stellt die Töpfe in einer Reihe auf, damit die Hummel von einer Pflanze zur anderen gelangen kann, ohne fliegen zu müssen, und stellt die Untertasse mit in die Kiste.

»Sie wird Durst haben«, sagt er.

Eine ganze Weile bin ich wie gelähmt. Ich sehe, wie er mich anstarrt und darauf wartet, dass ich die Hummel in ihr neues

Zuhause bringe, doch angesichts meiner mangelnden Begeisterung huscht ein Schatten der Enttäuschung über sein Gesicht. In diesem Moment, da wir neben diesen Blumen unter dem Baum stehen und die Sonne auf uns herunterscheint, muss ich an meinen Vater denken. Ich erinnere mich an seinen Gesichtsausdruck, als ich ihm mitteilte, ich würde das Familienunternehmen nicht weiterführen wollen, dass ich nicht daran interessiert sei, mit Stoffen zu handeln. Ich wollte Bienenzüchter werden wie Mustafa, ich wollte draußen in der freien Natur arbeiten, wollte das Land unter meinen Füßen und die Sonne auf meiner Haut spüren, dem Lied der Bienen lauschen.

So viele Jahre hatte ich zugesehen, wie schwer mein Vater in seinem kleinen dunklen Laden schuftete, mit Schere und Nadel und Maßband und geschwollenen Knöcheln, alle Farben der Welt um sich versammelt, von Wüsten und Flüssen und Wäldern, gedruckt auf die vielen Ballen Seide und Leinen, von denen er umringt war. »Man kann aus dieser Seide Jalousien herstellen. Erinnert der Stoff Sie nicht auch an die Farben der Wüste bei Sonnenuntergang?« Das sagte er immer zu seinen Kunden, und zu mir sagte er: »Schließ die Rollläden, Nuri! Schließ die Rollläden, damit das Licht den Stoffen nicht schadet.« Ich erinnere mich noch lebhaft an seine Augen, als ich ihm sagte, dass ich nicht für den Rest meines Lebens in dieser dunklen Höhle arbeiten wolle.

»Gefällt es dir nicht?«, fragt der Marokkaner. Auf seinem Gesicht liegt ein veränderter Ausdruck, ein tiefes Stirnrunzeln.

»Doch, es gefällt mir«, erwidere ich. »Vielen Dank.«

Ich strecke die Hand nach der Hummel aus und lasse sie auf meinen Finger krabbeln, um sie zu ihrem neuen Heim zu befördern. Sie inspiziert die Blumen und bewegt sich von einem Blumentopf zum nächsten.

»Warum bist du hierhergekommen?«, frage ich ihn. »Was tust du hier im Vereinigten Königreich?«

Seine Schultern versteifen sich, und er weicht einen Schritt von der Kiste zurück. »Warum gehen wir nicht rein, du kannst ja morgen wieder nach ihr sehen.«

Im Wohnzimmer lässt er sich auf dem Sessel nieder und schlägt sein Buch auf. »Ich habe das Gefühl, dass das Schlangestehen hier sehr wichtig ist«, sagt er, den üblichen belustigten Ton in der Stimme.

»Aber wo ist deine Familie?«, frage ich. »Du bringst mir dieses Geschenk und weckst damit meine Erinnerungen an meine Heimat, und wenn ich dich frage, warum du hier bist, weichst du aus.«

Er schlägt das Buch wieder zu und blickt mir unverwandt in die Augen.

»Kaum saß ich in diesem Boot Richtung Spanien, war mir klar, dass ich meine Seele verkauft hatte, oder was immer davon übrig war. Aber meine Kinder wollten unbedingt weg, sie erhofften sich ein besseres Leben. Ich wollte nicht allein zurückbleiben, ohne sie. Sie hatten ihre Träume. Alle jungen Leute haben Träume. Sie bekamen keine Visa, aber das Leben zu Hause wurde unerträglich – es gab Probleme, zu viele Probleme… deshalb sind sie untergetaucht, und das ist gefährlich. Wir beschlossen, alle gemeinsam zu fliehen, mein Sohn und meine Tochter wurden in eine andere Unterkunft gebracht, wo auch Kinder zugelassen sind, sie warten ebenfalls, und meine Tochter… meine Tochter…« Er verstummt, und ich sehe, dass in seinen kleinen Augen, die zwischen vielen Fältchen fast verschwinden, Tränen glitzern. Mit einem Mal ist er weit weg, und ich frage nicht weiter nach.

Diomande ist oben in seinem Zimmer. Er hat sich dorthin

112

verzogen, nachdem Lucy Fisher gegangen war. Er hat die Tür hinter sich geschlossen und ist seitdem nicht wieder herausgekommen. Als der Marokkaner und alle anderen hinauf in ihre Betten gehen, gehe ich hinaus in den Hof. Ich nähere mich dem Sensor, damit das Licht anspringt, und sehe der Hummel dabei zu, wie sie über den Löwenzahn krabbelt und ihr neues Zuhause erkundet.

Plötzlich fällt mein Blick auf die Blüten am Baum über mir. Es sind immer noch Tausende. Ich drehe mich um in der Erwartung, Mohammed in einer der dunklen Ecken des Gartens zu entdecken. Ich gehe auf die Knie und spähe durch das Loch im Zaun, um das Grün der Blätter an Sträuchern und Bäumen auszumachen. Dann setze ich mich unter den Baum und lehne mich gegen den Stamm, die Beine vor mir ausgestreckt, die Augen geschlossen. Es herrscht absolute Stille, abgesehen vom Rauschen des Verkehrs. Ich kneife die Augen ganz fest zu, konzentriere mich, bis ich die Wellen hören kann. Tosend erheben sie sich, ein langer, tiefer Atemzug, ehe sie wieder herunterkrachen. Ich spüre das Wasser neben mir, direkt hier, ein schwarzes Monster, das an meinen Füßen leckt. Ich lege mich auf den Rücken, und mein Körper und mein Bewusstsein werden fortgetragen vom Meer.

MEER

so weit das Auge reichte, das Wasser dunkel und aufgewühlt. Mohammed stand am Ufer, in seiner schwarzen Kleidung, fast unsichtbar vor dem nächtlichen Himmel und dem tintenschwarzen Wasser. Er wich zurück, als die Wellen auf seine Füße zurollten, und ließ seine Hand in meine gleiten. Afra stand ein Stück von uns entfernt und schaute landeinwärts statt hinaus aufs Meer. Ein Bus hatte uns hergebracht, eine dreistündige Fahrt durch das zentrale Festland der Türkei, jeder von uns klammerte sich an seine Rettungsweste und seine wenigen Habseligkeiten. Es waren zwar nur zwanzig Leute in der Wohnung des Schleusers gewesen, doch jetzt war die Anzahl der Reisenden auf vierzig angewachsen. Der Schleuser stand mit dem Mann zusammen, den man zum Kapitän des Schlauchboots ernannt hatte.

Das Boot, das gestern Nacht aufgebrochen war, war gekentert, die Leute waren auf weiter See verschollen. Nur vier Überlebende konnten aus den Fluten gerettet werden, acht Leichname wurden gefunden. Dieses Thema bestimmte die Gespräche um mich herum.

»Zumindest ist es nicht ganz so gefährlich wie eine Überquerung zwischen Libyen und Italien. Das ist die tödlichste Route der Welt!«, sagte nicht weit von mir eine Frau zu einem Mann. »Einige von den Leichen wurden in Spanien angespült...«

Mohammed klammerte sich fester an mich.

»Ich hab's dir doch gesagt«, meinte er. »Hab ich dir das nicht erzählt?«

»Ja, schon, aber ...«

»Es stimmt also. Wir könnten ins Wasser fallen?«

»Das werden wir nicht!«

»Woher willst du das wissen?«

»Weil Allah uns beschützen wird.«

»Warum hat er die anderen Menschen nicht beschützt? Sind wir etwas Besonderes?«

Der Junge war schlau. Ich schaute auf ihn herunter.

»Ja.«

Er zog die Augenbrauen nach oben. Ein kräftiger Wind wehte, die Wellen türmten sich hoch auf.

»Es ist wie ein Ungeheuer«, sagte Mohammed.

»Hör auf, darüber nachzudenken.«

»Wie soll ich nicht daran denken, wenn ich es direkt vor Augen habe? Das ist so, als würdest du mir eine Kakerlake unter die Nase halten, die wild mit den Beinchen strampelt, und mir sagen, ich soll nicht an sie denken!«

»Na, dann denk darüber nach, bis du dir in die Hose machst vor Angst.«

»Ich tu das doch nicht absichtlich.«

»Stell dir vor, wir steigen auf ein Schiff.«

»Aber das tun wir nicht. Wir steigen in ein Schlauchboot. Wenn wir ins Wasser fallen, fangen uns vielleicht die Fischer mit ihren Netzen. Sie werden denken, sie hätten Fische gefangen, aber dann werden sie den Schock ihres Lebens bekommen.«

Afra lauschte unserem Gespräch, doch sie beteiligte sich nicht daran und drehte sich auch nicht zu uns her.

Wir warteten mindestens eine Stunde. Allmählich machte sich Unruhe unter den Leuten breit.

»Das könnte das letzte Mal sein, dass wir festen Boden unter den Füßen spüren«, sagte Mohammed. »Es wäre schön, wenn wir noch ein Eis essen könnten. Oder eine Zigarette rauchen.«

»Eine Zigarette? Du bist sieben!«

»Ich weiß, wie alt ich bin. Mein Papa hat mir gesagt, ich soll nie damit anfangen, weil es mich umbringen wird. Ich dachte, ich könnte es probieren, wenn ich mal siebzig bin. Aber wenn ich mir überlege, dass wir vielleicht heute Nacht sterben, wäre doch jetzt auch ein guter Zeitpunkt. Was würdest du dir wünschen, wenn du heute Nacht sterben müsstest?«

»Wir werden heute Nacht nicht sterben. Hör auf, darüber nachzudenken.«

»Aber was hättest du gern?«

»Ich hätte gern Kamelpisse.«

»Warum?«

»Weil es gut ist für die Haare.«

Der Junge lachte und lachte.

Mir fiel auf, dass mich eine Frau ganz in der Nähe beobachtete, immer wieder flackerte ihr Blick zu mir und wieder weg und anschließend zu Mohammed. Sie war jung, vielleicht Anfang dreißig, hatte wie Afra langes schwarzes Haar, das ihr der Wind ins Gesicht peitschte. Sie schob es sich mit einer Hand aus der Stirn und sah mich abermals an.

»Alles in Ordnung?«, fragte ich.

»Wer, ich?«, gab sie zurück.

Ich nickte, und sie sah erneut zu Mohammed und machte einen Schritt auf mich zu. »Es ist nur ...« Sie zögerte. »Ich habe gerade einen Sohn verloren. Deshalb ... weiß ich, wie es ist.

Ich weiß, wie es sich anfühlt. Die Leere. Sie ist schwarz wie das Meer.«

Damit wandte sie sich von mir ab und sagte nichts weiter, doch der Wind, der vom Wasser heranwehte, und das Echo ihrer Worte gingen mir unter die Haut und ließen mein Herz zu Eis erstarren.

Der ernannte Kapitän war in das Schlauchboot gestiegen, und der Schleuser zeigte ihm etwas auf seinem Handy und deutete dann hinaus aufs Meer; die Leute bewegten sich in Richtung Wasser, weil sie spürten, dass wir bald aufbrechen würden. Alle fingen an, hektisch ihre orangen Rettungswesten anzulegen, ich zurrte gerade die Gurte an Mohammeds Weste fest und half anschließend Afra mit ihrer.

Der Schleuser winkte uns zu sich, und alle setzten sich in Bewegung, einer nach dem anderen stiegen wir vorsichtig in das schaukelnde Boot. Mohammed saß direkt neben mir, an meiner Seite fühlte er sich sicher. Afra hatte immer noch nichts gesagt, kein einziges Wort war über ihre Lippen gekommen, aber ich konnte ihre Angst spüren; in ihrer Seele herrschte aktuell eine Dunkelheit wie am Himmel über uns, so ruhelos wie das Meer.

Der Schleuser wies uns an, unsere Taschenlampen und Telefone auszuschalten. Wir mussten mucksmäuschenstill sein und durften uns durch kein Licht bemerkbar machen, bis wir internationales Gewässer erreicht hatten.

»Und woher wollen wir wissen«, fragte ein Mann, »wann wir auf internationalem Gewässer sind?«

»Das Wasser wird sich verändern. Es wird einem fremd vorkommen«, sagte der Schleuser.

»Was soll das heißen?«

»Die Farbe wird sich ändern – ihr werdet schon sehen, es wird anders aussehen.«

Lediglich der Kapitän hatte sein Handy an, wegen des GPS. Der Schleuser erinnerte ihn daran, sich genau an die Koordinaten zu halten, und wenn mit dem Telefon irgendetwas wäre, sollte er in der Ferne nach Lichtern Ausschau halten und ihnen folgen.

Der Motor wurde angelassen, dann fuhren wir in die Finsternis hinein. Knarzend schob sich das Gummiboot über das Wasser.

»So schlimm ist es gar nicht«, hörte ich ein Kind sagen. »Es ist überhaupt nicht schlimm!« Die Stimme des Mädchens klang triumphierend, als hätten wir soeben große Gefahr überwunden. »Pst!«, zischte die Mutter. »Pst! Sie haben gesagt, wir müssen still sein!«

Ein Mann fing an, einen Vers aus dem Koran zu rezitieren, und als wir weiter aufs offene Meer hinauskamen, fielen andere Menschen in sein Gebet mit ein; ihre Stimmen verschmolzen mit dem Heulen und Klagen des Windes.

Ich hielt eine Hand ins Wasser. Dort ließ ich sie, um die Bewegung zu spüren, den Ansturm der Wellen, die Lebendigkeit des Meeres, wie es nach und nach kälter wurde, je weiter wir uns vom Festland entfernten. Ich legte Afra die andere Hand auf den Arm, doch sie reagierte nicht auf die Berührung; sie hatte die Lippen vorgeschoben, verschlossen wie eine Auster.

Mohammed klapperten die Zähne. »Immerhin sind wir noch nicht reingefallen«, sagte er.

Ich musste lachen. »Nein«, antwortete ich. »Noch nicht.«

Die Augen des Jungen weiteten sich, und ich sah Furcht darin. Offenbar hatte er sich auf meinen ignoranten Optimismus verlassen.

»Keine Sorge«, sagte ich, »wir fallen schon nicht rein. Die Leute beten. Allah wird sie erhören.«

»Warum hat er die anderen Menschen nicht gehört?«

»Das hatten wir doch schon besprochen.«

»Ich weiß. Weil wir etwas Besonderes sind. Meine Füße sind nass.«

»Meine auch.«

»Mich friert an den Füßen.«

»Mich auch.«

Mohammed warf einen Blick auf Afra. »Hat deine Frau auch kalte Füße?«

»Ich schätze schon.«

»Warum sagt sie nichts?«

Eine Weile starrte der Junge sie unverhohlen an, betrachtete erst ihr Gesicht, dann ihr Kopftuch, die Kleidung, ihre Hände, ihre Beine, ihre Füße. Ich folgte seinem Blick und fragte mich, was er wohl dachte, was er herauszufinden versuchte, wo seine Mutter war.

»Wie lange wird es dauern?«

»Sechs Stunden.«

»Und wie lange sind wir schon unterwegs?«

»Sechs Minuten.«

»Nein! Das dauert schon viel länger!«

»Warum fragst du dann?«

»Sechzehn Minuten!«

»Okay, dann sechzehn.«

»Wir haben also noch fünf Stunden und vierundvierzig Minuten. Ich werde mitzählen.«

»Mach ruhig.«

Er fing an zu zählen, doch schon nach fünf Minuten war er eingeschlafen, den Kopf an meine Schulter gebettet.

Ich hatte immer noch eine Hand auf Afras Arm und eine im Wasser. Ich sah hinaus in die tiefschwarze Nacht, auf das

weite Meer und den endlosen Himmel, und ich hätte nicht
sagen können, wo das eine endete und das andere begann. Ist
es das, was Afra jeden Tag sah? Diese Abwesenheit jeglicher
Form und Farbe?

Ein Mädchen fing an zu weinen. »Pst«, beruhigte es die Mutter. »Pst. Wir dürfen kein Geräusch machen!«

»Aber wir sind doch jetzt auf internationalem Gewässer!«,
protestierte das Mädchen. »Jetzt darf ich laut sein!«

Bei diesen Worten fing ihre Mutter zu lachen an. Sie lachte
tief aus dem Bauch heraus, und nun wurde aus dem Weinen
des Mädchens ebenfalls ein Lachen. Endlich kam die Mutter
wieder zu Atem und sagte: »Nein, wir sind noch nicht auf internationalem Gewässer.«

»Woher willst du das wissen?«

»Ich weiß es eben.«

»Okay. Wenn wir endlich da sind, sagst du es mir dann?«

»Damit du weinen kannst?«

»Ja. Ich muss laut weinen«, sagte das Mädchen.

»Warum?«

»Weil ich so große Angst habe.«

»Schlaf jetzt«, sagte die Mutter.

Und dann herrschte Stille. Keine Gebete mehr, keine Ge-
sänge, kein Flüstern. Und vielleicht bin ich sogar auch eingeschlafen, weil sich vor meinem geistigen Auge eine Reihe von
Bildern abspulte:

Bunte Legosteine, die am Boden lagen.

Blaue Fliesen mit schwarzen Blumen.

Afra in einem gelben Kleid.

Sami, der im Wohnzimmer Lego spielt und ein Haus baut.

Die Bienenstöcke in der Mittagssonne.

Die verbrannten Körbe und die toten Bienen.

Mustafa, der mitten auf der Wiese sitzt.

Körper, die leblos im Fluss treiben.

Firas, aufgebahrt in der Leichenhalle.

Mustafa, der seine Hand hält.

Afra auf dem Souk, Sami auf ihrem Knie.

Samis Augen.

Dann war schlagartig alles dunkel.

Ich fuhr aus dem Schlaf hoch, weil plötzlich Panik ausgebrochen war.

Die Wellen türmten sich immer mehr auf.

Ein Mann rief:»Schöpft das Wasser raus! Hier ist zu viel Wasser!«

Taschenlampen leuchteten auf, Hände schöpften verzweifelt Wasser aus dem Boot, Kinder weinten. Mohammed saß mit weit aufgerissenen Augen da und half mit. Ich sah zu, wie mehrere Männer über Bord sprangen, und sofort bekam das Boot wieder Auftrieb.

»Nuri!«, rief Afra. »Bist du noch auf dem Boot?«

»Keine Sorge«, antwortete ich. »Wir sind hier.«

»Bleib auf dem Boot. Geh nicht ins Wasser.«

Mohammed schöpfte mit beiden Händen unermüdlich Wasser; jeder im Boot half mit. Jetzt fing das Mädchen erneut zu weinen an. Sie rief den Männern im Wasser zu, sie sollen wieder an Bord kommen.

Das Wasser stieg weiter, weitere Männer sprangen ins Meer. Sämtliche Kinder weinten, mit Ausnahme von Mohammed. Ich konnte sein Gesicht erkennen, ernst und entschlossen sah ich es im Schein der Lampen aufleuchten.

Dann herrschte einen Moment lang absolute Dunkelheit, und als das Licht der Taschenlampe wieder anging, war er fort.

Mohammed war nicht mehr auf dem Boot. Fieberhaft suchte ich die Wasseroberfläche ab, starrte auf die schwarzen Wellen, so weit ich blicken konnte, und sprang dann, ohne lange nachzudenken, hinein. Es war eiskalt, doch die Wellen waren nicht so hoch, wie ich gedacht hatte. Ich schwamm umher, leuchtete mit der Taschenlampe die Wasseroberfläche ab.

»Mohammed!«, rief ich. »Mohammed!« Aber ich erhielt keine Antwort.

Ich hörte Afras Stimme vom Boot aus. Sie rief nach mir, doch ich konnte nicht verstehen, was sie sagte. Ich suchte weiter das Wasser ab, das so schwarz war wie Tinte. Wie sollte ich Mohammed mit seinen schwarzen Klamotten und seinen schwarzen Haaren darin finden?

»Mohammed!«, rief ich. »Mohammed!«

Das Licht der Lampe fiel auf die Gesichter der Männer. Ich tauchte in die schwarze Stille ein, doch selbst mit Taschenlampe konnte ich kaum etwas erkennen. Ich blieb so lange wie möglich unter Wasser und tastete mit den Händen, in der Hoffnung, etwas zu fassen zu kriegen, einen Arm oder ein Bein. Als ich schließlich keine Luft mehr in den Lungen hatte und die Schwere des nahen Todes mich runterzudrücken drohte, tauchte ich keuchend auf und schnappte nach Luft, umgeben von Dunkelheit und Wind.

Gerade wollte ich wieder tief einatmen und abtauchen, als ich sah, wie ein Mann Mohammed ins Boot zog. Die Frauen nahmen den hustenden und prustenden Jungen in die Arme, zogen ihre Kopftücher herunter und schlangen sie ihm um den zitternden Leib.

Wir waren nun mitten auf internationalen Gewässern; der Schleuser hatte recht gehabt, das Wasser hatte sich tatsächlich verändert, die Wellen waren anders, ihr Rhythmus fremd. Jetzt

122

schalteten alle ihre Taschenlampen ein in der Hoffnung, wir wären nahe genug und die Küstenwache würde auf uns aufmerksam werden, damit jemand uns retten kam. Diese Lichter in der Dunkelheit glichen stillen Gebeten, denn es gab kein Anzeichen dafür, dass jemand auf dem Weg zu uns war, um uns zu helfen. Die über Bord gesprungenen Männer konnten nicht wieder rauf auf das Boot – es war immer noch zu viel Wasser darin. Ich spürte, wie mein Körper allmählich taub wurde. Ich wollte schlafen, wollte meinen Kopf auf die wogenden Wellen betten und schlafen.

»Nuri!«, hörte ich jemanden rufen. »Nuri!«

Über mir sah ich die Sterne und Afras Gesicht.

»Nuri, Nuri, da ist ein Boot!« Ich spürte eine Hand an meinem Arm. »Onkel Nuri, ein Boot kommt!«

Mohammed starrte auf mich herunter und zerrte an mir. Meiner Rettungsweste ging die Luft aus, aber ich strampelte wild mit den Beinen, um über Wasser zu bleiben, um das Blut in meinen Adern wieder in Bewegung zu bringen.

In der Ferne sah ich ein grelles Licht, dass sich auf uns zubewegte.

6

Als ich jetzt auf dem Betonboden im Garten liegend aufwache, steht der Marokkaner über mir und streckt mir die Hand entgegen.

»Wie geht es dir, Mann?«, fragt er auf Englisch und zieht mich hoch auf die Beine. Dann teilt er mir auf Arabisch mit, dass Afra drinnen auf mich wartet, sie scheint noch aufgewühlter zu sein als beim letzten Mal, dass ich draußen eingeschlafen bin. Als ich nach oben gehe, finde ich sie auf dem Bett sitzend vor, den Rücken zur Tür und die Schüssel mit den Blüten auf dem Schoß.

»Wo warst du?«, fragt sie, bevor ich etwas sagen kann.

»Ich bin unten eingeschlafen.«

»Wieder im Garten?«

Ich antworte nicht.

»Du willst nicht neben mir schlafen, ich weiß.«

Ich achte nicht auf ihren Kommentar. Stattdessen lege ich ihr wortlos den Zeichenblock und die Stifte in den Schoß und führe ihre Hände dorthin, damit sie sie ertasten und erraten kann, was es ist.

»Noch ein Geschenk?«, erkundigt sie sich.

»Weißt du noch, was du in Athen gemacht hast?«, frage ich, doch sie legt sie kommentarlos neben sich auf dem Boden ab, allerdings mit einem Lächeln auf den Lippen.

»Du bist ja schon angezogen. Ich mache einen Spaziergang. Möchtest du mich begleiten?«

Ich stehe einen Moment schweigend da und lausche auf ihre stille Antwort, und als mir klar wird, dass sie nichts mehr sagen wird, gehe ich wieder nach unten und trete hinaus in die Sonne. Ich gehe wieder hinunter ans Meer, dort wo die Sandburgenstadt war. Der Sand ist verklumpt, farbige Bröckchen sind darin zu erkennen. Ich klaube ein Stück durchsichtiges rosa Plastik auf, vermutlich ein Teil von einem zerbrochenen Becher, und werfe es ins Meer. Die Wellen verschlucken es.

Direkt hinter mir sitzt eine ältere Dame auf einem Liegestuhl und liest in einem Buch. Sie liegt unter einem Sonnenschirm und trägt einen Sonnenhut auf dem Kopf, eine Flasche Sonnencreme neben sich. Ihr scheint gar nicht aufgefallen zu sein, dass die Sonne sich verzogen hat, es sieht sogar nach Regen aus.

Einige Spaziergänger führen ihre Hunde Gassi, ein städtischer Angestellter sammelt Müll auf. Die Folgen des schönen Wetters. Die Folgen des Krieges sind etwas ganz anderes. Hier herrscht absolute Ruhe, man hat das Gefühl, das Leben geht weiter seinen Gang. Man hofft auf weitere sonnige Tage. In der Ferne, zu meiner Linken, ist ganz schwach die Musik vom Vergnügungspark unten am Pier zu hören. Sie spielt unaufhörlich.

Der Himmel bricht auf, die Sonne spitzt hinter den Wolken hervor, und mit einem Mal fängt das Meer an zu funkeln.

»Entschuldigen Sie«, höre ich eine Stimme hinter mir sagen. Ich drehe mich um und stelle fest, dass die Frau mich stirnrunzelnd ansieht. Ihre Haut ist so ledrig und braun gebrannt, dass man meinen könnte, sie hätte sich in den staubigen Ebenen Syriens gesonnt.

»Ja?«, sage ich.

»Würden Sie mir freundlicherweise aus der Sonne gehen? Vielen Dank.« Sie dankt mir, bevor ich mich auch nur einen Millimeter bewegt habe. Ich finde es schwer, mich an die britischen Sitten zu gewöhnen – da verstehe ich die Verwirrung des Marokkaners sehr gut. Schlangestehen ist hier offenbar wirklich sehr wichtig. In den Läden bilden die Menschen tatsächlich eine einzige Schlange. *Ich rate Ihnen, Ihren Platz in der Schlange einzunehmen und sich nicht vorzudrängeln. Die Leute werden sonst richtig sauer!* Das hat mir erst letzte Woche eine Frau im Tesco erklärt. Ich mag ihre ordentlichen kleinen Gärten und ihre ordentlichen kleinen Windfänge und ihre Erkerfenster, in denen abends das Licht der Fernsehgeräte flackert. Es erinnert mich daran, dass diese Menschen nie einen Krieg vor der eigenen Haustür erlebt haben. Es erinnert mich daran, dass bei uns zu Hause niemand im Wohnzimmer oder auf der Veranda sitzt und fernsieht, und es erinnert mich an all das, was zerstört wurde.

Ich erkundige mich nach dem Weg zu der Arztpraxis, die sich auf der Anhöhe in einer der Seitenstraßen befindet, welche vom Meer wegführen. Das Wartezimmer ist voll mit verschnupften und erkälteten Kindern. Eine Mutter hält ein Taschentuch an das Gesicht ihres Sohnes und fordert ihn auf, sich zu schnäuzen. Auf einer Matte in der Ecke spielen ein paar Kinder mit Spielsachen. Die Erwachsenen lesen in Magazinen oder starren auf den Monitor, in der Hoffnung, ihr Name möge bald darauf erscheinen.

Ich stehe in der Schlange am Empfangstresen. Vor mir warten fünf Leute. Auf dem Boden ist eine gelbe Linie zu sehen, darüber die Worte: »Bitte hinter dieser Linie anstellen.«

Die Frau ganz vorne reicht der Dame am Empfang gerade eine Urinprobe. Die Sprechstundenhilfe zieht eine Brille mit rotem Gestell aus ihrem üppigen Haar mit den winzigen Löckchen. Sie inspiziert den Behälter, tippt etwas in den Computer, steckt die Probe in eine Zellophantüte, die sie versiegelt, und ruft: »Der Nächste bitte!«

Erst nach ungefähr fünfzehn Minuten bin ich an der Reihe, den Brief in der Hand. Als ich das Schreiben auf den Tresen lege, schiebt sie die Brille auf ihrer Nase nach unten und liest es durch.

»Wir können Sie nicht im System registrieren«, sagt sie.

»Warum nicht?«

»Weil auf diesem Schreiben keine Adresse vermerkt ist.«

»Wozu benötigen Sie eine Adresse?«

»Um Sie zu registrieren, brauchen wir eine Adresse.«

»Ich kann Ihnen die Adresse sagen.«

»Sie muss auf dem Brief stehen. Bitte kommen Sie wieder, sobald Sie die korrekten Unterlagen haben.«

»Aber meine Frau braucht einen Arzt.«

»Tut mir leid, Mister«, sagt sie. »So lauten unsere Vorschriften.«

»Aber die NHS-Richtlinien legen doch ganz klar fest, dass kein Arzt einen Patienten zurückweisen darf, nur weil er sich nicht ausweisen oder keine Adresse vorweisen kann.«

»Tut mir leid, Sir.« Sie schiebt ihre Brille wieder hoch in ihre Locken. Sie hat den Mund zu einer schmalen Linie verzogen. »So lauten unsere Vorschriften.«

Die Frau hinter mir gibt ein höfliches, bedauerndes Geräusch von sich. Die Sprechstundenhilfe reicht mir das Schreiben mit einem entschuldigenden Blick über den Tresen zurück. Ich stehe da und sehe sie an, und in diesem Augenblick spüre ich, wie sich eine neue Last auf meine Schultern senkt. Es ist nur ein Brief, ein Blatt Papier. Es ist nur eine Sprechstundenhilfe in einer Arztpraxis. Aber die Geräusche der leisen Unterhaltungen, der Menschen, die sich um mich herum bewegen, der klingelnden Telefone in den kleinen Kabinen hinter dem Tresen, der lachenden Kinder ... Es ist, als würde ich eine Bombe explodieren hören, die den Himmel zerreißt, splitterndes Glas ...

»Alles in Ordnung, Sir?«

Ich blicke auf. Ein Blitzen, gefolgt von lautem Krachen. Ich gehe auf die Knie und bedecke meine Ohren, spüre eine Hand in meinem Nacken, ein Glas Wasser wird mir hingehalten.

»Es tut mir wirklich leid, Sir«, sagt die Dame vom Empfang noch einmal, nachdem ich das Wasser getrunken habe. »Ich kann leider nichts tun. Könnten Sie bitte die korrekten Dokumente besorgen und dann wiederkommen?«

Ich folge der Straße, die sich vom Meer wegschlängelt, vorbei an Reihen von identischen braunen Ziegelhäusern, zurück zur Pension.

Dort treffe ich Afra mit einigen von den Blüten in den Händen an. Ich knie mich vor sie hin und sehe ihr in die Augen.

»Ich möchte mich mit dir hinlegen«, sagt sie, doch was sie eigentlich sagen will, ist: »Ich liebe dich«. Und: »Halt mich fest«. Sie hat diesen Ausdruck im Gesicht, den ich auch nach all den Jahren wiedererkenne. Er verleiht meiner Traurigkeit Substanz, macht sie spürbar, wie ein Pulsieren, aber es jagt mir auch Angst ein, Angst vor dem Schicksal und vor dem Zufall, vor Verletzung und Leid, vor der Willkür des Schmerzes und vor dem Wissen, dass das Leben einem von einem Moment zum nächsten alles nehmen kann. Obwohl wir erst frühen Nachmittag haben, lege ich mich neben ihr aufs Bett und lasse zu, dass sie ihren Arm um mich legt und ihre flache Hand auf meine Brust presst, aber ich fasse sie nicht an. Sie will meine

Hand halten, doch ich entziehe mich ihr. Meine Hände gehören zu einer anderen Zeit, als es eine simple Sache war, meine Frau zu lieben.

Als ich aufwache, ist es dunkel, und die Dunkelheit pulsiert. Ich hatte einen Traum, ich erinnere mich nur vage, aber diesmal hatte es nichts mit Mord zu tun; vor meinem geistigen Auge sehe ich Flure und Treppen und Fußwege, die ein Raster bilden, irgendwo weit weg von hier, und das Bild des Himmels am Morgen und ein rot glühendes Feuer.

FEUER

flackerten bei Tagesanbruch unten am Strand. Wie Treibholz waren wir auf der winzigen Militärinsel Farmakonisi angespült worden. Wir waren nass und zitterten, die Sonne war soeben aufgegangen. Mohammeds Gesicht war kreidebleich mit einem bläulichen Schimmer, er war immer noch in die Kopftücher der Frauen gewickelt, und aus irgendeinem Grund hielt er jetzt Afras Hand fest. Doch sie sprachen nicht miteinander, kein Wort wurde zwischen ihnen gewechselt. Sie standen nur schweigend am Ufer, das Meer hinter ihnen, während die Sonne emporstieg, um sie zu begrüßen. Einer der Männer hatte die Rettungswesten eingesammelt und machte daraus ein großes Feuer. Die Flammen wärmten uns, wir drängten uns dichter heran.

»Ich bin ins Wasser gefallen«, sagte Mohammed, der jetzt meine Hand ergriff.

»Ich weiß.«

»Ich bin ein klein wenig gestorben.«

»Es war knapp.«

»Aber ich bin ein bisschen gestorben.«

»Woher weißt du das?«

»Ich habe meine Mutter gesehen. Sie hat im Wasser meine Hand gehalten und gezogen und gezogen und mir gesagt, ich dürfe nicht schlafen, denn wenn ich einschlafe, würde ich für immer schlafen, und dann würde ich nie wieder aufwachen und spielen können. Deshalb glaube ich, dass ich ein kleines bisschen gestorben bin, aber sie hat mir gesagt, ich solle es nicht tun.«

Ich fragte mich, was aus seiner Mutter geworden war, aber ich wagte es nicht, ihn zu fragen. Wie es aussah, würde ein Schiff von einer unabhängigen Hilfsorganisation kommen, um uns abzuholen und auf eine andere Insel zu bringen; bis dahin sollten wir hier am Ufer warten. Es gab einen Container, aber der war bereits voll mit Menschen; es ging das Gerücht, dass sie in derselben Nacht vor uns aus einem anderen Teil der Türkei hier angekommen waren, ein Stück die Küste hinunter. Sie sollten eigentlich auf einer anderen Insel anlanden, doch ihr Motor war ausgefallen, deshalb hatte es ihr Boot auf Farmakonisi angespült. Die Küstenwache hatte sie gefunden und hierhergebracht. Einige von den Männern und Kindern kamen nach draußen, um mit uns zu reden und sich am Feuer zu wärmen.

»Onkel Nuri!«, sagte Mohammed mit einem breiten Lächeln, das seine Zahnlücke sichtbar machte. »Dieser Ort heißt Biscuit Island! Das Mädchen aus dem Container hat es mir erzählt!«

Es war ein kalter Morgen, Möwen und Pelikane tauchten hinunter aufs Meer. Endlich sicheren Boden unter den Füßen und gewärmt vom Feuer und der Sonne schliefen die ersten Leute ein. Mohammed lag flach auf dem Rücken. Er schlief nicht; stattdessen starrte er hinauf in die blauen Weiten des Himmels über uns und blinzelte gegen das immer heller werdende Sonnenlicht an. In einer Hand hielt er die winzige Murmel, die er zwischen den Fingern rollte. Afra saß auf der anderen Seite neben mir. Sie hatte ihren Kopf an meine Schulter gelehnt und klammerte sich an meinem Arm fest, als könnte ich ihr entkommen. Sie hielt sich derart krampfhaft an mir fest, dass sich ihr Griff noch nicht einmal lockerte, als sie einschlief. Ich erinnerte mich an Sami, als er noch ein Baby war, wie er stets mit Afras Brustwarze im Mund eingeschlafen ist, die kleine Hand im Stoff ihres Schals vergraben. Es ist erstaunlich, wie wir vom Tag unserer Geburt an Liebe zu anderen empfinden und uns an ihnen festklammern, als wäre es das Leben selbst, an dem wir festhalten.

»Onkel Nuri?«, sagte Mohammed.

»Ja.«

»Kannst du mir eine Geschichte erzählen, damit ich einschlafen kann? Meine Mama hat mir immer Geschichten erzählt, wenn ich nicht schlafen konnte.«

Ich hatte eine Geschichte im Kopf, die meine eigene Mutter mir immer erzählt hatte, als ich noch ein kleiner Junge war, in dem Zimmer mit den blauen Fliesen. Ich erinnerte mich noch genau an sie, wie sie die Nase in das Buch gesteckt hatte, einen roten Fächer in der rechten Hand, mit dem sie wedelte; dabei aß sie Kol w'shkor, ihre liebste Süßspeise aus Aleppo.

»Komm schon, Onkel Nuri!«, forderte Mohammed mich auf. »Komm schon, sonst schlafe ich noch so ein, ohne eine Geschichte!«

Plötzlich wurde ich zornig auf den Jungen. Ich wollte meinen eigenen Gedanken nachhängen, die Stimme meiner Mutter im Kopf, und sehen, wie der rote Fächer im Lampenschein hin und her wedelte.

»Wenn du auch so einschlafen kannst, wozu willst du dann eine Geschichte hören?«

»Damit ich besser einschlafe.«

»Na schön«, sagte ich. »Die Geschichte geht so: Ein weiser

Kalif schickte seine Diener aus, ich weiß nicht mehr genau, wie viele, sie sollten die mysteriöse Messingstadt in den weit entfernten Ebenen der Wüste finden. Noch nie hatte ein Mensch sie betreten. Die Reise dauerte zwei Jahre und einige Monate, und sie war voller Entbehrungen und Beschwernisse. Die Diener nahmen tausend Kamele und eine zweitausend Mann starke Kavallerie mit. Daran erinnere ich mich.«

»Das ist viel! Was macht man denn mit tausend Kamelen?«

»Weiß ich auch nicht. Aber so geht die Geschichte. Sie kamen durch bewohnte Gegenden und an Ruinen vorbei und zogen durch eine Wüste mit heißen Winden und ohne Wasser und hörten nicht das leiseste Geräusch.«

»Wie kann da kein Geräusch sein?«

»Es ist eben nichts zu hören.«

»Was – keine Vögel und kein Wind und keine Stimmen?«

»Nichts.«

Mohammed richtete sich auf. Er war plötzlich hellwach. Vielleicht hatte ich die falsche Geschichte ausgewählt.

»Weiter!«

»Nun gut«, sagte ich und fuhr fort. »Eines Tages gelangten sie zu einer weiten Ebene. Am Horizont sahen sie etwas Schwarzes, hoch Aufragendes, Rauch stieg zum Himmel. Als sie sich näherten, erkannten sie, dass es eine Burg war, errichtet aus schwarzem Gestein und mit einer eisernen Tür.«

»Wow!« Mohammed machte ganz große Augen, sie waren voller Staunen.

»Ich schätze, jetzt kannst du nicht mehr schlafen, wie?«

»Bestimmt nicht«, sagte er und rüttelt an meinem Arm, damit ich weiterrede.

»Nun gut … Dahinter lag, geschützt von einer hohen Mauer, die Messingstadt. Ein funkelndes Paradies aus Moscheen und

Kuppeln und Minaretten und hohen Türmen und Basaren. Kannst du dir das vorstellen?«

»Kann ich. Es ist wunderschön!«

»Es ist wunderschön, alles glänzt vom Messing und Juwelen und Edelsteinen und gelbem Marmor. Aber… aber…«

»Aber?«

»Aber… der ganze Ort war menschenleer. Nichts regte sich, kein Geräusch war zu vernehmen. In den Geschäften, in den Häusern, auf den Straßen, niemand. Es gab kein Leben an diesem Ort. Leben war so nutzlos wie Staub. Nichts wuchs dort. Nichts veränderte sich.«

»Warum?«

»Hör zu. In der Mitte der Stadt gab es einen riesigen Pavillon mit einer Kuppel, die sich hoch in den Himmel erhob. Die Männer kamen in ein Haus mit einem langen Tisch, in dessen Oberfläche Worte geritzt waren. Dort stand: ›An diesem Tisch haben tausend Könige gespeist, die auf dem rechten Auge blind waren, tausend Könige, die auf dem linken Auge blind waren, und nochmals tausend Könige, die auf beiden Augen blind waren; und alle sind dahingeschieden aus der Welt und ins Grab oder in die Katakomben gegangen.‹ Jeder König, der je über diesen Ort geherrscht hatte, war blind, auf die eine oder andere Weise, und hinterließ sie voll mit den herrlichsten Reichtümern, aber allen Lebens beraubt.«

Ich beobachtete Mohammeds Gesicht und sah, wie hinter seinen Augen die Gedanken in Bewegung gerieten. Es folgte eine längere Pause, als hätte er die Luft angehalten. Dann atmete er langsam aus.

»Das ist eine sehr traurige Geschichte.«

»Ja, sie ist traurig.«

»Ist sie wahr?«

134

»Geschichten sind immer wahr, denkst du nicht?«

»Wie zu Hause?«

»Ja, genau wie zu Hause.«

Mohammed legte sich wieder hin, wandte sein Gesicht zum leuchtenden Feuer und schloss die Augen.

Als ich den Rauch in den morgendlichen Himmel aufsteigen sah, musste ich an Mustafa denken, wie er während der Erntezeit die Kolonien einräucherte; wir nutzten den Rauch, um uns zu schützen, während wir den Honig ernteten. Er sorgte dafür, dass die Bienen die Pheromone der anderen Bienen nicht wahrnahmen, sodass wir weniger Gefahr liefen, von ihnen zu ihrer Verteidigung gestochen zu werden.

Wir füllten eine Dose mit Holzschnitzen und Sägespänen, zündeten ein Feuer an und erstickten die Flamme wieder, sobald es brannte. Dann gaben wir Brennstoff darauf. Man durfte keine offene Flamme erzeugen, weil der Blasebalg sonst eine Stichflamme ausgelöst und man damit die Flügel der Bienen versengt hätte.

Als wir noch viele Kolonien hatten, konnten wir uns nicht allein darum kümmern, deshalb heuerten wir Arbeiter an, die uns halfen, neue Stöcke zu bauen, Bienenköniginnen großzuziehen, die Kolonien auf Schädlingsbefall zu untersuchen und den Honig zu ernten. Auf der Wiese, auf der Mustafa stand, räucherten unsere Angestellten gerade die Kolonien ein, Rauchschwaden stiegen aus ihren Dosen auf hinauf in den strahlend blauen Himmel, von dem die Sonne auf uns herabbrannte. Mustafa bereitete das Mittagessen für alle vor – normalerweise waren das Linsen oder Bulgur mit Salat oder Nudeln und Eiereintopf, gefolgt von weichem Ziegenkäse mit Honig. Wir hatten eine kleine Hütte mit einer Küche und einem Sonnensegel draußen und einigen Ventilatoren, die uns bei großer Hitze ein wenig Erleichterung verschafften. Dort setzten wir uns gemeinsam an einen großen Holztisch, Mustafa an der Stirnseite, wo er sich nach der harten Arbeit des Vormittags Essen in den Mund stopfte und Brot in die Tomatensoße tunkte. Er war so stolz, stolz und dankbar für das, was wir gemeinsam geleistet hatten, aber insgeheim fragte ich mich immer, ob diese Dankbarkeit in gewissem Maße auch auf Furcht zurückzuführen war, der Furcht vor dem Unbekannten, vor einer kommenden Katastrophe.

Mustafa hatte seine Mutter verloren, als er fünf war. Sie und sein ungeborener Bruder starben bei der Entbindung, und ich glaube, deshalb lebte er immer mit der Ahnung einer bevorstehenden Katastrophe, deshalb lernte er, alles mit der Freude und der Furcht eines Kindes zu schätzen. »Nuri«, sagte er, während er sich die Soße vom Kinn wischte, »sieh nur, was wir alles geschafft haben! Ist es nicht wunderbar? Ist es nicht einfach wunderbar?« Doch in seinen Augen funkelte noch etwas anderes, eine Düsternis, die ich irgendwann als etwas zu erkennen lernte, das dem Herzen des Kindes in ihm entsprang.

7

Als ich am Morgen aufstehe und ins Badezimmer gehen will, sehe ich, dass Diomandes Tür weit offen steht und er Unterlagen vom Boden aufsammelt, die überall verstreut liegen. Der Koran liegt aufgeschlagen auf seinem ungemachten Bett. Er lässt den Stapel Blätter in einer Schublade verschwinden, zieht die Vorhänge auf, damit das Sonnenlicht ins Zimmer fluten kann, und lässt sich auf der Bettkante nieder. Er trägt nur eine Jogginghose, sitzt vornübergebeugt da und hält ein T-Shirt in der Hand.

Er hat noch nicht bemerkt, dass ich in der Tür stehe. In Gedanken ist er woanders und hat sich ganz leicht zum Fenster gedreht, sodass ich eine sonderbare Deformation erkenne. Aus der Haut an seinem Rücken, wo eigentlich die Schulterblätter sein sollten, ragen kleine weiße Flügel hervor, straff und muskulös, wie geballte Fäuste. Er sieht aus, als wäre er eben erst aus dem Ei geschlüpft. Es dauert einen Moment, bis mein Gehirn verarbeitet hat, was meine Augen sehen. Er zieht sich das T-Shirt über den Kopf. Als ich eine Bewegung mache, weil ich von einem Fuß auf den anderen trete, sieht er sich nach mir um.

»Nuri – so heißt du doch, oder?« Der plötzliche Klang seiner Stimme lässt mich zusammenfahren. »Ich war bei Lucy Fisher«, sagt er. »Sie ist sehr nette Frau. Aber Mr. Nuri, ich glaube, sie macht sich Sorgen wegen mir. Ich sage, keine Sorge, Mrs. Fisher, keine Sorge! Weil es Möglichkeiten in diesem Land gibt. Ich werde einen Job finden! Mein Freund hat mir gesagt, wenn ich sicher sein will und wenn ich am Leben bleiben will, soll ich nach Großbritannien kommen. Aber heute sah sie besorgt aus, und jetzt mache ich mir auch Sorgen.«

Ich stehe da und starre ihn an. Meine Stimme versagt mir den Dienst, ich kann nicht antworten.

»Als mein Vater gestorben ist, wir hatten eine sehr schwere Zeit, sehr wenig Geld und nicht viel essen für zwei Schwestern, und meine Mutter sagte zu mir: ›Diomande, ich werde Geld auftreiben, und dann gehst du fort von hier und findest einen Weg, uns zu helfen!‹«

Er krümmt sich stärker zusammen, sodass die Erhebungen an seinen Schultern noch deutlicher hervortreten. Er legt seine langen Finger auf seine Knie und stemmt sich hoch auf die Beine.

»In der Nacht, bevor ich wegging, machte sie mir bestes Essen auf der ganzen Welt: Kédjénou!« Er leckt sich genießerisch die Finger und rollt mit den Augen. »Ich hatte kein Kédjénou seit vielen Monaten, aber an diesem Abend hat sie es speziell für mich gemacht.«

Ich mustere seinen Rücken, die Bewegung seiner Flügel unter dem Oberteil, als er sich runterbeugt, um ein Paar Sandalen ordentlich hinzustellen und mit seinen bestrumpften Füßen hineinzuschlüpfen. Er scheint Schmerzen zu haben.

»Was ist mit deinem Rücken passiert?«, frage ich.

»Ich habe eine krumme Wirbelsäule, schon seit ich ein Baby bin«, sagt er.

Ich muss ihn komisch angestarrt haben, denn er hält einen Moment inne und sieht mich an. Er ist so groß, dass er sogar im Stehen noch vornübergebeugt ist, und als er meinen Blick einfängt, fällt mir auf, dass er die Augen eines alten Mannes hat.

»Kommst du mit, und wir trinken Tee mit Milch?«, fragt er. »Ich mag das sehr.«

»Ja«, antworte ich, doch meine Stimme ist nicht viel mehr als ein Krächzen. »Wir sehen uns unten, ich komme gleich.«

Ich schließe die Badezimmertür hinter mir ab, damit der Marokkaner nicht wieder hereinkommt. Dann wasche ich mir das Gesicht und die Hände bis zum Ellbogen und wische meinen Kopf und die Füße bis zu den Knöcheln sauber. Ich schwitze und muss die ganze Zeit an die Flügel denken, weshalb ich mich nicht richtig auf die Worte des Gebets konzentrieren kann. Als ich mich auf den Teppich stelle und »Allah uakbar« sage, fällt mein Blick auf mein Gesicht im Spiegel über dem Waschbecken, und mit den Händen auf Höhe der Ohren halte ich inne. Ich sehe so anders aus, aber ich könnte nicht sagen, woran es liegt. Ja, da sind tiefe Furchen, wo früher keine waren, und selbst meine Augen scheinen sich verändert zu haben – sie sind dunkler und größer, stets wachsam, genau wie Mohammeds, aber das ist es nicht; es hat sich noch etwas verändert, etwas, das ich nicht greifen kann.

Jemand rüttelt am Türgriff. »Geezer!«

Ich antworte nicht, stattdessen lasse ich das heiße Wasser laufen, bis sich der Dampf im Badezimmer ausbreitet. Ich hoffe, Mohammed zu sehen, doch er ist nicht da.

Ich lasse mir Zeit beim Ankleiden von Afra. Ich bin mir nicht sicher, warum sie es nicht allein tut, aber sie steht da, manchmal mit geschlossenen Augen, während ich ihr die Abaya über den Kopf streife und ihr den Hidschab um den Kopf lege. Dieses Mal führt sie meine Finger nicht, als ich ihr die Haarnadeln in die Frisur stecke, sie verhält sich absolut still, und ich sehe im Spiegel, dass ihre Augen nach wie vor geschlossen sind. Unwillkürlich frage ich mich, warum sie sie zumacht, wenn sie doch ohnehin nichts sehen kann, aber ich hake nicht nach. Sie hält die Murmel derart krampfhaft in der Hand, dass ihre Knöchel weiß hervortreten. Dann legt sie sich aufs Bett, greift nach dem Zeichenblock auf dem Nachtschränkchen, platziert ihn auf ihrer Brust und liegt schweigend da, versunken in ihrer eigenen Welt, und atmet ganz langsam.

Als wir nach unten kommen, ist weder der Marokkaner noch Diomande da. Die Hauswirtin teilt mir mit, sie seien rausgegangen, um noch ein paar Sonnenstrahlen abzubekommen. Sie macht wieder mal sauber. Sie hat ziemlich viel Makeup aufgelegt, ihre schwarzen Wimpern wirken viel zu lang, um echt zu sein, und der grellrote Lippenstift erinnert an die Farbe von frischem Blut. Aber ganz gleich, wie viel von diesem Möbelspray sie versprüht, und egal, wie viel sie schrubbt, sie kriegt die Feuchtigkeit und den Schimmel und den Geruch nach all den schrecklichen, angsterfüllten Reisen nicht los. Ich frage mich, wie sie in dieses Land gekommen ist. Ich nehme an, sie wurde hier geboren, weil sie perfektes Englisch spricht, und ich weiß, dass sie eine große Familie hat, weil man abends viele Stimmen aus ihrer Wohnung nebenan hört, Kinder und andere Verwandte, die dort ein und aus gehen. Und sie riecht stets nach Gewürzen und Bleiche, als würde sie die ganze Zeit nur Kochen und Saubermachen.

Ich kontaktiere Lucy Fisher und erzähle ihr von meinem Problem in der Arztpraxis, wofür sie sich wortreich entschuldigt und verspricht, mir die nötigen Dokumente gleich morgen mitzubringen. Sie ist ganz ruhig und geschäftsmäßig, ich bin wirklich froh, dass Lucy Fisher sich um uns kümmert. Doch ihr Fehler, so klein er auch gewesen sein mag, erinnert mich daran, dass sie auch nur ein Mensch ist, dass ihre Macht begrenzt ist, und das macht mir Angst.

Afra sitzt auf dem Sofa und lauscht auf den Fernseher. Abgesehen von unseren Treffen mit Lucy Fisher ist es das erste Mal, dass sie sich bereit erklärt hat, das Schlafzimmer zu verlassen und, wenn auch nur ein klein wenig, Teil der Außenwelt zu sein. Ich sitze eine Weile bei ihr, aber schließlich gehe ich nach draußen in den Hof und spähe durch den Zaun in den Garten unserer Hauswirtin. Mohammed hatte recht! Er ist so grün, voller Sträucher und Bäume und Blumen, mit einer Blumenampel und einem Vogelhäuschen und einigen Kinderspielsachen – ein kleines blaues Fahrrad und ein Sandkasten sind zu sehen. Außerdem gibt es im Garten einen kleinen Teich, mit einem Springbrunnen – ein knabenhaftes Engelchen, das ein Muschelhorn in der Hand hält –, aus dem aber leider kein Wasser mehr kommt. Der Hof ist kahl und grau im Vergleich zum Garten der Hauswirtin. Aber die Hummel sitzt unverändert auf einer der Blüten und schläft. Das Holztablett erinnert mich unvermittelt an die Bienenstöcke und dass die Körbe aussahen wie die Nester von Wildbienen. Ich erinnere mich, wie ich die einzelnen Fächer herauszog, um mir die Waben anzusehen. Es war mein Job zu überprüfen, ob die Honigbienenpopulation sich mit der Nektarmenge deckte. Ich musste in Erfahrung bringen, wo sie zu finden waren und wo die richtigen Pflanzen wuchsen, und dann musste ich mir überlegen, wie ich die Kolonien managte und mein Ziel erreichte, weil wir nicht nur Honig produzierten, sondern auch Pollen und Propolis und Gelée royale.

»Du solltest dein Bett hier draußen aufstellen.« Ich drehe mich um und sehe den Marokkaner übers ganze Gesicht grinsend dastehen. »Was für ein wunderschöner Tag«, sagt er mit einem Blick in den Himmel, »und dabei wird behauptet, dass es in diesem Land immer regnet.«

Abends im Wohnzimmer spielen der Marokkaner und Diomande gern das Galgenmännchen-Spiel mit englischen Wörtern. Das ist jedes Mal die totale Katastrophe, aber ich sage nichts dazu und korrigiere auch nicht ihre Rechtschreibfehler, und schon bald spielen auch die anderen Bewohner mit. Die afghanische Frau ist sehr ehrgeizig und klatscht begeistert in die Hände, wenn sie gewinnt. Der Mann, mit dem sie sich meistens unterhält und der, wie ich jetzt erst feststelle, ihr Bruder ist, ist ein wenig jünger als sie und hat immer Unmengen von Gel im Haar und ein kleines Ziegenbärtchen. Sie sind beide sehr intelligent. Ich habe sie abends, wenn ich ihnen zugehört habe, schon auf Arabisch, Farsi, Englisch und ein bisschen Griechisch Gespräche führen hören.

Ich beobachte Diomandes Rücken, die Flügel, die ich versehentlich für Schulterblätter gehalten habe, wie sie sich unter dem T-Shirt bewegen, wie er seine Hand hin und wieder an seine Wirbelsäule führt, eine Gewohnheit, die er vermutlich schon sein Leben lang hat. Dieser Junge hat ständig Schmerzen. Aber sein Lächeln und sein Lachen sind hell und strahlend. Gerade streitet er sich mit dem Marokkaner darüber, wie man das Wort »mouse« schreibt. Der Marokkaner ist überzeugt, dass ein »W« darin vorkommt. Diomande klatscht sich die Hand vor die Stirn.

Meine Augen schließen sich, und die Stimmen scheinen ineinander zu verschwimmen. Als ich sie wieder aufschlage, höre ich die Bienen, Tausende von ihnen arbeiten zusammen wie früher. Der Lärm kommt von draußen. Im Zimmer selbst herrscht jetzt Stille, abgesehen vom Geräusch der Murmel, die über die Holzdielen rollt. Mohammed sitzt am Boden.

»Onkel Nuri!«, ruft er, als er hört, wie ich mich rühre. »Du hast so lange geschlafen.«

Die Uhr an der Wand zeigt drei Uhr morgens an.

»Hast du den Schlüssel gefunden?«, fragt er.

»Da war kein Schlüssel. Es waren Blüten.«

»Du warst am falschen Ort«, sagt er nur. »Holst du ihn für mich?«

Ich schließe die Terrassentüren auf, und sofort schlägt mir das Summen der Bienen entgegen. Die Luft ist dick und gesättigt davon, aber ich sehe nicht eine einzige Biene. Die Finsternis ist leer. Mohammed folgt mir nach draußen in den Hof.

»Hörst du das?«, frage ich. »Woher kommt das?«

»Sieh doch im anderen Garten nach, Onkel Nuri, dort findest du den Schlüssel.«

Ich schaue durch das Loch, aber es ist so dunkel, dass ich die Bäume kaum ausmachen kann, ganz zu schweigen von dem Schlüssel.

»Du musst über den Zaun klettern«, sagt er über den Lärm hinweg, das konstante Summen, das aus den Tiefen der Atmosphäre zu kommen scheint, wie Wellen oder eine vage Erinnerung. Ich hole die Trittleiter und steige hinüber in den Garten der Hauswirtin. Plötzlich bin ich umgeben von schwarzen Bäumen und Blumen, verschwommene Umrisse, die sich raschelnd in der sanften Brise bewegen. Das Kinderfahrrad lehnt an der Wand, und ich erkenne die Konturen des Sandkastens und gehe außen herum. Ich höre, wie Mohammed mir jetzt Anweisungen gibt, er teilt mir mit, nach links zu gehen, und endlich sehe ich, wovon er spricht: Da ist ein kleiner Strauch, und dieses Mal hängt wirklich ein einzelner Schlüssel an einem Zweig. Das Mondlicht fängt sich darin. Ich muss fest ziehen, um ihn abzubekommen, er hat sich im Blattwerk verheddert, und dann stelle ich das Fahrrad neben den Zaun, damit ich draufsteigen und zurückklettern kann.

Als ich wieder im Hof stehe, ist Mohammed verschwunden. Ich schließe die Terrassentüren hinter mir und sperre den Lärm aus, dann gehe ich nach oben und lege mich ins Bett. Afra schläft, beide Hände unter ihre Wange geschoben. Sie atmet langsam und gleichmäßig. Ich liege auf dem Rücken und halte den Schlüssel fest an meine Brust gepresst. Das Summen ist nur ganz schwach zu vernehmen. Ich glaube, ich höre Wellen.

DIE WELLEN

der Ägäis wurden am späten Nachmittag ruhiger. Das Feuer war gelöscht, wir befanden uns an Bord eines Marineschiffes, das uns auf die Insel Leros bringen sollte.

»Jetzt bin ich schon zum zweiten Mal auf einem Boot«, sagte Mohammed. »Das erste Mal war ganz schön Furcht einflößend, findest du nicht?«

»Ein bisschen.« Sofort musste ich an Sami denken. Sami war einmal auf einem Boot gewesen, als wir mit ihm seine Großeltern an der Küste Syriens besucht hatten, in einer kleinen Stadt im Schatten des Libanongebirges. Er hatte schreckliche Angst vor dem Wasser – er weinte, und ich hielt ihn in den Armen und tröstete ihn, indem ich auf die Fische im Wasser deutete. Dann starrte er mit Tränen in den Augen und einem Lächeln im Gesicht auf die Schlieren von silbrigen Fischen unter der Oberfläche. Er hatte immer schon Angst vor dem Wasser; sogar wenn wir ihm die Haare wuschen, wollte er nicht, dass er es in Augen oder Ohren bekam. Er war ein Kind der Wüste. Er kannte Wasser nur in Form der verdunsteten Flüsse und aus den Bewässerungsspeichern. Er und Mohammed waren im gleichen Alter – wenn er jetzt hier wäre, wären sie sicher dicke Freunde. Mohammed hätte sich um Sami gekümmert, weil Sami viel sensibler war, viel ängstlicher, und Sami hätte Mohammed Geschichten erzählt. Er erzählte so gerne Geschichten!

»Ich wünschte, meine Mama wäre hier«, sagte Mohammed, und ich legte ihm eine Hand auf die Schulter und beobachtete, wie seine Augen hin und her huschten und den Fischen im Wasser folgten. Afra saß weiter hinten auf einem der Stühle; ein Mitarbeiter der Hilfsorganisation hatte ihr einen weißen Stock gegeben, an dem sie sich festhalten konnte, doch sie mochte ihn nicht, deshalb hatte sie ihn neben sich auf den Boden gelegt.

Als wir von Bord gingen, warteten bereits freiwillige Helfer auf uns. Hier herrschte offenbar Struktur und Ordnung, das war nicht zu übersehen. Viele Menschen waren hier schon angekommen, die Helfer waren gut vorbereitet. Wir wurden vom Hafen weggebracht, einen kleinen Hügel hinauf, zum Registrierungszentrum für Neuankömmlinge: ein großes Zelt. Überall wimmelte es von Flüchtlingen und Soldaten und Polizeibeamten mit blau verspiegelten Sonnenbrillen. Soweit ich das überblicken konnte, waren hier Menschen aus Syrien, Afghanistan, anderen arabischen Ländern und Teilen Afrikas. Uniformierte Männer mit ernsten Mienen teilten uns in zwei Gruppen auf: allein reisende Frauen, unbegleitete Minderjährige, allein reisende Männer mit Ausweis, allein reisende Männer ohne Ausweis, Familien. Zum Glück durften wir drei zusammenbleiben. Man verwies uns zu einer der langen Schlangen, und wir bekamen belegte Brötchen mit Käse. Es herrschte große Unruhe, während die Leute auf ihre Registrierung warteten. Jeder wollte so schnell wie möglich Papiere haben, damit man in den Augen der Europäischen Union existieren konnte. Doch diejenigen, die die falsche Nationalität hatten, bekamen keine Dokumente – abgesehen von einem Rückfahrtschein nach von wo auch immer sie gekommen waren.

Nachdem wir stundenlang Schlange gestanden hatten,

waren wir endlich an der Reihe. Mohammed war auf einer der Bänke am anderen Ende des Zelts eingeschlafen, während Afra und ich einem Mann gegenüber Platz nahmen, der in seinen Notizen auf dem Schreibtisch blätterte. Afra hielt immer noch das Brötchen in der Hand. Der Mann sah sie an und lehnte sich auf seinem Stuhl zurück. Sein Bauch war füllig genug, um einen Teller darauf abzustellen. Es war zwar kalt im Zelt, aber er hatte Schweißperlen auf der Stirn und tiefe Ringe unter den Augen, so breit wie ein Lächeln. Der Mann setzte seine Sonnenbrille vom Scheitel auf die Nase.

»Woher kommen Sie?«, fragte er.

»Syrien«, sagte ich.

»Können Sie sich ausweisen?«

»Ja.«

Ich nahm alle drei Pässe aus dem Rucksack und legte sie vor mir auf den Tisch. Er hob die Brille an und betrachtete sie.

»Aus welchem Teil Syriens?«

»Aleppo.«

»Ist das Ihr Sohn?« Er deutete auf das Bild von Sami.

»Ja.«

»Wie alt ist er?«

»Sieben.«

»Wo ist er?«

»Schläft auf der Bank. Er ist sehr müde nach der langen Reise.«

Der Mann nickte verständnisvoll und erhob sich, und für einen kurzen Moment dachte ich, er würde losgehen und nach Mohammed suchen, um sich sein Gesicht anzusehen und es mit dem Foto zu vergleichen. Aber er marschierte nur durchs Zelt zu einer Reihe von Kopiergeräten. Dann kehrte er wieder zurück, nach Zigarettenrauch stinkend, blies seine Backen auf und bat uns um Fingerabdrücke. So wurden wir in überprüfbare, ausdruckbare Einheiten verwandelt.

»Brauchen Sie Samis Fingerabdrücke auch?«, fragte ich.

»Nein, nicht, wenn er unter zehn ist. Kann ich Ihr Telefon sehen?«

Ich holte mein Handy aus der Tasche. Der Akku war tot.

»Wie lautet Ihre PIN?«, fragte der Mann. Ich schrieb sie auf, und er ging weg, wieder in Richtung der Kopiergeräte.

»Warum hast du ihm erzählt, wir hätten einen Sohn?«, fragte Afra.

»So ist es am einfachsten. Sie werden nicht so viele Fragen stellen.«

Darauf erwiderte sie nichts, doch wie sie sich jetzt kratzte, so fest, dass ihre Fingernägel rote Striemen auf ihrem schneeweißen Handgelenk hinterließen, verriet mir, dass ihr dabei nicht wohl war. Nach scheinbar einer Ewigkeit kehrte der Mann zurück, völlig außer Atem, wieder nach Zigaretten und diesmal auch nach Kaffee riechend.

»Was haben Sie in Syrien gemacht?«, fragte er, als er sich wieder setzte. Sein Bauch hing über den Bund seiner Hose.

»Ich war Bienenzüchter.«

»Und Sie, Mrs. Ibrahim?« Jetzt richtete er den Blick auf Afra.

»Ich war Künstlerin«, sagte sie.

»Die Bilder auf dem Handy, sind das Ihre Gemälde?«

Afra nickte stumm.

Der Mann lehnte sich abermals zurück. Wegen seiner Sonnenbrille war es schwer zu beurteilen, wohin er schaute, aber er schien Afra anzustarren. Ich sah ihr Spiegelbild in beiden Gläsern, in allen Farben des Regenbogens. Obwohl in diesem Zelt großer Lärm herrschte, schien sich mit einem Mal Stille über alles zu senken.

»Sie sind etwas ganz Besonderes, Ihre Gemälde«, sagte der Mann. Dann beugte er sich vor, sodass sich sein mächtiger Bauch gegen die Tischplatte drückte – wobei er das Möbelstück in unsere Richtung verschob.

»Was ist mit ihr geschehen?«, fragte er an mich gerichtet, und es lag ein unmissverständlich neugieriger Unterton in seiner Stimme. Ich stellte mir vor, dass er vielleicht Horrorstorys sammelte – Geschichten, die das Leben schreibt, Geschichten von Verlust und Zerstörung. Hinter seinen Brillengläsern schien er nun mich zu fixieren.

»Eine Bombe«, sagte ich.

Wieder wanderte sein Kopf herum, und er richtete seine Brillengläser auf Afra.

»Wohin wollen Sie?«

»Nach Großbritannien«, sagte sie.

»Ha!«

»Wir haben dort Freunde«, sagte ich und bemühte mich, nicht auf sein spöttisches Lachen zu achten.

»Die meisten Leute sind da etwas realistischer«, sagte der Mann und reichte mir die Ausweise und mein Telefon zurück. Er erklärte uns, wir würden auf der Insel warten müssen, bis die Behörden uns die Erlaubnis erteilten, nach Athen weiterzureisen.

Dann wurden wir weggeführt, zusammen mit zwei oder drei anderen Familien, zu einem umzäunten Lager in der Nähe des Hafens. Mohammed klammerte sich an meiner Hand fest und fragte mich, wohin wir nun gingen. Wir fanden uns hinter Stacheldraht wieder, vor uns ein düsterer Ort aus makellosen Beton-Gehwegen, Zäunen aus Drahtgeflecht und reihenweise quadratischen Boxen, in denen die Leute lebten, bis sie ihre Unterlagen bekamen. Ein Imperium der Identifizierung.

149

Die Kieselsteine waren da, um das Wasser zurückzuhalten, trotzdem war der Boden völlig durchnässt, vermutlich vom vorangegangenen Regen. Auf den Wegen zwischen den Containern hingen Kleidungsstücke auf Leinen, und an den Eingängen der Unterkünfte standen Gasheizer, auf denen die Leute ihre Schuhe sowie Strümpfe und Mützen zum Trocknen legten. Hinter den Hütten und jenseits des Meeres konnte man ganz schwach die Küstenlinie der Türkei ausmachen und auf der anderen Seite die dunklen Berge der Insel.

Als ich da so stand, mit Afra und Mohammed und den anderen Familien, fühlte ich mich verloren, als würde ich ganz allein draußen auf dem kalten Meer treiben, inmitten von Dunkelheit, mit nichts, woran ich mich festhalten konnte. Es war das erste Mal seit Langem, dass ich mich sicher gefühlt hatte, wenn auch nur ansatzweise, und doch empfand ich den Himmel in diesem Moment als viel zu weit, und die hereinbrechende Abenddämmerung hielt eine unbekannte Finsternis in sich verborgen. Ich starrte in den orangen Lichtschein, der von den Gasheizern ausging, fühlte die Festigkeit der Kieselsteine unter meinen Füßen. Irgendwo in der Nähe ertönten Rufe in einer Sprache, die ich nicht verstand, gefolgt von einem lang gezogenen Schrei – er klang verzweifelt und hohl und kam aus großer Tiefe. Der Lärm ließ die Vögel in den rötlichen Himmel aufstieben.

Jede Hütte war unterteilt, abgetrennt durch Decken und Laken, damit mehrere Familien darin Platz fanden. Wir bekamen einen Bereich in einer dieser Kabinen zugewiesen, und man teilte uns mit, in der ehemaligen psychiatrischen Anstalt gleich neben dem Registrierungszentrum würde es Essen geben. Die Tore würden allerdings um neun Uhr abends geschlossen, wir müssten also bald gehen, wenn wir noch etwas zu essen wollten. Aber Mohammed wiegte sich von einem Fuß auf den anderen, als befände er sich immer noch auf dem wankenden Boot, und sobald er eine Gelegenheit witterte, legte er sich hin. Ich deckte ihn mit einer Decke zu.

»Onkel Nuri«, sagte er und öffnete die Augen einen winzigen Spalt. »Kann ich morgen Schokolade haben?«

»Wenn ich welche auftreibe.«

»Die zum Schmieren. Ich will sie mir aufs Brot streichen.«

»Ich versuche, welche zu bekommen.«

Es war Abend und wurde kalt. Afra und ich legten uns ebenfalls hin, und ich berührte mit der flachen Hand ihren Brustkorb und spürte ihrem Herzschlag und dem Rhythmus ihrer Atmung nach. »Nuri«, sagte sie.

»Ja?«

»Alles in Ordnung mit dir?«

»Warum?«

»Ich habe das Gefühl, es geht dir nicht gut.«

Sie lag dicht neben mir, ich spürte die Anspannung in ihrem Körper.

»Keinem von uns geht es gut.«

»Es ist …« Sie zögerte.

»Was?«

Sie seufzte. »Es ist der Junge …«

»Wir sind alle sehr erschöpft. Lass uns schlafen, wir reden morgen weiter.«

Wieder ein Seufzen, dann schloss sie die Augen.

Sie schlief in kürzester Zeit ein, und ich bemühte mich, ihre Atemzüge zu spiegeln, langsam und gleichmäßig, damit ich abschalten konnte. Doch der Ton ihrer Stimme war so düster gewesen, als wüsste sie etwas, das mir entging, und deshalb konnte ich nicht schlafen. Ihre unausgesprochenen Worte hatten eine Kluft zwischen uns aufgetan, und aus der Tiefe stiegen Bilder empor wie Träume – Mohammeds schwarze Augen, Sami, dessen Augen die gleiche Farbe wie die von Afra hatten. Als ich endlich kurz davor war, in den Schlaf hinüberzugleiten, ließ mich ein plötzliches Geräusch in meinem Kopf wieder aufschrecken, wie das Knarzen einer Tür, und da, auf der anderen Seite, war der Schatten eines Jungen. »Werden wir ins Wasser fallen?«, hörte ich ihn sagen. »Werden die Wellen uns verschlucken? Die Häuser dort brechen nicht über uns zusammen wie hier…« Samis Stimme. Mohammeds Stimme.

Im nächsten Moment tauchte mein Geist in tiefe Dunkelheit und Stille ein. Ich hatte mich von Afra weggedreht und mich auf die Muster der Trennwand aus Bettlaken konzentriert. Das leise Murmeln und Flüstern auf der anderen Seite hielten mich wach, ein junges Mädchen, das mit seinem Vater sprach. Ihre Stimmen wurden lauter, je besorgter sie klang.

»Aber wann kommt sie?«, fragte das kleine Mädchen.

»Wenn du schläfst. Sie streichelt dein Haar. Genau wie früher, weißt du noch?«

»Aber ich will sie sehen.«

»Du wirst sie nicht sehen, aber spüren wirst du sie. Du wirst spüren, dass sie ganz nah bei dir ist, ich verspreche es dir.« Die Stimme des Mannes brach, ich hörte es ganz deutlich.

»Aber als diese Männer sie mitnahmen…«

»Lass uns nicht weiter davon sprechen.«

Das kleine Mädchen stieß ein Schluchzen aus. »Aber als sie sie mitnahmen, weinte sie. Warum haben diese Männer sie mitgenommen? Wohin haben sie sie gebracht?«

»Lass uns nicht davon reden, Liebes. Schlaf jetzt.«

»Du hast gesagt, du würdest sie zurückbringen. Ich will wieder nach Hause und sie holen. Ich will wieder nach Hause.«

152

»Wir können nicht nach Hause.«

»Nie wieder?«

Der Mann antwortete nicht auf die Frage des Kindes. Im nächsten Moment war draußen ein Aufschrei zu hören, eine männliche Stimme, begleitet von einem dumpfen Geräusch, wie ein Fausthieb. Wurde da jemand verprügelt? Wurde da ein Mensch geschlagen? Ich wollte aufstehen und nachsehen, was da vor sich ging, aber ich fürchtete mich zu sehr. Vor der Hütte waren Schritte zu hören, Leute, die hin und her eilten, dann herrschte wieder Ruhe, und schließlich lullte mich das ferne Rauschen der Wellen ein und lenkte meine Gedanken ab, sodass ich vergaß, wo ich war. Es zog mich hinaus auf das offene Wasser.

Ich erwachte vom lauten Gezwitscher der Vögel. Da waren Stimmen und Schritte, und mir fiel auf, dass Mohammed nicht mehr im Container war. Afra schlief tief und fest.

Ich ging hinaus, um nach ihm zu suchen. Leute waren aus ihren Unterkünften gekommen, um die Wärme der Sonne einzufangen, andere hängten Wäsche auf die Leinen über den Wegen, Kinder sprangen über Pfützen oder boxten mit den Fäusten Luftballons hoch zum Stacheldrahtzaun, wie Volleybälle, und lachten, wenn sie platzten. Mohammed konnte ich nirgends entdecken, er war nicht unter ihnen.

Da bemerkte ich die Soldaten, die mit Pistolen an den Gurten umhergingen. Ich machte mich auf den Weg zur ehemaligen Irrenanstalt; man hatte mir gesagt, dort gebe es alle möglichen Dienstleistungen und ein Kinderzentrum. Die ganze Insel hatte etwas Unheimliches – zerfallene Gebäude, die nie ganz fertiggestellt worden waren, leere Ladenzeilen, als wären die Bewohner selbst überstürzt geflohen und hätten den Ort dem Verfall überlassen. Fenster wie Augen, die sich auf düstere, leer stehende Gebäude öffneten. Fensterläden, die schief in den Angeln hingen. Die ehemalige psychiatrische Anstalt sah aus wie aus einem Albtraum. Im Flur gab es einen riesigen Kamin hinter einem schmiedeeisernen Gitter, doch er schien nicht mehr in Benutzung zu sein; eine Treppe führte in einem Bogen nach oben, zu den Stimmen, die aus anderen Zimmern auf anderen Stockwerken herunterhallten.

»Was wollen Sie?«, fragte jemand hinter mir.

Ich drehte mich um: Es war ein Mädchen, Anfang zwanzig, sonnengebräuntes Gesicht, ein Dutzend Silberringe in einem Ohr und einen in der Nase. Sie lächelte, aber sie wirkte sehr müde, die Haut unter ihren Augen schimmerte violett. Ihre Lippen waren spröde und aufgerissen.

»Man hat mir gesagt, hier gäbe es Vorräte – ich wollte ein paar Dinge für meine Frau besorgen.«

»Dritter Stock links«, sagte sie.

Ich zögerte. »Und ich suche nach meinem Sohn.« Ich warf einen Blick über die Schulter, als könnte Mohammed wie aus dem Nichts hinter mir auftauchen.

»Wie sieht er denn aus?«, fragte das Mädchen gähnend. Sie hielt sich die Hand vor den Mund. Ihre Augen waren glasig. »Tut mir leid«, sagte sie. »Ich habe nicht gut geschlafen. Gestern Nacht gab es Ärger.«

»Ärger?«

Sie schüttelte den Kopf und unterdrückte ein weiteres Gähnen. »Die Lager werden zu voll, manche Bewohner sind schon sehr lange hier, es ist schwer…« Sie verstummte. »Wie sieht Ihr Sohn aus?«

»Mein Sohn?«

»Sie haben doch gesagt, Sie suchen nach Ihrem Sohn.«

»Er ist sieben – schwarze Haare, schwarze Augen.«

»Diese Beschreibung trifft auf die meisten Jungen hier zu.«

»Aber sie alle haben braune Haare und Augen. Er hat schwarze Augen. So schwarz wie die Nacht. Damit fällt er auf.«

Sie schien nun doch tätig zu werden, denn sie zog ein Handy aus der hinteren Hosentasche und sah aufs Display. Der Schein erhellte die Schatten auf ihrem Gesicht.

»Wo wohnen Sie?«, fragte sie.

»In einem der Container am Hafen.«

»Sie haben Glück, dass Sie nicht in der anderen Unterkunft sind.«

»Die andere Unterkunft?«

»Braucht Ihre Frau Kleidung? Oben gibt es eine Kleiderkammer. Ich bringe Sie hin.« Immer mehr Menschen drängten sich in den Korridor, Menschen aus allen Teilen der Welt. Ich hörte diverse arabische Dialekte, vermischt mit den weniger vertrauten Klängen und Melodien anderer Sprachen.

»Ihr Englisch ist sehr gut«, sagte sie, während wir die Stufen hochstiegen.

»Mein Vater hat es mir beigebracht, als ich noch ein Kind war. Und ich war Geschäftsmann in Syrien.«

»Welche Art von Geschäft?«

»Ich war Bienenzüchter. Ich hatte Bienenstöcke und habe Honig verkauft.«

Ich sah zu, wie ihre Flipflops gegen ihre Fußsohlen klatschten.

»Diese Insel war früher einmal eine Leprakolonie«, sagte sie. »Und die Irrenanstalt war vergleichbar mit den Konzentrationslagern der Nazis. Die Leute waren hier in Käfige gesperrt und in Ketten gelegt, ohne Namen und ohne Identität.

Die Kinder wurden sich selbst überlassen und waren den ganzen Tag ans Bett gefesselt.«

Plötzlich verstummte sie, als uns ein Polizist entgegenkam, der gerade auf dem Weg nach unten war. Er trug keine Sonnenbrille, dafür war es hier drinnen zu dunkel. Er nickte und lächelte ihr mit einem freundlichen Blick zu.

»Im zweiten und vierten Stock sind Schlaflager«, fuhr sie fort, als der Mann nicht mehr zu sehen war. »Nachts zünden sie auf dem Hof ein großes Lagerfeuer an und bereiten Speisen zu, sonst bekommt ihr ja alle immer nur Brot mit Käse und vielleicht mal eine Banane zu essen. Manchmal bringen einheimische Frauen Gemüse aus ihren Gärten, für einen Eintopf. Auf diesem Stockwerk gibt es zwei Kleiderkammern, eine für Frauen und Kinder, eine für Männer – vielleicht brauchen Sie auch etwas für Ihren Sohn? Heute gibt es noch ziemlich viele Sachen, und Sie sind früh dran, das ist von Vorteil.«

Sie führte mich in die Kleiderkammer für Frauen und ließ mich stehen. Beim Eintreten hörte ich draußen auf dem Flur einen Mann zu ihr sagen: »Du kennst die Regeln. Frag sie nur, was sie brauchen. Rede nicht mit ihnen.«

Ich blieb einige Augenblicke in der Tür stehen, um ihre Antwort abzuwarten. Eigentlich hätte ich gedacht, dass sie sich entschuldigen würde, aber stattdessen stieß sie ein raues Lachen aus, das in meinen Ohren trotzig klang. Sie verfügte über ein Selbstbewusstsein, das sie von einem anderen Ort mit hierhergebracht haben musste. Danach waren nur noch Schritte zu hören, die sich entfernten, also betrat ich die Kleiderkammer. Die Wände waren feucht und grünlich, durch ein hohes, vergittertes Fenster drang Licht ein, das auf einen Kleiderständer fiel. Eine Frau stand abwartend da, die Hände hinter dem Rücken verschränkt.

»Kann ich Ihnen helfen?«, fragte sie. »Was brauchen Sie?«
»Ich brauche Kleidung für meine Frau und meinen Sohn.«
Sie stellte mir diverse Fragen zu Größe und Statur und schob
einen Kleiderbügel nach dem anderen weiter, bis sie ein paar
passende Kleidungsstücke herauszog.

Ich verließ den Raum mit drei Zahnbürsten, ein paar Ra-
sierern, einem Stück Seife, einer Tasche voller Kleidungsstücke und Unterwäsche und einem extra Paar Schuhe für Mohammed; ich konnte mir vorstellen, dass er hier viel mit den
anderen Kindern herumrennen würde. Vielleicht hatte er sie
früh am Morgen spielen hören und war nach draußen gegangen, um sich zu ihnen zu gesellen? Vielleicht waren ein paar
von ihnen runter ans Meer gegangen, um die Neuankömmlinge zu begrüßen? Am Hafen gab es Geschäfte – Vodafone,
Western Union, eine Bäckerei, ein Café und einen Zeitschrif-
tenladen, vor denen Schilder auf Arabisch für verschiedene
Dinge warben: *SIM-Karten, kostenloses WLAN, Handyladegeräte zum Ausleihen.*

Ich ging in das Café. Es war voller Flüchtlinge, die Tee oder
Wasser oder Kaffee tranken, eine willkommene Abwechslung
zum Lager. Da waren Leute, die Kurdisch und Farsi sprachen.
Direkt vor mir unterhielten sich ein Mann und ein Junge auf
Arabisch, eindeutig aus Syrien. Eine Kellnerin kam aus der
Küche, die im hinteren Bereich lag, einen Notizblock in der
Hand, und erkundigte sich, was ich gerne hätte. Ihr folgte eine
ältere Dame, die ein Tablett mit Gläsern voller Wasser in den
Händen trug. Sie verteilte das Wasser auf den Tischen und un-
terhielt sich mit den Gästen, begrüßte viele namentlich. Von
allen drei Sprachen beherrschte sie einige Brocken.

Ich bestellte einen Kaffee, der kostenlos war, wie man mir
mitteilte, und nahm an einem der Tische Platz. Man brachte mir

meinen Kaffee, den ich genüsslich trank, Schluck für Schluck. Ich hätte nie gedacht, dass ich mich je wieder irgendwo mit anderen Menschen würde hinsetzen und Kaffee trinken können, ohne das Geräusch von Bomben im Hintergrund, ohne Angst vor Scharfschützen haben zu müssen. In diesen Momenten, wenn das Chaos zum Stillstand kam, dachte ich immer an Sami. Dann machten sich sofort Schuldgefühle bemerkbar, nur weil ich in der Lage war, diesen Kaffee zu genießen.

»Ganz allein hier?«

Ich blickte auf. Die ältere Dame, die hier arbeitete, sah mich lächelnd an.

»Sprechen Sie Englisch?«, fragte sie.

»Ja. Und nein, ich bin nicht allein hier, meine Frau und mein Sohn sind auch da. Ich bin auf der Suche nach ihm. Er ist ungefähr so groß, hat schwarze Haare, schwarze Augen …«

»Klingt so, als sähe er aus wie alle Jungen hier!«

»Wissen Sie, wo ich Schokolade kaufen kann?«, fragte ich.

Sie erklärte mir, ein Stück weiter die Straße hinunter gebe es einen Lebensmittelladen. Mir fiel auf, dass einige Leute Essen bestellt hatten – die Flüchtlinge hatten offenbar das Geschäft angekurbelt; normalerweise wäre die Insel jetzt im März so gut wie menschenleer.

Ich verließ das Café und machte mich auf den Weg zum Laden, wo ich ein Glas Schokoladenaufstrich und einen Laib frisches Brot erstand. Der Junge würde begeistert sein! Ich konnte es gar nicht erwarten, seinen erfreuten Blick zu sehen.

Danach suchte ich ein Internetcafé auf, weil ich nachsehen wollte, ob Mustafa auf meine E-Mail geantwortet hatte. Ich war nervös, als ich meinen Benutzernamen und das Passwort eingab – ein kleiner Teil von mir wollte es nicht wissen, denn wenn da keine Nachricht von ihm war, würde es mir noch schwerer fallen durchzuhalten. Umso glücklicher war ich, als ich eine ganze Reihe von Nachrichten in meinem Posteingang vorfand:

04.02.16

Lieber Nuri,

Mustafa konnte seine E-Mails nicht abrufen. Ich habe heute mit ihm gesprochen, er hat es nach Frankreich geschafft und mich gebeten, seine Nachrichten zu überprüfen und zu beantworten. Er hat gehofft, dass du ihm schreiben würdest, jeden Tag hat er es gehofft. Du kannst dir gar nicht vorstellen, wie sehr es mich freut, von dir zu hören. Mustafa und ich haben uns beide große Sorgen gemacht. Er wollte sich nicht gleich das Schlimmste ausmalen, aber es fiel ihm schwer, wie du dir sicher vorstellen kannst.

Sobald ich wieder mit ihm spreche, werde ich ihm die guten Neuigkeiten mitteilen. Er wird überglücklich sein. Aya und ich sind in England. Wir wohnen derzeit in Yorkshire, in einem Haus, das wir uns mit anderen teilen, und warten darauf, dass unser Asylantrag abgesegnet wird.

Ich bin froh, dass du es nach Istanbul geschafft hast, Nuri, und ich hoffe, du kommst sicher nach Griechenland und weiter.

In Liebe,

Dahab

28.02.2016

Lieber Nuri,

ich habe es endlich zu meiner Tochter und Frau nach England geschafft. *Die Reise über Frankreich war schrecklich, ich möchte gar nicht darüber schreiben, sondern erzähle es dir, sobald du nachkommst. Ich weiß, dass du es zu uns schaffen wirst. Wir warten auf dich. Ich bekomme keine Ruhe, bis du wohlbehalten hier eintriffst. Du bist für mich wie ein Bruder, Nuri. Meine Familie ist nicht vollständig ohne dich und Afra.*

Dahab ist sehr unglücklich, Nuri. Sie hat versucht, stark zu bleiben, für Aya, aber seit ich hier bin, liegt sie den ganzen Tag im Bett, ohne Licht zu machen, und hält ein Foto von Firas in der Hand. Manchmal weint sie, doch die meiste Zeit ist sie in tiefes Schweigen versunken. Sie will nicht über ihn reden. Alles, was sie sagt, ist, dass sie glücklich ist, mich wieder an ihrer Seite zu haben.

Deiner letzten Nachricht entnehme ich, dass du in Istanbul bist. Ich hoffe, du hast es mittlerweile nach Griechenland geschafft. Mir ist zu Ohren gekommen, dass Mazedonien seine Grenzen dichtgemacht hat, deshalb wird es nicht ganz einfach sein, von dort weiterzukommen; da hatte ich Glück, aber du musst es weiter versuchen. Bis ich wieder von dir höre, hoffe ich, dass du uns ein weiteres Stück näher gekommen bist.

Wie oft ertappe ich mich bei dem Wunsch, ich wäre nicht zurückgeblieben, ich hätte Aleppo zusammen mit meiner Frau und meiner Tochter verlassen, weil mein Sohn dann noch bei uns wäre. Dieser Gedanke bringt mich dem Tod selbst ganz nah. Wir können nicht zurück, können vergan-

*gene Entscheidungen nicht ändern. Ich habe meinen Sohn
nicht umgebracht. Das mache ich mir immer wieder klar,
denn wenn ich es nicht tue, verliere ich mich in der Dunkelheit.*

*An dem Tag, an dem du es nach England schaffst, wird es
wieder hell werden in meiner Seele.*

Mustafa

Ich saß da und las die Nachricht wieder und wieder durch. *Du
bist für mich wie ein Bruder, Nuri.* Im nächsten Moment kam
die Erinnerung an das Haus von Mustafas Vater in den Bergen.
Es stand inmitten von Kiefern und Tannen, in seinem Inneren
war es dunkel und kühl, mit alten Mahagonimöbeln und handgewebten Teppichen, und auf einer Konsole auf der anderen
Seite des Raums, unter einem Fenster, gab es einen Schrein,
der der Mutter und Frau gewidmet war, die sie verlassen hatte.
Da waren Fotos von ihr als junges Mädchen und dann als
junge Frau, hochgewachsen und wunderschön, mit strahlenden Augen. Da waren Hochzeitsfotos und Bilder, auf denen sie
Mustafa im Arm hielt, und andere, auf denen sie schwanger
war von dem Kind, mit dem sie starb. Mustafa wuchs unter
der Obhut und Pflege seines Vaters und Großvaters auf, ohne
irgendwelche Frauen, die ein wenig Sanftheit oder Licht an diesen Ort gebracht hätten, ohne Geschwister, mit denen er hätte
spielen können, deshalb suchte er Trost im funkelnden Licht
und inmitten der lieb gewonnenen Geräusche und Gerüche
der Bienenhäuser.

Er lernte die Bienen kennen, als wären sie seine Geschwister,
er beobachtete sie und fand heraus, wie sie sich untereinander

verständigten, er folgte irgendwelchen Pfaden tief in die Berge hinein, um das Ziel ihrer Reise zu erkunden, und saß im Schatten der Bäume, um ihnen zuzusehen, wie sie Nektar von Eukalyptus und Baumwolle und Rosmarin sammelten.

Mustafas Großvater war ein starker Mann, mit riesigen Händen, einer scharfen Beobachtungsgabe und einem guten Sinn für Humor – er ermunterte Mustafa stets dazu, neugierig zu sein, auf Abenteuerstreifzug in die Natur zu gehen. Er mochte es, wenn ich zu Besuch kam, und schnitt dann immer Tomaten und Gurken für uns klein, als wären wir kleine Kinder und als wäre ich das fehlende Glied in ihrer Familie, und dann strich er Butter und Honig, der frisch aus den Waben kam, auf weiches Brot. Anschließend setzte er sich zu uns und erzählte uns Geschichten aus seiner eigenen Kindheit oder von seiner geliebten Schwiegertochter.

»Sie war eine so freundliche Frau«, sagte er stets. »Sie kümmerte sich gut um mich, und sie hat mir nie den Mund verboten, wenn ich wieder einmal endlos redete.« Selbst nach all den Jahren noch wischte er sich dabei mit seinem von Altersflecken übersäten Handrücken über die Augen. Später, wenn wir dann in diesem kühlen Wohnzimmer saßen, umgeben vom unermüdlichen Lächeln seiner Mutter auf all diesen Fotos, einem Lächeln, das uns umfing und umgarnte, ein kleines bisschen wie der süße Klang der Bienen.

Dann kam plötzlich wieder Leben in ihn. »Na schön, macht ihr zwei mal was Sinnvolles. Geh und zeig Nuri, wie man den Honig erntet. Und gib ihm etwas von dem Gelée royale zu essen – er braucht es, nachdem er so lange in der Stadt gewesen ist.«

Dann brachte mich Mustafa zu dem Ort, wo die Bienen ihr Lied summten.

»Wir werden gemeinsam etwas aufbauen, das weiß ich.«,
sagte er. »Wir geben einander Halt. Gemeinsam können wir
Großes schaffen.«

Lieber Mustafa,

*du warst immer wie ein Bruder für mich. Ich weiß noch gut,
wie ich früher ins Haus deines Vaters in den Bergen zu
Besuch kam, ich erinnere mich an die Fotos von deiner
Mutter und deinem Großvater. Was war er für ein Mann!
Ohne dich wäre mein Leben ganz anders verlaufen. Wir
haben zusammen viel Großartiges geschaffen, genau wie du
es immer prophezeit hast. Aber dieser Krieg hat uns alles
genommen, alles, wovon wir je träumten und wofür wir
geschuftet haben. Jetzt sind wir ohne Heimat, ohne Arbeit,
ohne unsere Söhne. Ich bin mir nicht sicher, wie ich weiter-
leben soll. Ich befürchte, ich bin innerlich wie tot. Das Einzige, was mich weitermachen lässt, ist der Wunsch, zu dir
und zu Dahab und Aya zu gelangen.*

*Ich bin so froh zu hören, dass du endlich bei ihnen bist.
Allein dieser Gedanke bringt Freude in diese dunklen
Stunden.*

*Afra und ich sind in Leros angekommen und brechen
hoffentlich bald nach Athen auf. Wenn die mazedonische
Grenze geschlossen ist, finden wir einen anderen Weg. Keine
Sorge, Mustafa, ich gebe nicht auf, bevor ich nicht bei euch
bin.*

Nuri

Ich kehrte ins Lager zurück, zu dem glänzenden Metall und den weißen Kieseln und dem Beton und den endlosen Reihen quadratischer Container, umgeben von Maschendraht. Afra stand im Eingang unserer Hütte und hielt den weißen Stock wie eine Waffe in der Hand.

»Was tust du da?«, fragte ich.

»Wo warst du?«

»Ich habe ein paar Sachen besorgt.«

»Da war Lärm. Es war zu laut. Ich hab denen gesagt, sie sollen weggehen.«

»Wem?«, fragte ich.

»Den Kindern.«

»Ist der Junge zurück?«

»Welcher Junge?«

»Mohammed.«

»Niemand ist gekommen«, sagte sie.

Ich stellte die Tasche ab und erklärte ihr, ich würde noch einmal losgehen, um etwas zum Abendessen zu besorgen. Diesmal suchte ich die Wege nach Mohammed ab. Ich folgte dem Lachen der Kinder, spähte um jede Ecke, sah auf jeder Wiese und unter jedem Baum nach. Dann ging ich zurück zum Anstaltsgebäude, überprüfte jeden einzelnen Raum, auch das Kinderzentrum und den Mutter-Kind-Raum und den Gebetsraum. Dann ging ich eine Straße hinunter zu einem anderen Küstenabschnitt, an einen ruhigen Strand, wo die Fußabdrücke von Kindern im Sand zu erkennen waren. Doch wer auch immer hier gewesen war, war bereits wieder gegangen, die Sonne ging schon unter. Eine Weile stand ich mit geschlossenen Lidern da und atmete die frische Luft, spürte das orange Sonnenlicht auf meiner Haut.

Als ich die Augen wieder aufschlug, sah ich etwas Sonderbares: An einer Leine hingen etwa dreißig bis vierzig Oktopusse zum Trocknen, ihre Silhouetten sahen vor der untergehenden Sonne aus wie etwas aus einem Traum. Ich rieb mir die Augen, weil ich dachte, dass ich vielleicht eingeschlafen war, doch die Tiere hingen immer noch dort, die Arme von der Schwerkraft nach unten gezogen, sodass sie eine eigenartige Form angenommen hatten, wie die Gesichter von Männern mit langen Bärten. Ich berührte das gummiartige Fleisch, roch daran, weil ich wissen wollte, ob sie frisch waren. Ich nahm einen mit, um ihn über dem Feuer zu kochen. Wie ein Kind hielt ich das Tier in den Armen und ging damit zurück zu unserer Unterkunft. Unterwegs kaufte ich in einem Süßigkeitenladen ein Feuerzeug und sammelte am Wegesrand Zweige und Äste auf.

Als ich ins Lager zurückkehrte, saß Afra am Boden der Hütte und rollte etwas zwischen den Fingern. Ich sah, dass es Mohammeds Murmel mit der roten Ader in der Mitte war.

Ich wollte sie gerade nach Mohammed fragen, als mir auffiel, dass ihre Züge unverhofft lang geworden waren, und ihre Augen waren nicht mehr ausdruckslos wie sonst; sie waren voller Leben und voller Traurigkeit.

»Was ist los?«, fragte ich. »Du hast traurige Augen.«

»Hab ich das?«

»Ja«, gab ich zurück.

»Weil mir eben erst aufgefallen ist, dass ich mein Platinarmband verloren habe – du weißt schon, das meine Mutter mir geschenkt hat?«

»Ja«, sagte ich. »Ich erinnere mich.«

»Das mit den kleinen Sternchen.«

»Ich weiß.«

»Ich habe es kurz vor unserer Abreise angelegt. Ich muss es auf dem Boot verloren haben.«

Ich setzte mich neben sie auf den Boden, schlang die Arme um sie, und sie lehnte ihren Kopf an meine Schulter, genau wie sie es in dem Loch im Garten getan hatte, kurz bevor wir Aleppo verlassen hatten. Diesmal weinte sie nicht; ich spürte ihren heißen Atem an meinem Hals und das Flattern ihrer Wimpern an meiner Haut, und wir blieben eine Weile so sitzen, während es allmählich dunkel wurde in der Hütte und die einzige Lichtquelle der Schein des Gasheizers war. Überall um uns herum herrschte Lärm: Menschen, die herumschrien, Kinder, die umhertollten, die starke Brise in den Baumkronen, die in Wellen vom Meer heranwehte. Ich fragte mich, ob Mohammed immer noch spielte oder ob er bereits auf dem Rückweg zur Unterkunft war.

Dann ging ich nach draußen, um den Oktopus zuzubereiten. Ich ordnete die Zweige und Äste am Boden zu einem Haufen an und entfachte ein Feuer; dann hielt ich den Oktopus an einem Stock darüber. Es dauerte viel länger als erwartet, ihn zu kochen, obwohl er doch in der Sonne schon ein wenig vorgegart worden war.

Als er weich genug und etwas abgekühlt war, riss ich ihn in Stücke und brachte Afra etwas davon. Sie schlang das Fleisch gierig hinunter und leckte sich die Finger, und sie bedankte sich überschwänglich bei mir, dass ich gekocht hatte. Natürlich wollte sie wissen, wo ich das Tier herhatte.

»Hast du es eigenhändig aus dem Meer geholt?«

»Nein!« Ich lachte.

»Aber du kannst ihn nicht gekauft haben – das wäre viel zu teuer!«

»Ich habe ihn gefunden«, erklärte ich.

»Wie, du bist einfach so gegangen und hast an nichts Böses gedacht, und auf einmal findest du einen Oktopus?«

»Ja«, antwortete ich, und sie musste lachen, so richtig aus dem Bauch heraus, ein Lachen, das ihre Augen erreichte.

Ich warf einen bangen Blick zur Tür des Containers in der Hoffnung, Mohammed möge endlich zurückkommen.

Afra legte sich auf eine der Decken und schloss ohne ein weiteres Wort die Augen. Ich legte mich neben sie, und nach einer Weile hörte ich, wie sich die Tore öffneten und wieder schlossen, in der Ferne wurden Türen abgesperrt. Auf der anderen Seite der Trennwand weinte das Kind, der Vater raunte ihm tröstende Worte zu. »Nein, die Männer mit den Pistolen werden uns nicht töten. Mach dir keine Sorgen! Nein, sie tun uns nichts. Ich verspreche es.«

»Aber sie könnten uns erschießen.«

Jetzt lachte der Mann. »Nein. Sie sind hier, um zu helfen. Mach jetzt die Augen zu. Schließ die Augen und denk an all die Dinge, die du so liebst.«

»Wie mein Fahrrad zu Hause?«

»Ja, das ist gut. Denk an dein Fahrrad.«

Eine ganze Weile herrschte Stille, doch nach einiger Zeit hörte ich das kleine Mädchen wieder reden, nur diesmal klang ihre Stimme sanfter, ruhiger.

»Papa«, sagte sie.

»Ja?«

»Ich habe es gespürt.«

»Was hast du gespürt?«

»Ich habe gespürt, wie Mami mir übers Haar gestreichelt hat.«

Dann war nichts mehr zu hören, aber fast glaubte ich zu registrieren, wie das Herz des Mannes in der Stille schwer wurde. Weiter weg waren Stimmen zu hören, es wurde herumgealbert, geredet, gelacht. Heute Nacht gab es zum Glück kein Geschrei.

Ich betrachtete den Oktopus sowie den Schokoladenaufstrich und das Brot, die auf dem Boden bereitlagen, falls Mohammed heute Nacht doch noch zurückkäme – dann würde er das Essen sehen und wissen, dass es für ihn bestimmt war. Doch das Lager war längst geschlossen. Ich war eingesperrt, und Mohammed war ausgesperrt. Ich stand auf und suchte mir im Dunkeln meinen Weg zwischen dem Raster aus quadratischen Containern hindurch an den Rand des Camps, bis ich den Eingang fand. Vor dem Tor standen zwei Soldaten Wache, die Waffen im Anschlag.

»Kann ich Ihnen helfen?«, fragte einer.

»Ich muss hier raus.«

»Es ist zu spät. Erst am Morgen wieder.«

»Ich bin also eingesperrt? Wie ein Gefangener?«

Der Mann erwiderte nichts darauf, hielt meinem Blick aber stand.

»Ich muss meinen Sohn finden!«

»Den können Sie auch in der Früh suchen.«

»Aber ich habe keine Ahnung, wo er steckt.«

»Wie weit, denken Sie, wird er kommen? Wir sind hier auf einer Insel!«

»Aber er ist vielleicht allein und hat Angst.«

Die Soldaten wollten davon nichts hören. Sie schickten mich fort, und ich wollte zurück in die Unterkunft gehen, doch in der Dunkelheit tat ich mich schwer. Jede Ecke sah gleich aus, und ich hatte nicht mitgezählt, an wie vielen Containern ich vorbeigekommen war, um wieder zurückzufinden. Vielleicht ist es Mohammed auch so ergangen? Vielleicht ist er einfach losgelaufen, ohne achtzugeben, und hat dann den Weg nicht mehr gefunden? Vielleicht hat eine andere Familie ihn bei sich aufgenommen? Ich beschloss, mich auf den Boden zu legen, am Eingang zu einem anderen Container, damit ich mich wenigstens an einem der Gasfeuer wärmen konnte.

Am nächsten Morgen wachte ich vom Trommeln des Regens auf den Hüttendächern auf. Völlig durchnässt stand ich auf und schaffte es irgendwie zurück zu Afra. Ich erkannte ein rosa Laken, das draußen an einer der Leinen hing. Es goss in Strömen. Fliegen waren in den Schutz unserer Behausung geflohen und hatten sich über den Oktopus hergemacht.

Afra war bereits wach. Sie lag auf dem Rücken und starrte an die Decke, als würde sie den Sternenhimmel beobachten. Dabei ließ sie die Murmel zwischen ihren Fingern kreisen, genau wie Mohammed es immer getan hat.

»Wo warst du?«, fragte sie.

»Ich bin rausgegangen und habe mich verlaufen.«

»Ich habe die ganze Nacht nicht geschlafen. Als der Regen einsetzte, hörte und sah ich in meinem Kopf nichts anderes mehr als Regen.«

Ich wedelte mit der Hand über den Oktopus, um die Fliegen zu verscheuchen, sie summten durch unseren Teil der Unterkunft, umkreisten sich gegenseitig und kehrten immer wieder dorthin zurück, wie magnetisch von dem Tier angezogen.

»Hast du Hunger?«, fragte ich.

»Willst du, dass ich mir den Oktopus mit den Fliegen teile?«

»Nein«, lachte ich. »Wir haben Brot und Schokoladenaufstrich.«

Ich holte das Brot aus der Papiertüte und brach es in Stücke, ein paar legte ich für Mohammed beiseite. Dann öffnete ich das Glas, überlegte, wie ich die Schokoladencreme aufs Brot streichen sollte, so ganz ohne Messer. Afra meinte, sie würde das Brot einfach in die Schokolade tunken.

Später an diesem Morgen, als der Regen endlich nachließ, ging ich erneut hinaus, um nach Mohammed zu suchen. Anfangs lief ich ziellos innerhalb des Zauns umher, zwischen den bewohnten Containern hindurch, Reihe um Reihe suchte ich ab, auf den Wegen, hinter den aufgehängten Wäschestücken, rief wieder und wieder Mohammeds Namen. Der Boden war vollgesogen mit Wasser – selbst die Schuhe, die draußen vor den Unterkünften standen, waren vollgelaufen. Die weißen Kieselsteine hatten das Wasser nur begrenzt zurückhalten können. Aber dieser Regen hatte sich angefühlt, als wäre er direkt aus dem Meer entsprungen. Der Drahtzaun war wie alles andere auch von einem silbrigen Glanz überzogen, wie glänzendes flüssiges Metall, sodass dieser Ort mehr denn je an ein Gefängnis erinnerte. Nachdem die Sonne herausgekommen war, spiegelte sich das Licht überall, wurde die Sonne von den Oberflächen reflektiert.

Ich machte mich auf den Weg zum alten Anstaltsgebäude. Ein Junge im Teeniealter saß mit Ohrstöpseln auf der Treppe, den Kopf gegen die Wand gelehnt, die Augen fest geschlossen. Ich stupste ihn an, um ihn aufzuwecken, weil ich ihn fragen wollte, ob er Mohammed vielleicht gesehen hatte. Aber der Kopf des Jungen wackelte nur träge hin und her, und er öffnete ein Auge gerade mal einen schmalen Spalt. In einem der oberen Stockwerke hörte ich Kinder spielen, das entfernte Echo ihres Lachens, dem ich nun durch die Flure folgte bis zum Schlaflager in der vierten Etage. Ich sah in jedem Zimmer nach; drinnen waren Decken als Trennwände aufgehängt, Schuhe standen in ordentlichen Reihen da, hier und dort sah ich einen Haarschopf, einen Arm oder ein Bein. »Mohammed!«, rief ich, und ein alter Mann antwortete mit schroffer Stimme: »Ja!«, und dann: »Was wollen Sie? Hier bin ich! Sind Sie gekommen, um mich mitzunehmen?«

Ich konnte ihn immer noch schimpfen hören, als ich schon auf halbem Weg den Flur hinunter war. Im letzten Zimmer waren die Kinder, es war voller Spielsachen und Brettspiele und Ballons. Ein paar freiwillige Helfer knieten neben den Jüngeren. Eine von ihnen hielt ein Baby im Arm. Als sie meinem Blick begegnete, kam sie auf mich zu und begrüßte mich.

»Das hier ist das Kinderzentrum«, sagte sie und sprach die Worte langsam und deutlich aus.

»Offensichtlich«, sagte ich. »Ich bin auf der Suche nach meinem Sohn.«

»Name?«

»Mohammed.«

»Wie alt?«

»Sieben.«

»Wie sieht er aus?«

»Er hat schwarze Haare und schwarze Augen. Nicht braun. Sondern schwarz wie der Himmel bei Nacht.«

Sie schien einen Moment nachzudenken, doch dann schüttelte sie den Kopf. »Machen Sie sich mal keine Sorgen, er wird schon wieder auftauchen. So läuft das immer, und wenn er dann zurück ist, können Sie ihm die hier geben.« Mit der freien Hand wühlte sie in einem Plastikbehälter und zog eine Packung Farbstifte heraus, die an einem Notizblock befestigt waren. Ich bedankte mich und ging wieder, und als ich jetzt über den Flur zurück- und die Treppe hinunterging, glaubte ich fast, die Geister dieser Menschen zu sehen, die vor gar nicht so langer Zeit hier gelebt hatten, geknebelt und an ihre Betten gefesselt. Im nächsten Moment hörte ich ein Echo, nicht vom Lachen der Kinder, sondern andere Geräusche, am Rande meiner Wahrnehmung, dort wo Menschen aufhören, Menschen zu sein.

Ich beeilte mich, aus diesem Gebäude herauszukommen, lief die letzten Stufen hinunter und stürzte hinaus ins silbrige Licht und hinunter zum Hafen. Im Café drängten sich die Menschen. Eine Weile saß ich da, um mein Handy aufzuladen und einen Kaffee zu trinken. Dabei beobachtete ich die beiden Frauen, die, wie ich feststellte, Mutter und Tochter waren, wie sie Wasser und Tee und Kaffee servierten, sich mit den Flüchtlingen unterhielten und sich so gut wie möglich zu verständigen versuchten mit dem bisschen Arabisch oder Farsi, das sie aufgeschnappt hatten. An diesem Tag waren der Vater und der Sohn ebenfalls hier, der Sohn eine Miniaturversion seines Vaters, nur ohne den Oberlippenbart. Ich genehmigte mir einen Moment der Entspannung, lehnte mich auf dem Stuhl zurück und schloss die Augen, um den Gesprächen um mich herum und dem fernen Donnern über dem Meer zu lauschen.

Ich wartete dort bis zum Nachmittag, aber keine Spur von Mohammed. Um vier Uhr begab ich mich zum Registrierungszentrum, um mich zu erkundigen, ob die Behörden die Papiere überprüft und uns die Erlaubnis zur Weiterreise erteilt hatten. Hunderte von Menschen hatten sich um einen nervös wirkenden Mann versammelt, der auf einem Stuhl stand und Namen aufrief, einen Packen Dokumente hochhaltend. Unser Name war nicht dabei, aber insgeheim war ich froh darüber, denn ich wollte nicht ohne Mohammed abreisen.

Der nächste Tag verlief ganz ähnlich – die Sonne trocknete den Regen weg, der Wind wurde wärmer. Es schien, als wäre die Dunkelheit fortgewaschen worden, und auch wenn immer mehr Menschen auf die Insel kamen, angespült von den Wellen, und immer weniger weggingen, wirkte der Ort vom einen Moment zum anderen friedlicher. Vielleicht herrschte einfach nur so anhaltender Lärm, dass alles verschmolz, vergleichbar mit dem Prasseln des Regens oder dem Rauschen der Wellen oder dem Summen der Fliegen, die um den Oktopus herumschwirrten. Ein Stück abseits des Lagers roch der Boden frisch und süßlich, und die Bäume begannen zu blühen und trugen schließlich Früchte.

Und immer noch kein Zeichen von Mohammed.

Am Abend des Folgetages begann meine Hoffnung zu schwinden. Ich holte die Farbstifte aus ihrer Verpackung.

»Was ist das?«, wollte Afra wissen, als das Rascheln an ihr Ohr drang. »Was hast du da aufgemacht?«

»Stifte.«

»Buntstifte?«

»Ja.«

»Gibt es auch Papier?«

»Ja, einen Notizblock.«

»Kann ich sie haben?«

Ich legte die Stifte in einer Reihe vor sie und führte ihre Hand hin. Dann schlug ich den Notizblock auf und legte ihn ihr auf den Schoß.

»Danke«, sagte sie.

Ich streckte mich auf unserem Schlaflager aus und starrte an die Decke, betrachtete die Spinnen und Insekten und Spinnweben, die sich in den Ecken gesammelt hatten. Ich lauschte den gedämpften Gesprächen jenseits der Deckentrennwand und draußen auf den Wegen, während die Stifte über das Papier kratzten.

Stunden später, als es schon fast dunkel war, sagte Afra endlich etwas. »Das hab ich für dich gemalt.«

Die entstandene Zeichnung war so anders als ihre üblichen Bilder – eine üppige Blumenwiese mit einem einzelnen Baum, der sie überschattete.

»Aber wie hast du das hinbekommen?«, fragte ich.

»Ich kann die Spuren der Stifte auf dem Papier spüren.«

Noch einmal betrachtete ich das Kunstwerk. Die Farben waren willkürlich gewählt – der Baum blau, der Himmel rot. Die Linien waren nicht durchgehend, Blätter und Blüten befanden sich nicht an den richtigen Stellen und waren irgendwie verrutscht, und doch lag eine Schönheit darin, die magisch und unbeschreiblich war, wie ein Traumbild, ein Bild aus einer Welt, die jenseits unserer Vorstellungskraft liegt.

Am folgenden Nachmittag rief man im Registrierungszentrum endlich meinen Namen auf. Man reichte mir die Dokumente und die Genehmigung, nach Athen weiterzureisen: Nuri Ibrahim, Afra Ibrahim und Sami Ibrahim. Mein Magen krampfte sich schlagartig zusammen, als ich Samis Namen las, so klar und deutlich auf dem Stück Papier in meiner Hand. Sami… als wäre er wieder bei uns.

Ich erzählte Afra nichts davon, dass wir die Freigabe bekommen hatten. Ich ging noch nicht einmal zum Reisebüro, um die Tickets für die Überfahrt zu kaufen. Tage und Nächte verstrichen, und Afra wurde immer ruheloser.

»Ich habe Albträume«, sagte sie. »Ich bin tot, und da sind Fliegen überall auf mir, ich kann mich nicht bewegen, um sie fortzuscheuchen!«

»Keine Sorge. Wir gehen bald fort von dieser Insel.«

»Es gefällt mir hier nicht. Dieser Ort ist voller Geister.«

»Was für Geister?«

»Ich weiß es nicht«, sagte sie. »Es ist nichts Menschliches.«

Ich wusste, dass sie recht hatte, dass wir fortgehen mussten, aber ich wollte nicht ohne Mohammed gehen. Was, wenn der Junge doch zurückkehrte und sich fragte, wo ich war? Ich wusste, dass er zurückkommen würde, er musste wiederkommen. Wie der Polizeibeamte schon gesagt hatte – wir befanden uns auf einer Insel, er konnte nicht weit gekommen sein.

In der folgenden Nacht regnete es wieder, Afra bekam fürchterliches Fieber. Ihr Kopf glühte, ihre Hände und Füße dagegen waren eiskalt wie das Meer. Ich tupfte ihre Stirn und ihre Brust mit einem T-Shirt ab, das ich ins Wasser getaucht hatte.

»Er spielt«, sagte sie schwach.

»Wer?«

»Sami, ich kann ihn hören. Sag ihm, er soll vorsichtig sein.«

»Er ist nicht hier.«

»Er ist verloren«, sagte sie.

»Wer?«

»Sami. Die Häuser sind alle weg, er ist verloren.«

Ich erwiderte nichts darauf. Stattdessen rieb ich ihre Hände zwischen meinen Handflächen, um sie ein wenig zu wärmen, und betrachtete ihr wunderschönes Gesicht. Ich konnte deutlich sehen, dass sie Angst hatte.

»Ich will weg von hier«, sagte sie.

»Bald ist es so weit.«

»Wann? Warum dauert das so lang?«

»Wir brauchen erst die Papiere.«

Am darauffolgenden Tag verschlimmerte sich das Fieber. Sie zitterte am ganzen Leib und klagte über Schmerzen im Rücken und in den Beinen.

»Sag ihm, er soll reinkommen und zu Abend essen«, sagte sie, während ich eine zusätzliche Decke über sie breitete.

»Das werde ich.«

»Er ist schon den ganzen Tag zum Spielen draußen.«

»Ich sag es ihm«, versprach ich.

Ich trieb ein paar Zitronen auf, aus denen ich ihr einen lindernden Trank zubereitete.

175

Afra ging es mit jedem Tag, der verstrich, schlechter. Ich nahm an, sie gab allmählich die Hoffnung auf. Mir war bewusst, dass wir baldmöglichst von hier fortmussten, deshalb teilte ich ihr mit, dass wir die nötigen Unterlagen nun bekommen hätten. Ich wartete einige Tage ab, damit sie wieder zu Kräften kommen konnte, bis sie zumindest von allein aufstehen und nach draußen gehen konnte, um die Sonne in ihrem Gesicht zu spüren. Dann kaufte ich die Fährtickets und verfasste eine Nachricht.

Mohammed,

ich warte nun seit einem Monat auf deine Rückkehr. Ich habe nicht die leiseste Ahnung, was aus dir geworden ist, wo du abgeblieben bist und ob du je zurückkommst und diese Nachricht liest, aber ich habe jeden Tag nach dir gesucht, und ich bete zu Allah, er möge dich beschützen und sich um dich kümmern. Nimm das Geld und die Dokumente – du musst den Namen Sami annehmen (das war der Name meines Sohnes). Geh damit ins Reisebüro (es befindet sich gleich neben dem Seven Gates Café). Dort kaufst du dir ein Ticket für die Fähre nach Athen. Verpass auf keinen Fall das Schiff, weil du kein Geld haben wirst, um dir ein zweites Ticket zu besorgen. Du hast nur diese eine Chance, deshalb sieh zu, dass du zur richtigen Zeit da bist.

Es wird das dritte Mal sein, dass du auf einem Boot bist! Wenn du es nach Athen geschafft hast, versuch uns zu finden. Meine Telefonnummer lautet: 0928-----. Vergiss nicht, dass das Handy vielleicht ausgeschaltet ist. Mein vollständiger Name lautet Nuri Ibrahim. Ich plane, von Athen aus

*nach Großbritannien weiterzureisen. Wenn du also nach
Athen kommst und du uns nicht findest, gib die Suche bitte
nicht auf. Versuch, nach England zu kommen, und wenn du
freundliche Menschen triffst, nenn ihnen meinen Namen,
und dann hoffen wir, dass sie dir helfen, mich zu finden.*

*Ich hoffe, dich bald wiederzusehen. Bis dahin pass gut auf
dich auf, sieh zu, dass du genügend isst und nicht den Mut
verlierst. Man gibt oft viel zu schnell auf. Ich denke an dich
und bete für dich, ganz gleich, wie viele Meere und Berge
zwischen uns liegen. Wenn du noch einmal irgendein Meer
überqueren musst, hab bitte keine Angst. Ich bete jeden Tag
für dich.*

Onkel Nuri

Ich faltete den Brief zusammen und steckte ihn mit dem Geld
in einen Umschlag, den ich auf den Boden legte, in der Ecke
der Unterkunft, unter das Glas mit dem Schokoladenaufstrich.

Die Fähre war riesig groß, bemalt mit Sternen; auf dem Unter-
deck waren Lkws und Autos geparkt. Am Hafen verabschiedeten sich die Menschen von den Flüchtlingshelfern. Die Fähre
sollte um exakt neun Uhr nach Athen aufbrechen, die Reise
würde grob acht Stunden dauern. Es gab Sitzgelegenheiten
für Frauen und ältere Menschen. Die Fähre war gut beheizt,
das Meer war in dieser Nacht ruhig. Ich hielt Ausschau nach
Mohammed. Aber schon bald gingen sämtliche Passagiere an
Bord, und das Schiffshorn gab laut und deutlich das Zeichen
für die Abfahrt. Schon manövrierte die Fähre hinaus aufs offene Meer, und wir ließen die Insel der Geister hinter uns. Afra

atmete tief durch und sog die frische Seeluft gierig in sich auf. Jetzt drang vom Meer und vom Himmel her die Dunkelheit in mein Bewusstsein ein, und ich spürte es wieder, dieses Gefühl der Verlorenheit: Der Himmel und das Meer und die Welt um mich herum schienen zu groß für mich. Ich schloss die Augen und betete für Mohammed, den verlorenen Jungen, der nie der meine war.

8

Beim Aufwachen liegt Afras Hand auf meinem Brustkorb. Ich spüre ihre Finger auf meinen, doch da ist noch etwas anderes. Ich erinnere mich an Mohammed und den Schlüssel, den ich im Garten der Hauswirtin gefunden habe. Doch als ich meine Hände bewege, sehe ich, dass ich eine Chrysantheme in der Hand halte.

»Du hast mir noch ein Geschenk gebracht?«, kommt es von Afra. Es liegt ein fragender Unterton in ihrer Stimme.

»Ja«, sage ich.

Sie streicht mit den Fingerkuppen über die Blütenblätter und den Stiel.

»Welche Farbe hat sie?«, will sie wissen.

»Orange.«

»Ich mag Orange. Ich dachte, du würdest die ganze Nacht unten bleiben. Du bist eingeschlafen, und Hazim hat mir geholfen, nach oben zu gehen – er wollte dich nicht wecken.«

Da ist etwas Verzweifeltes in ihrer Stimme, Fragen, die sie nicht zu stellen wagt, und ich ertrage ihn nicht, den Duft des Rosenparfüms, der von ihrem Körper ausgeht.

»Freut mich, dass sie dir gefällt«, sage ich und bewege ihre Hand von meiner Brust weg. Die Blume fällt dabei aufs Bett.

Später, nachdem ich gebetet und Afra angekleidet habe, kommt Lucy Fisher vorbei. Sie hat es eilig heute und kommt mit zwei Rucksäcken an, als würde sie auf Reisen gehen. Diesmal hat sie noch eine andere Frau mitgebracht, ich glaube, sie ist Dolmetscherin; sie ist dunkelhäutig und rundlich und trägt eine altmodische Handtasche bei sich.

Gerade mal zehn Minuten lang sitzen wir in der Küche zusammen. Sie reicht mir das neue Schreiben, auf das die Adresse der Pension gedruckt ist, und teilt mir das Datum und die Uhrzeit für mein Gutachtengespräch mit.

»Sie haben fünf Tage Zeit, um sich vorzubereiten«, sagt sie.

»Als müsste ich eine Prüfung absolvieren«, antworte ich lächelnd. Doch ihre Miene bleibt ernst. Sie erklärt, dass Afra und Diomande ihre eigenen Dolmetscher bekommen, und auch für mich wird sich für den Notfall einer bereithalten.

»Diomande hat sein Gespräch am gleichen Tag?«, frage ich.

»Ja, Sie können gemeinsam hinfahren. Es ist in Südlondon…« Sie spricht weiter, öffnet einen Stadtplan und zeigt uns die genaue Adresse, ehe sie einen Fahrplan aufklappt und mir noch weitere Einzelheiten erklärt. Doch ich höre gar nicht mehr richtig zu. Ich würde ihr so gern von Diomandes Flügeln erzählen. Will ihr von Mohammed und den Schlüsseln erzählen, doch ich scheue mich vor ihrer Reaktion. Und dann erregt etwas am Fenster meine Aufmerksamkeit. Weiße Flugzeuge, die den Himmel durchschneiden. Zu viele, um sie zu zählen. Ich höre ein Pfeifen, gefolgt von einem tiefen Grollen, als hätte der Erdboden sich geöffnet. Ich eile ans Fenster, Bomben fallen, Flugzeuge kreisen über uns. Das Licht ist viel zu grell, ich muss meine Augen abschirmen. Das Geräusch ist unerträglich laut, ich bedecke meine Ohren.

Im nächsten Moment spüre ich, wie sich eine Hand sanft auf meine Schulter legt.

»Mr. Ibrahim?«, höre ich jemanden sagen.

Ich drehe mich um und sehe Lucy Fisher hinter mir stehen.

»Alles in Ordnung mit Ihnen?«

»Die Flugzeuge«, sage ich.

»Die Flugzeuge?«

Wortlos deute ich auf die weißen Flugzeuge am Himmel.

Es entsteht eine Pause, dann höre ich, wie Lucy Fisher ausatmet. »Schauen Sie«, sagt sie möglichst behutsam. »Schauen Sie, Mr. Ibrahim. Schauen Sie genau hin. Es sind Vögel.«

Ich folge ihrer Bitte und erkenne, dass es Möwen sind. Lucy Fisher hat recht. Da sind keine Flugzeuge, die über uns kreisen, nur ein Passagierflugzeug in weiter Ferne, das soeben hinter vereinzelten Wolkenschleiern auftaucht. Über uns sind nur Möwen.

»Sehen Sie?«, höre ich sie sagen.

Ich nicke, und sie führt mich zurück an meinen Platz.

Sie ist eine sehr praktisch veranlagte Frau und macht nach kurzem Zögern und einem Schluck Wasser unbeirrt da weiter, wo sie vorhin unterbrochen wurde. Sie sorgt stets dafür, dass alles an seinem Platz ist und seine Ordnung hat. Jetzt fährt sie mit der Spitze eines Stiftes eine Bahnlinie nach, was mir sofort Halt gibt und dafür sorgt, dass ich wieder ruhiger werde. Sie nennt Namen von Orten, von denen ich noch nie gehört habe, dann sieht sie auf die andere Karte, und ich male mir Straßen und Häuser und Seitenstraßen und Parks und Menschen aus. Ich stelle mir vor, wie es sein wird, mich vom Meer zu entfernen und tiefer in dieses Land vorzudringen.

Am Abend sitzen wir im Wohnzimmer. Der Marokkaner hilft Diomande, sich auf die Anhörung vorzubereiten. Sie sitzen sich gegenüber am Esstisch, Diomande hat ein Blatt Papier und einen Stift vor sich liegen, damit er sich Notizen machen kann.

»Ich möchte, dass du mir erklärst, warum du dein Land verlassen hast«, sagt der Marokkaner. Und Diomande fängt an zu reden, dieselbe Geschichte, die wir schon gehört haben, doch dieses Mal gibt er weitere Details preis. Er erwähnt die Namen seiner Mutter und Schwestern, er erzählt, wie genau sein Job in Gabun aussah, erzählt von ihrer finanziellen Situation, und schließlich spricht er über Geschichte und Politik, über die Kolonisation durch die Franzosen, die Unabhängigkeit im Jahr 1960, die zivilen Unruhen und den Bürgerkrieg, die wachsende Armut. Er spricht davon, dass die Elfenbeinküste einst ein sicheres Land mit boomender Wirtschaft war und dass nach dem Tod des ersten Präsidenten des Landes alles den Bach runterging. Er redet und redet, bis ich irgendwann nicht mehr zuhöre und der Marokkaner ihn unterbricht.

»Ich glaube, Diomande, sie wollen *deine* Geschichte hören.«

»Aber das ist meine Geschichte!«, beharrt Diomande. »Wie sollen sie sonst verstehen, wenn ich nicht alles erzähle?«

»Vielleicht wissen sie all diese Dinge bereits.«

»Vielleicht wissen sie es nicht. Wenn sie das nicht wissen, wie sollen sie verstehen, warum ich hier sein muss?«

»Du erzählst deine Geschichte. Warum du gegangen bist.«

»Ich erkläre alles!« Diomande wird mit einem Mal wütend, und ich sehe, wie er sich aufrechter hinsetzt. Sein Zorn hat seine Wirbelsäule begradigt.

Der Marokkaner schüttelt den Kopf. »Deine Wut hilft dir nicht weiter. Du musst deine Geschichte darlegen. Wie war dein Leben? Wie war das Leben dort für dich und deine Schwestern und Mutter? Nur das, Diomande! Es ist keine Geschichtsstunde!«

Sie fangen noch einmal von vorn an mit ihrem gespielten Gespräch. Afra sitzt auf einem Sessel, den Zeichenblock und die

Farbstifte auf ihrem Schoß, und rollt die Murmel zwischen den Fingern. Ich beobachte die farbige Ader darin, wie sie sich im Schein der Lampe dreht und aufleuchtet. Die Stimmen treten in den Hintergrund. Meine Gedanken wandern zu den Bienen. Ich sehe sie am sommerlichen Himmel, wie sie auffliegen und ausschwirren zu den Pflanzen und Blumen. Beinahe glaube ich, ihr Lied zu hören. Ich rieche den Honig und sehe die perfekten Waben im Sonnenlicht glänzen. Meine Augen beginnen sich zu schließen, doch dann sehe ich, wie Afra den Zeichenblock aufschlägt, mit den Fingern über das weiße Papier streift und einen violetten Stift aus der Verpackung nimmt.

Als ich aufwache, ist da wieder das Geräusch der Murmel, die über die Dielen rollt. Sofort weiß ich, dass Mohammed da ist, und ich lasse mir einen Moment Zeit, bevor ich die Augen aufschlage. Als ich sie schließlich öffne, sitzt er im Schneidersitz am Boden, den Schlüssel neben sich.

»Du hast den Schlüssel gefunden, Mohammed?«, sage ich zu ihm.

»Du hast ihn fallen lassen, als du über den Zaun geklettert bist.« Er steht auf und ist im nächsten Moment direkt neben mir. Er trägt heute andere Kleidung, ein rotes T-Shirt und Jeansshorts, und er scheint mit irgendetwas beschäftigt. Über seine Schulter späht er durch die geöffnete Tür des Wohnzimmers in den Flur.

»Dir wird kalt werden, so, wie du angezogen bist«, sage ich.

Er entfernt sich von mir, und ich stehe auf und folge ihm. Wir steigen die Treppe nach oben und gehen den Korridor entlang, vorbei an all den Schlafzimmern und dem Badezimmer, bis wir ganz am Ende vor einer Tür stehen, von deren Existenz ich bislang nichts wusste.

»Warum hast du mich hierher geführt?«, frage ich ihn, woraufhin er mir wortlos den Schlüssel reicht.

Ich stecke ihn ins Schloss, drehe ihn um und öffne die Tür. Sofort bin ich geblendet von gleißendem Licht, und als sich meine Augen daran gewöhnt haben, sehe ich, dass ich hoch oben auf einem Hügel stehe und auf Aleppo hinunterschaue. Am Himmel der volle Mond, knapp über dem Horizont, getaucht in die Farben der Wüste. Ein Blutmond.

Ich blicke über die Stadt, auf die Ruinen und Hügel, die Brunnen und Balkone. Auf einer unbebauten Fläche im Osten sehe ich Bienenstöcke, Dornengestrüpp und Wildblumen. Die Bienen schweigen zu dieser nächtlichen Stunde. Nur die Ammenbienen arbeiten auch bei Mondschein. Die Luft ist warm und süß vom Duft der Hitze und des Erdreichs. Zu meiner Linken befindet sich ein Pfad, der hinunter in die Stadt führt, diesem folge ich, bis ich das Ufer des Flusses erreiche. Als Rinnsal sickert er aus dem Stadtpark und quält sich schwerfällig durch die betonierte Rinne. Das Licht des Mondes bringt das Wasser zum Funkeln.

Vor mir läuft jemand, ein roter Blitz. Ich folge dem Geräusch von Schritten in das Gewirr der Gassen hinein. Es ist jetzt dunkler, die Laternen sind angeschaltet, doch an den Marktständen werden immer noch goldene Pyramiden aus Baklava feilgeboten. Draußen vor den Cafés sind Tische aufgestellt, darauf Speisekarten, Gläser, Besteck und einzelne Blumen in Vasen. In Schaufenstern sind Schuhe ausgestellt, gefälschte Designerhandtaschen, Teppiche und Truhen und Kaffeebereiter und Parfüm und Leder und am Ende der Reihe ein Stand voller Kopftücher aus den feinsten Materialien, Tücher, die sich im Licht der Lampen wie Rauchschwaden bewegen, blau und ocker und grün.

Hoch über mir an einem Bogen hängt ein Schild mit der Aufschrift: *Das Museum*. Direkt unter dem Bogen fällt mir auf, dass ich vor dem ehemaligen Laden meines Vaters stehe. Die Tür ist verschlossen, ich drücke mein Gesicht gegen die Scheibe. Zahllose Stoffballen sind im hinteren Bereich des Ladens übereinandergestapelt, Seide und Leinen in allen Nuancen und Farben. Vorne ist der Kassentresen zu sehen mit den vielen Behältern voller Scheren und Nadeln und Hammer.

Am Ende der Gasse nehme ich ein violettes Schimmern wahr. Als ich noch einmal hinsehe, erkenne ich Mohammed, der gerade um die Ecke biegt. Ich rufe ihn und bitte ihn, auf mich zu warten, nicht vor mir wegzulaufen, frage ihn, wo er hinwill, aber er wird nicht langsamer. Also beschleunige ich meine Schritte, um ihn einzuholen. Doch als ich am Ende angelangt bin, öffnet sich die Welt plötzlich vor mir, und ich bin zurück am Fluss, und der Mond steht hoch am Himmel. Mohammed ist nirgends zu sehen, deshalb setze ich mich auf den Boden, ganz nah ans Wasser, und warte auf die Morgenröte.

DIE MORGENRÖTE

tauchte Piräus in ein warmes Licht, der Himmel war voller Möwen. Wir gingen in Athen von Bord und wurden auf einen Platz am Hafen gebracht, der dicht mit Zelten zugestellt war, überragt von hohen Kränen. Die Leute, die kein Zelt hatten, waren in Decken gehüllt und saßen auf dem Boden. Vögel pickten zwischen ihnen im Müll herum, es roch streng nach Abwasser.

Wir standen im Schatten eines rechteckigen Gebäudes, das über und über mit Graffitis besprüht war; sie stellten einen felsigen Hafen dar mit riesigen weißen Wellen und Seemöwen darüber sowie ein antikes Schiff mit geblähten Segeln. Auf den Felsen war auf dem Hafengemälde ebenfalls ein Kran zu sehen, darunter Menschen aus einer längst vergangenen Zeit. Sami hätte dieses Bild geliebt. Er hätte Geschichten zu diesen Menschen erfunden; mit dem Schiff hätte man womöglich Zeitreisen machen können, oder, wie ich Samis Sinn für Humor kannte, vielmehr wäre der Kran die Zeitmaschine gewesen – er hätte die Leute am Kragen hochgehoben und in eine andere Zeit verfrachtet.

Am liebsten hätte ich mich nie wieder von hier fortbewegt, ich wollte ein Teil dieses Gemäldes werden und auf den Felsen am Hafen sitzend das Meer betrachten.

Afra und ich fanden ein wenig Platz auf einer der Decken am Boden. Eine Frau mir gegenüber hatte drei Kinder bei sich: Eines hing in einer Schlinge vorne an ihr dran, eines war auf dem Rücken festgeschnallt, und ein Kleinkind trug sie auf dem Arm. Sie hatte mandelförmige Augen und trug einen Hidschab locker um ihr Haar gebunden. Entweder waren die beiden Babys Zwillinge, oder eins von ihnen gehörte nicht ihr. Jetzt fing sie an zu reden und sagte etwas auf Farsi zu dem Jungen, doch der schüttelte den Kopf und vergrub sein Gesicht in ihrer Armbeuge. Nicht weit von uns sah ich ein Mädchen mit Brandnarben im Gesicht. Mir fiel auf, dass ihr drei Finger fehlten. Sie fing meinen Blick auf, und ich sah schnell weg. Stattdessen betrachtete ich Afra, die ganz still dasaß und sich in ihrer Dunkelheit sicher fühlte.

Plötzlich blitzte ein grelles Licht auf, und für einen Sekundenbruchteil war da nur Helligkeit in meinem Kopf.

Als meine Augen sich wieder angepasst hatten, sah ich ein rundes schwarzes Ding, das auf mich gerichtet war. Eine Waffe. Eine Waffe? Mir stockte der Atem, ich bekam kaum Luft, meine Sicht verschwamm, mein Hals und mein Gesicht glühten, meine Finger wurden taub. Ein Fotoapparat.

»Alles in Ordnung?«, hörte ich den Mann, dem er gehörte, fragen. Er senkte die Kamera und hielt sie seitlich an seinem Körper. Er wirkte peinlich berührt, als wäre er nicht auf den Gedanken gekommen, dass er ja einen lebenden Menschen fotografierte. Betreten wandte er den Blick ab, entschuldigte sich hastig und ging weiter.

Leute kamen vorbei, um unsere Papiere zu überprüfen, und noch in derselben Nacht brachte uns ein Bus ins Stadtzentrum von Athen, zu einem halb verfallenen Gebäude, einer alten Schule mit hohen Fenstern, die auf einen Innenhof hinausgingen. Der Hof war voller Menschen, manche von ihnen saßen auf einer Art Podest, andere auf Schulstühlen, oder sie standen unter gespannten Leinen, an denen Wäsche hing. Dazwischen tummelten sich freiwillige Helfer. Einer von ihnen, ein weißer Mann mit Dreadlocks, kam auf uns zu, um uns zu begrüßen, und führte uns in das Gebäude und zwei Treppen nach oben in ein ehemaliges Klassenzimmer. Afra erklomm die Stufen ganz langsam und achtete auf jeden ihrer Schritte.

»Es ist schön, Englisch mit Ihnen sprechen zu können«, sagte der Mann, »aber ich versuche auch, Arabisch zu lernen und ein bisschen Farsi. Höllisch schwer.« Er schüttelte lachend den Kopf und behielt Afra im Auge. »Die Klassenzimmer unten stehen für verschiedene Freizeitaktivitäten zur Verfügung. Spricht Ihre Frau auch Englisch?«

»Nicht viel.«

»Kommt sie mit den Treppen klar?«

»Sie schafft das schon«, sagte ich. »Wir haben Schlimmeres erlebt.«

»Sie haben Glück. Wären Sie vor zwei Monaten gekommen, hätten Sie wochenlang auf der Straße gesessen, und das mitten im Winter. Aber dann kam das Militär und hat viele von den Leuten woanders hingebracht, und dann errichtete man diese Lager. Es gibt ein größeres in Ellinikon – auf dem ehemaligen Flughafengelände – und eins im Park ...« Er verstummte, als hätte ihn plötzlich eine Erinnerung ereilt, und ich wurde den Eindruck nicht los, dass er nichts weiter dazu sagen wollte.

Er führte uns in eins der Klassenzimmer, präsentierte es mit ausgestrecktem Arm und offener Hand, aber nicht ohne einen Anflug von Ironie. Im Klassenzimmer standen drei Zelte aus Bettlaken. Ich mochte den Kerl jetzt schon. Da war ein Funkeln in seinen Augen, und er schien keine Scheu zu haben oder müde zu sein wie die Helfer auf Leros.

»Ich bin übrigens Neil.« Er deutete auf das Namensschild an seiner Brust. »Suchen Sie sich eins der Zelte aus. Abendessen gibt es später draußen im Hof. Wenn ihr rauskommt, findet ihr an der Wand rechts einen Stundenplan – für Kinder gibt es Unterricht und andere Aktivitäten am Nachmittag. Wo ist Ihr Kind?« Diese letzten Worte trafen mich zu abrupt, zu überstürzt, wie Pistolenkugeln.

»Wo ist mein Kind?«

Neil nickte und lächelte. »Diese Unterkunft ist Familien vorbehalten … ich dachte … Ihre Berechtigungskarte … Diese Schule ist nur für Familien *mit* Kindern.«

»Ich habe mein Kind verloren«, antwortete ich tonlos.

Neil stand wie gelähmt vor mir, dann legte sich seine Stirn in tiefe Falten. Er senkte den Blick auf den Boden und meinte: »Hören Sie. Ich kann Sie heute Nacht hier schlafen lassen, und dann sehen wir, ob wir wegen morgen Nacht noch was tun können, damit Ihre Frau sich ausruhen kann.« Damit ließ er uns in dem kalten Klassenzimmer stehen und kehrte wenige Minuten später mit einer anderen Familie zurück, Vater, Mutter und zwei kleine Kinder.

Ich wollte die Kinder nicht ansehen, ein Junge und ein Mädchen, die sich an den Händen ihrer Eltern festklammerten. Ich wollte ihre Gegenwart nicht anerkennen, deshalb begrüßte ich sie auch nicht, wie ich es normalerweise getan hätte. Stattdessen wandte ich mich um, und Afra und ich krochen in eins der Zelte, stellten unsere Taschen ab und legten uns auf die Decken, ohne ein Wort zu wechseln, die Gesichter einander zugewandt. Kurz vor dem Einschlafen sagte sie: »Nuri, kannst du mir morgen Papier und Stifte besorgen?«

»Selbstverständlich«, erwiderte ich. Die andere Familie hatte sich ebenfalls zum Schlafen hingelegt, und bald war es still im Klassenzimmer.

Ich stellte mir vor, ich würde in einem Grand Hotel übernachten, und das Knarzen und die Geräusche über uns kämen von den anderen Gästen. Dann fiel mir das alte Haus meiner Mutter und meines Vaters in Aleppo ein, wie ich als Kind immer Angst hatte vor dem Einschlafen, bis ich die Schritte meiner Mutter draußen vor der Tür hörte. Sie beruhigten mich. Sie warf stets einen verstohlenen Blick zu mir herein, und sobald ich den schmalen Streifen Licht ins dunkle Zimmer fallen sah, fühlte ich mich sicher und glitt mühelos in den Schlaf. Am Morgen half meine Mutter meinem Vater im Staffladen, den Nachmittag verbrachte sie mit Zeitunglesen, wobei sie meistens den roten Fächer in der Hand hielt, den ihre Großmutter ihr geschenkt hatte. Er war aus echter Seide und mit einem Kirschbaum und einem Vogel bemalt, und es stand etwas auf Chinesisch darauf. Meine Mutter glaubte, dass es »Schicksal« bedeutete, aber sie meinte auch, es sei ein Wort, das sich nur schwer übersetzen ließ; Yuanfen war eine mysteriöse Kraft, die dafür sorgte, dass sich die Lebenswege zweier Menschen auf schicksalhafte Weise kreuzten.

Das erinnerte mich immer daran, wie ich Mustafa getroffen hatte. Nachdem seine Mutter, meine Tante, gestorben war, hatten unsere Familien sich aus dem Blick verloren, und es waren mindestens fünfzehn Jahre verstrichen, ohne dass wir irgendeinen Kontakt gehabt hätten. Mustafas Vater lebte ein einsames und abgeschiedenes Leben in den Bergen, während meine Mutter und mein Vater eher Stadtmenschen waren und in der Hitze und dem Chaos der Märkte arbeiteten, wo reger Handelsverkehr herrschte und sich Menschen aus aller Welt begegneten.

Tatsächlich war es ein alter chinesischer Händler gewesen, der meiner Großmutter den roten Fächer geschenkt hatte. Er war ein Tuchmacher aus Peking und hatte die Seide eigenhändig gefertigt und bemalt. Eines Tages hatte mein Vater mich losgeschickt, um Obst zu besorgen, und ich machte einen kleinen Umweg und legte unten am Fluss unter einem Baum eine kleine Rast ein. Ich war müde, weil ich die ganze Zeit mit im Geschäft gewesen war, denn mein Vater wollte, dass ich so viel wie möglich von ihm lernte; wie man Kunden bediente, wie man Englisch sprach, und selbst wenn im Laden nichts los war, saß ich mit einem englischen Grammatikbuch auf dem Schoß da, weil man meinem Vater zufolge nur so im Leben weiterkam.

Mir war heiß, und ich war erschöpft, wir hatten Mitte August, die Luft, die wir atmeten, glich der in der Wüste. Ich empfand es als große Wohltat, am Fluss zu sitzen, im kühlen Schatten eines Bitterorangenbaums. Ich muss etwa eine Viertelstunde dort gesessen haben, als ein Junge sich mir näherte, ungefähr zehn Jahre älter als ich und viel dunkelhäutiger, als hätte er sein Leben lang unter der Sonne verbracht und gearbeitet.

»Weißt du, wie ich zu diesem Laden komme?« Dabei deutete er auf ein Blatt Papier in seiner Hand, auf das eine Straße und ein Haus mit einem Pfeil gezeichnet waren und daneben die Worte: *Aleppo Honig.*

»Der Honigladen?«, fragte ich.

Er nickte, schüttelte aber dann hastig den Kopf, ein Tick, der mir schon bald allzu vertraut sein würde.

»Nein?«, fragte ich.

»Doch«, sagte er lächelnd und schüttelte wieder den Kopf.

»Ich gehe ohnehin in die Richtung. Warum begleitest du mich nicht einfach? Ich zeig dir den Weg.« Und damit machten wir uns gemeinsam auf den Weg. Ohne Umschweife erzählte er mir von den Bienenstöcken in den Bergen und dass sein Großvater ihn in die Stadt geschickt habe, um verschiedene Honigsorten zu probieren. Er erzählte mir, er habe sich erst kürzlich an der Universität von Damaskus beworben, um Agrarwissenschaften zu studieren, und dass er mehr über die Zusammensetzung von Honig lernen wolle. Ich erzählte ihm ein wenig vom Laden meines Vaters, wenn auch nicht allzu viel, weil ich nicht ganz so gesprächig war wie er, und auch weil mich der Handel mit Stoffen nicht sonderlich interessierte. Ich zeigte ihm das Geschäft im Vorbeigehen und brachte ihn bis zur Tür des Honigladens, wo wir uns voneinander verabschiedeten.

Eine Woche später kam er mich im Laden meines Vaters besuchen. Er brachte ein riesiges Glas Honig mit. Er hatte soeben erfahren, dass er an der Universität angenommen worden war, und würde in Zukunft deshalb öfter nach Aleppo kommen. Außerdem wollte er sich bei mir bedanken, dass ich ihn neulich zu diesem Geschäft geführt hatte. Kaum warf meine Mutter einen Blick auf ihn, wie er mit dem Glas Honig in der Hand in der Tür zum Laden stand, ließ sie ihren Fächer fallen und sprang auf. Sie kam auf uns zu und starrte ihn eine Weile ungläubig an, dann fing sie an zu schluchzen.

»Mustafa«, rief sie, »du bist das, nicht wahr? Wie alt warst du, als wir uns das letzte Mal gesehen haben? Du warst ein kleiner Junge. Aber dieses Gesicht, es hat sich kein bisschen verändert!« Später sagte sie, dass es ihr vorkam, als hätte sie die Reinkarnation ihrer verstorbenen Schwester vor sich gehabt. Und so begann unsere langjährige Freundschaft, dort unten am Fluss und später mit einem Topf voll Honig. Eine mysteriöse Kraft, die ich nie verstanden hatte, hatte meinen Cousin in mein Leben geführt, hatte ihn dazu gebracht, mich am Fluss sitzend zu finden, ohne Hoffnung im Herzen, was meine zukünftige berufliche Karriere betraf, und von diesem Moment an hatte sich mein Leben von Grund auf verändert. Yuanfen. Yuanfen, das in der roten Hitze hin und her flatterte, unter den Augen meiner Mutter.

Ich ging die Erinnerung gedanklich dreimal durch und spulte sie wieder und wieder ab wie ein Videoband in Dauerschleife, bis ich in den Schlaf hinüberglitt.

Mitten in der Nacht wurde ich aus dem Schlaf gerissen, durch laute Schreie und ein Pfeifen am Himmel, eine Bombe, die die Dunkelheit zerriss. Ich fuhr hoch und saß kerzengerade da, mein Körper schweißnass, mit pochendem Kopf, die Dunkelheit um mich herum schien zu pulsieren. Ich machte die schwachen Umrisse eines Fensters hinter einem Laken aus, das Licht des Mondes, das hindurchschien. Dann erkannte ich im Halbdunkel Afras Gesicht, verschwommen nahm ich es wahr, bis mir allmählich wieder einfiel, wo ich war. Ich streckte die Hand aus, um nach der ihren zu greifen. Da waren keine Bomben. Wir waren nicht in Aleppo. Wir waren wohlbehalten in Athen, in einer ehemaligen Schule. Das Hämmern meines Herzens, das in meinem Kopf widerhallte, ließ nach, doch die Schreie waren nach wie vor zu hören, und als sie wenige Augenblicke später abrupt verstummten, traten andere Geräusche an ihre Stelle, Echos aus anderen Zimmern auf anderen Stockwerken, das verzweifelte Schluchzen von Erwachsenen, knarzende Dielenbretter, Schritte und Geflüster und Lachen. Das Gelächter schien von draußen zu kommen, aus dem Hof unten – das Lachen einer Frau.

Ich kroch aus dem Zelt, verließ das Klassenzimmer und trat hinaus auf den langen Flur. Ganz am Ende, am Fenster, lief eine

Frau auf und ab, ihre Flipflops flappten auf dem Marmorboden, sie hatte den Blick gesenkt. Sie hielt inne, dann kam mit einem Ruck wieder Bewegung in sie, und sie lief weiter, wie ein Aufziehspielzeug. Ich näherte mich ihr, zögerte einen Augenblick und legte ihr dann meine Hand auf den Arm, in der Hoffnung, sie möge sich beruhigen und stehen bleiben, damit ich sie fragen konnte, ob sie Hilfe bräuchte. Doch als sie zu mir aufsah, erkannte ich, dass sie schlief. Sie sah direkt durch mich hindurch, mit großen, angsterfüllten Augen, in denen Tränen glänzten. »Seit wann bist du wieder da?«, fragte sie.

Selbstverständlich antwortete ich nichts darauf, stattdessen überließ ich sie ihrem Albtraum, durch den sie irrte. Ich wusste, dass man Menschen, die schlafwandeln, nicht aufwecken soll, sonst konnten sie an den Folgen des Schocks sterben.

Wieder drang das Lachen an mein Ohr, schrill und abgehackt durchschnitt es die Schlafgeräusche. In einem der oberen Klassenzimmer schnarchte jemand; in einem anderen weinte ein Kind. Ich folgte dem Lachen die Treppe nach unten und hinaus auf den Hof und stellte mit Staunen fest, dass noch sehr viele Leute wach waren. Es muss bestimmt zwei Uhr nachts gewesen sein. Das Erste, was ich sah, war eine Gruppe von mehreren Jungen und Mädchen, die in der Ecke auf Holzstühlen unter einer Kletterwand saßen. Sie reichten eine Papiertüte herum, aus der sie irgendeine Substanz inhalierten.

Eins der Mädchen sah zu mir und hielt für einen Moment meinen Blick. Etwas stimmte nicht mit ihr, ihre Pupillen waren geweitet, sodass ihre Augen fast komplett schwarz wirkten. Unweit von mir saßen zwei Männer auf dem Boden, mit dem Rücken gegen die Wand gelehnt, und rauchten. Auf dem Podest, das früher vermutlich als Bühne gedient hatte, kickten zwei Jungen unter der einzigen Lichtquelle, einem Schein-

werfer, einen Ball hin und her. Am Eingang zum Hof führten
drei Männer eine hitzige Debatte; sie sprachen eine Form des
Arabischen, die ich nicht kannte, und waren viel dunkelhäutiger als ich. Einer von ihnen rempelte einen anderen an der
Schulter, und der dritte ging dazwischen, um die Streithähne
zu trennen. Mit erhobener Stimme schimpfte er auf die beiden
ein, dann löste er die Verriegelung der Eingangstür, schob die
schwere Tür auf, und gemeinsam verließen die drei den Hof.

Als die Tür sich wieder schloss und das metallische Geräusch, das durch den Hof hallte, verklungen war, hatte ich ein
riesiges blaues Herz vor mir, das auf die Doppeltür gemalt war.
Es hatte rechts und links je einen roten Flügel. Oben war das
Herz flach, daraus wuchsen eine Insel mit einer Palme und eine
leuchtend gelbe Sonne hervor. Vor dem kalten grünen Hintergrund der alten Schulmauer schien das Herz im flackernden
Flutlicht zu pulsieren.

Hinter mir war wieder Lachen zu hören. Ich wandte mich
von dem Herzen ab. Auf der anderen Seite des Hofs, auf dem
einzigen Liegestuhl unter einer Wäscheleine, saß die Frau, von
der das Lachen kam.

Es war eine junge Schwarze mit kleinen geflochtenen Zöp-
fen, die sie zu einem Pferdeschwanz hochgebunden hatte. Als
ich auf sie zuging, fiel mir auf, dass ihr weißes Top von der
Milch durchtränkt war, die aus ihren Brüsten sickerte. Sie fing
meinen Blick auf und verschränkte verlegen die Arme vor der
Brust.

»Es ist, weil sie sie mitgenommen haben«, sagte sie auf Englisch.

»Wen haben sie mitgenommen?«

Zuerst antwortete sie nicht. Ihre Augen huschten hilflos umher.

195

»Ich lebe nicht hier. Ich komme manchmal nachts her, um sicher zu sein.«

Ich setzte mich neben ihr auf den Boden. Sie wandte sich mir zu und zeigte mir ihren Arm. Da waren Dutzende von winzigen runden Wunden zu sehen.

»Es ist mein Blut«, sagte sie. »Sie haben es vergiftet.«

»Wer hat das getan?«

»Ich war in einem Zimmer, und dann hat er versucht, mich umzubringen. Er nahm meinen Kopf und stieß ihn in den Boden. Und ich verlor meinen Atem. Mein Atem, er hörte auf, und er kam nicht zurück. Ich habe keinen Atem in mir. Ich bin tot.«

Und doch waren ihre Augen voller Leben.

»Ich will am liebsten nach Deutschland. Oder Dänemark«, fuhr sie fort. »Ich muss fort von hier. Ist nicht so einfach, weil Mazedonien die Grenze geschlossen hat. Athen ist das Herz. Jeder kommt hier auf dem Weg nach irgendwo vorbei. Die Leute sitzen hier fest.« Mit einem Mal wirkte sie beunruhigt, ein tiefes Stirnrunzeln zeigte sich zwischen ihren Brauen. »An diesem Ort sterben die Menschen langsam, von innen. Einer nach dem anderen sterben sie.«

Allmählich machte sich Übelkeit in mir breit. Ich wünschte, ich wäre nie auf diese Frau mit den triefenden Brüsten und dem vergifteten Blut zugegangen.

Die Jungen mit dem Fußball waren verschwunden, es war ruhiger geworden, und das Flutlicht erhellte eine jetzt leere Bühne. Die beiden Männer rauchten immer noch, doch die Gruppe Jugendlicher hatte sich aufgelöst. Nur zwei Jungen waren zurückgeblieben, die beide auf ihre Handys starrten, ihre Gesichter in den Schein der Displays getaucht.

»Sie sagen, ich soll mehr Wasser trinken, für mein Blut,

aber ich bin tot.« Sie nahm ihre Haut zwischen zwei Finger und kniff hinein. »Ich bin wie Fleisch. Weißt du, rohes Fleisch? Wie totes Fleisch. Ich werde aufgefressen.« Sie zwickte sich in den Arm und zeigte mir erneut ihre Narben. Ich hatte keine Ahnung, was ich zu alldem sagen sollte. Ich war froh, dass sie aufgehört hatte zu lachen, zumindest vorerst. Aber schon bald empfand ich die Stille als noch viel unerträglicher.

»Wo wohnst du?«, fragte ich.

»Im Park. Aber manchmal komme ich hierher, es ist sicherer, und es weht kein so starker Wind, denn im Park sind wir hoch oben, bei den Göttern.«

»Wie kommt es, dass du so gut Englisch sprichst?«

»Meine Mutter hat es mir beigebracht.«

»Woher kommst du?«

Statt zu antworten, sprang sie blitzartig auf und sagte: »Es ist Zeit, zu gehen. Ich muss aufbrechen«, und ich sah zu, wie sie die Tür entriegelte, sie aufschob und das blaue Herz in zwei Teile teilte. Als die Tür sich hinter ihr schloss, war da nur noch Stille. Die beiden Jungen waren ebenfalls verschwunden, nur die beiden Männer waren zurückgeblieben und lehnten an der Wand, nach wie vor rauchend. Durch die Fenster eines Klassenzimmers hörte ich Kinder weinen: ein Baby und ein älteres Kind.

Ich machte mich auf den Weg nach oben und ging den Flur entlang, wo ich feststellte, dass die schlafwandelnde Frau nicht mehr da war. Im gesamten Gebäude herrschte eine Stille, die tröstlich auf meinen Geist wirkte.

Als ich aufwachte, sah ich die grellweiß schimmernden Laken vor mir und hörte ein Durcheinander aus Motorengeräuschen und Menschen, die etwas auf Arabisch oder Griechisch oder Farsi oder alle drei Sprachen in einem Satz riefen. Afra schlief noch.

Der Hof unten stand voller Kisten mit fast schwarzen Bananen und Kartons voller Windeln. Zwei Männer waren mit Kartoffelsäcken beladen, und drei weitere trugen Schachteln mit dem Aufdruck *Rasierer, Zahnbürsten, Notizblöcke, Stifte* herein. Durch das geteilte Herz auf der offen stehenden Flügeltür waren einige weiße Lieferwagen zu sehen, auf deren Seiten die Logos von Wohltätigkeitsorganisationen prangten. Ich ging nach drinnen zum Kinderbereich, wo eine Frau Spielsachen und Brettspiele sowie Blöcke und Farbstifte verteilte.

»Entschuldigen Sie?«, sagte ich.

»Kann ich Ihnen helfen?«, fragte die Frau. Sie sprach Englisch, aber mit einem Akzent, wie ich ihn bisher nicht gehört hatte.

»Dürfte ich Papier und ein paar Buntstifte bekommen?«

»Die sind eigentlich für die Kinder gedacht.«

»Mein Sohn ist oben. Es geht ihm nicht gut – ich dachte, er würde vielleicht gern malen.«

Die Frau holte einen Block und eine Packung Stifte aus einer Tasche und reichte sie mir, widerstrebend, aber mit einem freundlichen Lächeln auf den Lippen.

»Ich hoffe, er kann sich zu uns gesellen, sobald es ihm besser geht«, sagte sie.

Afra schlief immer noch tief und fest, deshalb schob ich ihr die Sachen unter die Hand, damit sie sie dort spürte, sobald sie aufwachte. Dann saß ich eine ganze Weile neben ihr und starrte den Stoff des Zeltes an, durch den das Sonnenlicht gefiltert wurde, und für eine Weile war mein Geist wie leer gefegt. Dann schälten sich allmählich Bilder heraus. Dort, zu meiner Linken, lag der Quwaiq-Fluss; rechts von mir befand sich eine graue Straße mit einem Bitterorangenbaum; direkt vor mir das berühmte Baron Hotel; dort drüben die Umayyaden-Moschee in der Altstadt, dahinter die untergehende Sonne, die die Kuppeln und Dächer in ein oranges Licht tauchte; dort die Mauern der Zitadelle und gleich hier halb verfallene Gebäude; dort drüben der zerbröckelnde Torbogen zum al-Madina-Souk und in einem westlichen Stadtviertel der al-Faradsch-Uhrenturm, die verlassenen Terrassen und Balkone, die Minarette. Dann fegte der Wind durchs Fenster, und das Laken bewegte sich und ließ die Bilder wieder verschwinden. Ich rieb mir die Augen, wandte das Gesicht zu Afra. Sie schien sich im Schlaf zu ängstigen – sie war ruhelos, ihre Atmung ging stoßweise, und sie murmelte etwas vor sich hin, doch ich konnte die Worte nicht verstehen. Ich legte ihr die Hand an den Kopf, strich ihr übers Haar, bis sich ihre Atmung wieder beruhigte und ihr Gemurmel verstummte.

Eine Stunde später wachte sie auf, doch sie hielt die Augen geschlossen. Sie bewegte sich; ihre Finger wanderten über den Notizblock und die Stifte.

»Nuri?«, sagte sie.

»Ja.«

»Hast du die hier für mich besorgt?«

»Ja.«

Ein winziges Lächeln zupfte an ihren Mundwinkeln.

Sie richtete sich auf und legte die Sachen auf ihren Schoß, dann fuhr sie sich mit geschlossenen Augen mit den Fingern durch die Haare. Ihre Haut war so klar, und als sie die Augen aufschlug, waren sie von einem metallischen Grau, die Iris ganz klein, als wollten sie so das plötzliche Licht abschirmen.

»Was soll ich zeichnen?«, fragte sie.

»Was du möchtest.«

»Sag du es mir. Ich will für dich malen.«

»Die Aussicht von unserem Haus.«

Ich sah zu, wie sie zeichnete, wie ihre Finger die Spuren des
Stifts nachfuhren, wie sie jeder einzelnen Linie folgte, als wäre
sie ein Pfad. Ihr Blick senkte sich flackernd auf das Papier und
hob sich wieder, sie blinzelte hektisch, als würde sie von einem
Licht geblendet, das ihr zu nahe kam.

»Kannst du etwas sehen, Afra?«

»Nein«, sagte sie. »Sei still. Ich denke nach.«

Ich sah zu, wie das Bild Gestalt annahm, sah, wie die Kuppeln und flachen Dächern sichtbar wurden. Im Vordergrund
des Gemäldes fing sie an, Blätter und Blüten zu malen, die sich
an den Gitterstäben des Balkons emporrankten. Dann malte
sie den Himmel in violetten und braunen und grünen Farb-
schattierungen aus – sie hatte natürlich keine Ahnung, welche
Farben sie verwendete, sie schien nur genau zu wissen, dass es
für den Himmel drei verschiedene sein mussten. Ich beobachtete, wie sie mit den Fingerkuppen die Linien der Landschaft
nachfuhr, damit die Farbe nicht auf die Häuser überging.

»Wie machst du das nur?«, fragte ich.

»Ich weiß es nicht«, sagte sie, und für einen kurzen Moment
trat ein Lächeln in ihre Augen. »Ist es schön?«

»Es ist wunderschön.«

Aus irgendeinem Grund hörte sie auf zu zeichnen, als ich
das sagte, sodass die rechte Hälfte des Bildes ganz ohne Farbe
blieb. Sonderbarerweise erinnerte mich das an die kaputten
weißen Straßen, die der Krieg mit sich gebracht hatte. Wie die
Farben jäh aus allem herausgewaschen zu sein schienen. Wie
die Blumen abstarben. Sie reichte es mir.

»Es ist noch nicht fertig«, sagte ich.

»Doch, ist es.« Sie hielt es mir beharrlich hin. Nachdem ich
es genommen hatte, legte sie sich wieder auf den Rücken, die
Hände unter den Kopf geschoben, und sagte keinen Ton mehr.

Ich rührte mich eine ganze Weile nicht. Lag einfach nur da und betrachtete das Bild, bis Neil den Kopf um den Türstock streckte und uns mitteilte, dass wir gehen müssten.

9

Ich bin umgeben von Unmengen Stoff, es scheinen Mäntel zu sein, am Boden stehen Schuhe, und in die Ecke ist ein Staubsauger gepfercht. Es ist warm hier drinnen, über mir hängt ein Warmwasserboiler. Zu meiner Linken, am Ende des Flurs, steht der Marokkaner und starrt mich an. Er kommt auf mich zu und hält mir schweigend die Hand hin. Er macht keinen Mucks, doch auf seinen Zügen liegt ein düsterer Ausdruck. Er führt mich in mein Schlafzimmer. Afra ist nicht da, das Bett ist gemacht, und ihre Abaya hängt nicht am Bügel. Auf dem Nachtschränkchen auf meiner Bettseite liegt eine wunderschöne Zeichnung von den Bienenstöcken – das weite Land, die vereinzelten Bienenstöcke darauf, die aufgehende Sonne; sie hat sogar die Küche und das Zelt gemalt, wo wir früher immer zusammensaßen und das Mittagessen zu uns nahmen. Die Farben stimmen nicht, die Linien sind stellenweise unterbrochen und nicht gerade, aber das Bild ist in Bewegung, es atmet, fast glaube ich das Summen der Bienen zu hören, und auf dem Feld dahinter sind schwarze Rosen zu sehen, deren Farbe in den Himmel verläuft. Der Marokkaner setzt mich auf das Bett, löst meine Schuhbänder, nimmt mir die Schuhe ab und hebt meine Beine hoch. Ich halte das Bild an meine Brust gepresst.

»Wo ist Afra?«, frage ich.

»Keine Sorge, ihr geht es gut, sie ist unten. Farida leistet ihr Gesellschaft.«

»Wer ist Farida?«, frage ich.

»Die Frau aus Afghanistan.«

Er verschwindet für ein Weilchen, dann kommt er mit einem Glas Wasser in der Hand zurück. Er hält es mir an die Lippen, und ich trinke es in einem Zug leer. Dann schüttelt er die Kissen in meinem Rücken auf, schließt die Vorhänge und sagt mir, ich solle mich ausruhen. Behutsam schließt er die Tür hinter sich und lässt mich allein im Dunkeln zurück.

Ich erinnere mich gut an die Gassen und an das Geräusch rennender Schritte und an Mohammeds rotes T-Shirt, aber mein Körper ist schwer, meine Beine und Arme sind wie Felsen, und ich spüre ein Brennen in den Augen, weshalb ich sie schließe.

Als ich aufwache, ist es noch dunkler. Gelächter ist zu hören – es breitet sich in der Finsternis aus wie ein Glockenschlag. Ich gehe nach unten ins Wohnzimmer, wo einige der Bewohner zusammen Domino spielen. Afra ist unter ihnen und beugt sich gerade über den Esstisch. Sechs Dominosteine stehen in einer Reihe vor ihr, mit ruhiger Hand und einem Ausdruck absoluter Konzentration versucht sie, dass siebte Steinchen danebenzustellen. Die um den Tisch Versammelten halten allesamt den Atem an und sehen wie gebannt zu. Sie hält inne, schüttelt die Hände, um sie zu lockern, und lacht erneut.

»Okay, ich tu's! Ich schaffe es! Ihr werdet schon sehen!«

Es ist das erste Mal seit Wochen, dass ich sie mit den anderen reden höre, das erste Mal seit Monaten, dass in ihrer Stimme ein Lachen und so etwas wie Leichtigkeit liegt.

Der Marokkaner sieht mich im Türrahmen stehen.

»Geezer!«, ruft er auf Englisch, und seine Augen blitzen.

»Komm, setz dich her und spiel mit uns. Ich mach dir einen Tee.« Er zieht einen Stuhl für mich heran und führt mich mit einer Hand auf der Schulter zum Tisch, ehe er in der Küche verschwindet.

Die anderen Bewohner sehen nur kurz auf, nicken mir zu und sagen Hallo, aber sofort richten sie ihre Aufmerksamkeit wieder auf Afra und das Dominospiel. Sie setzt sich etwas aufrechter hin, ihre Hände zittern jetzt kaum merklich, und ich sehe, dass sie den Kopf ganz leicht in meine Richtung gedreht hat. Sie stellt den Stein zu dicht an den vorherigen, und sie kippen der Reihe nach um.

Alle lachen und jubeln und stöhnen, und die afghanische Frau sammelt die Dominosteine ein und zieht sie zu sich heran. Sie ist gut bei diesem Spiel. Bis der Marokkaner mit dem Tee zurück ist, hat sie bereits fünfzehn Steinchen aufgestellt. Afra zuliebe zählt sie laut mit.

Ich trinke von meinem Tee, der etwas zu süß ist, dann stehe ich auf, gehe zum Telefon und rufe in der Arztpraxis an, um denen mitzuteilen, dass ich das benötigte Schriftstück jetzt habe und gerne einen Termin für Afra vereinbaren würde, wegen der Schmerzen in ihren Augen.

Als die Nacht anbricht, sehe ich zu, dass ich gemeinsam mit Afra zu Bett gehe. Ich folge ihr die Treppe nach oben, vermeide es, zu der Tür am Ende des Flurs zu schauen. Diomandes Zimmertür ist wieder geöffnet, er steht mit dem Rücken zu uns und sieht zum Fenster hinaus. Die Umrisse seiner Flügel zeichnen sich unter dem T-Shirt deutlich ab. Als hätte er meine Blicke gespürt, dreht er sich jetzt zu mir um.

»Gute Nacht«, sagt er lächelnd, und ich sehe, dass er ein Foto in der Hand hält. Er kommt auf mich zu, um es mir zu zeigen. »Das ist meine Mutter, das sind meine Schwestern.« Ich betrachte die Frauen mit ihren lachenden Gesichtern und den großen Zähnen.

Ich gehe ins Schlafzimmer und helfe Afra beim Auskleiden, dann lege ich mich neben sie.

»Hattest du einen schönen Tag?«, frage ich.

»Er wäre schöner gewesen, wenn wir ihn gemeinsam verbracht hätten.«

»Ich weiß.«

Ich höre die Stimme eines Jungen etwas auf Arabisch rufen. Es scheint aus einem der anderen Schlafzimmer zu kommen, aber ich weiß, dass hier keine Kinder wohnen, es sei denn, es sind heute neue Leute eingezogen. Doch die Stimme scheint aus dem Garten unten zu kommen.

»Was tust du?«, will Afra wissen. Ich stehe jetzt am Fenster und starre hinunter in den dunklen Hof.

»Hast du das nicht gehört?«, frage ich.

»Es ist nur der Fernseher«, sagt sie. »Jemand sieht fern.«

»Nicht das. Jemand hat etwas auf Arabisch gerufen, ein Junge.«

»Was hat er denn gesagt?«

»Hier drüben! Hier drüben!«

Ich presse mein Gesicht gegen die Scheibe. Soweit ich das erkennen kann, ist niemand im Hof. Abgesehen von dem Kirschbaum und den Mülltonnen und der Trittleiter ist da nichts und niemand zu sehen.

»Komm und leg dich wieder zu mir«, sagt sie. »Leg dich hin und schließ die Augen und versuch, an nichts anderes zu denken.«

Also folge ich ihrer Aufforderung. Ich lege mich neben sie und spüre die Wärme ihres Körpers, nehme den Duft des Rosenparfüms wahr. Wieder verschließe ich die Augen vor ihr und der Dunkelheit, doch dann höre ich es wieder, die Stimme eines Kindes, es ist die von Mohammed, ich weiß es, er stimmt ein Schlaflied an, ich erkenne es wieder, es erinnert mich an Sami. Ich presse mir beide Hände auf die Ohren, aber ich kann es nicht ausblenden, das Lied.

DAS LIED

der Grillen begrüßte uns, als wir im Pedion tou Areos ankamen. Entlang einer Hauptstraße, die durch ein Geländer begrenzt war, waren wir bis ins Zentrum von Athen gefahren.

Ich musste die ganze Zeit an Mohammed denken. Ich glaubte, ihn mich rufen zu hören, aber dann wurde mir klar, dass es lediglich der Lärm der Großstadt war. Neil zeigte uns den Weg. Er hatte darauf bestanden, unser Gepäck zu tragen, vielleicht aufgrund von Schuldgefühlen, jedenfalls hatte er sich meinen und Afras Rucksack auf die Schultern gehievt. Bevor wir das Schulgebäude verlassen hatten, hatte Neil unsere alten Taschen weggeworfen und uns diese neuen Rucksäcke und Thermodecken gebracht.

»Man hat diesen Park ursprünglich gepflanzt, um die Revolte gegen die Herrschaft der Osmanen zu feiern!«, rief Neil uns über die Schulter zu. Wir kamen unterwegs an einigen geöffneten Holzkisten vorbei, doch er ging tiefer in das Parkwäldchen hinein. Unter Palmen inmitten von Farn entdeckten wir ein kleines Zeltdorf und Menschen, die auf Decken lagen. Überall lag Müll herum, es stank fürchterlich nach Fäulnis und Urin. Doch Neil ging unbeirrt weiter. Immer tiefer drangen wir in den Park vor, dessen Wege voller Schlaglöcher waren, überall wucherte Unkraut. Ein paar wenige Spaziergänger waren unterwegs und führten ihre Hunde Gassi, auf den

Parkbänken saßen Rentner und unterhielten sich, und noch tiefer im Gestrüpp bereiteten Drogenabhängige ihren nächsten Schuss vor.

Schließlich gelangten wir zu einem weiteren Zeltbereich, wo Neil auf ein paar Decken unter zwei Palmen einen Platz für uns organisierte. Ganz in der Nähe war die Statue eines Kriegers aus uralter Zeit zu sehen, und auf den Stufen vor dem Denkmal saß ein ausgezehrter Mann. Seine Augen erinnerten mich an die der Kinder in der Schule gestern Nacht.

Erst sehr viel später, nachdem Neil wieder gegangen war und sich die Dunkelheit um uns herum verdichtet hatte, fiel mir auf, was mit diesem Ort nicht stimmte. Zum einen rotteten sich nach und nach Horden von Männern zusammen wie ein Rudel Wölfe; Bulgaren und Griechen und Albaner. Sie beobachteten uns und schienen auf etwas zu warten; das sah ich ihren Augen an. Es waren die Augen von intelligenten Raubtieren.

Die Nacht war kalt. Afra zitterte und sprach kein Wort. Dieser Ort machte ihr Angst, das war nicht zu übersehen. Ich breitete so viele Decken über sie, wie ich finden konnte. Wir hatten kein Zelt, nur einen großen Schirm, der den Wind aus Richtung Norden abhielt. Ein Lagerfeuer nicht weit von uns gab ein wenig Wärme ab, aber es reichte nicht aus, um sich wohlzufühlen.

Überall um uns herum herrschte Lärm und Gelächter und Bewegung. Auf einer Wiese zwischen den Bäumen spielten einige Kinder Fußball, die Mädchen und Jungen ließen den Boden aufspritzen. Andere spielten Karten oder unterhielten sich draußen vor den Zelten. Eine Gruppe Teenager saß in einem Kreis auf einer Decke und erzählte einander Geschichten, Erzählungen, an die sie sich aus ihrer Kindheit erinnerten.

Soeben sprach ein Mädchen, der Rest saß im Schneidersitz da und lauschte gebannt, während ihre Augen das Licht des nachlassenden Feuers spiegelten. Dann bemerkte ich einen freiwilligen Helfer, der sich ihnen näherte, ein kleiner blonder Mann mit je einer weißen Plastiktüte in jeder Hand. Das Mädchen unterbrach ihre Erzählung, und sie wandten sich allesamt ihm zu, woraufhin die gesamte Gruppe in Jubelgeschrei ausbrach und wild durcheinanderplapperte. Der Helfer stellte die Tüten ab, und sie warteten ungeduldig ab, wie er eine Coladose nach der anderen herauszog, die ihm die Teenager entrissen, ehe sie sich wieder setzten. Sobald jeder eine Cola in der Hand hatte, öffneten sie sie, aufgeregt lachend, während die Dosen zischten und spritzten.

Dann nahmen sie alle gleichzeitig den ersten Schluck.

»Das ist meine erste Cola seit drei Jahren!«, sagte einer.

Ich wusste, dass der IS Coca Cola verboten hatte, weil es sich um einen multinationalen Konzern und um eine amerikanische Marke handelte.

»Schmeckt sogar noch besser, als ich es in Erinnerung habe!«, sagte ein anderer.

Der Freiwillige musste gesehen haben, dass ich ihn beobachtete, denn er zog eine letzte Dose aus der Tasche und brachte sie mir. Er war jünger als gedacht, hatte raspelkurzes blondes Haar und kleine dunkle Augen. Er brachte Lachen und Freude mit sich und reichte mir die Dose mit einem strahlenden Lächeln im Gesicht.

»Erstaunlich, nicht wahr?«, fragte er.

Ich nahm die Dose entgegen und bedankte mich. Ohne zu zögern, öffnete ich sie und nahm einen kleinen Schluck, genoss die intensive Süße auf der Zunge. Dann reichte ich sie an Afra weiter, die immer noch am ganzen Leib zitterte, obwohl sie nach wie vor in mehrere Decken gehüllt war. Sie nahm einen gierigen Schluck.

»Cola?«, fragte sie und trank mehr. Das schien ihr etwas Farbe auf die Wangen zu zaubern. Wir reichten die Dose hin und her und lauschten den Geschichten, die die jungen Leute sich erzählten.

Später, es war schon weit nach Mitternacht, als Afra endlich schlief und aufgehört hatte zu zittern, fielen mir einige ältere Männer auf, die in der Nähe herumlungerten und die Jungen und Mädchen beobachteten. Einer von ihnen stützte sich auf zwei Krücken, der Stummel seines Beins war unbedeckt und selbst im Dunkeln noch gut zu erkennen. Der Mann auf den Stufen unter der Statue spielte jetzt auf einem Saiteninstrument. Ein wunderschönes, trauriges Lied, so beruhigend wie ein Schlaflied.

»Hat man dich auch hierhergebracht?«

Ich blickte auf und sah die schwarze Frau von gestern Nacht vor mir stehen. Sie hatte eine Decke um ihre Schultern gelegt und hielt ein Stück Brot in der Hand.

»Sieh zu, dass du in der Früh Essen bekommst«, sagte sie. »Sie bringen Essen aus der Kirche, aber es ist schnell aus. Sie bringen auch Medizin.«

Dann breitete sie die Decke auf dem Boden aus und setzte sich neben mich. Sie trug ein smaragdgrünes Kopftuch.

Plötzlich fegte ein heftiger Windstoß durch das Camp, als wären die Götter, die an diesem Ort hausten, erwacht. Laub und trockenes Geäst zog raschelnd an uns vorüber, doch sie wartete geduldig ab, bis der Wind sich wieder legte, was mir verriet, dass sie an derlei unerwartete und vorübergehende Wetterkapriolen gewöhnt war. Dann ließ sie die Hand in einem kleinen Leinenbeutel verschwinden und zog einen Behälter mit

Talkumpuder heraus, schüttelte eine parfümierte Wolke in ihre Handfläche und verteilte sie über Gesicht und Händen. Dies hatte den sonderbaren Effekt, dass sie aschfahl aussah und das Licht und das Leben in ihren Wangen mit einem Mal erlosch. Die ganze Zeit ließ sie mich nicht aus den Augen.

»Sie stehlen hier Kinder«, sagte sie. »Sie werden einfach mitgenommen.«

Im Geäst funkelten die Augen von Männern im Mondlicht.

»Warum sollten sie das tun?«

»Um ihre Organe zu verkaufen. Oder für Sex.« Auch das sagte sie ganz beiläufig, als wäre sie gegen solche Dinge abgehärtet. Ich wollte dieser Frau nicht länger zuhören, und ich wünschte, ich könnte sie nicht sehen, die Schatten, die sich zwischen den Bäumen bewegten. Mir fiel wieder auf, dass aus ihren Brüsten Milch sickerte, da waren frische Flecken auf ihrem weißen Oberteil.

»Mein Geist ist krank«, sagte sie und tippte sich an die Stirn. Dann kniff sie die Haut an der Innenseite ihres Armes mit zwei Fingern zusammen und sagte: »Ich bin tot. Ich werde innen schwarz. Weißt du, was das bedeutet?«

Ihre dunklen Augen funkelten im Schein des Feuers, das Weiß ihres Augapfels wirkte leicht gelblich. Ihre Züge hatten etwas Rundliches, eine Ganzheit, eine Weichheit, eine Transparenz; es zeigte sich in ihrem Gesichtsausdruck und in der Bewegung ihrer Hände, und doch wollte ich nur noch von ihr weg, weil ich das alles nicht wissen wollte. Mein Kopf war viel zu voll, da war kein Platz für mehr. Mein Blick verfing sich wieder und wieder an den feuchten Flecken an ihrem Oberteil. Ich stellte fest, dass es auf der linken Seite schlimmer war, als hätte ihr Herz eine undichte Stelle, und ich gab mir alle Mühe, nicht dauernd hinzustarren.

»Man kommt nicht fort von hier. Weißt du das?«, fragte sie.

Darauf gab ich keine Antwort. Ich musste jetzt an Mohammed denken. Diese Männer dort im Wald warfen ganz neue Fragen bei mir auf. Hatte ihn jemand entführt? Hatten sie ihn weggelockt oder ihn in der Nacht mitgenommen, während er schlief?

»Die Grenzen sind geschlossen, weißt du?«, fuhr sie fort. »Alle kommen, und nicht viele gehen, und ich kann nicht zurück. Ich bin tot. Ich will fort von hier. Ich will Arbeit finden. Aber niemand will mich.«

Unter einem der Bäume sprach einer der älteren Männer jetzt mit einem jungen Mädchen. Sie war schätzungsweise elf oder zwölf Jahre alt, doch ihre Haltung ließ sie viel älter wirken; es war etwas unverhohlen Erotisches an der Art, wie sie an dem Baumstamm lehnte.

»Weißt du, warum Odysseus diese Reise gemacht hat?«, fragte die Frau jetzt und stupste mich mit dem Ellbogen an. Ich wünschte, sie würde endlich still sein. Für einen Sekundenbruchteil wandte ich mich ihr zu, und als ich wieder hinüber zu dem Mann und dem Mädchen blickte, waren sie verschwunden. Mir wurde übel.

»Er fuhr von Ithaka zu Kalypso und nach Gott weiß wohin – diese lange Reise, und wozu? Was wollte er finden?«

Es lag eine Dringlichkeit in ihrem Gebaren – wie sie sich zu mir vorbeugte, wie sie mein Bein anstieß, wenn ich es wagte, den Blick von ihr abzuwenden.

»Ich weiß es nicht«, sagte ich zu ihr.

»Um sein Zuhause wiederzufinden«, sagte sie. Und dann schwieg sie über längere Zeit, vielleicht hatte sie gespürt, dass ich nicht wirklich reden wollte, und saß stumm da, ihre gefalteten Hände in den Schoß gelegt. Sie hatte eine fast aufdringliche

Präsenz, ihre Augen waren weit aufgerissen, ihr ganzer Körper schien in Alarmbereitschaft. Sosehr ich mich auch bemühte, sie auszublenden und so zu tun, als wäre sie nicht anwesend, wollte es mir nicht gelingen.

»Wie heißt du?«, fragte ich.

»Angeliki.«

»Das ist ein griechischer Name.«

»Ja. Er bedeutet ›Engel‹.«

»Woher stammst du?«

Auch diesmal schien die Frage sie nervös zu machen. Sie sammelte ihre Decke auf, schlang sie sich um die Schultern und schlenderte in die Nacht davon, wobei sie unterwegs etwas vom Boden aufklaubte.

Ich legte mich neben Afra, konnte aber nicht schlafen. Tief im Wald hörte ich seltsame Schreie – von Füchsen oder Katzen oder Menschen. Der Mann auf den Stufen des Denkmals saß immer noch da. Im Schein des abklingenden Lagerfeuers erkannte ich, dass er Kratzer an den Armen hatte. Rote, rohe Striemen, als hätte ein Tier seine Krallen hineingeschlagen.

Obwohl meine Gedanken nicht zur Ruhe kamen, kniff ich die Augen ganz fest zu. Ich wollte nichts mehr sehen oder hören.

Am Morgen waren Gebete zu vernehmen, später dann verwandelte der Pedion tou Areos sich in einen Spielplatz. Die Sonne sickerte durch das Blätterdach der Bäume, ein smaragdgrüner Baldachin, der mich an Angeliki erinnerte, wie sie in der vorangegangenen Nacht mit ihrem grünen Kopftuch hier gesessen hatte. Örtliche Bewohner hatten sich unter die Flüchtlinge gemischt, ältere Frauen mit Tüten voller Lebensmittel; sie verteilten kleine Essenspakete.

Eine junge Mutter, die auf einer Decke saß, fiel mir ins Auge;

sie hatte einen himmelblauen Hidschab locker um den Kopf gelegt. Auf den Armen hielt sie ein winziges Baby, das höchstens ein paar Wochen alt war – seine Ärmchen und Beine spitzten dünn wie Zweige aus der Decke hervor. Es machte den Eindruck, als würde sie etwas Totes in den Armen halten und es wiegen, als wüssten ihre Augen das, aber ihr Körper nicht. Eine alte Griechin kniete vor ihr auf dem Boden und half der Mutter, dem Säugling das Fläschchen zu geben, doch er wollte nicht trinken. Die alte Frau gab auf, stattdessen schenkte sie ein großes Glas voll Kondensmilch ein und legte ein paar Schokoladenkekse auf einen Teller, den sie der Mutter reichte. Sie ermunterte sie, zu essen und zu trinken, und schob ihr den Becher zurück an die Lippen, sobald sie ihn absetzen wollte.

»*Pies to olo* – alles«, sagte die alte Frau, auf Griechisch und auf Englisch, und die junge Mutter schien zumindest eins davon zu verstehen und stürzte die Milch hinunter, ehe sie der Frau den Becher hinhielt, weil sie mehr wollte. Sie bekam ein weiteres Glas, und als sie fertig war, ergriff die alte Frau ihre Hände und wischte sie mit Baby-Feuchttüchern sauber, ehe sie sie eincremte und massierte. Die Augen der Mutter wirkten traurig, sie waren blau wie das Meer und weit weg.

»Wunderschöne Mahsa«, sagte die alte Dame und küsste das Baby auf die Stirn.

Mahsa. Der Säugling war also ein Mädchen. Ich beobachtete, mit welcher Leichtigkeit die beiden Frauen miteinander umgingen, wie sie mit so wenigen Worten auskamen. Sie kannten einander – die ältere Dame war vermutlich schon des Öfteren hier gewesen, um zu helfen.

»*Den echies gala?*«, fragte die alte Frau, und statt zu antworten, presste die Mutter ihre Hand an ihre Brust und schüttelte den Kopf. »*Ochi*«, sagte sie.

214

Wieder fiel mein Blick auf den Mann auf den Stufen. Er hatte das Saiteninstrument auf dem Schoß liegen: ein wunderschönes Stück, das ein wenig nach Laute aussah, aber nicht ganz. Er zupfte an den Saiten und spielte dann eine kurze Melodie. Das Ergebnis war eine Klangwoge, eine unerwartete Harmonie wie von einem Regenschauer an einem sonnigen Tag, die sanft in ihrer hölzernen Kammer widerhallte.

Ein Stirnrunzeln lag auf den Zügen des Mannes, als er abrupt mit Spielen aufhörte und sein Instrument weiter stimmte. Nach einer Weile legte er es zu seinen Füßen auf den Boden und drehte sich eine Zigarette. Ich stand auf und setzte mich im Schatten der Statue neben ihn. Es lag eine unergründliche Wärme in dem Gesicht des Mannes, etwas, das trotz seines Schweigens einladend wirkte.

»Guten Morgen«, sagte er auf Farsi, seine Stimme so tief und melodiös wie seine Musik. Er bot mir die Zigarette an, die er soeben gerollt hatte.

»Nein danke«, sagte ich auf Arabisch. »Ich rauche nicht.« Und in diesem Moment fingen wir beide zu lachen an, weil die Situation so seltsam war. Hier saßen wir in Griechenland, zwei Männer, von denen der eine Arabisch sprach und der andere Farsi.

»Sprechen Sie Englisch?«, fragte ich.

Die Augen des Mannes begannen zu leuchten. »Ja! Nicht sehr, sehr gut, aber ja! Zum Glück, wir haben eine gemeinsame Sprache gefunden!« Dieser Mann hatte wirklich Humor – er redete in einem fröhlichen Singsang.

»Woher stammen Sie?«, fragte ich.

»Afghanistan, ein Stück außerhalb von Kabul. Sind Sie aus Syrien?«

»Ja«, sagte ich.

Seine Fingernägel waren lang, und auch wenn er nicht besonders stämmig war, hatten seine Bewegungen etwas Kraftvolles.

»Ich mag Ihre Gitarre«, sagte ich.

»Dieses Instrument ist eine Rubab. Das bedeutet ›Tor zur Seele‹.« Dann sagte er mir, sein Name sei Nadim.

Ich blieb auf den Stufen neben ihm sitzen, als er die Rubab zur Hand nahm und erneut zu spielen begann, eine langsame, getragene Melodie, die sich in tiefen Wellen um uns herum ausbreitete. Ich beobachtete Afra, die gerade aufwachte und sich aus ihren Decken schälte. Mit der Hand tastete sie neben sich, um herauszufinden, ob ich da war. Als sie mich nicht finden konnte, spannten sich ihre Züge an, und sie rief meinen Namen. Ich machte mich sofort auf den Weg zu ihr, berührte ihre Hand und sah zu, wie ihre Miene wieder weicher wurde. Ein Teil von mir freute sich insgeheim, diese Furcht in ihr zu sehen, als sie glaubte, sie hätte mich verloren, weil es bedeutete, dass sie mich immer noch liebte, dass sie mich immer noch brauchte, obwohl sie in sich selbst eingeschlossen war. Ich packte die Sandwiches aus, die man für uns dagelassen hatte, und reichte ihr eines.

Nach einer Weile sagte sie: »Nuri, wer macht da Musik?«

»Ein Mann namens Nadim.«

»Sie ist wunderschön.«

Die Stunden verstrichen, die Klänge der Musik spülten über uns hinweg, und als Nadim zu spielen aufhörte und ein Nickerchen machte, öffnete das plötzliche Ausbleiben der musikalischen Untermalung die Tür zu anderen Geräuschen: Zweige, die knackten und im Wald brachen, undeutliches Gemurmel und Geflüster und spielende Kinder. Ich wollte ihn am liebsten aufwecken und ihn bitten, für immer seine Musik erklingen zu lassen, damit ich nie wieder etwas anderes hören musste als die bewegte Melodie der Rubab, bis zu meinem Todestag. Und wenn Angeliki wirklich recht hatte, wenn wir diesen Ort wirklich nie wieder verlassen sollten, dann würden Afra und ich hier sterben, zusammen mit den Raubtieren der Nacht und den Helden eines Kampfes, über den wir nichts wussten.

Als die Sonne unterging, wurde das Lagerfeuer entfacht, und die ganze Umgebung war von Rauch und dem Geruch nach brennendem Holz erfüllt. Die Menschen sammelten sich um die Feuerstelle herum, um sich zu wärmen, was in mir die Erinnerung an Farmakonisi wachrief. Doch die Leute auf dieser Insel waren andere gewesen. Hier kam es einem vor, als lebten wir alle im tiefsten Schatten einer Sonnenfinsternis.

Afra war in letzter Zeit noch stiller als gewöhnlich. Ich nahm an, dass sie auf die Geräusche im Wald lauschte, dass sie die Gefahr von dort witterte, doch sie stellte keinerlei Fragen. Die meiste Zeit saß sie in eine dünne Decke gehüllt da.

Nadim verschwand für eine Weile und kehrte einige Zeit später zurück, um seinen üblichen Platz am Fuß der Statue einzunehmen. Doch leider nahm er seine Rubab nicht zur Hand, obwohl ich sehnlich auf die Musik wartete; ich brauchte sie so dringend wie Wasser. Mein Bewusstsein war von tiefen Rissen durchzogen.

Die Mutter mit dem blauen Hidschab versuchte, ihrem Baby die Brust zu geben; die kleine Mahsa hatte ihre Brustwarze in den Mund genommen und schien ein wenig zu saugen, aber wie es aussah, kam keine Milch. Frustriert knetete die Frau ihre Brust, das Gesicht vor Zorn hochrot. Und dann gab Mahsa auf und verfiel wieder in den üblichen apathischen Zustand. Die Frau fing zu weinen an und wischte sich die Tränen mit dem Handrücken ab.

Als ich die Tränen der Mutter sah und mit welcher Leichtigkeit sie fielen, wurde mir bewusst, dass Afra wegen Sami
kein einziges Mal geweint hatte. Abgesehen von diesem Tag in
Aleppo, als wir uns in dem Loch im Garten versteckten, hatte
sie keine einzige Träne vergossen. Sie weinte nicht, als Sami
starb. Stattdessen war ihr Gesicht seither wie versteinert.

Nadim kam zu uns und setzte sich zu mir auf die Decke.
Eine Zeit lang starrte er Afra an. Ich fragte mich, ob ihm bewusst war, wie stur seine Augen auf sie fixiert waren, oder ob er
sich nur in seinen eigenen Gedanken verloren hatte. Wie auch
immer, es gelang mir, seinen Blick einzufangen.

»Von woher, sagten Sie, kommen Sie?«

Überraschend veränderte sich Nadims Miene, es kam wieder Leben in ihn. »Kabul!«

»Hat es Ihnen dort gefallen?«

»Selbstverständlich. Es war mein Zuhause. Kabul ist sehr
schön.«

»Warum sind Sie weggegangen?«

»Weil die Taliban nicht wollen, dass man dort Musik macht.
Sie mögen keine Musik.« Aber da war mehr, das verriet mir die
Art, wie er abrupt verstummte und aus keinem ersichtlichen
Grund einen Zapfen zur Hand nahm, den er sich genau ansah,
ehe er ihn in den Wald hineinschleuderte.

»Das ist der Grund, weshalb Sie gegangen sind?«, fragte ich.

Er schien zu zögern, als müsste er erst überlegen, ob er
mehr sagen sollte, während er mich gleichzeitig näher in Au-
genschein nahm. Kurz darauf senkte er bewusst die Stimme
und sagte: »Ich war im Verteidigungsministerium. Die Taliban
haben mich bedroht. Ich habe ihnen gesagt, ich kann keine
Menschen töten. Ich kann nicht einmal einer Ameise etwas zu-
leide tun – wie sollte ich Menschen töten?«

Und dann verstummte er erneut, und das war alles. Er hatte mir winzige Bröckchen einer viel größeren und längeren Geschichte hingeworfen. Nadim versank wieder in tiefem Schweigen, doch lag ein gewisses Unbehagen darin, weshalb ich umso erfreuter war, als er weitersprach, mit diesem für ihn typischen melodiösen Singsang in der Stimme, der nun offenbar von etwas anderem ablenken sollte.

»Kennen Sie den Namen dieses Parks?«, fragte er.

»Ja, Pedion tou Areos.«

»*Pedion* bedeutet ›Platz‹. Ares war der Gott des Krieges. Er hatte großen Gefallen an Mord und Blut. Wussten Sie das? Die alte Dame, die Essen bringt, hat es mir gesagt.«

»Ich wusste es nicht.«

»Er liebte Mord und Blut«, wiederholte Nadim seine Worte ganz bedächtig und betonte jedes Einzelne. »Und sehen Sie«, sagte er, »sie haben eigens einen Park für ihn angelegt!« Er breitete die Arme aus, die Handflächen nach oben gerichtet, so wie Neil es getan hatte, als er mir und Afra unsere vorübergehende Bleibe in der Schule präsentiert hatte. Die blutigen, offenen Wunden auf der zarten Haut an der Innenseite von Nadims Unterarm schimmerten wie rote Bänder im Feuerschein. Der Wind frischte abermals auf, Wolken türmten sich am Himmel, und die Dunkelheit um uns herum wurde greifbarer, drohte das Licht des Feuers zu ersticken. Ich hatte das eigenartige Gefühl, dass ich zu diesem Mann nett sein sollte.

»Wann haben Sie gelernt, die Rubab zu spielen?«, erkundigte ich mich.

Meine Frage sorgte dafür, dass sich ein breites Grinsen auf Nadims Züge legte, und mit funkelnden Augen beugte er sich zu uns vor. Ich wurde das seltsame Gefühl nicht los, als würde ich jemanden dabei beobachten, wie er ein Messer wetzt.

»Hören Sie sich meine Geschichte an«, sagte er. »Mein Vater war Musiker in Kabul. Sehr gut und berühmt. Er spielte die Tabla.« Nadim trommelte mit den Händen auf einem unsichtbaren Instrument herum. »Also ich sitze da und schaue ihm zu. Jeden Tag sehe ich zu, wie er die Tabla spielt, ich sehe zu und lausche.« Bewusst tippte er sich erst an die Ohren, dann an die Augenwinkel. »Eines Tages, als ich acht oder neun Jahre alt war, da bittet mein Onkel ihn um Hilfe draußen, und ich sitze mit der Tabla da und fange an zu spielen. Mein Vater, er kommt wieder herein und hat Augen und Mund weit offen. Er war so erstaunt! Er sagte zu mir: ›Nadim! Wie hast du spielen gelernt, mein Sohn?‹ Wie ich spielen gelernt habe? Weil ich ihm zugesehen habe. Ich sehe und höre ihm all diese Jahre zu. Wie soll ich da nicht spielen lernen? Sagen Sie mir das!«

Ich ertappte mich dabei, wie ich mich in dieser Geschichte verlor, gebannt von Nadims klangvoller Stimme, versunken in die Bilder dieses Jungen in einem Haus in Kabul, der die Tabla spielte, und ich vergaß für einen Moment die Frage, die ich ihm gestellt hatte, die nun unbeantwortet blieb. Doch Nadim wippte zu einem lautlosen Rhythmus mit dem Fuß, zufrieden mit sich selbst. Er drehte eine Zigarette und zündete sie an, und auch wenn er sich scheinbar entspannt zurücklehnte, blieben seine Augen wachsam. Er musterte die Leute, durchdrang mit seinem Blick die Dunkelheit, seine Augen beobachteten alles um ihn herum lauernd, genau wie die Männer im Wald.

Die Grillen sangen im Chor, dann schwiegen sie für einen kurzen Augenblick, eine Unterbrechung, als wären sie ein einziger atmender Körper, der mit einem Mal innehält, ehe das Geräusch wieder einsetzte, ein dichtes, hämmerndes und summendes Geräusch, das sich bis in weite Ferne erstreckte, hinein in die Tiefen des Waldes und das Unbekannte darin.

Wieder standen gruppenweise Männer zwischen den Bäumen, manche von ihnen saßen auf Parkbänken und rauchten. Heute Abend wurde viel gescherzt und gelacht. Nadim hielt eine brennende Zigarette zwischen den Fingern, ohne daran zu ziehen, er hatte den Arm lässig auf sein Bein gelegt, und mir fielen aufs Neue seine Verletzungen auf, die tiefen roten Linien in der zarten Haut seines Unterarms, wie die gewaltsamen Klauenspuren eines wilden Tieres. Er holte sein Handy aus der Tasche und tippte eine Nachricht. Ich wartete ab, bis er damit fertig war, und fragte ihn dann, ob er Internetverbindung habe.

»Habe ich«, sagte er.

»Würde es Ihnen etwas ausmachen, wenn ich kurz meine E-Mails checke?«

Ohne zu zögern, entsperrte Nadim sein Telefon und reichte es mir. Dann saß er schweigend da und zog an seiner Zigarette. Auch diesmal waren da mehrere Mails von Mustafa:

15.03.2016

Liebster Nuri,

ich habe eine ganze Weile nichts von dir gehört und hoffe, dass du wohlbehalten in Athen angekommen bist.

Ich habe eine Weile gebraucht, um wieder Fuß zu fassen. Im Moment warte ich auf Nachricht, ob man mir Asyl gewährt hat, und bis dahin arbeite ich ehrenamtlich für eine Imkervereinigung in der Stadt, in der ich wohne. Ich habe ein

paar Freundschaften geschlossen, aber ich bin ein Bienen-
züchter ohne Bienen. Für den Anfang bräuchte ich nur einen
einzigen Stock, deshalb habe ich eine Anzeige auf Facebook
veröffentlicht, ob jemand einen spenden kann. Ich bin schon
gespannt, ob jemand antwortet.
Ich hoffe sehr, bald von dir zu hören. Es vergeht kein Tag,
an dem ich nicht an dich und Afra denke.

Mustafa

25.03.2016

Lieber Nuri,

eine Frau aus einer nicht allzu weit entfernten Stadt hat auf
meine Annonce geantwortet! Sie hat mir nicht nur einen
Stock angeboten, sondern ein ganzes Volk von schwarzen
Bienen, die man in Großbritannien bis vor Kurzem für aus-
gestorben hielt. Was für eine Kostbarkeit! Ich plane, sieben
Ableger von dem Volk zu bilden. Mein Ziel ist es, mit der
Vereinigung zusammenzuarbeiten, um den Bestand zu stär-
ken. Die englischen Imker nutzen normalerweise italienische
Bienen, die aus Neuseeland importiert werden, doch diese
heimische Bienenart ist viel widerstandsfähiger gegen das
verrückte Klima hierzulande. Es gab einen starken Rückgang,
viele Völker sterben; die Europäische Honigbiene ist von
einem Massensterben bedroht. Ich habe das Gefühl, diese
dunkle Bienenart könnte die Lösung sein, und ich weiß, dass
auch andere dieser Meinung sind. Außerdem, Nuri, gibt es in
diesem Land Rapsfelder und ganze Böschungen mit Heide-

*kraut und Lavendel! Weil es hier so viel regnet, wachsen viele
Blumen! Und so viel Grün. Mehr, als du es dir vorstellen
kannst. Wo Bienen sind, sind Blumen, und wo Blumen sind,
da ist neues Leben und Hoffnung.*

*Erinnerst du dich an die Felder und Wiesen rings um die
Bienenstöcke? Sie waren wunderschön, nicht wahr, Nuri?
Manchmal denke ich an den Tag des Feuers zurück, doch ich
versuche, nicht allzu viel über diese Dinge nachzudenken. Ich
will mich nicht in der Dunkelheit verlieren!*

*Ich hoffe, ich höre möglichst bald von dir, wir beide haben
viel zu tun! Ich warte auf dich! Die Bienen warten auf dich!*

Mustafa

»Die Nachricht hat dich zum Lächeln gebracht«, sagte Nadim.

Während ich las, hatte ich meine Umgebung völlig vergessen. Ich hob den Blick und sah die Sonne über Athen durch das Blätterdach sickern.

»Mein Freund ist in England«, sagte ich. »Er will, dass ich dorthin komme.«

»Es ist eine beschwerliche Reise. Er kann sich glücklich schätzen, dass er es dorthin geschafft hat.«

Eine Weile herrschte Schweigen zwischen uns, und ich konnte an nichts anderes denken als an die Rapsfelder und das Heidekraut und den Lavendel. Ich sah in Gedanken alles deutlich vor mir, in den leuchtendsten Farben, wie eins von Afras Gemälden. Doch das Geräusch der Grillen drang in meine Gedanken ein.

»Es klingt so, als hätte dieser Wald kein Ende«, sagte ich.

»Doch. Hat er. Um uns herum ist die Stadt. Zivilisation.«

Nadim grinste jetzt mit unverhohlener Freude, und jetzt blitzte eine ganz neue Facette seiner Persönlichkeit auf, etwas Spöttisches, fast Bösartiges, das daher rührte, dass er mehr zu wissen schien, als er zugab.

»Sind Sie schon lange hier?«, fragte ich.

»Ja.« Seine Antwort klang so endgültig, dabei hätte ich noch nicht einmal sagen können, was »lange« eigentlich hieß. Waren es Wochen oder Monate oder Jahre oder Jahrhunderte, so alt wie die Helden der Antike, die hier in Stein gemeißelt vor uns standen?

In diesem Moment machte ich eine sonderbare Beobachtung. Es ging so schnell, dass ich es um ein Haar verpasst hätte, hätte ich auch nur für den Bruchteil einer Sekunde den Blick abgewandt. Einer der Männer auf einer Bank ganz in der Nähe, der mit dem Rücken zu uns saß, wandte sich über die Schulter zu uns um und fing Nadims Blick ein. Da lag etwas Vertrautes in seinem Blick, ein Erkennen, gefolgt von einem knappen Nicken, und plötzlich ging eine Veränderung in Nadims Gebaren vor; er wurde nervös, und seine Finger und die Haut um seine Augen herum zuckten. Ich richtete mich kaum merklich auf und beobachtete interessiert, was nun geschah. Nadim wartete eine Weile ab und wippte in seinem geheimen Rhythmus mit dem Fuß, bis er endlich aufstand, eine Flasche Wasser von dort holte, wo er vorhin gesessen hatte, und sich ein wenig davon in die Hände goss, um sich damit durchs Haar zu fahren. Das war nichts Ungewöhnliches, aber es war das, was danach folgte, was mir am seltsamsten vorkam.

Während er sich mit den Fingern durch die Haare streifte, ging Nadim auf zwei Teenagerjungen zu, Zwillinge, die erst am Tag zuvor eingetroffen waren. Sie saßen auf einer Decke unter einem Baum, ihre Kleidung war zerlumpt, ihre Gesichter schmutzig; sie waren neu hier und hatten Angst, doch zwischen ihnen herrschte ein jungenhaft spielerischer Umgangston; der eine sagte etwas, der andere lachte, und dann stießen sie sich gegenseitig mit dem Ellbogen an. Ich sah zu, wie Nadim sich zu ihnen auf die Decke setzte, sich vorstellte und ihnen die Hände schüttelte.

Zu diesem Zeitpunkt war der Mann unter dem Baum, der Nadim zugenickt hatte, bereits verschwunden.

Dann schob Nadim eine Hand in die Hosentasche und brachte Geld zum Vorschein. Er reichte den Zwillingen jeweils etwa vierzig Euro, soweit ich das erkennen konnte. Das war eine beachtliche Summe für zwei Jungen, die sich in letzter Zeit vermutlich von Essensresten aus Mülltonnen ernährt hatten.

»Nuri«, sagte Afra und lenkte mich ab, »was tust du?«

»Ich beobachte nur.«

»Wen beobachtest du?«

»Es gefällt mir hier nicht«, sagte ich.

»Mir auch nicht.«

»Irgendetwas stimmt hier nicht.«

»Ich weiß.« Und allein diese Worte aus dem Mund meiner Frau vermochten mich zu beruhigen. Sie empfand also genau wie ich. Ich hielt ihre Hand, drückte sie ganz fest, küsste sie. Mit jedem Kuss sagte ich:»Ich liebe dich. Ich liebe dich, Afra, ich liebe dich, ich liebe dich.«

Ich erzählte ihr von Mustafa und England, was er über seinen Bienenstock und die schwarzen Bienen geschrieben hatte, und sie lauschte auf dem Rücken liegend meinen Worten, und zum ersten Mal seit Langem sah ich, wie sich ein kleines Lächeln auf ihre Lippen stahl.

»Was für Arten von Blumen gibt es dort?«

»Da sind ganze Felder voller Lavendel und Heidekraut.«

Dann schwieg sie eine Weile. »Ich glaube, die Bienen sind wie wir«, sagte sie schließlich. »Sie sind verletzlich wie wir. Doch zum Glück sind da Leute wie Mustafa. Überall auf der Welt gibt es Leute wie ihn, die Leben statt Tod bringen.« Wieder verfiel sie in tiefes, nachdenkliches Schweigen, ehe sie flüsterte: »Wir werden es dorthin schaffen, nicht wahr, Nuri?«

»Natürlich schaffen wir es«, sagte ich, obwohl ich zu dem Zeitpunkt nicht wirklich überzeugt war.

In dieser Nacht stellte ich mir vor, die Grillen wären Bienen. Ich hörte sie rings um mich herum. Die Luft und der Himmel und die Bäume waren voll von Bienen in der Farbe der Sonne. Mir wurde bewusst, dass ich nicht auf Mustafas Nachricht geantwortet hatte – irgendetwas an Nadim hatte mich abgelenkt, etwas, das ich nicht erklären konnte, aber es hatte mich von dem abgebracht, was ich eigentlich hätte tun sollen. Und die Grillen zirpten, und ich drängte das Geräusch zurück und stellte mir die Bienen vor. Ich musste wieder an meine Mutter denken und an ihren roten Seidenfächer. *Yuanfen. Schicksal. Eine Kraft, die zwei Menschen zueinanderführt.*

Es war meine Mutter gewesen, die mich am meisten in meinem Wunsch, Bienenzüchter zu werden, unterstützt hatte. Mein Vater war in seiner Enttäuschung in sich zusammengeschrumpft – in den Wochen, nachdem ich verkündet hatte, dass ich nicht in seinem Laden arbeiten wollte, dass ich das Familienunternehmen nicht weiterführen würde, schien er immer kleiner zu werden. Wir saßen nach dem Abendessen in der Küche zusammen. Es war Juni, eine brütende Hitze hing über der Stadt, und er trank Ayran mit Salz und Minze. Die Eiswürfel klirrten im Glas. Meine Mutter leerte gerade die Reste vom Essen in den Mülleimer. Fast kam es mir so vor, als wüsste er genau, dass ich etwas zu sagen hatte, das ihm nicht gefallen würde, weil er mich immer wieder über den Rand seines Glases musterte, die Stirn in tiefe Furchen gelegt, und sein goldener Ehering glänzte im Licht der untergehenden Sonne. Er war so schon nicht sonderlich groß, und er hatte nicht viel auf den Rippen. Seine Knöchel waren knubbelig und traten deutlich hervor, und sein Adamsapfel bewegte sich sichtbar, wenn er sprach. Doch er hatte eine raumgreifende Präsenz, wenn er schwieg oder über etwas nachsann.

»Nun?«, sagte er.

»Nun?«, wiederholte ich.

»Ich möchte, dass du morgen in aller Früh zum Großhändler gehst – wir brauchen mehr von der gelben Seide, die mit dem Diamantmuster.«

Ich nickte.

»Anschließend kommst du in den Laden, dann zeige ich dir, wie man Vorhänge näht, du darfst mir zuschauen.«

Wieder nickte ich. Er trank sein Ayran in einem Zug leer und hielt meiner Mutter das Glas hin, damit sie es nachfüllen konnte. Doch meine Mutter hatte uns den Rücken zugewandt.

»Ich werde noch genau einen Monat lang tun, was du von mir verlangst«, sagte ich.

Schweigend stellte er das immer noch leere Glas auf dem Tisch ab.

»Und was geschieht nach diesem Monat?« In seiner Stimme schwang unterschwellige Verärgerung mit.

»Ich werde Bienenzüchter«, erklärte ich unumwunden und legte die Hände auf den Tisch.

»Du kündigst also zum Monatsende?«

Ich nickte.

»Als wäre ich nicht dein Vater.«

Dieses Mal nickte ich nicht.

Er sah zum Fenster hinaus, und als die Sonne auf seine Augen traf, hatten sie die Farbe von Honig.

»Und was weißt du von der Bienenzucht? Wo willst du arbeiten? Wie willst du dir deinen Lebensunterhalt verdienen?«

»Mustafa hat mir beigebracht...«

»Ha!«, rief er. »Mustafa. Dieser unbezähmbare Junge. Wusste ich doch, dass er dich auf Abwege führen würde.«

»Er hat mich nirgendwohin geführt. Er hat mir beigebracht...«

Vater grunzte missmutig.

»Wir werden zusammen Bienenstöcke bauen...«

Wieder ein Grunzen.

»Wir werden ein eigenes Geschäft...«

Dieses Mal schwieg er. Ausgedehnte Stille machte sich breit, er senkte die Augen, und zum ersten Mal spürte ich seine wortlose Enttäuschung und die tiefen Schuldgefühle in meinem Herzen, die mich noch in den kommenden Jahren verfolgen sollten. Meine Mutter, die gerade den Abwasch machte, drehte sich hin und wieder zu mir um und sah mich an, um mir aufmunternd zuzunicken, doch ich brachte kein Wort mehr hervor, und es vergingen sicher fünfzehn Minuten, ehe er wieder etwas sagte.

»Das Geschäft wird also mit mir sterben«, stellte er fest.

Das war das Letzte, was er dazu noch sagte. Für ihn war klar, dass ich meine Entscheidung gefällt hatte, es gab nichts mehr zu besprechen. Doch in den darauffolgenden Tagen und Wochen konnte ich zusehen, wie er immer kleiner wurde, weniger präsent, weniger entschlossen in seinen Bewegungen, wenn er Stoff zuschnitt oder nähte oder Maß nahm. Als wäre das Feuer erloschen, das ihn stets angetrieben hatte. Wie ich da so lag und in den Himmel über Athen hinaufsah, kam mir der Gedanke, dass ich unbedingt einen Weg finden musste, zu Mustafa zu gelangen, denn schließlich hatte ich das Glück meines Vaters geopfert, um Bienenzüchter zu werden. Mustafa hatte mich vor all diesen Jahren gefunden, hatte mich aus dem dunklen Laden hinausgeführt ins Licht und zu den wild wuchernden Wiesen am Rande der Wüste, deshalb musste ich mein Versprechen ihm gegenüber halten. Ich würde einen Weg finden, nach England zu gelangen.

Mitten in der Nacht fuhr ich aus dem Schlaf hoch. Das Feuer war heruntergebrannt und flackerte nur noch schwach, die Kinder schliefen tief und fest. Irgendwo weinte ein Baby; man hatte das Gefühl, das Geräusch käme tief aus dem Wald, aber das konnte nicht sein. Angeliki hatte sich in eine Decke gehüllt und saß an den Baum gelehnt. Ihre Augen waren weit aufgerissen, sie hatte die Hände in den Schoß gelegt, aus ihren Brüsten trat immer noch Milch aus. Ich fragte mich, woher sie kam, wo ihre Familie war, wen sie zurückgelassen hatte. Ich wollte ihr so viele Fragen stellen: Angeliki, warum bist du fortgegangen von deinem Zuhause? Und wie lautet dein wirklicher Name? Und wo ist dein kleines Mädchen?

Auf der mondhellen Lichtung dachte ich über diese Fragen nach, um mich herum das unaufhörliche Zirpen der Grillen. Die Dunkelheit lag wie ein Weichzeichner über allem, wie in den Geschichten aus Tausendundeine Nacht, die meine Mutter mir früher immer erzählt hatte, in den Tagen, als das Land draußen vor dem Fenster von Machtkämpfen und Korruption und Unterdrückung heimgesucht wurde. Wenn sie mir vorlas, glaubte ich ihren Frust, ihre Wut und manchmal auch ihre Furcht zu spüren.

Das Fortschreiten der Zeit in diesen Erzählungen hatte

etwas an sich, das ich liebte und mir gleichzeitig Angst machte. Nacht für Nacht erhoben sich Ungeheuer aus dem Meer. Nacht für Nacht wurden Geschichten erzählt, um die Vollstreckung eines Todesurteils hinauszuzögern. Das Leben der Erzählerin eine lose Aneinanderreihung einzelner Nächte. Die Nachtstunden hier im Park waren erfüllt von den untröstlichen Schreien derer, denen großes Leid widerfahren war.

Angeliki bewegte ihre Hände auf ihrem Schoß. Das Greinen des Babys war nach wie vor zu hören, aber ich hätte nicht sagen können, woher es kam. Ich wollte nicht wieder einschlafen, weil ich mich an diesem Ort nicht sicher fühlte. Irgendetwas stimmte hier ganz und gar nicht. Ich erinnerte mich daran, wie Afras Brüste damals sofort Milch absonderten, sobald Sami schrie. Wenn sie Sami weinen hörte, seinen Duft wahrnahm, in dem Sessel saß, in dem sie ihn normalerweise stillte, begann die Milch sofort zu fließen, als gäbe es ein unsichtbares Band zwischen ihnen. Sie verständigten sich völlig ohne Worte, mit dem archaischsten Teil ihrer Seelen. Ich weiß noch, wie sie darüber lachte und meinte, sie fühle sich wie ein Tier. Damals wurde ihr klar, dass wir in Augenblicken größter Liebe und größter Furcht am wenigsten menschlich sind. Nachdem sie entbunden hatte, hörte sie zunächst auf zu malen; sie war erschöpft und ganz und gar mit Sami beschäftigt. Später dann, als sie sich in der Zeit, in der Sami schlief, wieder der Leinwand widmete, lag in ihren Landschaften eine Schönheit, eine Lebendigkeit, die zuvor nicht da gewesen war; die dunklen Bereiche hatten mehr Tiefe, auf den hellen Stellen lag ein unvergleichlich strahlender Glanz.

Als das Baby verstummte, schlossen sich Angelikis Augen. Jetzt dachte ich über Nadim nach und wie er diesen Jungen das Geld in die Hand gedrückt hatte. Meine Gedanken wanderten weiter zu Mohammed, und plötzlich hatte ich größere Angst um ihn denn je. Doch dann, und das war am schlimmsten, musste ich an Sami denken. Erst an sein Lächeln. Dann an den Moment, da das Licht aus seinen Augen schwand und sie sich in Glasmurmeln verwandelten. Ich wollte nicht an Sami denken. Ich will nie wieder an Sami denken. Ich blickte hinauf in die endlosen Weiten des Himmels und zu den Sternen, die sich zu Bildern zusammensetzten, die ich nicht mehr aus meinen Gedanken verscheuchen konnte.

Nacht für Nacht kamen die Raubtiere aus dem Wald heraus. Nadim freundete sich mehr und mehr mit den beiden Jungen an, und im Verlauf der Nächte verschwanden sie und tauchten wieder auf, immer an der gleichen Stelle, und mit jedem Mal wirkten sie bedrückter. Doch sie hatten neue Schuhe und sogar ein neues Handy, und sie scherzten miteinander und rauften und lachten, und sie klammerten sich aneinander fest, besonders in den frühen Morgenstunden, wenn sie von dort zurückkamen, wo auch immer sie gewesen waren. Dann schliefen sie bis spät in den Nachmittag hinein, obwohl die Sonne gnadenlos auf sie herunterbrannte. Reglos lagen ihre Körper da, das Bewusstsein abgeschaltet.

Nacht für Nacht schlief Angeliki an den Baum neben uns gelehnt. Ich glaube, bei uns fühlte sie sich halbwegs sicher. Manchmal fragte ich mich, ob sie immer noch hin und wieder in der ehemaligen Schule vorbeischaute. Das alles war so weit weg, schien so lange her zu sein, dabei waren vielleicht eine, maximal zwei Wochen vergangen, seit wir hierhergekommen waren.

Ich hatte Afra die Stifte und den Notizblock gegeben, doch diesmal nahm sie die Sachen nicht an; sie schob sie von sich weg, selbst im Schlaf noch. Sie war erschöpft, ihre Gedanken mit anderen Dingen beschäftigt. Sie lauschte auf die Geräusche um uns herum, reagierte auf das Weinen und den Lärm der spielenden Kinder mit verschiedenen Gesichtsausdrücken. Sie hatte Angst vor ihnen. Manchmal stellte sie mir die Frage, wer sich da im Wald versteckt hielt. Ich gestand ihr, dass ich es nicht wusste.

An manchen Tagen packten Leute ihre wenigen Habseligkeiten und verschwanden, obwohl ich nicht die geringste Vorstellung hatte, wohin sie gingen. Auf Leros waren die Leute nach Herkunftsland ausgewählt worden. Es gab eine bestimmte Rangfolge. Flüchtlinge aus Syrien hatten oberste Priorität; zumindest hatte man uns das so kommuniziert. Flüchtlinge aus Afghanistan und vom afrikanischen Kontinent mussten länger warten, manchmal eine Ewigkeit. Doch hier im Park bekam man den Eindruck, als hätte man uns alle zusammen vergessen. An manchen Tagen stießen neue Leute zu uns, angeschleift von einem freiwilligen Helfer, der neue Decken mitbrachte. Erwachsene und Kinder mit verschreckten Mienen und von Meerwasser verklebten Haaren.

10

Ich begleite Afra zu ihrem Arzttermin. Es handelt sich um eine recht große Praxis, hier gibt es einen Mediziner, der Arabisch spricht. Dr. Faruk ist ein untersetzter, rundlicher Mann, vermutlich um die fünfzig. Seine Brille liegt vor ihm auf dem Tisch, neben dem Bronzeschild mit seinem Namen darauf, in seinen Augen spiegelt sich das Licht des Computermonitors. Er will sich einige Details notieren, Afras Historie erfahren, bevor er sie untersucht. Zunächst stellt er ihr Fragen zu den Schmerzen in ihren Augen: Handelt es sich um ein Stechen oder um einen dumpfen Schmerz? Spürt sie ihn in beiden Augen? Leidet sie unter Kopfschmerzen? Nimmt sie Blitze wahr? Afra beantwortet seine Fragen, dann zieht er einen Stuhl heran und setzt sich neben sie. Er misst ihren Blutdruck, hört ihr Herz mit einem Stethoskop ab und leuchtet ihr mit einer winzigen Stablampe in die Augen. Erst ins rechte Auge, bei dem er einen Moment verweilt, anschließend das linke, wieder eine kurze Pause, und dann zurück zum rechten. Er wiederholt diese Prozedur noch mehrere Male, und dann sitzt er einfach nur da und betrachtet sie einen Augenblick, als würde er nachdenken oder sich wundern.

»Sagten Sie, Sie könnten rein gar nichts sehen?«

»Ja«, bestätigt sie.

Er leuchtet ihr noch einmal ins linke Auge. »Würden Sie mir bitte sagen, ob Sie jetzt etwas sehen?«

»Nein«, sagt sie und hält absolut still.

»Können Sie irgendeine Veränderung feststellen? Sehen Sie einen Schatten oder ein Licht, das sich bewegt?«

»Nein, gar nichts.«

Ich registriere ein Zittern in ihrer Stimme, sie wird nervös, und auch dem Arzt scheint das nicht entgangen zu sein, denn er legt nun die Lampe beiseite und spart sich weitere Fragen. Er setzt sich wieder an seinen Schreibtisch und kratzt sich an der Wange.

»Mrs. Ibrahim«, sagt er, »können Sie mir erläutern, wie Sie erblindet sind?«

»Es war eine Bombe.«

»Könnten Sie etwas mehr ins Detail gehen?«

Afra rutscht unruhig auf ihrem Stuhl herum und rollt die Murmel zwischen ihren Fingern.

»Sami, mein Sohn«, sagt sie, »er spielte im Garten. Ich ließ ihn dort spielen, unter dem Baum, aber ich passte vom Fenster aus auf ihn auf – es hatte zwei Tage lang keine Bomben mehr gegeben, deshalb dachte ich, es würde nichts passieren. Er war ein Kind, er wollte im Garten mit seinen Freunden spielen, aber es gab keine Kinder mehr. Er konnte nicht die ganze Zeit drinnen bleiben, das wäre wie ein Gefängnis für ihn gewesen. Er zog sein rotes Lieblings-T-Shirt und seine kurze Hose an und fragte mich, ob er im Garten spielen könne, und als ich ihm in die Augen sah, konnte ich nicht Nein sagen, weil er ein kleiner Junge war, Dr. Faruk, ein kleiner Junge, der spielen wollte.« Afras Stimme klingt fest und kraftvoll.

»Ich verstehe. Bitte fahren Sie fort.«

»Erst hörte ich ein Pfeifen am Himmel, deshalb rannte ich nach draußen, um ihn zu rufen...« Sie unterbricht sich und saugt tief die Luft ein, als wäre sie eben erst aus einem Gewässer aufgetaucht. Ich wünschte, sie würde nichts weiter sagen.

»Als ich zur Tür kam, gab es eine laute Explosion und ein grelles Licht hinten im Garten, da bin ich mir sicher, nicht direkt in Samis Nähe, doch die Wucht war zu stark. Der Knall war so laut, dass er den Himmel zerriss.«

Aus anderen Räumen höre ich Stühle, die über den Boden schaben, das Lachen von Kindern.

»Und was ist dann geschehen?«

»Ich weiß es nicht mehr. Ich hielt Sami in den Armen, und plötzlich war mein Mann neben mir, und ich hörte seine Stimme, aber ich sah nichts mehr.«

»Was war das Letzte, das Sie sahen?«

»Samis Augen. Sie blickten hinauf in den Himmel.«

Afra beginnt zu weinen, auf eine Weise, wie ich sie noch nie habe weinen sehen. Zusammengekrümmt sitzt sie da und weint aus tiefster Seele. Der Arzt erhebt sich von seinem Schreibtisch und setzt sich neben sie, und plötzlich habe ich das Gefühl, weit entfernt zu sein, als wäre da eine wachsende Wüste zwischen mir und ihnen. Ich sehe, wie der Arzt ihr ein Taschentuch hinhält und ihr ein Glas Wasser reicht, und ich nehme Afras vornübergekrümmten Oberkörper wahr, aber ich kann sie nicht hören. Der Arzt sagt etwas zu ihr, sanfte, mitfühlende Worte, doch mein Herz hämmert viel zu laut, um noch irgendwelche Geräusche von außen wahrzunehmen, so weit weg bin ich von allem. Nun wird seine Stimme doch lauter, ich bemühe mich, mich darauf zu konzentrieren. Er sitzt wieder hinter seinem Schreibtisch, hat die Brille aufgesetzt und sieht mich unverwandt an. Mir wird bewusst, dass er etwas zu mir gesagt haben muss, was ich allerdings nicht verstanden habe. Dann wandert sein Blick zu Afra.

»Mrs. Ibrahim, Ihre Pupillen reagieren auf das Licht, sie weiten und verengen sich, genau wie man es erwarten würde, wenn Sie sehen könnten.«

»Was hat das zu bedeuten?«, fragt sie.

»Im Moment bin ich mir selbst nicht sicher. Wir werden einige Röntgenaufnahmen machen müssen. Es besteht die Möglichkeit, dass die Retina durch die Wucht der Explosion oder durch das grelle Licht irgendeinen Schaden genommen hat, aber genauso gut ist möglich, dass Ihre Erblindung die Folge eines schweren Traumas ist – manchmal reagiert unser Körper völlig unvorhersehbar, wenn er sich mit etwas konfrontiert sieht, was er seelisch nicht verkraftet. Sie haben Ihren Sohn sterben sehen, Mrs. Ibrahim, vielleicht hat deshalb etwas in Ihnen dichtgemacht. In gewisser Weise geschieht etwas ganz Ähnliches, wenn wir aufgrund eines Schocks ohnmächtig werden. Ich kann es Ihnen leider nicht mit absoluter Gewissheit sagen. Eine endgültige Antwort kann ich Ihnen erst nach weiteren Tests geben.« Kaum hat er zu Ende gesprochen, wirkt er für einen winzigen Augenblick, als wäre er geschrumpft. Er verschränkt die Hände ineinander, und sein Blick huscht wiederholt nach links zu einem Foto, das auf einem Vitrinenschrank steht. Darauf ist ein überaus hübsches Mädchen Anfang zwanzig in Talar und mit Doktorhut zu sehen. Als er meinem Blick begegnet, sieht er hastig weg.

Er kritzelt etwas auf ein Blatt Papier und sagt: »Und wie geht es Ihnen, Mr. Ibrahim?«

»Bei mir ist alles gut.«

Aus dem Augenwinkel bemerke ich, dass Afra den Rücken durchstreckt und eine geradere Haltung annimmt.

»Eigentlich, Dr. Faruk«, sagt sie, »glaube ich, dass es meinem Mann nicht gut geht.«

»Was ist Ihrer Meinung nach das Problem?« Er lässt den Blick zwischen Afra und mir hin und her wandern.

»Ich habe nur leichte Schlafschwierigkeiten«, sage ich. »Das Einschlafen fällt mir schwer.«

Ich sehe Afra den Kopf schütteln. »Nein, es ist mehr als das ...«

»Nein, mir geht's gut!«

»Können Sie mir mehr darüber erzählen, Mrs. Ibrahim?«

»Hört mich denn keiner?«

Eine Weile überlegt sie und durchforstet ihr Gehirn, dann sagt sie: »Ich kann nicht erklären, was es ist, Dr. Faruk, aber ich weiß, dass etwas nicht stimmt. Ich erkenne meinen Mann nicht wieder.«

Dr. Faruk nimmt mich nun unverhohlen ins Visier. Ich lache. »Ehrlich, Afra, mir fehlt es nur an Schlaf, das ist alles. Irgendwann bin ich immer so müde, dass ich an den unmöglichsten Orten einschlafe.« Mein Lachen scheint keinen von beiden zu beeindrucken.

»Wo zum Beispiel?«

»Im Wandschrank«, sagt Afra, »und im Garten.«

Die Stirn des Arztes legt sich in Falten, er scheint ernsthaft darüber nachzudenken.

»Sonst noch etwas ungewöhnlich?«

Die beiden schenken mir gar keine Beachtung mehr. Mein Blick schnellt von dem Arzt zu Afra. Sie schaut rasch weg.

»Er hat sich verändert in Istanbul. Er ...« Afra zögert.

»Er?«

»Er spricht laut mit sich selbst, oder vielmehr mit jemandem, der nicht da ist.«

»Dr. Faruk, ich wäre Ihnen wirklich sehr dankbar, wenn Sie mir Schlaftabletten verschreiben könnten, damit ich zur Ruhe komme. Dann schlafe ich gewiss nicht mehr versehentlich irgendwo ein.« Mir ist bewusst, dass mein Lächeln viel zu breit und aufgesetzt wirkt.

»Ich finde das, was Ihre Frau sagt, äußerst beunruhigend, Mr. Ibrahim.«

Ich lache. »Was? Nein! Mir gehen nur viel zu viele Dinge durch den Kopf. Es sind nur Erinnerungen. Und To-do-Listen. Solche Sachen. Es ist nichts von Belang!«

»Erleben Sie manchmal Flashbacks, Mr. Ibrahim?«

»Was meinen Sie damit?«

»Irgendwelche wiederkehrenden, verstörenden Bilder?«

»Nicht im Geringsten.«

»Zitteranfälle, Übelkeit oder Schweißausbrüche?«

»Nein.«

»Wie ist es um Ihre Konzentrationsfähigkeit bestellt?«

»Gut.«

»Fühlen Sie sich manchmal wie betäubt, als wären Sie nicht mehr dazu in der Lage, Empfindungen wie Schmerz oder Freude zu erleben?«

»Nein, Herr Doktor. Danke, dass Sie sich so um mich sorgen, aber mir geht es gut.«

Der Arzt lehnt sich in seinem Sessel zurück und wirkt nicht im Geringsten überzeugt. Afra macht ein langes Gesicht, ihre Augen sind überschattet, und ich empfinde eine tiefe Trauer, als ich sie so dasitzen sehe. Sie sieht aus, als habe sie eine schwere Last zu tragen.

Der Mediziner wirkt unentschlossen. Nichtsdestotrotz ist unsere Zeit abgelaufen. Er stellt mir ein Rezept für extra starke Schlaftabletten aus und bittet mich, in drei Wochen noch einmal bei ihm vorstellig zu werden.

An diesem Nachmittag will Afra nicht mit ins Wohnzimmer

kommen. Lange Zeit sitzt sie nur auf der Bettkante und starrt ins Leere.

»Es war nicht die Bombe, die mich blind gemacht hat«, flüstert sie. »Ich habe Sami sterben sehen. Da wurde alles schwarz.« Ich finde nicht die passenden Worte, sitze aber eine Stunde oder länger neben ihr, ohne dass wir miteinander reden. Durchs Fenster beobachte ich, wie sich das Farbenspiel des Himmels verändert, sehe die Wolken und die Vögel, die vorüberziehen. Wir stehen nicht einmal auf, um uns etwas zu essen zu holen. Normalerweise bringt die Hauswirtin Suppe oder Eintopf, den sie mit Topflappen an ihren Händen quer über die Einfahrt trägt und in die Mitte des Esstisches stellt, sodass jeder sich selbst etwas nehmen kann. Sicherlich hat jeder schon gegessen, und wir haben nichts davon mitbekommen.

Schritte und Stimmen und das Murmeln des Fernsehers sind aus dem Wohnzimmer zu hören, Türen, die sich öffnen und schließen, das Pfeifen des Wasserkochers, die Toilettenspülung, fließendes Wasser. Der Himmel verdunkelt sich zusehends, und ich entdecke die Sichel des Mondes hinter einem feinen Wolkenschleier. Manchmal erwarte ich fast, Mohammed zu sehen, doch er kommt nicht. Ich setze mich in den Sessel und warte auf den Tagesanbruch.

Tagesanbruch

an unserem fünfzehnten Tag hier. Unvermittelt stand die Mutter mit dem blauen Hidschab auf, mit Masha in den Armen, und rannte rüber zu der alten Dame, die sich gerade um ein anderes kleines Kind kümmerte. Sie packte die alte Frau an den Schultern und sah sie eindringlich an. Erst dachte ich, irgendetwas sei geschehen, und sprang ebenfalls auf. Erst da bemerkte ich, dass ein Lächeln auf dem Gesicht der Mutter lag, dann ließ sie die Schultern der alten Dame los und fing an, ihre eigenen Brüste mit den Handflächen zu massieren.

»*Echeis gala!*«, sagte die alte Frau. »*Eftichos! Echeis gala!*« Dabei bekreuzigte sie sich und küsste die Hände der jungen Frau. Diese machte es sich jetzt auf der Decke bequem und bedeutete der Älteren zuzusehen, während sie Masha in den Armen hielt, ihr die Brust anbot und das kleine Mädchen kurz darauf zu saugen begann. Ich musste lächeln, als ich das sah. Ein echtes Lächeln, das von Herzen kam. Als die alte Dame das mitbekam, hob sie die Hand und winkte mir zu.

Diese Ereignisse brachten mich zu der Überzeugung, dass sich die Dinge zum Positiven wenden konnten, dass man die Hoffnung nicht aufgeben durfte, selbst unter den widrigsten Umständen. Vielleicht schafften wir es doch bald von hier fort. Prompt fiel mir das Geld in meinem Rucksack wieder ein. Ich hatte ihn mit meinem Leben beschützt und ihn nachts als Kissen benutzt, damit niemand ihn zu fassen bekam, ohne mich dabei zu wecken. Man sprach ganz offen über Diebstahl. Doch über diese andere Sache, die in den Schatten lauerte, wurde Stillschweigen bewahrt.

Als ich die Jungen an diesem Abend wie üblich auf ihrer Decke unter dem Baum sitzen sah, war ich kurz davor, zu ihnen zu gehen und sie anzusprechen, als plötzlich der überwältigende Duft von Rasierwasser herangeweht wurde. Ich wandte mich ihnen zu und sah, dass sie sich etwas ins Gesicht klatschten.

Entschlossen stand ich auf, ging zu ihnen und erkundigte mich freundlich, ob ich mich zu ihnen setzen dürfte. Sie wirkten misstrauisch, verstohlen huschten ihre Blicke hinüber zum Wald, doch sie waren zu jung und zu naiv, um mir meine Bitte abzuschlagen. Sie schüttelten mir die Hände und stellten sich als Ryad und Ali vor, Zwillingsbrüder, zweieiig, schätzungsweise fünfzehn Jahre alt. Ryad war der Größere und Kräftigere von den beiden, Ali hatte immer noch etwas sehr Kindliches an sich; zusammen wirkten sie wie zwei kleine Welpen. Ich stellte ihnen Fragen, die die Jungen höflich beantworteten, und manchmal sprachen sie wild durcheinander.

Sie erzählten mir von ihrer Flucht aus Afghanistan und den Mördern ihres Vaters. Nach dessen Tod waren die Zwillinge selbst ins Visier der Taliban geraten, ihre Mutter hatte sie gedrängt, das Land zu verlassen, bevor man sie gefangen nahm. Sie wollte nach ihrem Ehemann nicht auch noch beide Söhne verlieren. Sie erzählten mir, wie sie geweint und ihre Gesichter hundertmal geküsst hatte, weil sie fürchtete, sie nie wiederzusehen. Sie erzählten mir von ihrer Reise durch die Türkei und nach Lesbos und wie sie schließlich in dieser seltsamen Stadt angekommen waren, wo niemand ihnen half und sie keine Vorstellung hatten, wie es weitergehen sollte. In dieser Situation hatte ein Mann ihnen geraten, zum Viktoria-Platz zu gehen, einem bekannten Treffpunkt für Flüchtlinge.

»Wir dachten, dort würde uns jemand helfen«, sagte Ali. »Schließlich konnten wir nicht länger auf der Straße schlafen.«

»Außerdem waren die ganzen öffentlichen Bänke besetzt.«

»Und da waren zu viele Banden.«

»Ryad hatte Angst.«

»Ali hatte noch viel mehr Angst – er hat nachts immer gezittert.«

»Deshalb empfahl man uns hierherzukommen.«

»Ihr kennt also Nadim?«, fragte ich. »Hat er euch seine Hilfe angeboten?«

»Wer ist Nadim?«, erkundigte sich Ryad. Sie starrten mich beide an, ohne mit der Wimper zu zucken, und warteten meine Antwort ab.

»Vielleicht habe ich den Namen falsch verstanden.« Ich rang mir ein Lächeln ab. »Der Mann mit dem Instrument. Der mit den Narben.«

Sie wechselten einen flüchtigen Blick, und mit einem Mal überschatteten sich ihre Augen, und ihre Mienen wurden abweisend.

»Ich nehme an, Sie meinen Ahmed«, sagte Ryad.

»Ach ja, das war es! Wusste ich's doch, dass ich mich geirrt habe. Ich habe in den vergangenen Wochen so viele Leute kennengelernt, mit Namen bin ich echt schlecht.«

Die Jungen schwiegen.

»Hat er euch geholfen?«, fragte ich. »Ich habe gehört, er ist richtig nett.«

»Er hat uns gleich in der ersten Nacht sehr geholfen«, sagte

Ali, und Ryan knuffte ihn mit dem Ellbogen. Nur ganz leicht, am Oberschenkel, aber es entging mir trotzdem nicht.

»Verstehe. Und dann?«

Ali schien darauf nicht antworten zu wollen. Er schaute zu Boden und wich meinem und dem Blick seines Bruders aus.

»Will er sein Geld zurück?«, fragte ich.

Ali nickte. Ryan verdrehte die Augen hinauf in Richtung Himmel.

»Wie viel?«

»Wir zahlen in Raten, in Ordnung?«, erhob Ryan jetzt die Stimme. Er klang plötzlich sehr abweisend.

»Wie denn? Woher nehmt ihr das Geld, um eure Schulden zu begleichen?« Ich musste den Blick auf Ryads neue Schuhe gerichtet haben, weil er seine Beine nun unter seinen Körper zog, doch es war Alis Reaktion, die mich am meisten verstörte. Mir fiel auf, dass sein Körper sich zusammenzufalten schien und er die Arme schützend um seinen Oberkörper schlang. Die Röte war ihm ins Gesicht gestiegen. Wie aus dem Nichts hatte sich ein Schatten über die Sonne gelegt, und ich sah, dass Nadim über uns stand, seine Rubab in der Hand und die Mundwinkel zu einem schiefen Lächeln verzogen.

»Wie ich sehe, habt ihr euch alle bekannt gemacht«, sagte er und setzte sich zu uns auf die Decke. Er fing an zu spielen, die sanften Klänge schoben sich in mein Bewusstsein, sie spülten Gedanken und Sorgen fort, mit ihrer warmen Melodie, die nun tiefer abtauchte und düsterer wurde, sodass ich mich ganz ihrem Zauber hingab.

Nach etwa einer Stunde legte Nadim seine Gitarre weg. Ich sah ihn in Richtung des Waldes gehen und beschloss, ihm zu folgen, vorbei an einer Gruppe griechischer Männer, die sich um eine Parkbank versammelt hatten und rauchten, vorbei an zwei Frauen, die sich in den Schatten verbargen, und ich beobachtete ihn, wie er sich auf einer Lichtung auf einen entwurzelten Baum setzte und etwas aus dem Rucksack zog: ein kleines, scharfes Taschenmesser. Er setzte die Klinge am linken Handgelenk an, hielt einen kurzen Augenblick inne und suchte mit dem Blick die Umgebung ab. Ich wich in den Schutz der Schatten zurück, um sicher zu sein, dass er mich nicht entdeckte. Dann zog er das Messer ohne ein weiteres Zögern über seinen Unterarm. Ich sah, wie sich sein Gesicht vor Schmerz verzerrte, wie seine Augen sich nach oben verdrehten, sodass für einen Sekundenbruchteil nur das Weiße zu sehen war. Sein Arm blutete, und er holte ein paar Taschentücher heraus und drückte sie auf die frische Wunde. Doch es war sein Gesichtsausdruck, der mir am lebhaftesten im Gedächtnis blieb; er wirkte wütend. War das seine Strafe?

Ich bewegte mich kaum merklich, sodass ein Zweig knackte, woraufhin Nadim herumwirbelte. Als sein Blick auf mich fiel, verengte er die Augen zu schmalen Schlitzen. Ich machte einen Schritt nach hinten, tiefer hinein in die Dunkelheit, und weil ich nicht wusste, was ich sonst tun sollte, drehte ich mich auf dem Absatz um, stürzte los und rannte durch den Wald zurück zum Camp.

»Was ist geschehen?«, wollte Afra wissen, als ich mich völlig außer Atem neben sie setzte.

»Nichts. Warum?«

»Weil du hechelst wie ein Hund.«

»Nein, tue ich nicht. Ich bin die Ruhe in Person.«

Resigniert schüttelte sie kaum merklich den Kopf, und im selben Moment tauchte Nadim zwischen den Bäumen auf und nahm auf den Stufen unter dem Denkmal Platz. Er sah wieder richtig ausgezehrt aus, genau wie bei unserer ersten Begegnung – alle Kraft schien aus ihm gewichen. Ich wartete ab, ob er auf mich zukommen würde, doch er warf noch nicht einmal einen Blick in meine Richtung. Stattdessen drehte er sich eine Zigarette nach der anderen und saß eine Stunde oder länger da und rauchte.

Die Jungen hockten auf ihrer Decke, vertrieben sich die Zeit mit einem Spiel auf ihrem Handy und lachten. Hin und wieder boxte Ali Ryad gegen den Arm, bis Ryad genug davon hatte, das Handy an sich riss und sich mit dem Rücken zu Ali setzte, damit der nicht mehr aufs Display schauen konnte.

Nadim machte zwar einen entspannten Eindruck und schien mit seinen eigenen Gedanken beschäftigt, aber es war nicht zu übersehen, dass er die Jungen verstohlen aus dem Augenwinkel beobachtete, weil sein Blick immer wieder zu ihnen flackerte.

Ich legte mich neben Afra nieder und tat so, als hätte ich die Augen geschlossen. In Wirklichkeit aber behielt ich Nadim und die Jungs im Auge. Pünktlich um zehn Uhr erhob Nadim sich und verschwand im Wäldchen. Drei Minuten später folgten die beiden Jungen ihm. Ich stand auf und schlich ihnen hinterher, hielt dabei aber ausreichend Abstand, damit sie mich nicht bemerkten, und blieb trotzdem dicht genug an ihnen dran, um sie nicht aus den Augen zu verlieren.

Zwischendurch bogen sie immer wieder unerwartet scharf ab, als folgten sie einem unsichtbaren Pfad, bis sie schließlich eine Lichtung im Wald erreichten. Überall lag Müll herum, haufenweise weggeworfenes Zeug; ein ausgetrockneter Brunnen war zu einer Müllkippe umfunktioniert worden. In der Mitte des betonierten Beckens war eine versiegte Fontäne zu sehen, umgeben von Rohren, Bestandteile eines uralten Bewässerungssystems. Direkt dahinter ein Rosengarten, doch die

Sträucher waren allesamt abgestorben. Rund um den Brunnen lungerten Drogenabhängige und Dealer herum, der Boden war übersät mit Spritzen. Auch auf dem Dach eines kleinen Häuschens saßen Menschen, überall lagen Matratzen und Schachteln herum – die Überbleibsel eines früheren Lebens.

Die Jungen stellten sich an den Brunnen, und schon bald näherte sich ihnen ein Mann, der Ryad einen Packen Geld in die Hand drückte. Dann trennten die beiden Brüder sich. Ali nahm den Weg rechts, und Ryad wartete ab, bis kurz darauf ein anderer Mann auf ihn zukam und ihn mitnahm. Zusammen gingen sie in die Gegenrichtung davon. Eine Weile stand ich nur herum, bis die Leute nach und nach auf mich aufmerksam wurden. Nadim war nirgends zu sehen. Ich durfte nicht allzu lange hierbleiben. Ich musste fort von diesem Ort, zurück ins Lager gehen.

Schon bald trat ich den Rückzug an, bog falsch ab, versuchte, den Weg von vorhin zu finden. Als ich ein paar Kinder mit einem Ball spielen hörte, wusste ich, dass ich nicht mehr allzu weit entfernt war, und wenig später erblickte ich den Schein des Lagerfeuers. Bei meiner Rückkehr saß Angeliki wieder neben Afra an den Baum gelehnt. Sie hatte den Notizblock und die Buntstifte auf ihrem Schoß liegen, ihr Kopf war gegen die Rinde des Baums gelehnt, und sie schlief tief und fest. Afra schlief ebenfalls und lag zusammengekauert wie ein Baby im Mutterleib auf der Seite da, beide Hände unter die Wange geschoben. Ich spürte, dass mich jemand beobachtete, und als ich mich umdrehte, sah ich, dass Nadim wieder rauchend auf den Stufen des Denkmals saß und mich anstarrte.

Er hob eine Hand, zum Zeichen, dass ich zu ihm kommen sollte, also stand ich auf und begab mich zu ihm. Widerstrebend nahm ich neben ihm auf den Stufen Platz.

»Ich habe hier etwas für Sie, das ich Ihnen geben möchte«, sagte er.

»Ich brauche nichts.«

»Jeder braucht etwas«, sagte er, »besonders hier.«

»Ich nicht.«

»Halten Sie einfach Ihre Hand auf«, sagte er.

Ohne zu blinzeln, behielt ich ihn im Blick.

»Kommen Sie schon!«, forderte er mich auf. »Halten Sie die Hand auf. Sie brauchen keine Angst zu haben. Ist nichts Schlimmes, versprochen.«

Er nahm meine Hand und bog meine Finger auf.

»Jetzt machen Sie die Augen zu.«

Aus dieser Sache kam ich offenbar nicht mehr heraus. Ich wollte ihm die Hand entziehen, doch Nadim packte nur umso fester zu. »Kommen Sie schon. Schließen Sie die Augen«, sagte er mit einem Grinsen, und seine Augen sprühten im Schein des Feuers Funken.

»Auf keinen Fall«, sagte ich und versuchte erneut, ihm meine Hand mit Gewalt zu entwinden, ohne eine große Szene zu machen. Doch was als Nächstes passierte, geschah so schnell und unerwartet, dass ich körperlich und geistig wie gelähmt war. Ich verspürte einen heftigen Schmerz am Handgelenk. Er hatte sein Messer darübergezogen. Entsetzt hielt ich den Arm hoch wie einen verletzten Vogel. Das Blut quoll sehr schnell hervor und tropfte hinunter auf meine Hose.

Ich stolperte hinüber zu Afra und flehte sie an, aufzuwachen. Verängstigt schlug sie die Augen auf, und ich führte ihre Finger zu meinem Handgelenk. Ruckartig richtete sie sich auf, das Blut pulsierte unter ihren Fingerkuppen. Sie betastete die Wunde und drückte darauf, um den Blutfluss zu stoppen. Vergeblich. Dann spürte ich plötzlich ein zweites Paar Hände. Angeliki hatte ihr grünes Kopftuch abgenommen und wickelte es mir ums Handgelenk.

»Was ist passiert?«, wollte Afra wissen und blickte hinüber zur Statue, aber Nadim war verschwunden.

Angeliki atmete aus und setzte sich wieder unter den Baum, ihre Miene angsterfüllt. Das Blut sickerte durch mehrere Schichten Stoff, mein Arm pochte. Erschöpft legte ich mich auf den Rücken, doch Angeliki saß kerzengerade da. Das Letzte, was ich sah, bevor mir die Augen zufielen, war ihr langer Hals, ihre glänzenden Wangenknochen, die im schwindenden Licht des Lagerfeuers scharf hervorstachen.

Als ich Stunden später wieder aufwachte, mitten in der Nacht, sah ich sie immer noch in derselben Position dasitzen, während ihre Augen wachsam die Schatten und die Dunkelheit absuchten.

»Angeliki«, flüsterte ich. Hellwach wandte sie sich mir zu.

»Leg dich neben Afra. Ich übernehme für eine Weile.«

»Nein.«

Zunächst zögerte sie, doch dann legte sie sich neben Afra auf die Decke und schloss die Augen.

»Odysseus«, sagte sie wie aus dem Nichts, »er fuhr vorüber an der Insel der Sirenen. Weißt du, wer die Sirenen waren?«

Die Frage war keineswegs rhetorisch gemeint – sie wartete ernsthaft auf eine Antwort, hob sogar ganz leicht ein Augenlid, um sich zu vergewissern, dass ich ihr auch zuhörte. Aber ich hatte große Schmerzen und Schwierigkeiten, mich auf ihre Worte zu konzentrieren.

»Nein«, sagte ich, »weiß ich nicht.«

»Sie wollen Seemänner mit ihrem Gesang in den Tod locken. Wenn man ihr Lied hört, nehmen sie einen mit. Als die Männer an der Insel vorüberfuhren, stopften sie sich deshalb Wachs in die Ohren, um ihren Gesang nicht zu hören. Doch Odysseus wollte ihn unbedingt hören, den Sirenengesang, weil man ihm erzählt hatte, wie schön er ist. Weißt du, was sie getan haben?«

»Nein.«

»Das ist interessant. Die Männer banden Odysseus an den Schiffsmast – sie banden ihn ganz fest. Er sagte ihnen, sie sollten ihn dort angebunden lassen, ganz gleich, wie viel er bettelte, bis sie in Sicherheit wären, weit weg von den Sirenen und ihrem Gesang.«

Ich erwiderte nichts darauf. Stattdessen hielt ich meinen bandagierten Arm fest und versuchte, den glühenden Schmerz zu ignorieren, während ich in den Wald hinausstarrte und zu den Dingen, die dort ungesehen lauerten.

Angeliki sprach weiter. »Athen ist auch ein Ort, wo Menschen sich in gefährliche Situationen verwickeln lassen – sie werden magisch von ihnen angezogen und können sich nicht dagegen wehren, also gehen sie.«

Mir fiel auf, dass Ryad und Ali nicht auf ihrer Decke lagen. Sie waren immer noch nicht zurückgekehrt. Ich wollte gar nicht darüber nachdenken, wo sie abgeblieben waren und was sie möglicherweise trieben. Ich betrachtete Angelikis blutdurchtränktes grünes Kopftuch an meinem Arm, dann wanderte mein Blick zu ihr, zu ihrem widerspenstigen, krausen Haarschopf, der so lebendig war, bevor meine Augen an Afras Haaren hängen blieben, die sich ohne ihren Hidschab ungehindert um ihren Kopf herum ausbreiteten. Beide Frauen schliefen jetzt. Ich sann über das nach, was Angeliki über Odysseus gesagt hatte, dass er zu all diesen Orten gefahren war, eine gewaltige Reise zu fernen Ländern unternommen hatte, nur um den Weg nach Hause zu finden. Doch für uns gab es kein Zuhause mehr.

Unwillkürlich berührte ich den Brief, den Mustafa mir geschrieben hatte, ich trug ihn immer noch bei mir in meiner Tasche. Ich holte das Foto von uns beiden hervor und betrachtete es im Schein des Feuers.

Wo war mein Zuhause jetzt? Was war es? In meinem Bewusstsein war meine Heimat zu einem Bild geworden, auf dem ein goldener Glanz lag, ein unerreichbares Paradies. Ich erinnere mich noch an einen Abend vor zehn Jahren, es war zu Eid al-Fitr, dem Fest des Fastenbrechens, um das Ende des Ramadan zu feiern. Mustafa und ich hatten ein Fest für alle unsere Angestellten im Martini Dar Zamaria Hotel in Aleppo organisiert. Es sollte im Innenhof stattfinden – dort waren Palmen und Laternen und Topfpflanzen, die von den Balkonen herunterhingen. Über uns war in einem Quadrat der nächtliche Himmel zu sehen, der voller Sterne war.

Das Hotel hatte ein Festmahl vorbereitet – Fleisch- und Fischgerichte, dazu Reis und Getreide und Gemüse als Beilagen. Wir beteten zusammen und aßen gemeinsam mit unseren Angestellten, unseren Freunden und unseren Familien. Kinder rannten fröhlich zwischen den Erwachsenen umher. Afra sah wunderschön aus in ihrer rot-goldenen Abaya, anmutig bewegte sie sich durch den Raum, Sami an der Hand, und begrüßte mit einem Lächeln die Menschen, die gerade ankamen, ein Lächeln, das die Wärme der ganzen Welt in sich vereint trug.

Firas und Aya und Dahab waren da, und sogar Mustafas Vater war aus den Bergen angereist; ein ruhiger, bescheidener Mann, ganz anders als sein eigener Vater, aber er war stolz auf das, was sein Sohn erreicht hatte, und er genoss das gute Essen und die nette Gesellschaft und unterhielt sich mit mir ganz freimütig über seine Bienenstöcke. In meiner Erinnerung aber verlieh ich dieser Szene im Nachhinein etwas Magisches – die Blätter der Bäume glänzten, der Rauch der Shisha erhob sich wie seidige Bänder in den Himmel, die Pflanzen in den Hängetöpfen standen mit einem Mal in voller Blüte und erfüllten den gesamten Innenhof mit ihrem süßen Duft. Er verwandelte sich zu einem Ort wie aus einem Märchen von der Sorte, wie sie meine Mutter mir in dem Zimmer mit den blauen Fliesen immer vorgelesen hat.

Am nächsten Morgen beim Aufwachen wurde mir schlagartig bewusst, dass ich mein Versprechen nicht gehalten hatte, ich war gegen den Baum gelehnt eingeschlafen, und Angeliki war verschwunden. Das grüne Kopftuch war blutdurchtränkt, die Schmerzen in meinem Arm waren schlimmer geworden. Die älteren Frauen verteilten wieder Essenspakete, und ich entdeckte ein paar freiwillige Helfer von der NGO, die zwischen den Leuten umhergingen. Ich hob den Arm und rief eine von ihnen zu mir, die Frau war vielleicht Anfang zwanzig. Ich hielt ihr mein Handgelenk hin, und als sie sich darüberbeugte, zuckte sie unwillkürlich zurück. Einige Augenblicke stand sie da, als wüsste sie nicht, was zu tun ist, dann bat sie mich, zu warten und nirgends hinzugehen. Sie würde jemanden holen, der mir helfen würde, sie selbst sei nur für die Kinder zuständig und habe keinerlei medizinische Erfahrung, doch sie könne jemanden suchen, der wissen würde, was zu tun ist.

Ich bedankte mich bei ihr, und sie ging, und der Tag verstrich, ohne dass die junge Frau zurückkehrte. Deshalb nahm ich das grüne Kopftuch ab und stellte fest, dass die Wunde ziemlich tief war und immer noch blutete. Ich säuberte sie mit ein wenig Trinkwasser, dann band ich das Tuch wieder um mein Handgelenk.

Später an diesem Nachmittag sah ich die Freiwillige durch das Wäldchen auf mich zukommen. Direkt hinter ihr folgte eine ältere Frau mit einem Rucksack. Sie blieben direkt neben mir stehen und unterhielten sich eine Weile in einer Sprache, die ich nicht kannte. Vielleicht war es Dänisch oder Schweizerisch oder Deutsch, das konnte ich nicht sagen. Die ältere Frau ging neben mir auf die Knie, öffnete ihren Rucksack und legte ein Paar Latexhandschuhe an. Dann löste sie den Knoten des Kopftuchs und spitzte die Lippen, als sie die Wunde sah.

»Wie ist das passiert?«

»Jemand hat mir das angetan«, sagte ich.

Sie warf mir einen besorgten Blick zu, erwiderte aber nichts darauf. Es dauerte eine Weile, bis sie die Wunde mit antiseptischen Tüchern gereinigt hatte, dann legte sie einen Wundschnellverband aus mehreren schmetterlingsförmigen Pflastern an, die sie vorsichtig mit einer Pinzette über den Schnitt legte.

»Ich muss hier weg«, sagte ich.

Wieder blieb sie mir eine Antwort schuldig.

»Wie kommt man von hier fort?«

Lange sah sie mich an, mit der Pinzette in der Hand, doch dann widmete sie sich wieder ihrer vorliegenden Aufgabe, die Lippen fest zusammengepresst. Als sie die Wunde abschließend mit einer sauberen Bandage umwickelte, entspannten ihre Schultern sich sichtlich, und sie fing wieder an zu reden.

»Ich hätte Ihnen ja geraten, nach Skopje zu gehen«, sagte sie und blies sich eine Haarsträhne aus der Stirn. »Aber die Leute liefern sich Kämpfe mit der Polizei, weil sie über die Grenze nach Mazedonien wollen. Die haben die Grenzen geschlossen. Im Moment kommt da keiner durch. Von dort aus geht es nicht weiter.«

»Was kann ich sonst tun?«

»Sie können den Bus raus aufs Land in eins der Dörfer nehmen. Leute aus Syrien haben Priorität. Er fährt einmal in der Woche.«

»Und was geschieht dort?«

»Dort können Sie bleiben.«

»Für wie lange?«

Es kam keine Antwort. Sie schob sich die Haare aus dem Gesicht, fasste sie zu einem Knoten zusammen und ließ wieder los. Mir fiel auf, dass sie ein Namensschild um den Hals hängen hatte. Ihr Name war Emily. Unter dem von Hand geschriebenen Namen war ein Logo zu erkennen.

Sie fing an, ihre Sachen wegzupacken.

»Was ist mit der Frau aus Afrika? Und da sind auch zwei minderjährige Jungen, die in Schwierigkeiten stecken. Können die auch in die Dörfer fahren?«

»Ich weiß es nicht«, sagte sie. Und dann: »Nein. Ich glaube nicht. Gott, Sie sollten mir nicht so viele Fragen stellen. Das liegt nicht in meiner Verantwortung. Für so etwas gibt es Berater.«

»Wo finde ich die?«

Es war nicht zu übersehen, dass sie innerlich mit sich kämpfte. Aus ihren Augen sprach Kummer, ihr Gesicht färbte sich vor Zorn tiefrot.

»Wenn Sie zum Viktoria-Platz gehen …«

»Ich habe vom Viktoria-Platz gehört.«

»Gehen Sie dorthin, es gibt da ein Zentrum auf der Elpida – der Straße der Hoffnung. Die unterstützen Mütter und Kinder und unbegleitete Jugendliche. Dort wird man Ihnen weiterhelfen.« Sie sagte das alles in einem Atemzug und rang sich anschließend ein Lächeln ab.

In dieser Nacht kam Angeliki wieder. Sie setzte sich unter den Baum und bedeckte ihr Gesicht mit Talkumpuder. Sie hatte ein schwarzes Kopftuch mit silbernen Pailletten umgebunden, die den Schein des Lagerfeuers reflektierten. Sie nahm ganz bewusst nur kleine Schlucke aus ihrer Flasche und inspizierte die Wunden an ihren Armen. Als Afra ihre Gegenwart spürte, richtete sie sich auf, plötzlich hellwach, und rückte näher an sie heran.

»Was tust du?«, wollte Afra wissen.

»Sie sagen, ich muss viel Wasser trinken«, erwiderte Angeliki. »Weil mein Blut vergiftet ist.«

Afra schüttelte den Kopf.

»Es ist giftig, habe ich doch gesagt! Ich habe dir das gestern schon erzählt! Ich habe dir gesagt, mein Atem hat aufgehört, und er ist nicht zurückgekommen. Mein Atem hat aufgehört, sie haben ihn mir genommen. Manche Leute nehmen einem den Atem. Und dann tun sie etwas in dein Blut. Sie haben mein Blut vergiftet, und jetzt ist mein Geist krank.«

Afra verstand zwar vermutlich nicht alles, was Angeliki sagte, doch es war nicht zu übersehen, wie sehr ihre Worte und der Ton ihrer Stimme sie bewegten. Als Angeliki verstummte, streckte Afra die Hand nach ihr aus und legte sie ihr tröstend auf den Arm.

Angelikis Atmung beruhigte sich etwas, und sie sagte: »Ich bin froh, dich hier an meiner Seite zu haben, Afra.«

Aus den Tiefen des Waldes war der Klang der Rubab zu hören, wunderschön und voller Licht, selbst in der Dunkelheit. Die Melodie schien selbst die Flammen des Feuers zu berühren, sodass sie aufflackerten, dann wurde die Musik fortgetragen vom Wind, tiefer hinein in den Park. Das Geräusch besänftigte meinen Verstand, doch kaum hörte Nadim auf zu

254

spielen, fielen mir seine langen Fingernägel wieder ein, die scharfe Schneide seines Messers und das heiße Brennen an meinem Handgelenk. Die Zwillinge waren gestern Nacht nicht zurückgekehrt, ich wollte sie suchen gehen. Erst überlegte ich, ob ich noch einmal zu dem stillgelegten Brunnen gehen sollte, um zu überprüfen, ob sie dort waren, oder um herumzufragen, ob jemand sie gesehen hatte. Doch die Angst hielt mich davon ab, mich noch einmal in das Wäldchen hineinzuwagen. Ich musste am Leben bleiben, für Afra. Stattdessen wartete ich ab, in der Hoffnung, die Jungen mögen irgendwann doch noch aus den Schatten auftauchen und zu ihrer Decke unter dem Baum zurückkehren.

Es war Mohammed, den ich in dieser Nacht in meinen Albträumen sah, auf dem Boot, wie sein ernstes und entschlossenes Gesicht im Schein der Taschenlampen aufflackerte. Genau wie in jener Nacht gab es einen Augenblick der Dunkelheit, und als es wieder hell wurde, war er verschwunden.

Es spielte sich alles fast genauso ab wie in der Nacht damals. Ich suchte das Wasser ab, die schwarzen Wellen, hielt in alle Richtungen Ausschau, so weit mein Auge reichte, ehe ich hineinsprang. Die Wellen türmten sich hoch über mir auf, und ich rief verzweifelt seinen Namen und vernahm Afras Stimme vom Boot her. Ich tauchte unter in die tiefschwarze Stille und blieb unter Wasser, so lange ich es aushielt, tastete mit beiden Händen um mich herum, nur für den Fall, dass ich zufällig doch etwas zu fassen bekäme, einen Arm oder ein Bein. Als ich keinen Sauerstoff mehr in den Lungen hatte, als der Druck des nahen Todes mich niederdrückte, tauchte ich wieder auf und schnappte in der sturmdurchtosten Dunkelheit gierig nach Luft. Doch mein Traum unterschied sich von der Wirklichkeit in einem Detail: Mohammed wurde nicht von dem Mann gerettet, er war nicht auf dem Boot; an seiner Stelle war da jetzt ein kleines Mädchen mit Augen schwarz wie die Nacht, umschlungen von den Armen der Frau und einem Kopftuch.

Laute Rufe ließen mich aus dem Schlaf hochschrecken. Ein Junge schrie etwas auf Farsi, in der Dunkelheit herrschte Lärm und ein hektisches Hin und Her, nach und nach wachten immer mehr Leute auf und rannten zu dem Jungen hin. Auch ich stand auf und bewegte mich in die Richtung, aus der die Unruhe kam. Der Junge weinte und hatte Mühe zu atmen, und er deutete in den Wald hinein. Eine Gruppe von Männern mit Baseballschlägern tauchte auf, als hätten sie genau auf diesen Moment gewartet, und im nächsten Augenblick rannten sie in die Richtung los, in die der Junge deutete. Ich lief hinter ihnen her und erkannte schon bald, dass sie jemanden verfolgten. Sie überwältigten den Fliehenden, als wären sie ein einziges riesiges Tier, und brachten ihn zu Fall.

Plötzlich hielt mir jemand einen Baseballschläger hin. Ich betrachtete den Mann, der sich am Boden wand und sich befreien wollte, und auf einmal erkannte ich, dass es Nadim war. Er sah so anders aus, wie er dort lag, sein Gesicht angsterfüllt. Ein paar von den Männern drückten ihn nieder, der Rest wechselte sich darin ab, ihn zu verprügeln. Ich stand wie versteinert da und sah zu, wie sie ihn schlugen, bis seine Augen in seinem Schädel nach hinten rollten und seine Gesichtszüge erschlafften. Nur seine Arme und Beine zuckten noch.

»Warum stehst du nur da rum?«, fragte einer der Männer und stieß mich mit dem Ellbogen an. »Weißt du denn nicht, dass dieser Mann der Teufel persönlich ist?« Also trat ich näher heran, um mich selbst anzustellen. Ich hörte das Jubeln der Männer, und im nächsten Moment schien alles und jeder um mich herum in den Hintergrund zu treten, ich sah nur noch

Nadims Gesicht, das zu mir aufschaute. Für einen kurzen Moment schien sich sein Blick zu klären, seine Augen bohrten sich in meine, und er sagte etwas zu mir, das ich nicht verstand, während eine Stimme hinter mir mich drängte, endlich weiterzumachen. Ich spürte, wie meine Wunde pulsierte, und hatte plötzlich die unschuldigen Gesichter der Zwillinge vor mir, und bislang ungekannter Zorn wallte in mir auf, ein Zorn, wie ich ihn bis dahin noch nie empfunden hatte, und schon ließ ich den Schläger mit geballter Kraft auf seinen Schädel niedersausen.

Dann rührte er sich nicht mehr. Ich ließ den Baseballschläger sinken und wich einen Schritt zurück. Ein Mann stieß seine Stiefelspitze gegen den reglosen Körper, ein anderer spuckte auf ihn, und dann rannten sie in sämtliche Richtungen davon, tiefer hinein in den Park oder zurück zum Camp.

Ich schleifte seinen erschlafften Leib ins Dickicht hinein, dort wo die Bäume dichter standen, wo der Lärm der Stadt und die Geräusche vom Lager weit entfernt waren, und ich blieb neben ihm sitzen bis die Sonne aufging.

Auf dem Weg zurück zum Lager kam ich an zwei Männern vorbei, die sich ein hitziges Wortgefecht lieferten. Ich erkannte sie sofort und verbarg mich rasch im Schatten der Bäume. Einer von ihnen saß auf dem Baumstumpf, auf dem Nadim auch schon einmal gesessen hatte; der andere lief nervös auf und ab und schritt dabei über einen Baseballschläger hinweg.

»Warum um alles in der Welt hast du denn Schuldgefühle?«

»Wir haben ihn umgebracht.«

»Er hat diese Jungen mitgenommen. Du weißt, was er getan hat, oder nicht?«

»Ich weiß. Das weiß ich.«

»Was, wenn es dein Sohn gewesen wäre?«

Der Mann auf dem Baumstumpf antwortete nicht auf diese Frage.

»Also bitte, stell es dir doch bloß mal vor?«

»Das will ich nicht.«

»Er war ein Teufel. Das ultimative Böse.«

»Hast du nicht gehört, was Sadiks Sohn zugestoßen ist?«

Es war nicht ernsthaft als Frage gemeint, der sitzende Mann senkte den Blick und wischte sich mit der Hand übers Gesicht.

Eine Weile herrschte Stille, und ich wagte es nicht, mich zu bewegen oder Luft zu holen. Der Wind frischte auf, die Blätter in den Baumkronen über uns raschelten, und auf einmal hörte ich Schritte und Gelächter und ganz schwach auch Musik.

Der Mann auf dem umgestürzten Baum stand auf und sah dem anderen ins Gesicht. »Was bringt einen Menschen dazu, so etwas zu tun?«

Die Antwort konnte ich leider nicht verstehen, weil eine Gruppe von Jungen zwischen uns vorüberzog, ungefähr fünf oder sechs waren es. Einer hatte einen Fußball in der Hand, ein anderer ließ ein arabisches Lied auf seinem Handy laufen, und ein paar von ihnen sangen den Refrain lauthals mit. Die beiden Männer nahmen diese Störung zum Anlass, den Rückweg zum Lager anzutreten. Ich ließ mich auf den Baumstumpf sinken und blieb eine Weile so sitzen, fühlte die Erhebungen und Vertiefungen in der Rinde unter den Fingerkuppen. Nadim tauchte vor meinem geistigen Auge auf; ich sah ihn vor mir, als würde er direkt neben mir sitzen, mit dem Taschenmesser in der Hand, wie er sich die Haut aufschlitzte, diesen hasserfüllten Ausdruck in den Augen.

»Was ist mit dir geschehen, Nadim?«, sprach ich laut vor mich hin. »Was hat dich dazu gebracht, solch unsagbare Dinge zu tun?«

258

Und der Wind antwortete, er hob die gefallenen Blätter empor, wirbelte sie um mich herum auf und ließ sie dann wieder fallen. Das Gelächter und die Musik waren nun restlos verstummt, die Jungen hatten sich in den Tiefen des Parks verloren.

Ich kehrte ins Camp zurück. Angeliki war wieder gegangen, ich legte mich neben Afra.

»Wo warst du?«, flüsterte sie.

»Es gab ein Problem.«

»Was für ein Problem?«

»Das willst du nicht wissen, glaub mir. Es ist vorbei.«

Ein Hadith kam mir in den Sinn:

Wer keine Gnade den anderen gegenüber kennt, dem wird keine Gnade erwiesen.

Und ein weiterer:

Der Prophet gibt nicht das Böse mit dem Bösen zurück, sondern er verzeiht und vergibt.

Ich schaute hinunter auf meine Hände, drehte sie um, als sähe ich sie zum ersten Mal: Eine war einbandagiert, die andere hielt den Schläger. Wieder beschlich mich diese Angst, die mich schon in Aleppo aufgezehrt hatte, die mich empfänglich machte für jede noch so kleine Bewegung und jedes noch so leise Geräusch, überall um mich herum witterte ich Gefahr und erwartete jeden Moment das Schlimmste, glaubte ständig die Nähe des Todes zu spüren. Ich fühlte mich ausgeliefert, als würde man mich aus dem Dickicht heraus beobachten, und als Wind heranwehte, trug er ein Flüstern mit sich: *Mörder, Nadim ist tot, Mörder!*

Ich legte Afra die flache Hand auf die Brust und spürte, wie sie sich hob und senkte. Ich passte meine Atmung der ihren an, atmete langsamer, regelmäßiger. Mustafas schwarze Bienen kamen mir in den Sinn, und ich hielt die Augen fest geschlossen, bis ich die violetten Felder und Hügel voller Lavendel und Heidekraut vor mir sah, die bis über den Rand der Welt hinauswucherten.

Als ich aufwachte, war es Nachmittag. Ich sah hinüber zu den Stufen, auf denen Nadim eigentlich sitzen und sich eine Zigarette drehen sollte. Ich betrachtete die weiße Statue – den Kopf und die Schultern des bärtigen Mannes, die Inschrift darunter auf Griechisch mit den folgenden Lebensdaten: 1788 – 1825, und ich fragte mich, wer das war. In meinem bangen Zustand fielen mir ganz vage die Geschichten ein, die meine Mutter mir immer erzählt hatte. In diesen waren Statuen nie Kunstobjekte und dienten auch nicht der Verehrung, sondern waren so etwas wie Talismane, die das Böse abwehren sollten. Oder sie dienten der Bewachung eines Schatzes, oder es handelte sich um Menschen oder Tiere, die zu Stein verwandelt worden waren. In manchen von diesen Erzählungen fuhren Dämonen in diese Statuen und sprachen durch sie zu den Menschen.

Afra saß neben mir, und ich wünschte, sie könnte sehen, wünschte, sie könnte wieder die Frau sein, die sie einst war, weil Afra die Welt stets mühelos durchschaut hatte; sie hatte ihre ganz eigene Art zu sehen gehabt. Afra wusste immer viel zu viel und trug die Last der Fähigkeit, Menschen und Orte zu demaskieren und die Überreste der Vergangenheit in der Gegenwart zu erkennen. Mir fiel auf, dass Nadim seine Rubab auf den Stufen des Denkmals hatte liegen lassen. Ich ging hin, hob sie auf und schlug die Saiten an. Sofort hatte ich wieder diese wunderschöne Melodie im Ohr, die wie eine Woge über mich hinweggegangen und durch mich hindurchgerauscht war und das Feuer in den Ritzen meines Gehirns gelöscht hatte, wie der erste Tropfen Wasser auf der Zunge, wenn die Sonne im Fastenmonat Ramadan untergeht. Genau so fühlte sich Nadims Musik für mich an, und allein dieser Gedanke sorgte dafür, dass mein Gehirn sich verknotete. Ich schloss die Augen und konzentrierte mich stattdessen auf den Lärm der spielenden Kinder, auf ihr Gelächter und das dumpfe Geräusch, wenn sie den Ball hin und her schossen.

11

Heute habe ich mein Asylgespräch. Afra sitzt neben mir in der Bahn, und ich weiß genau, dass sie nervös ist. Diomande steht neben uns und hält sich an der Stange fest; es gäbe auch einen freien Platz für ihn, aber er will sich nicht setzen. Sein hochgewachsener, deformierter Körper fällt an diesem öffentlichen Ort noch mehr auf. Er sieht aus wie eine Gestalt aus einem Märchen, und ich finde es eigenartig, dass von den vielen Menschen hier in diesem Abteil ausgerechnet ich derjenige bin, der sein Geheimnis kennt. Diomande liest sich die Tipps in seinem Notizbuch noch einmal durch und murmelt leise vor sich hin. »Das ist keine Geschichtsstunde«, sagt er auf Englisch, »und sie wollen nichts über den letzten Präsidenten erfahren, es sei denn, sie fragen danach.«

Endlich erreichen wir den Ort namens Croydon. Lucy Fisher erwartet uns am Bahnhof und nimmt uns mit ins Stadtzentrum. Zu einem hohen Gebäude an einer Straße mit braunen Bauten. Dort drinnen gehen wir durch Sicherheitskontrollen, passieren Drehkreuze und lassen uns von den Wachleuten scannen und durchsuchen, bevor wir uns mit unserer Unterschrift am Empfang anmelden. Anschließend sitzen wir im Wartebereich mit anderen Leuten, die mindestens genauso eingeschüchtert wirken wie wir. Also warten wir. Diomande geht als Erster rein. Als Nächstes ist Afra an der Reihe, und ein paar

Minuten später bringt man auch mich in ein Zimmer am Ende eines langen Flurs.

Zwei Personen erwarten mich in diesem Raum, ein Mann und eine Frau. Der Mann ist schätzungsweise Anfang vierzig; er hat seinen Kopf kahl rasiert, weil er am Scheitel bereits einen Ansatz zur Glatze hat. Er sieht mir nicht in die Augen, nicht ein einziges Mal. Er fordert mich auf, Platz zu nehmen, sagt meinen Namen, als würde er mich bereits kennen, doch sein Blick irrt ziellos umher. Und doch zeugt sein ganzes Gebaren von einer gewissen Arroganz. Auf seinen Lippen macht sich ein unterdrücktes Grinsen bemerkbar. Die Frau neben ihm ist ein paar Jährchen älter und hat lockiges Haar. Sie sitzt übertrieben aufrecht und ist um eine möglichst herzliche Miene bemüht. Sie sind beide von der Einwanderungsbehörde. Der Mann bietet mir Tee oder Kaffee an, aber ich lehne dankend ab.

Er eröffnet das übliche Verfahren und setzt mich darüber in Kenntnis, dass das Gespräch aufgezeichnet wird. Dann ruft er mir in Erinnerung, dass es noch ein Folgegespräch geben wird. Zunächst bittet er mich, meinen Namen und mein Geburtsdatum sowie meinen Geburtsort zu bestätigen. Außerdem soll ich ihm sagen, wo ich bei Kriegsausbruch gewohnt habe. Die anschließenden Fragen allerdings werden zusehends eigenartiger.

»Gibt es in Aleppo irgendwelche Sehenswürdigkeiten?«, will er wissen.

»Selbstverständlich.«

»Können Sie ein paar aufzählen?«

»Nun, da wäre die Zitadelle, die Umayyaden-Moschee, Khan al-Gumruk, al-Firdaws Madrasa, was so viel bedeutet wie ›Paradies-Schule‹, die al-Otrush-Moschee, der Bab al-Faradsch-Uhrenturm … Wollen Sie noch mehr hören?«

»Vielen Dank, das dürfte genügen. Ist der alte Souk im Norden oder im Osten der Stadt?«

»Er liegt im Stadtzentrum.«

»Welche Waren stehen auf dem Souk zum Verkauf?«

»Die unterschiedlichsten Dinge!«

»Zum Beispiel?«

»Stoffe, Seide und Leinen. Teppiche, Lampen und Silber, Gold und Bronze, Gewürze sowie Tee und Kräuter, und meine Frau hat dort ihre Bilder verkauft.«

»Wie lautet der Name Ihres Landes?«

»Syrien. Wollen Sie nicht wissen, wie ich hierhergekommen bin?«

»Darauf kommen wir noch zu sprechen. Es handelt sich hier lediglich um Standardfragen. Sollen wir fortfahren?«

Er zögert einen Moment und wirft einen Blick in seine Unterlagen. Dann kratzt er sich am Hinterkopf.

»Hatten Sie schon einmal mit Leuten vom IS zu tun?«

»Nein. Nicht persönlich.«

»Sie sind also noch nie in Kontakt mit einem Mitglied dieser Gruppierung gekommen?«

»Nein. Selbstverständlich habe ich diese Leute auf den Straßen oder sonst wo gesehen, aber ich hatte noch nie persönlichen Kontakt mit ihnen.«

»Waren Sie je ein Gefangener der Terrormiliz?«

»Nein.«

»Haben Sie mit dem IS zusammengearbeitet?«

»Nein.«

»Sind Sie verheiratet?«

»Ja.«

»Wie lautet der Name Ihrer Frau?«

»Afra Ibrahim.«

»Haben Sie Kinder?«

»Ja.«

»Wie viele?«

»Eins, einen Jungen.«

»Wo ist er geboren?«

»In Aleppo.«

»Wo ist er jetzt?«

»Er ist in Syrien ums Leben gekommen.«

Einen Augenblick hält er inne und starrt auf die Schreibtischplatte. Die Frau neben ihm macht einen bedrückten Eindruck. Langsam werde ich nervös.

»Können Sie uns nähere Angaben machen, irgendwelche Besonderheiten? Etwas, woran Sie sich explizit erinnern?«

»Zu wem?«

»Zu Ihrem Sohn. Ich weiß, es ist nicht leicht, Mr. Ibrahim, aber könnten Sie bitte versuchen, die Frage zu beantworten. Es ist wichtig.«

»Nun gut, einmal, als er mit seinem Fahrrad den Hügel hinunterfuhr – ich hatte ihn ermahnt, es nicht zu tun, weil der Weg von unserem Bungalow hinunter in die Stadt wirklich steil war –, nun, da stürzte er und brach sich den Finger, und es wollte nicht richtig verheilen, und deshalb hatte er diesen krummen Finger.«

»An welcher Hand?«

»Welche Hand?«

»An welcher Hand hat er sich verletzt? Rechts oder links?«

Ich schaue hinunter auf meine eigenen Hände und erinnere mich, wie ich Samis Hand in meiner gehalten habe.

»Es war die linke Hand. Das weiß ich noch genau, seine linke Hand lag in meiner rechten, und ich konnte den Knick in seinem kleinen Finger spüren.«

265

»Wann war sein Geburtstag?«

»5. Januar 2009.«

»Haben Sie je einen Menschen getötet?«

»Nein.«

»Wie heißt die Nationalhymne Ihres Landes?«

»Soll das ein Witz sein?«

»Ist das Ihre Antwort?«

»Nein! Sie heißt ›Wächter der Heimat‹.«

»Können Sie uns die Melodie vorsummen, ohne Text?«

Die Zähne fest zusammengebissen summte ich einige Zeilen.

»Lesen Sie gern?«

»Nicht besonders.«

»Was war das letzte Buch, das Sie gelesen haben?«

»Es war ein Buch über den Kristallisationsprozess von Honig.«

»Lesen Sie auch politische Bücher?«

»Nein.«

»Wie sieht es mit Ihrer Frau aus?«

»Nicht dass ich wüsste.«

»Womit verdient Ihre Frau ihren Lebensunterhalt?«

»Sie ist Malerin. War.«

»Wie sieht die Situation in Ihrem Land aktuell aus?«

»Es ist der Himmel auf Erden.«

»Mr. Ibrahim, ich kann verstehen, dass Ihnen diese Fragen ein klein wenig überflüssig erscheinen mögen, aber sie sind ein wichtiger Bestandteil Ihrer Beurteilung.«

»Die Situation in meinem Land ist das vollkommene Chaos, alles liegt in Schutt und Asche.«

»Wer ist Ihr Präsident?«

»Baschar al-Assad.«

»Seit wann ist er Präsident?«

So gingen die Fragen weiter. Ob ich irgendeine Verbindung zum Präsidenten hätte? Wo liegt Syrien? Welche Länder grenzen daran an? Gibt es in Aleppo einen Fluss? Wie lautet sein Name? Endlich fängt er an, sich nach meiner Reise hierher zu erkundigen. Ich versuche, ihm möglichst viel von dem, woran ich mich erinnere, zu erzählen, und zwar auf sachliche, lineare, zusammenhängende Weise, genau wie Lucy Fisher es mir empfohlen hat. Nur dass es viel schwerer ist, als ich dachte, denn sobald ich auf eine Frage antworte, reagiert er mit einer weiteren Frage, die ich nicht erwartet habe, irgendetwas, das mich urplötzlich zu einem anderen Abschnitt unserer Flucht versetzt. Ich erzähle ihm möglichst detailgetreu, wie wir es in die Türkei geschafft haben, berichte von der Wohnung des Schleusers, von Mohammed und von der Überfahrt nach Leros, von Athen und von all den Nächten, die wir im Pedion tou Areos verbracht haben. Wobei ich das nicht näher ausführe. Ich verliere kein Wort über Nadim. Ich will nicht, dass er erfährt, wie ich mitgeholfen habe, einen Mann zu töten, dass ich zu so etwas wie Mord fähig bin. Und zu guter Letzt erzähle ich ihm, wie wir nach England gelangt sind. Aber ich erwähne nicht, was Afra zugestoßen ist, bevor wir herkamen – ich wäre nicht dazu in der Lage, die Worte laut auszusprechen.

Dann teilt er mir mit, dass das Gespräch beendet wäre. Das Aufnahmegerät wird ausgeschaltet, Akten werden geschlossen. Ein Lichtstreifen, der durch das Rechteck des Fensters ins Zimmer fällt, legt sich auf sein lächelndes Gesicht.

Meine Beine sind wie taub, als ich mich erhebe, und ich fühle mich in gewisser Weise meines Lebens beraubt.

Lucy Fisher wartet draußen auf mich. Afra und Diomande sind noch nicht fertig. Als sie mein Gesicht erblickt, tritt sie wortlos an den Verkaufsautomaten und kommt mit einem Becher warmem Tee zurück.

»Wie ist es gelaufen?«, will sie wissen.

Ich antworte nicht auf ihre Frage. Ich habe das Gefühl, nie wieder ein Wort sprechen zu können.

»Bitte«, sagt sie, »geben Sie die Hoffnung nicht auf. Das ist das Problem…« In ihrer Stimme liegt ein resignierter Unterton, sie zupft an einer Haarsträhne. »Hören Sie? Das sage ich immer zu meinen Leuten. Verlieren Sie niemals, niemals die Hoffnung.

Die Hoffnung

schwand, sie erlosch wie das Feuer in der Nacht. Ich musste einen Ausweg finden. Deshalb wagte ich mich am Tag darauf aus dem Park hinaus. Ich fragte Passanten nach dem Weg zum Viktoria-Platz. Der Platz war voller Müll und voller Menschen, die sonst nirgends hinkonnten. Sie saßen auf den Bänken unter den Bäumen und um das Denkmal herum. Ich erkannte eine Reihe von Gesichtern aus dem Park, einige von den Drogendealern, die am Eingang zur U-Bahn oder draußen vor den Cafés unter den Markisen auf dem Platz herumhingen. Überall waren herrenlose Katzen zu sehen, die in den Mülltonnen nach Nahrung suchten. Ein Hund lag mitten auf dem heißen Pflaster auf der Seite, die Pfoten vor sich ausgestreckt; es war schwer zu sagen, ob er noch lebte. Ich erinnerte mich an die Straßenhunde von Istanbul und wie ich mit einem Rest Hoffnung im Herzen auf dem Taksim-Platz gestanden hatte. Damals hatte die Hoffnung in einer ungewissen Zukunft gelegen. Istanbul war für mich eine Art Wartehalle gewesen, doch Athen drohte nun zu einem Ort stagnierender Resignation zu werden. Angelikis Worte gingen mir wieder und wieder durch den Kopf: *»An diesem Ort sterben die Menschen langsam, von innen. Einer nach dem anderen sterben sie.«*

Dies war die Stadt der wiederkehrenden Träume, aus denen es kein Entrinnen gab: eine endlose Folge von Albträumen.

Ein Mann hielt ein Bündel Komboloi, Meditationsperlen auf Schnüren, hoch. »Zwanzig Euro«, sagte er, »sehr schöne Steine.« Seine Stimme war voller Verzweiflung und Kummer, der Satz klang wie eine Forderung, aber ein breites Lächeln lag auf seinen Zügen.

»Sehe ich aus, als hätte ich zwanzig Euro?«, erwiderte ich und wandte mich von ihm ab.

Ich blickte an den Gebäuden rund um den Platz und in der Straße, die davon wegführte, empor. Da waren Balkone mit Markisen und das Gefühl, dass das Leben hier früher einmal besser gewesen war; die Bauten erzählten in all ihrer Schäbigkeit und verblassenden Pracht eine Geschichte der Kapitulation. An den Wänden prangten Graffitis, wütende Parolen, die ich nicht verstand, und da waren Cafés und ein Blumenstand und ein Bücherstand und Leute, die einem Taschentücher oder Stifte oder SIM-Karten andrehen wollten. Diese Verkäufer schwirrten wie Fliegen um den Eingang zur Metro herum und folgten den Passanten, sobald sie die Rolltreppe verließen.

Der Mann mit den Meditationsperlen war mir nicht von der Seite gewichen, dasselbe nervtötende Lächeln auf den Lippen.

»Fünfzehn Euro«, versuchte er es erneut. »Sehr schöner Stein.« Das Licht fing sich darin und brachte die Farben zum Leuchten. Marmor und Bernstein und Holz und Koralle und Perlmutt. Ich musste an die Gebetsperlen auf dem Souk in Aleppo denken. Der Mann hielt sie mir jetzt direkt unter die Nase.

»Zwölf Euro«, ließ er nicht locker, »sehr schön!«

Unsanft schob ich sie mit dem Handrücken weg, und ich sah, dass jetzt ein verängstigter Ausdruck über das Gesicht des Mannes huschte. Er wich einen Schritt zurück und ließ die Hand mit den Perlen sinken.

Ich hielt beide Hände hoch. »Tut mir leid. Tut mir wirklich leid.« Der Mann nickte und wollte sich zum Gehen wenden, doch ich hielt ihn am Arm zurück.

»Können Sie mir sagen, wie ich zur Elpida-Straße komme?«

»Elpida?«

Ich nickte.

»*Zitas Elpida?*« Der Mann ließ den Kopf hängen und murmelte etwas auf Griechisch. Dann sagte er: »Fragen Sie nach Hoffnung? Elpida bedeutet Hoffnung. Keine Hoffnung hier.« Ein trauriger Ausdruck lag in seinem Blick, doch dann kicherte er. »*El-pi-dos*«, sagte er ganz langsam und legte die Betonung auf die letzte Silbe. Offenbar lag genau darin mein Fehler. Er deutete nach rechts, auf eine Straße, die vom Platz wegführte, und schon setzte er seinen Weg fort, die Meditationsperlen hochhaltend wie einen Schatz, ein strahlendes Lächeln im Gesicht.

Ich überquerte den Platz und trat in die von Bäumen gesäumte Straße. An deren Ende standen zahlreiche Flüchtlinge vor einem Gebäude mit Glastüren Schlange. Sie hatten Kinderwagen und Rollstühle und Kleinkinder dabei, Einheimische mit Hunden schlängelten sich durch das Chaos. Die Türen öffneten sich, und einige Flüchtlinge kamen mit Taschen in der Hand heraus, während gleichzeitig ein ganzer Pulk hineindrängte. An der Ecke hatte sich eine Menschentraube gebildet, manche standen, andere saßen auf den Stufen vor einer weiteren Glastür. Die Leute begrüßten einander und unterhielten sich angeregt. Kinder, die Freunde entdeckten, rannten auf die Straße, um zu spielen. Auf dem Schild über dem Eingang war zu lesen: *The Hope Centre*. Das alles löste in mir ein Gefühl aus, das mich in meinem Entschluss, von hier fortzugehen, nur bestärkte.

Mir fiel auf, dass nur Frauen und Kinder hineingingen, während die Männer draußen blieben; manche von ihnen saßen auf den Stufen, andere starrten in die umliegenden Schaufenster, wieder andere gingen in Richtung Platz davon. Ich stand unschlüssig herum und wartete ab, bis ein Mann in der Tür erschien. Er hatte eine verspiegelte Sonnenbrille im Haar, die er hinunter auf den Nasenrücken schob, als er nach draußen trat. Er erinnerte mich an die Polizeibeamten im Camp auf Leros, und gerade wollte ich mich abwenden und verschwinden, als der Mann mich freundlich auf Arabisch grüßte. Er erklärte mir, es handle sich um ein Zentrum ausschließlich für Frauen und Kinder, ein Ort, wo sie eine heiße Dusche und eine warme Tasse Tee bekamen, wo die Kinder spielen und Mütter ungestört ihre Babys stillen konnten.

Ich kehrte in den Park zurück, holte Afra ab, und wir gingen gemeinsam zum Viktoria-Platz. Sie war still, schnupperte in der Luft wie ein Hund, vermutlich, um sich gedanklich ein Bild von ihrer Umgebung zu machen – der Duft nach Kaffee, der Müll, der Gestank von Urin, die Bäume, die Blumen.

Im Hope Centre begrüßte uns erneut der Mann mit der verspiegelten Brille, und Afra bekam eine Nummer ausgehändigt, mit der sie sich in der Schlange für die Dusche einreihen durfte. Man bat mich, in ein paar Stunden zurückzukommen. Ich spähte zum Fenster hinein; zur Rechten spielten Kinder hinter einer hölzernen Abtrennung. Die Wände waren bunt bemalt, überall lagen Legosteine und Bälle und Brettspiele über den Boden verteilt herum. Man führte Afra zu einem Stuhl, reichte ihr eine Tasse Tee und einen Teller mit Keksen. Sie lächelte, deshalb wandte ich mich ab und ging.

Als Erstes betrat ich ein Internetcafé am Platz. Ich hatte schon seit geraumer Zeit keine E-Mails mehr gelesen und hoffte, von Mustafa zu hören.

12.04.2016

Lieber Nuri,

letzte Woche habe ich an einem Abendessen für Flüchtlinge
teilgenommen und dort einen Mann und eine Frau kennengelernt. Die Frau arbeitet in einem nicht weit entfernten
Stadtteil mit Flüchtlingen und hilft Neuankömmlingen, sich
zurechtzufinden. Ihr Mann ist Bienenzüchter. Ich habe den
beiden erzählt, dass ich mich mit dem Gedanken trage,
Flüchtlingen und Arbeitssuchenden die Imkerei näherzu-
bringen. Sie waren beide sehr beeindruckt! Sie helfen mir
dabei, das aufzuziehen. Ich hoffe, dass ich schon bald Workshops veranstalten kann.

   Die Bienenvölker gedeihen gut, Nuri! Diese schwarzen
Bienen hier in Großbritannien unterscheiden sich stark von
unseren syrischen Bienen. Ich hätte nicht erwartet, dass sie
unter fünfzehn Grad Celsius überhaupt arbeiten, aber diese
dunklen Bienen funktionieren bei noch viel niedrigeren
Temperaturen, und sie arbeiten sogar bei Regen. Sie sammeln
Nektar in den Blumen entlang der Bahngleise und in Privat-
gärten und in den Parks.

   Nuri, mein Lieber, ich weiß nicht, wo du gerade steckst.
Nachts breite ich eine Landkarte auf dem Boden aus und
versuche, mir vorzustellen, wo du sein könntest. Ich warte
auf dich.

Mustafa

Nervosität und Ungeduld waren aus seinen Worten herauszu-
hören, diese für ihn typische unschuldige Jungenhaftigkeit, die
ihn schon immer durchs Leben getragen hatte.

Lieber Mustafa,

*es tut mir leid, dass ich mich nicht früher gemeldet habe und
dass du dir deshalb Sorgen gemacht hast. Ich verspreche dir,
ich werde es irgendwie nach England schaffen. Schwere
Zeiten liegen hinter uns. Afra und ich sind im Pedion tou
Areos untergekommen, einem großen Park im Zentrum von
Athen. Ich habe noch keine Vorstellung, wie wir von hier
wegkommen sollen, aber wir werden es schaffen, und dann
sind wir in England, ehe du dich's versiehst. Die meisten
sitzen hier fest. So viele kommen hierher, nur wenige gehen
wieder fort. Aber ich habe das Geld, und wir haben die
nötigen Dokumente. Ich muss bald etwas unternehmen,
weil ich fürchte, ich halte es hier nicht länger aus.*

*Meine Gedanken sind bei dir und deiner Familie. Ich
denke an den Lavendel und die Heidelandschaft und an die
schwarzen Bienen in England. Das, was du dort leistest, ist
einfach wunderbar. Sobald ich dort bin, arbeiten wir gemeinsam an allen diesen Projekten.*

Ich werde einen Weg finden.

Dein Nuri

Ich verließ das Café und setzte mich ganz in der Nähe von dem
halb toten Hund auf eine Parkbank. Der zog nur kaum merk-

274

lich ein schweres Augenlid hoch und machte sich dann wieder daran, die vorübermarschierenden Füße der Leute zu beobachten. Ein Mann kam auf mich zu und setzte sich neben mich. Er hatte ein Mobiltelefon und einen Notizblock auf dem Schoß liegen. Darauf tippte er mit den Fingerkuppen herum und sah mich dann von der Seite her an. Er ließ den Blick über den Platz huschen. Mir fiel auf, dass er stark schwitzte.

»Warten Sie auf jemanden?«, fragte ich.

Der Mann nickte abwesend.

»Woher stammen Sie?«, fragte ich.

»Syrien.«

»Aus dem kurdischen Teil?«

Er sah mich an und nickte wieder. Er erwiderte mein Lächeln, doch in Gedanken war er anderswo. Schließlich tauchten ein Mann und eine Frau auf.

»Ich dachte schon, Sie kommen nicht mehr«, sagte er. »Haben Sie alles mitgebracht?«

»Alles, worum Sie uns gebeten haben «, antwortete der Mann.

»Gehen wir. Er wartet schon seit geraumer Zeit – er wird nicht glücklich sein darüber.«

Ich wollte mich erkundigen, wen sie treffen wollten, aber der Mann verstaute sein Handy und den Notizblock in seinem Rucksack und sah mir jetzt ganz selbstbewusst in die Augen. »War schön, Sie kennenzulernen. Ich wünsche Ihnen einen Tag voller Morgenlicht.« Und ehe ich etwas erwidern konnte, gingen die drei in Richtung Metrostation davon.

Als Afra aus dem Hope Centre kam, duftete sie nach Seife, ihr Gesicht glänzte und war ganz weich von der Creme, die sie aufgetragen hatte. Außerdem trug sie ein neues Kopftuch. Schlagartig wurde mir bewusst, wie übel ich selbst riechen musste.

»Afra«, sagte ich, als wir zurück zum Park gingen. »Ich stinke.«

»Ja«, entgegnete sie und musste sich ein Lächeln verkneifen.

»Ich muss irgendwo duschen.«

»Unbedingt.«

»Es ist richtig schlimm.«

»Und wie.«

»Du könntest wenigstens versuchen zu lügen!«

Ich schnüffelte an meinen Achseln und war selbst überrascht, wie schnell ich mich an den Geruch gewöhnt hatte. »Ich rieche wie die Straßen.«

»Du riechst nach Kanalisation«, sagte sie, und ich beugte mich zu ihr, um sie zu küssen, doch sie verzog angewidert das Gesicht und stieß mich lachend zurück. Für einen kurzen Augenblick waren wir beide wieder die Menschen, die wir einst gewesen waren.

Als wir den Park erreichten und im Schatten der Bäume entlangspazierten, wurden meine Gliedmaßen plötzlich schwer, und mein Mund war vor Furcht plötzlich staubtrocken, als mir wieder zu Bewusstsein kam, was an diesem Ort alles vor sich ging.

»Das ist der größte Himmel, den ich je gesehen habe!«, sagte ein kleiner Junge zu dem Mädchen neben ihm. Sie blickten beide hinauf, und ich tat es ihnen gleich. An diesem Tag war der Himmel wolkenlos, und es regte sich kein Lüftchen. Die Sonne brannte auf uns herab, alles erstrahlte in leuchtenden Grün- und Gelbtönen. Ein erster Vorgeschmack auf die bevorstehenden Sommermonate. Für diesen Jungen schien der Himmel, der fast so endlos wirkte wie der über der Wüste, voller Versprechen zu sein.

»Sobald die Nacht anbricht, ist er voller Sterne«, sagte er an das Mädchen gewandt. »Dann werden wir uns ganz viel wünschen können.«

Und ich ertappte mich dabei, dass ich wie ein kleiner Junge einen Wunsch in das grenzenlose Blau schickte. Ich wünschte mir, ich würde es nach England schaffen. Ich sah hinauf und ließ zu, dass der Wunsch mein Denken komplett ausfüllte. Ich stellte mir die schwarzen Bienen und die Bienenstöcke vor. Ich dachte an Mustafas Nachricht. Und an meine Antwort. Ich werde einen Weg finden.

Wir kehrten zurück zu unserem Platz auf der Decke. Die Grillen zirpten jetzt viel lauter. Die Zwillinge waren nach wie vor nicht zurück; ihre Decke lag da, wo sie sie zurückgelassen hatten, der Schirm aufgespannt und auf der Seite liegend, darunter ein Paar neuer Turnschuhe.

Als die Nacht anbrach, kam Angeliki zu uns, eingehüllt in eine Decke, und nahm ihren angestammten Platz unter dem Baum neben Afra ein. Sie kratzte am Wundschorf an ihren Armen herum; die winzigen Wunden hatten angefangen zu verheilen. Als sie die Decke kurz hochhob, um sie sich enger um die Schultern zu ziehen, fiel mir auf, dass keine Milch mehr aus ihren Brüsten sickerte, auf ihrem weißen Oberteil waren lediglich zwei eingetrocknete Flecken zu sehen. Sie fing an, mir etwas über Athen zu erzählen, Geschichten über diese antike Zivilisation, die ihr zu Ohren gekommen waren. Sie erzählte mir, dass sie eine Gruppe junger Archäologiestudenten bei der U-Bahn-Station Monastiraki nach Schätzen hatte graben sehen, und sie erzählte mir von einer Welt, die tief unter den Kirchen verborgen lag. Irgendwann verstummte sie, es war schon spät. Sie nahm den Talkumpuder aus ihrer Tasche und verteilte ihn auf Armen und Gesicht, dann trank sie wieder in kleinen Schlucken von ihrem Wasser, ganz langsam, und sah den spielenden Kindern zu, die Hände im Schoß vergraben.

Der Geruch nach Talkum und Angelikis Rhythmus waren mir mittlerweile vertraut. Afra verhielt sich ganz anders, wenn Angeliki bei uns war. Sie richtete sich auf und hörte ihr zu, obwohl sie nicht jedes Wort von dem, was sie von sich gab, verstand. Zwischendurch legte Angeliki Afra immer wieder die Hand auf den Arm oder stieß sie mit dem Ellbogen an, um sich zu vergewissern, dass sie auch wirklich zuhörte.

»Willst du mir denn gar nicht erzählen, woher du kommst?«, fragte ich, als Afra eingeschlafen war.

»Somalia, wenn du es unbedingt wissen willst.«

»Warum wolltest du es mir nicht sagen?«

Sie löste den Knoten an ihrem Kopftuch, schlang es sich neu um den Kopf und band es wieder fest.

»Ich mag nicht darüber reden, weil es in meinem Herz wehtut.«

Ich erwiderte nichts darauf. Vielleicht wollte sie nicht mit mir darüber sprechen, weil ich ein Mann bin, vielleicht war es ein Mann gewesen, der ihr etwas Schlimmes angetan hatte. Ich wollte die Geschichte nicht gewaltsam aus ihr herausholen, aber vielleicht spürte sie, dass ich ihr Schweigen akzeptierte, und gerade das half ihr, sich zu entspannen, denn jetzt sagte sie: »Es gab sehr wenig Essen. Schlimmer Hunger. Ich musste gehen, also ging ich nach Kenia. Ich war schwanger, ich wollte nicht, dass mein Baby zu Hause auf die Welt kommt und so leiden muss wie ich.« Sie machte eine Pause und sagte eine Zeit lang nichts mehr. »In Kenia war ich in einem großen Lager namens Dadaab, aber sie sagten, dieses Lager würde schließen. Sie glaubten, al-Shabaab-Kämpfer aus Somalia würden das Lager nutzen, um Waffen zu schmuggeln. Und da waren so viele von uns. Sie wollten uns nicht haben, wollten uns verjagen. Also ging ich weg von dort, und ich machte die lange Reise hierher.«

Sie verstummte erneut und begann, in ihrer Tasche zu kramen, offenbar suchte sie etwas. Schließlich brachte sie einen kleinen Beutel zum Vorschein.

»Sie haben mir mein Baby weggenommen, als ich nach Athen kam. Hier drinnen habe ich ein paar abgeschnittene Haare von ihr. Eines Nachts, als ich im Park lag und schlief, hat sie mir jemand direkt aus den Armen gestohlen. Ich weiß, dass sie Drogen in mein Wasser getan haben, sie haben es vergiftet, damit ich nicht aufwache, weil ich normalerweise bei der kleinsten Bewegung und dem kleinsten Geräusch aufwache. Wie haben sie sie genommen, ohne dass ich es gemerkt habe? Sie haben mich vergiftet, das weiß ich.«

Ihre Stimme brach, und ich stellte keine weiteren Fragen, aber es war nicht zu übersehen, wie sie nachdachte, dass die Erinnerungen an Somalia und ihr Baby ihren Kopf und ihre Sinne beherrschten, so wie meine Erinnerung an die Hitze und den Sand der syrischen Wüste mich immer wieder überwältigten und mein Herz ausfüllten. Das Feuer loderte hell, ihr Gesicht sah wunderschön und wie gemeißelt aus in seinem Schein, doch der Talkumpuder ließ ihren Teint fahl wirken.

»Weißt du, manchmal erinnere ich mich, wie wunderschön mein Land ist – da ist der Indische Ozean, er glitzert blau und sieht aus wie der Himmel. Da ist goldener Sand und Hügel und der Strand – Felsen und Häuser, die aussehen wie weiße Paläste. Die Stadt ist voller Cafés und Geschäfte. Aber die Situation dort ist schlimm.« Jetzt sah sie mich zum ersten Mal direkt an. »Ich kann nicht zurückgehen, denn wenn ich in Somalia bin, gibt es keinen Weg nach vorn, nichts geht dort voran. Jetzt, an diesem Ort, gibt es wieder ein Vorwärts.«

»Wirklich? Ich dachte, du sagtest, das gäbe es nicht?«

Sie schien einige Augenblicke darüber nachzudenken, dann sagte sie:»Das habe ich geglaubt, ja.«

Eine Weile schwieg sie, ehe sie hinzufügte:»Ich will einen Job finden, aber niemand will mich. Englisch hilft dir hier nicht. Die Leute hier mögen mich nicht. Aber nicht einmal griechische Leute finden einen Job. Sie verkaufen Taschentücher auf der Straße. Wie viele Taschentücher können die Menschen kaufen? Vielleicht ist das hier die Stadt der Tränen?« Sie stieß ein Lachen aus, was mich an das Gelächter erinnerte, das ich in diesem Schulgebäude durchs Fenster gehört hatte. Am nächsten Morgen war Angeliki fort, und Afra malte. Sie saß im Schneidersitz auf der Decke und arbeitete mit beiden Händen an ihrem Bild. In der rechten Hand hielt sie den Stift, und mit den Fingerkuppen der linken folgte sie den Rillen, die der Stift auf dem Papier hinterlassen hatte. Ein Bild schälte sich aus dem Weiß heraus, die Linien und Perspektiven leicht verschoben, die Farben völlig willkürlich gewählt und ineinander verlaufen. Aber ich sah ganz deutlich Afras Seele in den Strichen, die Lebendigkeit, mit der sie sich übers Papier zogen und sich im Licht zu bewegen schienen.

»Das hier ist für Angeliki«, sagte sie, und als sie fertig war, bat sie mich, es unter die Decke zu legen, damit der Wind es nicht erfasste und fortwehte.

Wir machten uns erneut auf den Weg zum Hope Centre. Ich ließ Afra dort und ging zum Platz, in der Hoffnung, den Mann von gestern wiederzusehen. Dort setzte ich mich auf die gleiche Bank wie am Vortag und wartete. Irgendwann kam der Mann mit den Meditationsperlen vorüber und ging in Richtung Metro. Er grüßte mich im Vorbeigehen, indem er die Perlenketten hochhob.

»Hast du Elpidos gefunden?«, rief er mir zu.

»Ja, habe ich, danke.«

»Elpida bedeutet Hoffnung«, sagte er wieder, genau wie beim letzten Mal, und warf ein trockenes Stück Brot auf den Boden, für den Hund. Der rührte sich allerdings nicht.

Nach etwa einer Stunde entdeckte ich den Mann, nach dem ich Ausschau gehalten hatte; er stand mitten auf dem Platz zu Füßen der Statue mit einer Gruppe von anderen jungen Männern und Frauen zusammen. Sie rauchten und lachten, und zwei Helferinnen der NGO waren bei ihnen, mit grünen T-Shirts und Rucksäcken. Ich wartete ab, bis sich die Gruppe aufgelöst hatte und der junge Mann endlich allein auf einer niedrigen Mauer saß; er hatte sein Notizbuch aufgeschlagen auf dem Schoß liegen und schrieb darin. Er wirkte viel entspannter als am Tag zuvor.

Ich erhob mich und ging auf ihn zu, um mich neben ihn zu setzen. Lange Zeit war er voll und ganz auf sein Notizbuch konzentriert und schrieb und schrieb, bis er endlich aufblickte und nachsah, wer sich da neben ihn gesetzt hatte.

»Kann ich Sie etwas fragen?«, sagte ich.

»Selbstverständlich«, antwortete er, schrieb aber unbeirrt weiter.

»Ich bin auf der Suche nach einem Schleuser. Da habe ich mich gefragt, ob Sie mir vielleicht helfen könnten. Ich hatte das unbestimmte Gefühl, dass Sie diesem Paar gestern genau dabei behilflich waren.«

Der Mann klappte das Notizbuch zu und setzte sich anders hin, damit er mich direkt ansehen konnte. Seine Mundwinkel hoben sich zu einem Lächeln. »Sie sind ein ausgezeichneter Beobachter.«

281

»Ich liege also richtig? Sie können mir behilflich sein?«

»Die meisten von den Guten leben in der Schule«, sagte er. »Ich kann Sie bekannt machen. Wo wollen Sie denn hin?«

»England.«

Er lachte, so wie alle es taten. »Sind Sie verrückt? Oder haben Sie zu viel Geld? Dorthin zu gelangen ist nicht nur am schwersten, es ist auch am teuersten.«

»Warum kostet es so viel?«, fragte ich.

»Weil es schwieriger ist, dorthin zu gelangen. Außerdem glauben viele, sie wären dort sicherer und hätten eine gute Chance, Hilfe zu bekommen, wenn man ihnen Asyl gewährt.«

Ich wurde mir des Geldes in meinem Rucksack bewusst. Wenn irgendjemand davon Wind bekam, lief ich Gefahr, dass man mich dafür umbrachte.

»Mein Name ist Baram«, sagte er und hielt mir die Hand hin. »Meinen Sie das wirklich ernst?«

»Ja.«

»Möchten Sie, dass ich etwas für Sie in die Wege leite?«

»Auf jeden Fall.«

Er zog ein Handy aus seinem Rucksack, entfernte sich einige Meter, telefonierte ein paar Minuten lang und kam dann wieder zurück.

»Wie viele seid ihr?«

»Zwei.«

»Können Sie morgen um eins in einem Café auf dem Acharnon-Boulevard sein?«

Ich nickte, bekam aber allmählich auch ein flaues Gefühl im Magen, mein T-Shirt war schweißnass.

Baram ließ sein Handy im Rucksack verschwinden und setzte sich wieder neben mich. »Ich erwarte Sie morgen um zwölf Uhr fünfundvierzig hier an dieser Stelle, dann bringe ich

Sie zu dem Café. Und bringen Sie unbedingt Ihre Ausweise mit, und kommen Sie bloß nicht zu spät – das wird ihm nicht gefallen.«

»Soll ich auch Geld mitbringen?«

»Noch nicht.«

In dieser Nacht bekamen zwei Frauen, die unzählige Tüten mit sich herumschleppten, die Decken und den Schirm der Zwillinge zugeteilt. Ich wollte die neuen Flüchtlinge schon davon abhalten, diesen Platz zu ihrem neuen Zuhause zu erklären und sich auf den Decken niederzulassen, als mir schlagartig bewusst wurde, dass die beiden Jungen vermutlich nicht mehr zurückkommen würden. Ich hatte die ganze Zeit erwartet, dass sie irgendwann wieder auftauchen würden, dass sie einfach zurückkommen und sich wieder setzen würden und lachen und raufen und auf ihren Handys herumspielen, als wäre nichts gewesen. Überraschenderweise wirkten die beiden Frauen kein bisschen nervös, dass sie plötzlich hier waren; stattdessen sahen sie sich zufrieden um, fast, als kämen sie von einem noch viel schlimmeren Ort. Sie streiften die Schuhe ab, bevor sie auf die Decke traten, und nach etwa einer halben Stunde und einer Reihe von Telefonaten und nachdem sie ein paar Äpfel vertilgt hatten, begannen sie, aus farbenfrohen Perlen etwas zu fertigen. Sie saßen sich gegenüber, und eine von ihnen fing an zu weben, während die andere die Enden festhielt.

Ein Stück von uns entfernt spielte eine Gruppe von Männern Karten und lachte. Dann stimmten sie Lieder auf Urdu an, dazwischen ein paar Worte auf Arabisch. Es ging ein starker Wind, der den Duft von Gewürzen und Wärme herantrug, das Lagerfeuer knisterte, und irgendjemand kochte etwas darauf. Pedion tou Areos wurde für die Menschen hier zu einer

Art neuen Heimat: Schuhe standen ordentlich neben den Decken und Zelten aufgereiht, Kleidungsstücke hingen in den Bäumen, es wurde gespielt und musiziert und gesungen, und obwohl ich in alldem eigentlich Trost hätte finden sollen, hatte ich das Gefühl, als würde es mir angesichts dieser flüchtigen Überreste eines früheren zivilisierten Lebens die Luft zum Atmen abschnüren.

Ich presste den Rucksack fest an meine Brust. Dieses Geld war unser einziger Ausweg, und schon am nächsten Tag würden wir den Schleuser treffen. Aus diesem Grund tat ich die ganze Nacht kein Auge zu. Stundenlang saß ich neben Afra, lauschte auf die Geräusche aus dem Wäldchen und wartete darauf, dass die Sonne endlich aufging und die Blätter der Bäume golden färbte.

Am Vormittag machten Afra und ich uns auf den Weg zum Viktoria-Platz, und Baram war schon da, obwohl wir eine ganze Stunde zu früh waren. Er saß auf der Parkbank, das Notizbuch auf dem Schoß, und schrieb wie schon am Tag zuvor eifrig darin. Als er uns entdeckte, stand er hastig auf und teilte uns mit, dass wir noch warten müssten, damit wir nicht zu früh im Café waren – auch das würde dem Schleuser nicht gefallen. Er setzte sich wieder und vertiefte sich erneut in sein Buch. Ich hätte gern entziffert, was er schrieb, doch seine Handschrift war viel zu winzig. Im Einband des Notizbuches steckte das Foto einer jungen Frau in Armeeuniform.

»Wer ist die Frau auf dem Bild?«, fragte ich.

»Meine Freundin. Sie ist tot. Ich schreibe mein Tagebuch neu.«

»Neu?«

Lange Zeit sagte er nichts, und ich beobachtete den halb

toten Hund, der jetzt zu mir aufsah und kraftlos mit dem Schwanz wedelte.

»Als ich in die Türkei kam, hat mich die Armee erwischt«, kamen Barams Worte schließlich in einem einzigen Atemzug. »Wir waren insgesamt einunddreißig. Sie nahmen uns gefangen und durchsuchten uns. Drei von uns nahmen sie mit, den Rest ließen sie die Reise fortsetzen.«

»Warum?«

»Weil wir Kurden sind. Ich habe Tagebuch geschrieben. Zwei Jahre lang hatte ich es geführt, sie fanden es in meiner Tasche und sahen ein Wort, nur ein Wort: ›Kurdistan‹. Sie brachten mich ins Gefängnis und sagten: ›Was ist das für ein Wort?‹, und ich sagte: ›Kurdistan‹. Sie wollten, dass ich es ausspreche, dabei wussten sie längst, was es hieß. Sie sperrten mich einen Monat und drei Tage ein. Dann ließen sie mich frei. Aber sie nahmen mir meinen Ausweis und neunhundert Euro ab und verbrannten mein Tagebuch. Das Geld und der Pass waren mir nicht wichtig, aber das Tagebuch enthielt mein Leben. Ich weinte bittere Tränen, als sie es verbrannten. Sie nahmen mir die Fingerabdrücke ab und scannten meine Augen, und ich bezahlte dem Wärter zweihundert Euro, damit er mich laufen ließ. Ich floh in eine kurdische Stadt. Von dort aus rief ich meinen Vater an.« Er schloss das Buch und legte seine Hand darauf.

»Wie kommt es, dass Sie immer noch hier sind?«, fragte ich.

»Ich muss erst das Geld zusammenbekommen, um von hier wegzugehen. Mein Bruder ist in Deutschland. Ich will rechtzeitig zu seiner Hochzeit dort sein.«

Am Eingang zur Metro sprach der Mann mit den Meditationsperlen wieder Leute an, die die Rolltreppe hochkamen.

285

»Ich hoffe, Sie schaffen es zur Hochzeit Ihres Bruders«, sagte Afra.

Zu dritt marschierten wir los in Richtung Acharnon-Boulevard. Als wir das Café betraten, deutete Baram unauffällig auf einen Mann, der ganz allein in der linken hinteren Ecke saß. Er trug einen schwarzen Rollkragenpullover und eine schwarze Lederjacke und trank mit einem Strohhalm kalten Kaffee aus einem Plastikbecher. Sofort fiel mir auf, wie lächerlich der Mann wirkte, doch als ich mich umdrehte, um Baram zu fragen, ob das wirklich die richtige Person war, war er verschwunden. Es sollte das letzte Mal sein, dass ich ihn gesehen hatte.

Widerstrebend führte ich Afra zu dem Tisch, an dem der Mann soeben den letzten Rest seines Kaffees wegschlürfte.

»Guten Tag«, grüßte ich ihn auf Arabisch.

Überrascht sah der Mann auf, als hätte er niemanden erwartet. Dann nahm er ohne ein Wort den Deckel von dem Becher ab und steckte einen Finger hinein, um einen Eiswürfel herauszufischen.

»Ich bin Nuri, und das ist Afra. Uns wurde gesagt, dass Sie uns erwarten.«

Nach einigen Fehlversuchen bekam der Mann einen Eiswürfel zu fassen, den er sich lässig in den Mund warf und zerkaute.

»Sprechen Sie kein Arabisch?«, fragte ich.

»Setzen Sie sich«, sagte er auf Arabisch.

Wir nahmen beide Platz. Ich weiß nicht, woran es lag, vielleicht war ich nervös, vielleicht war es die schweigsame Art dieses Mannes, jedenfalls fing ich an zu reden wie ein Wasserfall: »Wir haben Baram auf dem Platz kennengelernt. Er sagte, Sie könnten uns helfen. Er rief gestern bei Ihnen an und hat uns gebeten, Ausweise mitzubringen, die haben wir dabei, hier sind sie …«

»Noch nicht«, fiel er mir abrupt ins Wort. Als er das sagte, verharrte meine Hand wie erstarrt in der Luft. Er lächelte, vermutlich, weil ich sofort gespurt hatte, dann biss er noch eifriger auf dem Eiswürfel herum und machte dabei ein Gesicht, das an ein trotziges kleines Kind erinnerte. Es ist erstaunlich, wie viel Macht dieser jungenhafte Mann hatte, der im normalen Leben vermutlich gerade so über die Runden gekommen wäre in irgendeinem Gemüseladen in einem Hinterhof in Damaskus. In seinen Augen funkelte eine düstere Verzweiflung.

»Das ist Ihre Frau?«, fragte er.

»Ja, ich bin Afra.«

»Sie sind blind?«

»Ja«, erklärte sie schlicht, aber nicht ohne einen Hauch von Sarkasmus in der Stimme, den nur ich heraushören konnte. Fast dachte ich, sie würde noch hinterherschicken: »Cleveres Kerlchen.«

»Das ist gut«, sagte er. »Arme blinde Frau – weniger verdächtig. Sie werden aber den Hidschab abnehmen und Ihre Haare blond färben müssen. Bei Ihnen können wir nicht viel machen«, sagte er an mich gerichtet, »aber ein hoffnungsloser Fall sind Sie auch nicht. Eine ordentliche Rasur, frisches, sauberes Hemd. Arbeiten Sie an Ihrer Miene.«

Auf dem Tisch zwischen uns fing das Handy des Mannes an zu vibrieren und zu leuchten. Er warf einen flüchtigen Blick auf das Display, und sofort ging eine Veränderung in ihm vor, seine Wange zuckte, er hatte die Kiefer fest zusammengepresst. Hastig griff er nach dem Handy und legte es mit dem Bildschirm nach unten auf den Tisch.

»Und wo genau wollen Sie hin?«

»England.«

»Ha!«

»Jeder lacht«, sagte ich.

»Sehr ambitioniert. Und teuer.«

Ich senkte den Blick, das Geld in meinem Rucksack machte mich nervös. Es war ein Gefühl, als würde ich einen Sack voller Eier mit mir herumtragen.

»Zweitausend Euro für Dänemark. Dreitausend für Deutschland«, teilte der Schleuser mir mit. Dann machte er eine Pause. »Sie sind besser dran, wenn Sie sich für eins von diesen Ländern entscheiden.«

»Wie viel kostet es nach England?«

»Siebentausend für Sie beide.«

»Siebentausend!«, entfuhr es Afra. »Das ist doch verrückt! Wie viel kostet denn ein Flug von hier nach England?«

Wieder lachte der Mann, woraufhin sie wütend das Gesicht verzog und den Kopf abwandte.

»Das ist nicht einfach nur eine Urlaubsreise nach England«, sagte er. »Sie bezahlen für den kompletten Service. England stellt eine Besonderheit dar – dort sind Sie zwar sicherer, aber für uns ist es nicht ganz so einfach, Sie dorthin zu schaffen. Das ist natürlich mit zusätzlichen Kosten verbunden.«

Afra sah aus, als würde sie ihm am liebsten ins Gesicht spucken. Unauffällig stieß ich sie mit dem Fuß an.

»Deshalb wollen wir dorthin«, sagte ich. »Wir sind erschöpft, wirklich richtig erschöpft. Aber so viel Geld haben wir nicht.«

»Wie viel können Sie aufbringen?«

»Fünftausend.«

»Bar auf die Hand?«

Ich warf einen verstohlenen Blick über meine Schulter.

Der Mann zog die Augenbrauen hoch. »Sie laufen mit solch einer Summe Bargeld herum?«

»Nein«, erwiderte ich. »Ich habe ein bisschen Bares bei

mir, der Rest liegt auf einem Privatkonto. Ich werde alles tun, ich suche mir Arbeit, um das Geld zusammenzubringen. Ich sammle Müll auf, wenn es sein muss, wasche Autos oder Fenster oder sonst etwas.«

»Ha! Was glauben Sie, wo Sie hier sind? Selbst die Einwohner hier finden keine Jobs!«

»Ich hab genug«, verkündete Afra und stand auf, um zu gehen. Entschlossen packte ich sie am Arm. Der Mann lächelte, als er die Verzweiflung in meinem Gesicht sah.

»Sie könnten für mich arbeiten«, schlug er vor.

»Welche Art von Tätigkeit wäre das?«

»Nur Botengänge.«

»Nur?«

»Die meisten meiner Leute sind Kinder, die können noch kein Auto fahren. Ich brauche jemanden als Fahrer. Haben Sie einen Führerschein?«

Ich nickte.

»Sie können drei Wochen lang für mich arbeiten. Wenn Sie sich gut benehmen, sagen wir fünftausend Euro für Sie beide.«

»Einverstanden«, sagte ich und hielt ihm die Hand hin, damit er einschlagen konnte. Doch er schenkte mir nur ein breites Grinsen und kicherte vergnügt.

Afra machte keinen Mucks, aber ich spürte deutlich ihren Missmut.

»Sie werden zu mir ziehen müssen«, sagte der Mann.

»Warum?«

»Um sicherzugehen, dass Sie sich nicht mit dem Wagen und den Paketen vom Acker machen.«

Der Rest der Eiswürfel in dem Plastikbecher war mittlerweile geschmolzen. Er beugte sich vor, nahm den Strohhalm in den Mund und schlürfte den Rest auf.

»Außerdem weiß ich dann genau, dass Sie mir nicht weglaufen, weil ich Afra habe – so heißen Sie doch, oder?« Bevor sie darauf antworten konnte, hatte er die Hand gehoben und den Kellner um ein Stück Papier und einen Stift gebeten, um die Adresse für uns zu notieren.

»Kommen Sie morgen um zehn Uhr abends dorthin. Wenn Sie nicht auftauchen, muss ich davon ausgehen, dass Sie es sich anders überlegt haben.«

Es war früher Nachmittag, als wir in den Park zurückkehrten. Kinder spielten auf dem offenen Gelände zwischen den Zelten und Decken Ball. Andere stritten sich um Murmeln. Zwei Kinder hatten auf dem Boden aus Steinen und Blättern ein kleines Dorf gebaut. Der Gedanke, diesen Ort hier zu verlassen, gab mir neue Kraft und erfüllte mich mit frischem Mut. Später allerdings ertappte ich mich dabei, wie ich mich unter den Kindern umsah, in der Hoffnung, Mohammed unter ihnen zu entdecken. Diese schwarzen Augen, die Angst und die vielen Fragen, die ich darin sehen konnte, fast glaubte ich, ihn vor mir zu haben. Es war Sami, der in meiner Erinnerung mehr und mehr verblasste, und sosehr ich mich auch bemühte, ihn wieder lebendig werden zu lassen, ein Bild von ihm heraufzubeschwören, wollte mir nicht gelingen.

Angeliki saß bereits unter dem Baum und erwartete uns. Ihr Gesicht war wieder mit Talkumpuder bedeckt, ihre Hände ruhten auf ihrem Schoß. Es ging eine derart überwältigende Ruhe von ihr aus, wenn sie so dasaß, und gleichzeitig strahlte sie eine Einsamkeit aus, die ich nicht ertrug. Irgendwo in der Ferne weinte ein Baby, und ich sah, dass ihre Brüste wieder feucht waren; der durchdringende Geruch nach saurer Milch ging von ihr aus.

Afra bat mich, das Bild unter der Decke hervorzuholen. Das überreichte sie Angeliki jetzt.

»Du hast das gemalt?«

Afra nickte. »Es ist für dich.«

Angeliki starrte auf das Bild und sah dann zu Afra, ein eindringlicher Blick, und mir entging nicht, wie viele Fragen ihr durch den Kopf schwirrten. Aber sie sagte eine ganze Zeit lang nichts mehr, sondern saß nur da, das Bild in den Händen, und schaute abwechselnd darauf und dann wieder in die Ferne. Mir war nicht klar, ob sie die Kinder beobachtete oder ob sie im Geiste etwas ganz anderes sah.

»Hier drinnen«, sagte sie, »verstecken sie alles, was die Welt nicht sehen soll. Aber dieses Bild, es wird mich an eine andere Welt erinnern, an eine bessere Welt.« Und vielleicht ahnte sie bereits, dass wir gehen würden, denn sie fing zu weinen an. Die ganze Nacht wich sie nicht mehr von Afras Seite und legte sich neben ihr schlafen, die Hand auf ihrem Arm. Bis zum nächsten Morgen schliefen sie so nebeneinander, wie Schwestern oder langjährige Freundinnen.

12

Es ist der Morgen nach dem Gutachtengespräch. Diomande und der Marokkaner sitzen im Wohnzimmer und genießen ihr neustes Lieblingsgetränk: Tee mit Milch. Ein dampfender Becher wartet auf dem Wohnzimmertisch auf mich, sie müssen gehört haben, dass ich aufgestanden bin. Weil Afra ohnehin noch schläft, geselle ich mich zu ihnen.

Mit dem warmen Becher in den Händen trete ich an die gläserne Terrassentür, um einen Blick nach draußen zu werfen. Heute ist der Hinterhof lichtdurchflutet, alles erstrahlt im hellen Sonnenschein. Im Kirschbaum mit den knorrigen Wurzeln in der Mitte des Gartens sitzen Vögel, es müssen um die dreißig sein, und zwitschern und schnattern. Der Garten unserer Hauswirtin dahinter wächst so üppig, dass rote und violette Blüten über den Zaun hängen, auf den Betonplatten liegen heruntergefallene Blütenblätter. Ich nehme den Schlüssel vom Haken hinter den Vorhängen und öffne die Terrassentür ganz weit, um die frische Luft und den fernen Duft des Meeres hereinzulassen.

Gerade berichtet Diomande dem Marokkaner von seinem Gespräch.

»Ich denke, es lief sehr gut«, sagt er mit einem Lächeln so breit, dass es sich über das ganze Gesicht zieht.

Der Marokkaner klatscht ihn mit einem High-five ab.

»Ich habe ihnen gesagt, was du gesagt hast. Mutter, Schwester, schweres Leben. Doch sie haben mir sehr seltsame Fragen gestellt.«

»Was zum Beispiel?«

»Wie unsere Nationalhymne heißt. Sie baten mich, sie zu singen.«

»Und, hast du?«

Diomande springt auf, legt die Hand aufs Herz und fängt an, aus voller Brust zu singen, immer noch mit diesem strahlenden Lächeln im Gesicht:

We salute you, O land of hope,
Country of hospitality;
Thy full gallant legions
Have restored thy dignity.

Beloved Ivory Coast, thy sons,
Proud builders of thy greatness,
All not mustered together for thy glory,
In joy will we construct thee.

Proud citizens of the Ivory Coast, the country calls us.
If we have brought back liberty peacefully,
It will be our duty to be an example.

Of the hope promised to humanity,
Forging unitedly in new faith
The fatherland of true brotherhood.

»Du kannst sie auf Englisch?«

Diomande nickt.

»Hast du sie ihnen auf Englisch vorgesungen?«

»Ja.«

»Warum? Was war das Problem?«, sage ich.

»Die Worte zeichnen ein sehr positives Bild!«

Mit hängendem Kopf nimmt Diomande wieder Platz. »Aber ich habe es ihnen gesagt. Ich habe ihnen gesagt, das Leben ist sehr hart. Ich habe ihnen erzählt von Libyen und dem Gefängnis und dass man mich geschlagen hat, bis ich dachte, ich muss sterben. Ich habe ihnen gesagt, das Leben von meiner Schwester und Mutter ist schwer wegen des Bürgerkriegs. Ich hatte keine Arbeit, und meine Mutter, sie hat mich fortgeschickt, um ein besseres Leben zu finden. Ich habe ihnen das alles erzählt. Ich habe gesagt, dass es hier Hoffnung gibt. Hier finde ich vielleicht Arbeit. Ich kann putzen, kochen, Lehrer sein, ich habe viele Talente.«

Die Vögel sind verstummt, und Diomandes Rücken ist derart gebeugt, dass die Flügel unter seinem T-Shirt aussehen, als würden sie sich jeden Moment ausbreiten. »Ich habe ihnen auch erzählt, wie wunderschön es dort ist, in meinem Land, wie sehr ich es liebe, dort zu sein.«

Der Marokkaner scheint in Gedanken versunken, er starrt hinaus in den Hof und wirft mir fragende Blicke zu. Doch was auch immer ihm auf der Seele liegt, er spricht es nicht aus.

Diomande beschließt, zum Vergnügungspark zu gehen. »Ich kann ihn hören«, sagt er, »da ist diese wilde Musik die ganze Zeit, und ich sehe die Lichter über dem Meer. Können wir gehen?«

Der Marokkaner gerät in helle Aufregung bei der Aussicht auf Gesellschaft. »Geezer«, sagt er, »klar, lass uns gehen! Wenn

294

wir die Lichter sehen und das Meer und die Musik hören, sind alle unsere Sorgen und Ängste so klein wie ein Sandkorn.«

Die beiden bestehen darauf, dass ich sie begleite. Jeder von ihnen greift nach einer Hand, und so zerren sie mich zur Treppe, damit ich nach oben gehe und mich anziehe.

Als ich unser Zimmer betrete, stelle ich fest, dass Afra bereits angekleidet ist und auf der Bettkante sitzt. Doch diesmal weint sie. Ich gehe vor ihr auf die Knie. Die Tränen strömen ihr in zwei breiten Rinnsalen über die Wangen wie zwei dunkle Flüsse. »Was ist denn los, Afra?«, frage ich.

Sie wischt sich mit dem Handrücken übers Gesicht, doch die Tränen hören nicht auf zu fließen.

»Seit ich dem Arzt von der Bombe erzählt habe, kann ich an nichts anderes mehr denken. Ich sehe Samis Gesicht vor mir. Ich sehe, wie seine Augen zum Himmel gerichtet sind. Ich frage mich, was er gespürt hat. Hatte er Schmerzen? Wie hat er sich gefühlt, als er in den Himmel hinaufgeschaut hat? Wusste er, dass ich in der Nähe war?«

Ich greife nach ihrer Hand, schaffe es aber nicht, sie lange festzuhalten, weil ich spüre, wie die Hitze meine Wirbelsäule emporkriecht bis über den Nacken hinaus in meinen Kopf. Ich lasse los, stehe auf und weiche von ihr zurück.

»Ich mache einen Spaziergang mit dem Marokkaner.«

»Aber … ich …«

»Ich mache einen Spaziergang mit ihm und Diomande.«

»Ist gut«, entgegnet sie kaum hörbar. »Ich wünsche dir eine gute Zeit.« Ihre Stimme ist so durchdrungen von Traurigkeit, dass ich ihre Worte noch dann höre, als wir am hölzernen Pier entlanggehen und das Gelände des Vergnügungsparks betreten. Dort werden wir sofort mitgerissen von einem Wirbelsturm aus Rutschen und Achterbahnen und Autoskooter, noch immer höre ich Afras Stimme – »Ich wünsche dir eine gute Zeit« –, sogar über Diomandes Schwärmereien von der Elfenbeinküste hinweg.

»Das Meer ist kristallklar«, sagt er, »nicht wie hier. Das Meer hier sieht scheiße aus. Nein! Das Meer dort ist wie der Himmel. So klar! Man sieht die ganzen kleinen Fische darin umherschwimmen. Es ist wie Glas. Und wenn die Sonne untergeht, ist alles rot – der Himmel, das Meer. Das solltet ihr mal sehen! Alles rot.« Er fegt mit der Hand über den Himmel, und ich muss an Afras Gemälde denken. Wir halten uns ganz dicht am Geländer, möglichst nah am Wasser.

Anschließend setzen wir uns in ein Café in der Arkade. Es riecht nach Essig und Limonade. Der Marokkaner hat ein wenig Kleingeld in der Tasche und kauft für jeden von uns ein grellrotes Getränk, das uns an den Himmel der Elfenbeinküste denken lässt. Es schmeckt nach Plastik mit Kirscharoma und besteht in erster Linie aus gecrushtem Eis.

»Du bist sehr still«, sagt Diomande an mich gewandt. Seine tiefschwarzen Augen funkeln im Sonnenlicht, sie haben einen warmen Braunton angenommen.

»Wie sieht das Meer in Syrien aus?«, will der Marokkaner wissen.

»Ich lebe unweit der Wüste«, antworte ich. »Die Wüste ist so schön und so gefährlich wie das Meer.«

Dann sitzen wir drei eine ganze Weile schweigend da und starren hinaus aufs Wasser und träumen jeder für sich von zu Hause, von dem, was wir verloren haben, von dem, was wir zurücklassen mussten.

Als wir den Rückweg antreten, neigt sich die Sonne bereits dem Horizont zu. Ein strammer Wind fegt über den Pier, so stark, dass die Stützpfeiler ächzen und knarzen.

Wieder zurück in der Pension ist Afra weder im Wohnzimmer noch in der Küche zu finden. Stattdessen liegt sie im Schlafzimmer auf dem Bett, die Wangen immer noch tränennass. Sie hält die Murmel zwischen den Fingern, dreht sie versonnen und rollt sie sie über ihre Lippen oder ihr Handgelenk.

Sie spricht keinen Ton, als ich den Raum betrete, doch als ich mich neben sie lege, sagt sie: »Nuri, hast du von Mustafa gehört?«

»Hörst du denn nie auf, mich nach ihm zu fragen?«, antworte ich.

»Nein. Er ist der Grund, weshalb wir hier sind!«

Darauf entgegne ich nichts.

»Du bist verloren im Dunkel, Nuri. Das ist eine Tatsache. Du hast dich irgendwo in der Dunkelheit verirrt.«

Ich sehe ihr in die Augen, die so voller Furcht und Fragen und Sehnsucht sind; ich war überzeugt, dass sie diejenige ist, die sich verloren hat, dass Afra diejenige ist, die in den dunklen Tiefen ihres Bewusstseins festsitzt. Aber jetzt sehe ich, wie gegenwärtig sie ist, wie angestrengt sie versucht, zu mir durchzudringen. Ich bleibe bei ihr, bis ich mir sicher bin, dass sie eingeschlafen ist, bevor ich wieder nach unten gehe.

Im Wohnzimmer ist es heute Abend ungewöhnlich still, der Marokkaner ist in der Küche und telefoniert und wird zwischendrin immer wieder laut. Diomande wollte nach dem Besuch im Vergnügungspark duschen und ist danach auf seinem Zimmer geblieben. Zwei Bewohner sitzen am Esstisch und spielen Karten. Ich hocke mich vor den Computer. Das Flackern des Fernsehers erhellt den Raum.

Ich logge mich in mein E-Mail-Account ein, bevor ich es mir anders überlegen kann. Eine Nachricht von Mustafa wartet auf mich.

11.05.2016

Liebster Nuri,

ich frage mich, ob du es aus Athen rausgeschafft hast. Es fällt mir sehr schwer, hier ruhig zu sitzen und nicht zu wissen, ob du und Afra in Sicherheit seid. Ich hoffe, ihr seid auf dem Weg zu uns. Heute hat es in Strömen geregnet, den ganzen Tag lang, ich vermisse die Wüste und die Sonne. Aber hier gibt es auch viel Gutes, Nuri, und ich wünschte, du wärst hier, dann könnte ich es dir zeigen. Es ist ein sehr farbenfrohes Land, jetzt im Frühling steht alles in voller Blüte, überall wachsen Blumen. Gerade habe ich den dritten meiner wöchentlichen Workshops veranstaltet. Einer der Teilnehmer war eine Frau aus Syrien, die mit ihrer Mutter und ihrem Sohn hierhergekommen ist, und dann ist da noch ein kongolesischer Flüchtling, der mir erzählt hat, wie er Honig im Dschungel gesammelt hat, und eine Studentin aus Afghanistan hat sich bereits erkundigt, woher sie ihre erste Königin bekommt!

Derzeit habe ich sechs Stöcke, um den Leuten die Bienenhaltung näher zu bringen, das Projekt wird von Woche zu Woche größer. Die Bienen hier sind sehr sanftmütig, nicht wie die in Syrien. Ich kann den Honig sogar ohne Schutzkleidung ernten – ich weiß genau, wann sie aggressiv werden, weil sich dann ihre Tonlage ändert. Es ist eine wunderbare Erfahrung, derart ungeschützt in ihrer Mitte zu stehen, ich lerne sie von Tag zu Tag besser kennen. Ihr Summen ist Musik in meinen Ohren – wenn man ihr Lied hört, ist das Herz randvoll gefüllt mit ihrer lieblichen Süße.

Doch manchmal erinnert mich das Geräusch an alles, was

*wir verloren haben, und dann muss ich immer an dich und
Afra denken. Ich hoffe, bald von dir zu hören.*

Mustafa

Ich tippe eine rasche Antwort und klicke auf Senden.

Lieber Mustafa,

*Afra und ich haben es ins Vereinigte Königreich geschafft.
Wir sind mittlerweile seit zwei Wochen hier. Es tut mir leid,
dass ich dir nicht schon längst geschrieben habe. Die Reise
war sehr beschwerlich. Wir sind in einer Pension ganz im
Süden von England untergekommen, direkt am Meer. Ich
muss hierbleiben, bis ich mein Gutachtengespräch hinter
mich gebracht habe und bis ich weiß, ob man mir Asyl
gewährt. Ich mache mir Sorgen, Mustafa. Ich habe Angst,
dass sie uns wieder zurückschicken. Es freut mich aber sehr,
von deinem Projekt zu hören. Ich wünschte, ich wäre bei
dir.*

Nuri

Ich denke über den nüchternen Ton meiner E-Mail nach, über
die Tatsache, dass wir schon so lange hier sind und ich meinen
Cousin noch kein einziges Mal kontaktiert habe. Ich bin nur
wegen Mustafa hier. Ich bin aus Athen geflohen, weil er mir
Hoffnung gemacht und in mir die Entschlossenheit gestärkt

hat herzukommen. Aber irgendwie hat mich die Dunkelheit in mir verschlungen.

Ich schicke noch eine Nachricht hinterher.

Mustafa, ich glaube, es geht mir nicht gut. Seit ich hier bin, bin ich ein gebrochener Mensch. Ich glaube, ich habe mich in der Dunkelheit verloren.

Gerade will ich mich ausloggen, als eine Nachricht eintrifft:

Nuri! Ich bin so froh zu hören, dass ihr endlich in England seid. Das sind wunderbare Neuigkeiten! Bitte schick mir eure Adresse.

Rasch gehe ich ins Schlafzimmer und suche den Brief heraus, auf dem die Adresse steht, dann kehre ich zurück an den Computer. Ich schreibe die Zeilen ab und drücke auf Senden. Füge keine weiteren Worte an Mustafa hinzu. Und es kommt auch keine Antwort mehr.

Ich muss eingeschlafen sein, denn als ich aufwache, sitze ich im Dunkeln in dem Sessel im leeren Wohnzimmer. Doch ich höre die Murmel über die Holzdielen kullern. Zunächst kann ich Mohammed nirgends ausmachen, aber dann wird mir bewusst, dass er unter dem Tisch sitzt, in demselben roten T-Shirt und der kurzen blauen Hose wie letztes Mal.

Ich gehe in die Hocke, um seinen Blick einzufangen. »Was tust du da unten, Mohammed?«

»Das ist mein *Haus*«, antwortet er. »Es ist aus Holz, wie bei den drei kleinen Schweinchen. Weißt du noch, wie du mir die Geschichte erzählt hast?«

»Habe ich dir diese Geschichte erzählt? Ich habe dir in der ganzen Zeit nur eine einzige Geschichte erzählt – die von der Messingstadt. Der Einzige, dem ich dieses Märchen vorgelesen habe, war Sami, das Buch fand ich eines Tages an einem Stand auf dem Souk.« Er hört mir gar nicht mehr zu, stattdessen lässt er die Murmel emsig die Ritzen im Holz entlangrollen, ehe er sie unter dem Teppich versteckt.

»Gefällt dir mein Haus? Dieses Haus bricht nicht über mir zusammen wie das daheim. Ist es nicht hübsch, Onkel Nuri?«

Ein stechender Schmerz fährt in meinen Kopf, so blitzartig und intensiv, dass ich mich aufrichten und aufstehen muss. Ich schließe die Augen und presse zwei Finger ganz fest an meine Schläfen.

Mohammed zupft an meinem Pullover. »Onkel Nuri, kommst du mit mir?«

»Wohin?«

Er schiebt seine kleine Hand in meine und führt mich zur Haustür. Kaum ziehe ich sie auf, wird mir bewusst, dass etwas nicht stimmt; hinter den Gebäuden vor mir leuchtet der Himmel weiß und rot auf; aus nicht allzu weiter Ferne dringt ein durchdringendes Kreischen an mein Ohr, wie Metall, das über Metall schabt, wie eine Kreatur, die zu Tode geschleift wird, und als der Wind auffrischt, weht er den Gestank von Feuer und brennenden Dingen und Asche heran. Ich überquere die Straße, Hand in Hand mit Mohammed. Die Häuser sind zerbombt und sehen aus wie Gerippe, hinter ihnen das Flackern des orangeroten Himmels. Wir gehen weiter die Straße entlang. Mohammed zieht seine Füße durch den Staub. Er liegt so hoch, dass man das Gefühl hat, durch Schnee zu stapfen. Überall ausgebrannte Autos, Wäscheleinen, die sich über verwaiste Terrassen spannen, Stromkabel, die tief über der Straße hängen, Müllhaufen entlang der Gehwege. Alles stinkt nach Tod und verbranntem Gummi. In der Ferne steigt eine Rauchsäule empor, sie kräuselt sich mitten zwischen den Häusern gen Himmel. Mohammed zieht mich an der Hand hinter sich her, den ganzen Weg den Hügel hinunter, bis wir den Quwaiq erreichen. Das Wasser wirkt schwärzer als sonst.

»Hier waren die Jungen«, sagt Mohammed, »aber ich war schwarz gekleidet, deshalb konnten sie mich nicht sehen, sie ertränkten mich nicht im Fluss. Allah hat wohl für mich gesorgt?« Aus großen schwarzen Augen sieht er zu mir auf.

»Ja«, bestätige ich. »Das hat er wohl.«

»*Alle* Kinder sind hier«, sagt er, »alle, die gestorben sind. Sie sind im Fluss und finden nicht mehr hinaus.«

Als ich näher hinsehe, erkenne ich, dass unter der Oberfläche tatsächlich Gliedmaßen und Gesichter zu sehen sind. In der Finsternis kann ich nur verschwommene Umrisse ausmachen, aber ich weiß, dass sie da sind. Erschrocken weiche ich zurück.

»Nicht doch«, sagt Mohammed. »Hab keine Angst. Du musst reingehen.«

»Warum?«

»Weil du uns nur so findest.«

Zaghaft trete ich einen Schritt vor. Das Wasser ist undurchdringlich, und doch kann ich die sich schlängelnden Schatten sehen.

»Nein, Mohammed. Ich gehe da nicht rein.«

»Warum? Hast du Angst?«

»Natürlich habe ich Angst!«

Er lacht. »Normalerweise bin ich derjenige, der sich vor Wasser fürchtet! Wie kommt es, dass wir plötzlich die Rollen getauscht haben?«

Er schleudert seine Schuhe von sich und watet hinein.

»Mohammed! Tu das nicht!« Er scheint mich nicht zu hören, geht tiefer hinein, sodass das Wasser immer höher steigt, bis zu seinen Knien und seinen Hüften und seiner Brust.

»Mohammed! Wenn du nicht sofort wieder rauskommst, werde ich sehr wütend!« Doch Mohammed stakst unbeirrt weiter. Ich mache ebenfalls einen Schritt hinein, dann noch einen und noch einen, bis mir das Wasser bis zu den Oberschenkeln reicht. Etwas Glitschiges gleitet an mir vorüber, es fühlt sich an wie ein Fisch oder eine Schlange. Direkt vor mir schimmert ein winziger Gegenstand unter der dunklen Wasseroberfläche. Ich schöpfe es mit der hohlen Hand heraus. Es ist ein Schlüssel.

Ein Schlüssel

lag auf meiner flachen Hand. »Fühlen Sie sich wie zu Hause«, sagte der Schleuser und grinste, und ich sah, dass er weiter hinten im Mund einen Silberzahn hatte. Seine Wohnung lag etwas außerhalb vom Athener Stadtzentrum, nicht allzu weit vom Meer entfernt. Wir stiegen über eine Treppe drei Stockwerke empor, weil der Lift kaputt war. Die Wohnung war winzig und roch nach alten Gewürzen.

Am Ende eines schmalen Flurs war ein seltsam asymmetrisch geformter Wohnbereich zu sehen, von dem drei Zimmer abgingen. Durch jedes einzelne Fenster blickte man auf Ziegelmauern und die Belüftungsanlagen der umliegenden Häuser. Der Schleuser stellte sich nun namentlich als Constantinos Fotakis vor, und es überraschte mich, dass er einen griechischen Namen trug, obwohl er doch Arabisch sprach, als wäre es seine Muttersprache. Doch wenn ich mir sein Gesicht und die Hautfarbe ansah, war es schwer zu sagen, wo er herstammte.

Der Schlüssel, den er mir ausgehändigt hatte, war der fürs Schlafzimmer. In dem Raum gab es eine Doppelmatratze auf dem Boden und einen alten Tierfellteppich, der als Decke diente. Ein feuchter, modriger Geruch lag in der Luft, über die Wände zogen sich grüne Schimmelspuren. Wir hörten das Surren und Brummen der Lüftungsanlage. Die Mauer des gegenüberliegenden Blocks war nur eine Armlänge entfernt, die

Hitze und der Dampf aus den anderen Wohnungen sammelten sich in dem spärlichen Raum zwischen den Gebäuden und drangen ins Zimmer.

Es war nicht sonderlich gemütlich, aber allemal besser als der Park. Ich war mir allerdings nicht sicher, ob wir hier besser aufgehoben waren – Mr. Fotakis hatte etwas an sich, das Unbehagen in mir hervorrief. Vielleicht war es sein düsteres Lächeln, sein tiefes, kehliges Lachen, der goldene Siegelring an seinem kleinen Finger. Sein Auftreten war viel selbstbewusster als im Café. Aber er war auch nicht unfreundlich; er hieß uns in seiner Wohnung willkommen, als gehörten wir zur Familie, und bestand sogar darauf, unsere Taschen für uns zu tragen und sie in unser Zimmer zu bringen. Er zeigte uns die Dusche, wie man die Wasserhähne bediente, weil das warme Wasser zwischendurch immer wieder kalt wurde, er ging den Inhalt des Kühlschranks mit uns durch und forderte uns auf, uns zu bedienen und zu nehmen, worauf wir Lust hatten. Wir wurden wie Ehrengäste behandelt. Auf einem kleinen Tischchen in Bronze und Grün waren die ausgedrückten Stummel von Joints sowie zu Röhrchen gerollte Zwanzig-Pfund-Noten zu sehen, die mir die letzte Gewissheit gaben, welche Art von Botengängen ich für ihn machen würde.

Später an diesem Abend kamen Freunde von Mr. Fotakis zu Besuch. Sie waren zu zweit und lümmelten sich auf dem Sofa herum, wo sie sich eine Weile um die Fernbedienung zankten wie Kinder. Auf mich wirkten sie wie Brüder, einer war leicht untersetzt, der andere einen halben Kopf größer, doch ihre Gesichtszüge ähnelten sich sehr, mit tiefen Furchen in der Stirn und langen Nasen und Augen, die ein wenig zu dicht beieinanderstanden, sodass sie die ganze Zeit einen leicht verwunderten Ausdruck im Gesicht hatten.

Gegen zehn Uhr gab Mr. Fotakis mir Anweisungen für meine erste Lieferung. Da waren fünf weiße Kisten, die an verschiedene Orte in Athen geliefert werden sollten. Er händigte mir die Adressen aus in der Reihenfolge, in der die Lieferungen ausgeführt werden sollten, sowie die Namen oder Spitznamen der Leute, die die Pakete entgegennehmen würden. Er überreichte mir außerdem ein brandneues iPhone, das ich ausschließlich für diesen Job benutzen sollte; falls ich je eine andere Nummer wählte, würde er davon erfahren, so schärfte er mir ein. Er gab mir noch ein Ladegerät für den Lieferwagen mit und vergewisserte sich, dass das Datenroaming aktiviert war, damit ich Google Maps nutzen konnte.

»Fahren Sie vorsichtig. Und bringen Sie keinen um«, sagte er, die Mundwinkel zu einem schiefen Grinsen verzogen. »Sie haben keine Versicherung und keinen gültigen Führerschein.«

Als ich mich für den Aufbruch bereit machte, lag Afra auf dem Bett, die Hand mit dem Zimmerschlüssel fest an die Brust gepresst. Ich trat auf sie zu, um ihr einen Kuss auf die Stirn zu drücken und ihr zu sagen, sie solle gut auf sich aufpassen, da reichte sie mir den Schlüssel.

»Wozu gibst du mir den?«, fragte ich.

»Ich will, dass du mich einschließt.«

»Warum sperrst du nicht von innen ab? So kommst du notfalls wenigstens raus.«

Doch Afra schüttelte energisch den Kopf. »Nein«, sagte sie entschlossen. »Ich will, dass du mich einsperrst.«

»Mir ist schon klar, dass man diesen Männern nicht hundertprozentig über den Weg trauen kann«, gab ich zu, »aber ich glaube nicht, dass sie etwas ...«

»Bitte«, fiel sie mir ins Wort. »Ich will den Schlüssel nicht.

Ich will, dass du ihn an dich nimmst. Ich möchte, dass du ihn bei dir trägst.«

»Bist du sicher?«, fragte ich.

»Ja, absolut sicher.« So ganz verstand ich ihr Motiv nicht, aber ich erklärte mich dennoch einverstanden. Wortlos verstaute ich den Schlüssel in meiner hinteren Hosentasche und vergewisserte mich die ganze Nacht hindurch immer wieder, dass er noch da war. Er erinnerte mich an Afra und daran, dass sie allein in diesem feuchten Zimmer saß und auf mich wartete. Er erinnerte mich an die Backsteinmauer und die Lüftungsanlagen und die Männer im Wohnzimmer. Der Schlüssel machte mich nur umso entschlossener, das durchzuziehen, besonders während der frühen Morgenstunden, die sich endlos in die Länge zogen. Die Sonne ließ noch auf sich warten, während ich viele Meilen über unbekannte Straßen fuhr, vorbei an den Schattenrissen von Dörfern und Städten in der Ferne. Im Nachhinein fragte ich mich, ob sie mir den Schlüssel gegeben hatte, damit ich sie nicht vergaß, um sicher sein zu können, dass ich nicht einfach wegfuhr und sie allein zurückließ.

Es war eine wolkenlose Nacht, der Himmel hing voller Sterne. Meine erste Lieferung führte mich hinunter zum Hafen von Piräus, unweit der Stelle, an der die Fähre uns von Leros kommend abgesetzt hatte. Das Navi lotste mich von der Hauptstraße runter in ein Wohngebiet mit ordentlichen Wohnhäusern, deren Balkone allesamt mit Markisen ausgestattet waren. Ich wurde bereits von einem Mann erwartet, rauchend stand er unter einem Olivenbaum. Ich stieg aus dem weißen Lieferwagen aus, öffnete die Hecktüren und überreichte ihm die Schachtel. Er bat mich, hier zu warten. Dann verschwand er in einem der Apartmentblocks, blieb ungefähr zehn Minuten weg und kehrte wieder zurück, nur dass er jetzt eine weiße Tasche in der Hand hielt, in der ein Paket steckte. Er wies mich an, die Finger davon zu lassen und es auf keinen Fall zu öffnen. Mr. Fotakis würde es sofort wissen, wenn irgendetwas fehlte.

Es war fünf Uhr morgens, als ich mich auf den Rückweg ins Zentrum von Athen machte, gerade ging die Sonne über dem Meer auf, die Berge auf den Inseln in der Ferne schimmerten bläulich-grau. Ich hatte das Fenster heruntergefahren, damit ich dem Flüstern des Windes und der Wellen lauschen konnte. Doch schon nach kurzer Fahrt bog ich ab und entfernte mich von der funkelnden Küstenlinie und fuhr wieder hinein in die Stadt mit ihren unzähligen Graffitis und den endlosen Blocks mit Wohnungen, alles überschattet von den Bergen auf dem Festland.

Wieder zurück in der Wohnung des Schleusers stellte ich fest, dass alle schliefen. Aus dem großen Schlafzimmer waren Schnarchgeräusche zu hören, die beiden Brüder schliefen nebeneinander auf dem Sofa und hatten sich breitgemacht, Arme und Beine ineinander verkeilt. Ich sperrte die Tür zu unserem Zimmer auf und trat ein. Afra saß aufrecht auf dem Bett und wartete auf mich.

»Hast du denn gar nicht geschlafen?«, fragte ich.

»Nein.« Sie hielt mit beiden Armen ihre Knie umklammert.

Ich setzte mich neben sie auf die Matratze. »Jetzt bin ich ja hier. Warum legst du dich nicht hin?«

Sie legte sich auf den Rücken, und ich sah, dass sie zitterte, dabei war es warm und schwül in diesem Zimmer. Ich machte mir nicht die Mühe, mich zu entkleiden. Stattdessen streckte ich mich neben ihr aus, legte ihr die Hand auf die Brust und lauschte ihrem Herzschlag, bis ich wegdämmerte.

Wir schliefen beide bis in den frühen Nachmittag hinein. Ich wachte ein paarmal auf, weil in der Küche jemand mit Geschirr und Besteck klapperte, doch ich zwang mich jedes Mal, wieder einzuschlafen. Diese Welt wollte ich nicht im wachen Zustand erleben – da zog ich meine Träume der Realität vor, und ich glaube, Afra ging es genauso, weil sie sich nicht rührte, bis ich aufstand.

Der folgende Abend verlief fast exakt wie der erste, nur dass eins der Pakete diesmal von einem Mann in einem Boot abgeholt wurde, der sich anschließend hinaus aufs dunkle Meer in Richtung einer der Inseln aufmachte.

So verstrichen die Tage; tagsüber schlief ich neben Afra, mit Blick auf Backsteinmauern und begleitet vom Geräusch der Lüftung, bevor ich die Nacht damit verbrachte, kreuz und quer durch Athen und hinaus in die Vororte zu fahren, um wildfremden Männern Pakete zu überbringen.

Die Wochen gingen vorüber. Einen ganzen Monat lang lebten wir so. Alles dauerte viel länger, als Mr. Fotakis es versprochen hatte. Er teilte uns mit, er sei noch dabei, sich um unsere Pässe und Flüge zu kümmern. Es gab Zeiten, da nahm ich ihm das alles nicht mehr ab, da war ich überzeugt, dass er uns eines Tages einfach vor die Tür setzen und wir für immer in Athen festsitzen würden, zurückkehren müssten in den Pedion tou Areos, der für mich mittlerweile gleichbedeutend war mit der sprichwörtlichen Hölle auf Erden.

Und dann klopfte er eines Tages an die Zimmertür. Es war früher Nachmittag, ich hatte Seite an Seite mit Afra ein Nickerchen gemacht. Als ich aufstand und ins Wohnzimmer ging, hielt er eine Plastiktüte für mich bereit. Darinnen eine Packung Haarfärbemittel auf Wasserstoffbasis für Afra und eine Schere, eine Haarschneidemaschine und eine Dose guten Rasierschaum für mich. »Ich möchte, dass Sie sich für die Ausweisfotos zurechtmachen«, verkündete er.

Wieder im Schlafzimmer nahm ich Afra den Hidschab ab, löste ihre schwarzen Haare, die zu einem Knoten hochgebunden waren, und folgte den Anweisungen auf der Schachtel mit dem Haarfärbemittel. Dann teilte ich ihre Frisur in der Mitte und gab die übel riechende Mixtur auf ihr Haar. Wir ließen das Ganze eine Dreiviertelstunde einwirken, ehe wir uns ins Badezimmer begaben und es am Waschbecken auswuschen. Ich reichte ihr ein Handtuch und wartete im Wohnbereich auf sie. Mr. Fotakis hatte frischen Minztee für uns alle zubereitet – er hatte allerhand Töpfe mit Kräutern auf dem Fensterbrett stehen, die schienen bei der hohen Luftfeuchtigkeit besonders gut zu gedeihen. Wir saßen beide da und tranken das dampfende Getränk aus winzigen Gläschen.

Als Afra aus dem Badezimmer kam, war sie eine komplett andere Frau. Die blonden Haare ließen sie seltsamerweise größer wirken, ihre Wangenknochen sahen rundlicher aus, und obwohl die hellere Haarfarbe ihren Teint eigentlich noch dunkler hätte wirken lassen müssen, machte selbst er einen blasseren Eindruck. Tatsächlich sah ihr Gesicht so weiß aus, dass ich an Asche und Schnee denken musste. Das Grau ihrer Augen wirkte intensiver, und es lag ein ganz neuer Glanz darin, als sie sich neben uns setzte.

»Ich rieche Minze«, sagte sie, woraufhin Mr. Fotakis ihr ebenfalls ein Glas in die Hand drückte. Er konnte den Blick nicht mehr von ihr abwenden.

»Sie sehen so anders aus!«, sagte er mit einem ungläubigen Lachen. »Schon erstaunlich, wie ein winziges Detail einen Menschen so sehr verändern kann!« Es lag noch etwas anderes in seiner Stimme, derselbe Ton, der in mir vom ersten Tag an ein gewisses Unbehagen ausgelöst hatte. Es war Lust und Gier, die hinter seiner gelassenen Fassade durchsickerten,

310

wenn er sprach, kaum merklich, aber doch blieb es mir nicht
verborgen.

Ich schnitt mir nun selbst die Haare und rasierte mich
ordentlich, ehe ich ein frisches weißes Hemd anlegte, das Mr.
Fotakis gehörte. Der größere der zwei Brüder kam, um Fotos
zu machen. Er platzierte uns am Fenster, weil die Lichtverhält-
nisse dort am besten waren, und betätigte wiederholt den Aus-
löser, bis er zufrieden schien.

An den Abenden lieferte ich weiter meine Pakete aus. Es
waren so viele, und im Laufe der Zeit traf ich dieselben Leute
immer wieder; allmählich fassten sie Vertrauen zu mir, und
manchmal bot man mir sogar eine Zigarette an. Ich war nur
noch nachts wach, die Sonne hatte ich schon seit Längerem
nicht mehr gesehen. Afra und ich führten ein Dasein im Dunkeln.

Etwa eine Woche später kamen die Ausweise. Unsere neuen
Namen waren Gloria und Bruno Baresi.

»Ihr seid Italiener«, sagte Mr. Fotakis.

»Was, wenn man uns Fragen stellt? Wir sprechen doch kein
Wort Italienisch.«

»Ich gehe davon aus, dass das nicht passieren wird. Sie reisen von hier nach Madrid und von dort aus nach England. Niemand wird feststellen, dass Sie kein Italienisch beherrschen.
Wichtig ist, dass Sie sich nicht auf Arabisch unterhalten! Reden
Sie ganz einfach möglichst wenig!«

Der Tag stand nun also fest, die Flugtickets waren gebucht.
Mr. Fotakis besorgte für Afra ein rotes Kleid aus einem besonders edlen Stoff, dazu einen handgewebten grauen Schal mit
winzigen roten Blüten im selben Farbton wie das Kleid. Es war
wunderschön, aber auch freizeittauglich. Er gab ihr außerdem

eine Jeansjacke, eine Handtasche und ein neues Paar Schuhe. Ich bekam eine Jeans, einen Ledergürtel, ein neues weißes Hemd und einen braunen Pullover. Er wollte, dass wir die Kleidungsstücke anprobierten, um sicherzugehen, dass wir überzeugend wirkten.

»Sie sind ein wunderschönes Paar«, sagte er mit einem anerkennenden Lächeln. »Sie sehen aus, als wären Sie aus einem Modemagazin gestiegen.«

»Wie sehe ich aus?«, fragte Afra mich später, als ich mich gerade für meinen nächsten Botengang bereit machte.

»Du siehst nicht aus wie du selbst.«

»Sehe ich schrecklich aus?«, fragte sie.

»Nein«, gab ich zurück. »Natürlich nicht. Du bist immer eine Schönheit.«

»Nuri, jetzt kann die ganze Welt meine Haare sehen.«

»In Wirklichkeit nicht, weil es eine andere Farbe hat.«

»Und man sieht meine Beine.«

»Aber es sind die Beine von Gloria Baresi, nicht deine.«

Ihre Mundwinkel hoben sich zu einem Lächeln, doch es reichte nicht bis in ihre Augen.

Wir sollten am nächsten Tag abreisen, deshalb erwarteten mich in dieser Nacht mehr Pakete als sonst. Ich sperrte Afra wie immer in unserem Zimmer ein und legte den Schlüssel kurz auf dem Wohnzimmertisch ab, um die Kisten zu zählen und sie auf einer Liste abzuhaken. In diesem Moment kam Mr. Fotakis herein, um mir die Einzelheiten zu unserer Fahrt zum Flughafen mitzuteilen. Dann half er mir, die Sachen nach unten zu bringen und in den Lieferwagen zu laden. Ich war schon durch die halbe Stadt gefahren, als mir auffiel, dass ich den Schlüssel vergessen hatte. Ich konnte unmöglich noch einmal umkehren, um ihn zu holen – ganze zehn Leute erwarteten mich, sie alle hatten einen konkreten Zeitpunkt genannt bekommen; wenn ich zu spät eintraf, konnte ich die verlorene Zeit nicht wieder hereinholen. Also fuhr ich weiter und bemühte mich, nicht zu viel an Afra zu denken; sie kam mir erst wieder in den Sinn, als ich in den frühen Morgenstunden zurück in Richtung Innenstadt fuhr.

In der Wohnung angekommen, lief ich in Windeseile die Wendeltreppe nach oben und rannte schnurstracks zum Wohnzimmertisch, aber der Schlüssel lag nicht mehr da, wo ich ihn abgelegt hatte, und die Tür war zugesperrt. Ich klopfte, erhielt jedoch keine Antwort.

»Afra«, flüsterte ich, »schläfst du? Kannst du mir aufmachen?« Ich wartete ab, das Ohr an die Tür gepresst, konnte jedoch nichts hören, nicht das leiseste Geräusch, deshalb beschloss ich, mich auf das Sofa zu legen, um wenigstens ein paar Stunden Schlaf zu bekommen. Gerade wollte ich es mir bequem machen, da hörte ich, wie der Schlüssel im Schloss umgedreht wurde und die Tür aufging. Sie stand einfach nur da. Ich schaute ihr ins Gesicht und wusste sofort, dass etwas nicht stimmte. Das kalte morgendliche Licht, das von den Mauern der Nachbargebäude reflektiert wurde, offenbarte einen Kratzer, der sich quer über ihre Gesicht zog, rot und roh verlief er von ihrem linken Auge bis zum Wangenknochen. Die blonden Haare waren völlig zerzaust und hingen ihr wirr ins Gesicht. In diesem Augenblick erkannte ich sie nicht als meine Ehefrau. Ich erkannte sie einfach nicht. Ich fand sie nicht in dieser Person. Bevor ich auch nur ein Wort herausbekam, wandte sie sich ab und ging zurück ins Zimmer. Ich sprang auf, folgte ihr und schloß die Tür fest hinter mir.

»Afra, was ist geschehen?«, fragte ich. Schweigend lag sie da und hatte mir den Rücken zugekehrt.

313

»Willst du mir nicht sagen, was passiert ist?« Ich legte ihr eine Hand auf den Rücken, was sie zusammenzucken ließ, also streckte ich mich neben ihr aus, ohne sie zu berühren oder weitere Fragen zu stellen. Es war früher Nachmittag, bis sie endlich wieder sprach. Ich hatte die ganze Zeit kein Auge zugetan.

»Willst du es wirklich wissen?«, fragte sie.

»Selbstverständlich.«

»Weil ich mir nämlich nicht sicher bin, ob du das hören willst.«

»Natürlich will ich es hören.«

Es entstand eine längere Pause, dann sagte sie: »Er kam hier rein – Mr. Fotakis. Ich dachte, du wärst es, weil du ja auch abgesperrt hattest. Ich wusste nicht, dass er den Schlüssel hatte. Er kam hier rein und legte sich neben mich, genau da, wo du jetzt liegst. Mir wurde erst klar, dass das nicht du bist, als er sich mir näherte und ich seine Haut roch. Ich wollte schreien, aber er presste mir die Hand auf den Mund, dabei hat er mir mit seinem Ring das Gesicht zerkratzt. Er hat mir befohlen, leise zu sein, sonst würdest du mich bei deiner Rückkehr tot vorfinden.«

Mehr brauchte sie nicht zu sagen.

13

Unzählige Möwen kreisen am blauen Himmel. Elegant gleiten sie darüber und tauchen hinab aufs Meer, dann schwingen sie sich wieder empor, immer weiter und weiter hinauf in den Himmel. Über mir ein ganzer Strauß bunter Ballons, die ebenfalls emporsteigen und kleiner und kleiner werden, bis sie in der Ferne verschwinden. Überall um mich herum sind Stimmen, und im nächsten Moment schließen sich Finger um mein Handgelenk. Jemand kontrolliert meinen Puls.

»Starkes Herz«, sagt der Mann.

»Was tut er hier?« Die Umrisse einer Frau zeichnen sich gegen das Sonnenlicht ab.

»Vielleicht obdachlos.«

»Aber warum liegt er im Wasser?«

Mich fragt niemand, aber ich denke ohnehin nicht, dass ich zu einer Antwort imstande wäre. Der Mann lässt mein Handgelenk los und zieht mich an den Armen an Land, damit ich auf dem Trockenen bin. Dann verschwindet er, keine Ahnung, wohin. Die Frau steht regungslos da und sieht mich an, als wäre ich eine gestrandete Robbe. Sie nimmt ihren Mantel ab und deckt mich bis unters Kinn damit zu. Ich versuche, mir ein Lächeln abzuringen, aber ich habe meine Gesichtsmuskulatur nicht unter Kontrolle.

»Schon gut«, beruhigt sie mich. Ihre Stimme klingt brüchig,

ihre Augen schimmern feucht, als sie mich von oben bis unten prüfend mustert. Ich glaube, sie weint.

Kurz darauf kehrt der Mann mit einem Stapel Decken zurück. Er zieht mir meinen nassen Pullover aus und hüllt mich in die trockenen Decken ein. Nach einer Weile bemerke ich blinkendes Blaulicht, und im nächsten Moment werde ich auf eine Trage gehoben und befinde mich irgendwo drinnen im Warmen. In rasendem Tempo bewegen wir uns durch die Straßen, mit schrillenden Sirenen. Mir fallen die Augen zu, noch während der Notarzt neben mir beginnt, meinen Puls zu messen...

Als ich wieder aufwache, liege ich in einem Krankenhausbett und bin an einen Herzmonitor angeschlossen. Das Bett neben mir ist nicht belegt. Eine Ärztin sieht nach mir, weil sie gern wissen würde, wer ich bin und warum ich am Strand schlafend im Wasser gelegen habe. Sie teilt mir mit, ich hätte an starker Unterkühlung gelitten, als man mich hier eingeliefert hat.

»Mein Name ist Nuri Ibrahim«, sage ich. »Wie lange bin ich schon hier?«

»Seit drei Tagen«, antwortet sie.

»Drei Tage!« Wie vom Blitz getroffen fahre ich hoch. »Afra wird krank sein vor Sorge!«

»Wer ist Afra?«

»Meine Frau«, gebe ich zurück. Gerade will ich suchend die Hände in die Hosentaschen schieben, als ich feststellen muss, dass ich gar keine Hose anhabe.

»Können Sie mir bitte sagen, wo mein Handy ist?«

»Wir haben kein Telefon bei Ihnen gefunden«, erklärt sie bedauernd.

»Ich muss unbedingt meine Frau erreichen.«

»Ich kann sie für Sie kontaktieren, wenn Sie mir sagen, wie ich sie erreiche.«

Schnell nenne ich ihr die Adresse der Pension und den Namen der Hauswirtin, weiß allerdings die Nummer nicht auswendig. Die Ärztin stellt mir unzählige Fragen: »Hatten Sie Suizidgedanken, Mr. Ibrahim? Woran erinnern Sie sich? Haben Sie in letzter Zeit festgestellt, dass Sie wichtige Details vergessen? Vergessen Sie öfter alltägliche Dinge? Haben Sie das Gefühl, verwirrt zu sein oder die Orientierung zu verlieren?« Ich bemühe mich, ihre Fragen so gut wie möglich zu beantworten. *Nein. Mit meinem Gedächtnis ist alles in Ordnung. Nein. Nein. Nein.*

Man führt einen Gehirnscan bei mir durch. Dann bringt man mir mein Mittagessen, das aus Erbsen mit Kartoffelpüree und einem Stück sehr trockenen gegrillten Hähnchen besteht. Ich esse alles restlos auf, als wäre ich am Verhungern, dann richte ich mich im Bett auf und summe ein Lied vor mich hin, das meine Mutter mir immer vorgesungen hat. Ich kriege es nicht mehr aus dem Kopf. Ich erinnere mich zwar nicht mehr an die einzelnen Worte, aber die Melodie ist die eines Schlafliedes. Ein paar von den anderen Patienten werfen mir im Vorbeigehen verwunderte Blicke zu. Da ist eine ältere Dame mit einem Rollator, die ununterbrochen auf und ab läuft. Es kommt mir so vor, als würde sie das Lied mittlerweile auch schon mitsummen. Irgendwann muss ich eingeschlafen sein, denn als ich aufwache, liegt im Nachbarbett eine Frau. Sie ist hochschwanger und hat die Hand auf ihrem vorgewölbten Bauch liegen. Auch sie singt das Schlaflied und scheint sogar den exakten Wortlaut zu beherrschen.

»Woher kennen Sie den Text?«, frage ich.

Sie wendet mir ihr Gesicht zu; ihre Haut ist dunkel und klar und glänzt im Licht der Halogenscheinwerfer.

»Ich kannte es schon als Kind«, sagt sie.

»Woher kommen Sie?«, will ich von ihr wissen.

Sie antwortet nicht auf meine Frage. Stattdessen streicht sie jetzt in kreisenden Bewegungen über ihren Bauch und singt flüsternd das Lied für ihr ungeborenes Kind.

»Ich habe Asyl beantragt«, sagt sie schließlich, »doch man hat es mir verweigert. Ich werde Berufung einlegen. Immerhin bin ich schon seit sieben Jahren hier in diesem Land.«

»Woher stammen Sie?«, frage ich wieder, doch meine Gedanken zerfließen, ich höre ihre Stimme nur ganz schwach und nehme gerade noch wahr, wie sich tiefe Dunkelheit über das sanft flackernde Licht über mir schiebt.

Am darauffolgenden Morgen ist es sehr ruhig auf der Station, das Bett neben mir ist wieder leer. Eine Krankenschwester kommt herein und teilt mir mit, dass ich Besuch hätte. Im nächsten Moment sehe ich den Marokkaner auf mich zueilen.

Er nimmt auf einem Stuhl neben meinem Bett Platz und legt mir eine Hand auf den Arm. »Geezer«, sagt er, »wir haben uns große Sorgen um dich gemacht.«

»Wo ist Afra?«

»Sie ist in der Pension.«

»Geht es ihr gut?«

»Ruh dich erst einmal aus. Wir sprechen später darüber.«

»Ich will wissen, wie es ihr geht.«

»Was denkst du, wie es ihr geht? Sie dachte, du wärst tot!«

Lange Zeit spricht keiner von uns ein Wort. Der Marokkaner hat offenbar nicht vor, so schnell wieder zu verschwinden. Er weicht nicht von meiner Seite und behält die ganze Zeit die Hand auf meinem Arm. Er stellt keinerlei Fragen, nicht, wo ich war oder warum ich am Strand eingeschlafen bin, und ich erzähle ihm auch nichts davon, dass ich mitten in der Nacht ins

Meer gegangen bin. Er fragt nichts, geht aber auch nicht, was mich anfangs ziemlich nervt, weil ich nichts anderes tun will, als das Schlaflied vor mich hinzusummen. Nach einer Weile allerdings empfinde ich seine Gegenwart als tröstlich. Seine unerschütterliche Art und sein Schweigen haben etwas an sich, das bei mir einen tiefen Seelenfrieden hervorruft.

Er zieht ein Buch aus der Tasche und fängt zu lesen an. Zwischendurch gluckst er vergnügt vor sich hin. Er bleibt, bis auch der letzte Besucher gegangen ist, und kommt am nächsten Morgen wieder, um mich abzuholen. Er hat eine Tasche voller Anziehsachen dabei. Hastig entledige ich mich meiner Krankenhauskleidung und ziehe an, was er mir mitgebracht hat.

»Das ist ein Schlafanzug«, sagt er. »Diomande nennt das Trainingsanzug. Er meint, das sei am bequemsten. Jetzt musst du in Schlafkleidung nach Hause gehen.«

Kurz bevor wir das Krankenhaus verlassen, kommt die Ärztin noch einmal vorbei. Ich hocke auf der Bettkante, und sie setzt sich mit einem Klemmbrett in der Hand mir gegenüber auf den Besucherstuhl. Der Marokkaner steht unterdessen am Fenster und schaut hinunter auf den Parkplatz.

»Mr. Ibrahim«, beginnt sie zögernd und streicht sich eine braune Haarsträhne hinter die Ohren. »Die gute Nachricht ist, dass Ihr Gehirnscan unauffällig war. Allerdings habe ich nach allem, was passiert ist, und basierend auf den Informationen, die ich von Ihnen habe, den Verdacht, dass Sie an einer Form der Posttraumatischen Belastungsstörung leiden. Ich rate Ihnen dringend, einen Arzt aufzusuchen.« Das alles sagt sie ganz langsam und deutlich und sieht mir dabei fest in die Augen, ehe sie einen Blick auf ihr Klemmbrett wirft und ihr ein leises Seufzen entweicht. Sie schaut auf ihre Uhr. »Versprechen Sie mir, dass Sie das tun werden?«

»Ja«, sage ich.

»Ich möchte nämlich nicht, dass Sie sich noch einmal in solche Gefahr begeben.« In ihrem Blick liegt nun aufrichtige Besorgnis.

»Ja, Frau Doktor, ich verspreche es und werde Ihren Rat beherzigen.«

Wir steigen in den Bus, der uns zurück zur Pension bringt. Es ist bereits später Vormittag, als wir endlich dort ankommen, die Hauswirtin ist im Wohnzimmer und wischt emsig Staub. Auf ihren hohen Plateauschuhen kommt sie über die Dielenbretter angestapft, um uns zu begrüßen. Sie trägt hellblaue Gummihandschuhe.

»Hätten Sie vielleicht gerne eine hübsche Tasse Tee, Mr. Ibrahim?« Es klingt beinahe, als würde sie diese Worte singen, doch ich antworte nicht, weil ich mich von etwas draußen im Hof ablenken lasse. Afra und die afghanische Frau sitzen unter dem Kirschbaum unweit der Hummel auf zwei Liegestühlen. Als Faridas Blick auf mich fällt, sagt sie etwas zu Afra, dann steht sie auf, um mir ihren Platz zu überlassen.

Afra sagt lange Zeit keinen Ton. Sie hat ihr Gesicht der Sonne zugewandt. »Ich erkenne Schatten und Licht«, meint sie schließlich. »Wenn es sehr hell ist, kann ich den Schatten des Baumes ausmachen. Sieh nur! Gib mir deine Hand!«

Ich lege meine Hand folgsam in ihre, woraufhin sie sich nach vorne ins Licht beugt und sie direkt vor ihre Augen führt. Dann bittet sie mich, die Hand von links nach rechts zu bewegen, damit der Schatten über ihr Gesicht streift.

»Jetzt ist es hell«, sagt sie lächelnd, »jetzt ist es dunkel.«

Ich würde ihr so gerne zeigen, wie glücklich ihre Worte mich machen, aber das kann ich nicht.

»Und ich sehe auch ein bisschen Farbe!«, ruft sie begeistert. »Dort drüben …« Sie deutet mit dem Finger auf einen roten Eimer in der Ecke des Gartens. »Was ist das? Ein Rosenstrauch?«

»Es ist ein Eimer«, antworte ich.

Sie lässt meine Hand los. Das Lächeln verschwindet, sie wird wieder ernst. Ich sehe, wie sie die Murmel zwischen ihren Fingern rollt, sie über ihre Handfläche und ihr Handgelenk gleiten lässt. Das Licht fängt sich in der roten Ader in ihrer Mitte und macht sie durchscheinend. Aus der Ferne ist ein leises Summen zu hören, das allmählich lauter wird, als würde sich ein Schwarm Bienen auf den Hof zubewegen.

»Du hast mir gefehlt«, höre ich sie sagen. »Ich hatte solche Angst.« Ein sanfter Wind bringt Bewegung in die am Boden liegenden Blütenblätter und wirbelt sie um sie herum empor. »Ich bin so froh, dass du wieder da bist.« Eine tiefe Traurigkeit schwingt in ihrer Stimme mit. Ich betrachte die Murmel.

»Du hast Mustafa vergessen«, sagt sie.

»Nein, habe ich nicht.«

»Denkst du denn gar nicht mehr an die Bienen und Blumen? Ich habe das Gefühl, du hast das alles vergessen. Mustafa wartet auf uns, und du hast ihn mit keinem Wort mehr erwähnt. Du hast dich in deiner ganz eigenen Welt verirrt. Du bist überhaupt nicht richtig anwesend. Ich kenne dich gar nicht mehr wieder.«

Darauf erwidere ich nichts.

»Mach die Augen zu«, fordert sie mich mit Nachdruck auf.

Folgsam schließe ich die Augen.

»Kannst du die Bienen sehen, Nuri? Stell sie dir vor. Hunderte und Tausende von ihnen im warmen Sonnenschein, auf den Blüten, den Körben und den Waben … Siehst du sie?«

Zunächst beschwöre ich vor meinem geistigen Auge die Felder und Wiesen rund um Aleppo herauf, dazu die goldgelben Bienen in den Stöcken, und mit einem Mal habe ich die Äcker voller Heidekraut und Lavendel vor mir, die schwarzen Bienen, von denen Mustafa mir erzählt hat.

»Kannst du sie sehen?«, will sie wissen.

Ich bleibe ihr eine Antwort schuldig.

»Du denkst, ich bin diejenige, die blind ist«, sagt sie.

Lange Zeit sitzen wir schweigend da.

»Willst du es mir nicht sagen?«, fordert sie mich heraus. »Willst du mir nicht endlich sagen, was mit dir nicht stimmt?«

»Warum hast du Mohammeds Murmel?«, frage ich.

Ihre Hand verharrt mitten in der Bewegung.

»Mohammeds?«, fragt sie.

»Ja.«

»Der kleine Junge, den wir in Istanbul getroffen haben.«

Sie beugt sich vor, als hätte sie Schmerzen, und atmet langsam aus. »Diese Murmel hat Sami gehört.«

»Sami?«, frage ich.

»Ja.«

»Aber Mohammed hat damit gespielt.«

Ich wage es nicht, sie anzusehen, aber ich höre, dass sie erneut die Luft ausstößt.

»Ich weiß nicht, wer dieser Mohammed sein soll.« Sie hält mir die Murmel hin.

»Der Junge, der vom Boot aus ins Wasser gefallen ist. Weißt du nicht mehr?«

»Da ist kein Junge aus dem Boot gefallen. Ich erinnere mich nur an dieses Mädchen, das die ganze Zeit geweint hat, und als ihr Vater ins Wasser fiel, ist sie hinterhergesprungen. Sie mussten sie rausziehen und ihr die Kopftücher der Frauen um den nassen Leib wickeln. Daran erinnere ich mich ganz genau. Ihre Mutter hat mir später alles erzählt, als wir auf der Insel um das Lagerfeuer herumstanden.« Jetzt drängt sie mich, die Murmel in die Hand zu nehmen.

Widerstrebend greife ich danach.

»Der Junge, der mit uns von Istanbul aus mit nach Griechenland gekommen ist«, sage ich. »Mohammed. Der Junge, der aus dem Boot gefallen ist!«

Sie achtet nicht auf meine Worte, sondern sieht mich nur mit diesem Blick an. Sie hat meine Fragen bereits beantwortet.

»Warum hast du es mir nicht früher gesagt?«, frage ich.

»Weil ich dachte, dass du ihn brauchst«, antwortet sie. »Diese Murmel, ich habe sie vom Boden unseres Hauses aufgesammelt, bevor wir weggegangen sind, an dem Tag, als die Männer alles kaputt machten und seine Spielsachen über dem Boden verteilten. Weißt du nicht mehr?«

Während ich mich durch das stockdunkle Wohnzimmer bewege, die Treppe hinaufsteige und den Flur entlang zu unserem Schlafzimmer gehe, wollen mir ihre letzten Worte nicht mehr aus dem Kopf gehen. Ich höre sie selbst dann noch, als ich sie vom Fenster aus dort unter dem blühenden Baum sitzen sehe, die Sonne im Gesicht.

»Weißt du nicht mehr?«

Ich kann nicht mehr sagen, woran ich mich erinnere. Ich ziehe die Vorhänge zu. Lege mich aufs Bett. Schließe die Augen und lausche dem Geräusch der Bienen hoch oben am Himmel.

Als ich die Augen aufschlage und mich im Bett aufrichte, sehe ich einen goldenen Schlüssel auf dem Teppich liegen. Ich hebe ihn auf, gehe zu der Tür am Ende des Flurs und stecke ihn ins Schloss, um aufzusperren. Dann öffne ich sie. Ich befinde mich wieder oben auf dem Hügel. Das Geräusch ist jetzt lauter; mein Bewusstsein ist vollständig damit ausgefüllt. Ich stehe auf dem Hügel, unser Haus in meinem Rücken, und unter mir breitet sich Aleppo in seiner ganzen Größe aus, die Mauer rund um den alten Stadtkern besteht aus goldenem Jaspis, während die Stadt selbst aus Glas ist, die Gebäude funkelnde Umrisse, jedes Einzelne von ihnen – die Moscheen, die Märkte, die Dächer, die Zitadelle etwas weiter dahinter. Es ist eine Geisterstadt, die sich da vor der untergehenden Sonne abzeichnet. Zu meiner Linken leuchtet etwas auf – ein Kind, das den Hügel hinunterrennt, bis es am Flussufer angelangt ist. Ich sehe den kleinen Jungen in seiner kurzen blauen Hose und dem roten T-Shirt ganz deutlich vor mir.

»Mohammed!« rufe ich. »Lauf nicht vor mir weg!«

Ich folge ihm den ganzen Weg bis zum Fluss und dann durch das Labyrinth der Gassen, um Kurven und durch Torbogen und unter Weinranken hindurch. Dann verliere ich ihn eine Weile aus den Augen, setze meinen Weg aber unbeirrt fort, bis ich ihn direkt am Ufer unter einem Bitterorangenbaum sitzen sehe. Der Baum ist reich an Früchten. Der Junge hat mir den Rücken zugekehrt. Vorsichtig nähere ich mich ihm und lasse mich neben ihm am Flussufer nieder.

Als ich ihm die Hand auf die Schulter lege, wendet er mir sein Gesicht zu, und sofort geht eine Veränderung in seinen Augen vor, in diesen tiefschwarzen Augen, sie hellen sich auf, werden grau, fast durchsichtig, bis ich die Seele darin erkenne. Seine Züge werden weicher und verwandeln sich, wie ein Bienenschwarm, dann verfestigen sie sich wieder, bis ich seine Miene und sein Gesicht und seine Augen wieder deutlich vor mir habe. Der Junge sitzt neben mir und mustert mich mit bangem Blick, es ist nicht Mohammed.

»Sami«, sage ich.

Ich will ihn festhalten, aber ich weiß genau, dass er sich dann auflösen wird, wie ein Tropfen Farbe in Wasser. Deshalb bleibe ich möglichst regungslos sitzen. Erst jetzt wird mir bewusst, dass er genau dieselben Kleidungsstücke trägt wie am Tag, als er starb, sein rotes T-Shirt und die kurze blaue Hose. Er hält die Murmel in der Hand und richtet den Blick nun auf die gläserne Stadt. Er zieht etwas aus der Hosentasche und überreicht es mir: einen Schlüssel.

»Wozu gehört der?«, frage ich.

»Es ist der Schlüssel, den du mir gegeben hast. Du hast mir gesagt, er wäre für ein geheimes Haus, das nicht einstürzen würde.«

Vor ihm auf dem Boden sehe ich Legosteine liegen.

»Was machst du?«, erkundige ich mich.

»Ich baue ein Haus!«, gibt er zurück. »Wenn wir nach England kommen, werden wir in diesem Haus wohnen. Dieses Haus wird nicht einstürzen wie die Häuser hier.«

Schlagartig fällt mir alles wieder ein. Ich erinnere mich, wie er im Bett lag und sich vor den Bomben fürchtete und dass ich ihm einen alten Schlüssel überreichte, der zu einem Schuppen bei den Bienenstöcken gehörte. Ich hatte ihn unter seinem Kissen versteckt, damit er das Gefühl hatte, dass es inmitten all dieser Ruinen einen Ort gab, an dem er sicher war.

Die gläserne Stadt vor uns erstrahlt im Licht der untergehenden Sonne. Sie sieht aus wie eine Stadt auf einer Kinderzeichnung, die gemalten Umrisse von Moscheen und Wohnhäusern. Er taucht die Hände in den Fluss und fischt einen Stein heraus.

»Werden wir ins Wasser fallen?«, will er wissen und sieht aus großen Augen zu mir auf. Diese Frage hatte er mir Monate vor seinem Tod gestellt.

»Nein.«

»So wie diese anderen Leute?«

»Nein.«

»Aber mein Freund hat gesagt, dass wir viele Flüsse und Meere überqueren müssen, wenn wir von hier fortgehen, und wenn wir diese Flüsse und Meere überqueren, könnten wir ins Wasser fallen wie diese anderen Menschen. Ich habe schon viele Geschichten gehört. Wird der Wind das Boot vom Kurs abbringen? Wird es kentern?«

»Nein. Aber wenn doch, haben wir immer noch die Rettungswesten. Wir schaffen es schon.«

»Und Allah – Friede sei mit ihm – wird uns helfen?«

»Ja. Allah wird uns helfen.«

Das waren Samis Worte. Mein Sami. Er sieht wieder zu mir auf, die Augen noch größer und voller Furcht. »Aber warum hat er den Jungen nicht geholfen, als man ihnen die Köpfe abgeschlagen hat?«

»Wer hat ihnen die Köpfe abgeschlagen?«

»Sie standen in einer Schlange und mussten warten. Sie trugen nicht Schwarz. Deshalb. Du hast gesagt, es lag daran, dass sie kein Schwarz trugen. Ich hatte etwas Schwarzes an. »Weißt du nicht mehr?«

»An dem Tag, als wir diesen Spaziergang machten?«, frage ich. »Der Tag, an dem wir diese Jungen am Fluss sahen?«

»Genau«, bestätigt er. »Ich dachte, du hättest das vergessen. Aber du hast doch gesagt, wenn ich den Schlüssel festhalte und Schwarz trage, bin ich unsichtbar, und wenn ich unsichtbar wäre, würde ich das geheime Haus finden.«

Vor meinem geistigen Auge sehe ich mich mit ihm am Fluss entlangspazieren, und auf einmal weiß ich wieder, wie wir diese Jungen in einer Schlange aufgereiht am Ufer stehen sahen.

»Ich erinnere mich«, sage ich.

Er verfällt in Schweigen. Seine Züge wirken traurig, als würden ihm jeden Moment die Tränen kommen.

»Woran denkst du?«, frage ich.

»Bevor wir weggehen, möchte ich noch ein letztes Mal mit meinen Freunden im Garten spielen. Ist das in Ordnung?«

»Ja. Natürlich … und danach gehen wir fort.

Fort

zum Mond, an einen anderen Ort, eine andere Zeit, eine andere Welt, überall hin, Hauptsache nicht hier. Aber vor dieser Welt gibt es kein Entrinnen. Wir sind an sie gebunden, selbst im Tode noch. Afra stand regungslos am Fenster, während ich sie ankleidete. Wie eine Puppe stand sie da. Ihre Miene war völlig ausdruckslos. Nur ihre Finger zitterten kaum merklich, und ich sah ihre Augenlider zucken. Doch sie sprach kein Wort, während ich ihr das rote Kleid anlegte, den Schal um den Nacken legte und die Schuhe an die Füße schob. Und dann stand sie vor mir, eine vollkommen andere Frau.

Wäre ich ihr auf der Straße begegnet, wäre ich wahrscheinlich an ihr vorbeigelaufen, ohne sie zu erkennen. In jeder Person, die man kennt, steckt gleichzeitig eine unbekannte Person. Doch Afra war komplett verwandelt, innerlich wie äußerlich. Ich vermied es, ihre Haut zu berühren, und sobald ich mit dem Ankleiden fertig war, trat ich einen Schritt von ihr zurück, und sie betupfte ihre Handgelenke und ihren Hals mit Rosenparfüm. Der vertraute Duft löste schlagartig Übelkeit in mir aus. Diesmal gingen wir wirklich woanders hin, wir gingen fort von hier. Weit weg vom Krieg, weit weg von Griechenland und noch weiter weg von Sami.

Mr. Fotakis hatte in die Wege geleitet, dass uns jemand zum Flughafen brachte. Dieser Mann war nicht einfach nur ein Fahrer – er sollte uns hineineskortieren und uns mit dem Mann in Kontakt bringen, der uns die Tickets und Pässe aushändigen würde. Während wir auf ihn warteten, bereitete Mr. Fotakis griechischen Kaffee für uns zu, den er in winzigen Tässchen servierte, als wäre nichts geschehen. Ich sah zu, wie er ihn auf dem Herd erhitzte, und es kostete mich immense Selbstbeherrschung, nicht die Schublade aufzuziehen und mir ein Messer zu greifen. Ich wollte ihn sterben sehen, aber ganz langsam und qualvoll. Ich wollte, dass er jeden Zentimeter der Klinge spürte, während sie in sein Fleisch eindrang. Doch wenn ich mich auf diese Weise für Afra rächte, würden wir nie von hier wegkommen. Wenn ich ihn am Leben ließ, hatten wir noch diese eine Chance, endlich zu entkommen. Aber ein Teil von mir würde für immer zurückbleiben, ein Teil von mir wäre für immer gefangen innerhalb der feuchten Wände dieser Wohnung. Ich hatte schon einmal dabei geholfen, einen Mann zu töten, nur dass ich diesmal genau wusste, dass ich jederzeit wieder dazu in der Lage wäre. Ich starrte auf die Schublade, stellte mir vor, wie ich sie aufzog, das Messer nahm… Es wäre ein Kinderspiel.

»Du hast dich als fleißiger Arbeiter erwiesen. Sehr brav.«

Mein Blick hob sich zu seinen Händen, ich sah zu, wie er den Kaffee umrührte. Lächelnd verteilte er ihn auf drei Tassen.

»Ich nehme an, du folgst einem ganz bestimmten Traum. Schon erstaunlich, was Entschlossenheit und Willenskraft alles bewirken können.« Er reichte mir eine der Tassen und nahm die anderen beiden mit ins Wohnzimmer, wo er sie auf das niedrige Tischchen stellte. Sein Blick wanderte zu Afra. Sie saß auf dem Sofa, und ich wünschte, sie würde etwas tun, sich am Arm kratzen, ihre Tasse zur Hand nehmen oder weinen, irgendwas, doch sie saß einfach nur da, als wäre sie innerlich längst tot, nur ihr Körper wäre noch am Leben. Mir kam es so vor, als hätte ihre Seele ihren Körper verlassen.

An der Tür war ein Summen zu hören, Mr. Fotakis half uns dabei, unser Handgepäck nach unten zu bringen und im Kofferraum einer silbernen Mercedes-Limousine zu verstauen. Der Fahrer, ein hochgewachsener, muskulöser Grieche Anfang vierzig, stellte sich uns als Marcos vor. Er lehnte sich gegen die Motorhaube und rauchte eine Zigarette.

Es war ein herrlicher Tag, die Gebäude ringsum erstrahlten im Licht der Morgensonne. Dahinter das noch neblige und schattige Hinterland mit seinen Bergen, darüber ein paar Wolken wie ein zarter Heiligenschein. Ein Hauch von Kälte lag noch in der Luft, doch die Blumen in den Gärten der Wohnanlagen standen in voller Blüte.

»Ihr beide werdet mir fehlen«, gluckste Mr. Fotakis vergnügt.

Wir würden fortgehen. Er würde am Leben bleiben.

Wir nahmen auf der Rückbank des Wagens Platz, und während wir losfuhren, beobachtete ich Mr. Fotakis durch die Heckscheibe. Er blickte uns nach, während wir uns immer weiter entfernten. Ich wandte den Blick wieder nach vorn und versuchte, sein Gesicht aus meinem Gedächtnis zu löschen. Als wir durch die Straßen von Athen fuhren, stellte ich fest, wie eigenartig es war, die Stadt bei Tageslicht zu sehen – wochenlang hatte ich sie nur bei Nacht gekannt und allenfalls in den frühen Morgenstunden zugeschaut, wie die Sonne die Dunkelheit aufzulösen begann. Jetzt endlich sah ich so etwas wie Normalität, die Autos, den Verkehr, die Leute, die ihren täglichen Verrichtungen nachgingen. Marcos hatte einen Radiosender eingestellt, auf dem griechische Musik lief; und als um neun Uhr die Nachrichten kamen, drehte er die Lautstärke ein wenig auf, schüttelte den Kopf und nickte und hörte angestrengt zu. Er hatte sein Fenster heruntergefahren und den Ellbogen auf den Türrahmen gelegt, seine Finger lagen locker auf dem Lenkrad, und ich stellte mit Staunen fest, was für einen entspannten Eindruck er machte. Doch kaum waren die Nachrichten zu Ende, sah er mich besorgt über den Rückspiegel an.

»Sobald wir zum Flughafen kommen«, sagte er, »öffne ich den Kofferraum, und Sie holen Ihr Gepäck heraus. Anschließend möchte ich, dass Sie mir folgen, aber sehen Sie zu, dass Sie die ganze Zeit mindestens zehn Meter Abstand halten. Rücken Sie mir nicht zu dicht auf die Pelle, und verlieren Sie mich auch nicht aus den Augen. Das ist sehr wichtig, hören Sie? Ich führe Sie zu den Männertoiletten. Dort werden Sie von jemandem erwartet. Ich möchte, dass Sie da drinnen warten, bis niemand mehr da ist, und erst dann klopfen Sie dreimal an die verschlossene Kabinentür.«

Ich nickte. Er bekam das nicht mit, weil er gerade in den Seitenspiegel spähte, um die Fahrspur zu wechseln.

»Haben Sie das verstanden? Oder möchten Sie, dass ich es noch einmal wiederhole?«

»Ich habe es verstanden«, sagte ich.

»Gut. Okay, wenn Sie es nach Heathrow geschafft haben, werfen Sie Ihre Pässe und die Bordkarten in den nächsten Mülleimer. Warten Sie drei Stunden ab, dann stellen Sie sich den Behörden. Verstanden?«

»Ja«, bestätigte ich.

»Sie dürfen auf keinen Fall vergessen, die Dokumente wegzuwerfen. Und Sie müssen drei Stunden warten, am besten länger, aber auf keinen Fall weniger. Erzählen Sie keinem, mit welchem Flug Sie gekommen sind.«

Er holte ein Päckchen Kaugummi aus dem Handschuhfach und bot mir einen an. Ich lehnte dankend ab.

»Ihre Frau?«, fragte er. Doch Afra saß mucksmäuschenstill da, die Hände auf dem Schoß, ein bisschen wie Angeliki, die Lippen fest aufeinandergepresst. Wenn man nicht gewusst hätte, dass sie blind ist, hätte man denken können, dass sie durch die Seitenscheibe die vorüberziehenden Häuser betrachtete.

»Sie haben Glück, dass Sie reich sind«, sagte er. Im Rückspiegel sah ich das Lächeln in seinem Blick. »Die meisten müssen eine schrecklich beschwerliche Reise durch ganz Europa auf sich nehmen, um nach England zu kommen. Mit Geld kommt man überallhin. Das sage ich immer wieder. Ohne Geld ist man sein ganzes Leben lang unterwegs und kommt doch nie ans Ziel.«

Gerade wollte ich ihm sagen, dass ich anderer Meinung war, dass wir bereits eine fürchterlich anstrengende Reise hinter uns hatten, viel schlimmer, als er sich das vorstellen konnte, und dass auf dieser Reise Afras Seele auf der Strecke geblieben war. Doch in gewisser Hinsicht hatte er sogar recht. Ohne Geld hätten wir einen noch viel weiteren Weg vor uns gehabt.

»Sie haben recht, Marcos«, sagte ich, und er tippte mit den Fingern auf dem Lenkrad herum und sog die Luft tief in seine Lungen, als wir direkt am Meer entlangfuhren.

Am Flughafen befolgten wir exakt Marcos' Anweisungen. Wir kämpften uns durch Massen von Menschen, und ich ließ Marcos' grauen Anzug keine Sekunde aus den Augen. Dann sah ich, wie er vor einer Tür stehen blieb. Es war die Männertoilette. Er blieb dort, bis er sicher war, dass ich ihn gesehen hatte, und entfernte sich dann wortlos. Ich ging hinein. Ein Mann stand gerade pinkelnd am Pissoir, und eine der Kabinen war abgeschlossen. Ich wartete, bis der Mann sein Geschäft verrichtet hatte, doch dann ließ er sich Zeit beim Händewaschen und sah immer wieder in den Spiegel. Als Nächstes kamen ein Mann und ein kleiner Junge herein, sein Sohn. Sie brauchten eine Weile, und für einen kurzen Moment befürchtete ich schon, es würden ständig neue Leute hereinkommen und ich müsste stundenlang hier warten. Doch kurz danach war die Toilette leer. Ich klopfte dreimal an die Kabinentür, wie man mich angewiesen hatte, woraufhin ein Mann heraustrat. Das ging so schnell, dass ich ihn kaum richtig sehen konnte.

»Nuri Ibrahim?«, fragte er.

»Ja«, bestätigte ich.

Kommentarlos reichte er mir die Bordkarten und Reisepässe, und das war's auch schon, weg war er.

Jetzt waren wir ganz auf uns allein gestellt.

Wir sprachen kein Wort miteinander, während wir durch das Flughafengebäude gingen, erst zum Check-in, dann zur Security. Dort legten wir unser Gepäck in die dafür vorgesehenen Boxen, damit sie durch den Scanner geschickt werden konnten. Plötzlich bekam ich schreckliche Panik und war verunsichert. Bestimmt konnte man mir meine Nervosität vom Gesicht ablesen. Ich wollte nicht, dass die Sicherheitsleute mitbekamen, was für eine Angst ich hatte, deshalb vermied ich es, irgendeinem von ihnen in die Augen zu sehen. Aber ich glaube, das ließ mich nur umso schuldbewusster erscheinen. Afra schob ihre Hand in meine, doch als ich ihre Haut spürte und sie so dicht neben mir stand, fühlte ich mich plötzlich unwohl, deshalb trat ich einen Schritt zurück.

Bald hatten wir unser Gepäck wieder, und wir gingen weiter zum Duty-free-Bereich, wo wir eine Stunde warten muss-

ten, um dann festzustellen, dass der Flug eine halbe Stunde
Verspätung hatte. Ich kaufte uns zwei Kaffee zum Mitnehmen,
und wir irrten eine Weile ziellos umher, wobei wir uns mög-
lichst unauffällig verhielten und so taten, als würden wir die
Auslagen der Schaufenster betrachten, bis wir schließlich zu
Gate 27 gerufen wurden.

Dort setzten wir uns neben ein Paar mit zwei Kindern, die
auf ihren Handys irgendwelche Spiele spielten. Für einen kurzen Moment ließ ich zu, dass sich meine Schultern entspannten. Vielleicht würde ja doch alles problemlos über die Bühne
gehen. Ich sah dem kleineren der beiden Jungen zu, der voll
und ganz in sein Spiel vertieft war; er war etwas jünger, als
Sami jetzt wäre, und trug einen farbenfrohen Rucksack auf dem
Rücken, den er nicht einmal im Sitzen abnehmen wollte.

Afra verhielt sich so still, dass ich um ein Haar vergessen
hätte, dass sie auch noch da war. Ein Teil von mir wünschte
sich insgeheim, sie würde einfach verschwinden, der Platz
neben mir wäre leer. Der Junge beendete sein Spiel, und er riss
siegreich die Arme in die Luft. Plötzlich fiel mir auf, dass es am
Eingang zum Gate irgendein Problem gab. Fünf Polizeibeamte
unterhielten sich mit einem Mann vom Flugpersonal, der zusehends nervöser wurde. Einer der Beamten sah sich lauernd
im Wartebereich um. Hastig zog ich den Kopf ein und schaute
nach unten. Ich raunte Afra zu, sie solle sich nichts anmerken
lassen. Dann hob ich unwillkürlich den Blick und fing ausgerechnet den des Polizisten ein. Das war's, dachte ich. Man hatte
uns erwischt. Jetzt würden sie uns zurückschicken. Aber zurück wohin? Zurück zu welchem Leben?

Die Beamten näherten sich zielstrebig dem Wartebereich,
sodass ich die Luft anhielt und ein Stoßgebet zum Himmel
schickte. Sie kamen direkt auf uns zu, marschierten aber vor-

bei bis zu den letzten Sitzen direkt am Fenster. Dort saß eine Gruppe von vier jungen Männern und Frauen, die unvermittelt aufsprangen, mit panischen, erschrockenen Mienen ihre Sachen aufrafften und aussahen, als wollten sie abhauen, doch sie konnten nirgends hin. Wir versuchten angestrengt, nicht hinzuschauen, während die vier aus der Wartelounge hinauseskortiert wurden. Als sie an uns vorbeikamen, fiel mir auf, dass einer der jungen Männer weinte und sich mit dem Handrücken übers Gesicht wischte. Er war tränenüberströmt und konnte offenbar nicht mehr sehen, wohin er ging. Deshalb stolperte er im Vorbeigehen über meine Tasche und hielt kurz inne, um mich anzuschauen. Der Polizist zerrte ihn unsanft weiter. Ich werde nie den gequälten Ausdruck in seinen Augen vergessen, voller Schmerz und Angst. .

Afra und ich gingen zum Gate und zeigten unsere Pässe und Bordkarten her. Die Frau am Schalter warf einen kurzen Blick darauf, sah uns abwechselnd an und wünschte uns eine angenehme Reise.

Wir stiegen ohne weitere Zwischenfälle ins Flugzeug ein und nahmen unsere Plätze ein. Mit geschlossenen Augen lauschte ich auf die Geräusche und Gespräche um uns herum und auf die Sicherheitsinstruktionen des Flugpersonals und wartete darauf, dass die Triebwerke gestartet wurden. Afra griff nach meiner Hand und hielt sie ganz fest.

»Wir fliegen«, hörte ich sie flüstern. »Nuri, wir sind auf dem Weg zu Mustafa, bald sind wir in Sicherheit.« Und ehe ich michs versah, waren wir hoch oben in der Luft und jagten über den grenzenlos blauen Himmel. Wir waren endlich auf dem Weg. Flogen fort von hier.

14

Als ich wieder aufwache, ist es Nacht, ich befinde mich im Wandschrank, den Kopf an den Staubsauger gelehnt, über mir Jacken und Mäntel und hinter mir Schuhe und Stiefel, deren Spitzen sich in meinen Rücken bohren. Mühsam stehe ich auf und gehe durch den Flur. Aus den Zimmern höre ich die Schlafgeräusche der anderen Bewohner. Der Marokkaner schnarcht am lautesten von allen, und als ich an seinem Zimmer vorbeigehe, sehe ich die bronzene Taschenuhr am Türgriff hängen. Neugierig nähere ich mich der Uhr und betrachte die floralen Gravuren auf dem Gehäuse und das perlmuttfarbene Zifferblatt sowie die auf der Unterseite eingravierten Initialen: *AL*. Offenbar ist sie stehen geblieben, sie zeigt vier Uhr an. Diomandes Zimmertür steht sperrangelweit offen. Er schläft auf der Seite liegend, die Decke locker über seinen Körper gebreitet. Auf leisen Sohlen schleiche ich in das dunkle Zimmer hinein und lege eine Hand auf seinen Rücken, um nach den Flügeln zu tasten, diese fest zusammengeballten Stummel, die aus seiner dunklen Haut hervorragen. Doch stattdessen spüre ich nur die groben Wülste verstümmelter Haut, riesige erhabene Narben, die sich über seine Schulterblätter ziehen. Sie sehen aus wie Brandnarben. Meine Augen füllen sich mit Tränen, die ich hastig hinunterschlucke. Ich denke über ihn nach, er ist so voller Träume.

Er seufzt und dreht sich auf die andere Seite. »*Maman*«, murmelt er und öffnet seine Augen einen winzigen Spalt.

»Ich bin's, Nuri«, flüstere ich. »Deine Tür stand offen, und deine Decke war heruntergerutscht. Ich dachte, du frierst vielleicht.«

Schnell ziehe ich die Decke bis hoch unter sein Kinn und stecke sie um seinen Körper herum fest, als wäre er ein Kind. Er murmelt etwas Unverständliches vor sich hin und sinkt zurück in den Schlaf.

Leise gehe ich nach unten, entsperre die Terrassentür und trete hinaus ins Mondlicht, das in den Hof fällt. Der Bewegungsmelder reagiert sofort, das Licht geht an. Die Hummel schläft auf einer der Löwenzahnblüten. Ich streichle über ihren zarten Pelz, sanft genug, um sie nicht zu stören. Ich bin erstaunt, dass sie in diesem kleinen Garten, den sie zu ihrem neuen Zuhause erkoren hat, überleben konnte. Ich beobachte, wie sie seelenruhig inmitten der vielen Blumen ruht, mit ihrer Untertasse voll Zuckerwasser daneben. Sie hat gelernt, ohne Flügel zu existieren.

Ich weiß jetzt, dass Mohammed nicht mehr kommen wird – endlich ist mir klar, dass er nur eine Ausgeburt meiner eigenen Fantasie war. Der Wind frischt auf, die Blätter in der Baumkrone über mir rascheln, es liegt eine schneidende Kälte in der Luft, die mir unter die Haut geht. Ich stelle mir seine winzige Gestalt in den Schatten im Garten vor. Die Erinnerung an ihn lebt weiter, als führte er irgendwo in den dunklen Winkeln meines eigenen Herzens ein Eigenleben. Diese Erkenntnis lenkt meine Gedanken auf Sami, ich habe nur noch ihn im Sinn. Ich erinnere mich, wie ich ihn zu Bett gebracht und zugedeckt habe, in dem Zimmer mit den blauen Fliesen, wie ich neben ihm saß, um ihm aus dem Kinderbuch vorzulesen, das ich auf dem Markt gefunden hatte. Voller Vorfreude sah er mich aus leuchtenden Augen an. Ich übersetzte simultan beim Lesen aus dem Englischen ins Arabische.

»Wer ist denn so dumm, ein Haus aus Stroh zu bauen?«, hatte er lachend gefragt. »Ich hätte Metall verwendet, das härteste Metall, das es auf der Welt gibt. So wie das, das sie für Raumschiffe verwenden!«

Wie gern er immer hinauf zu den Sternen sah und irgendwelche Geschichten erfand. Das Licht geht wieder aus, sodass ich eine ganze Weile im Dunkeln dasitze und hinaufstarre in den tiefschwarzen Himmel. Was bleibt, sind Erinnerungen. Eine frische Brise streicht mir um die Nase, der Wind trägt den Duft des Meeres heran, ich kann es deutlich riechen. Die Blätter an den Bäumen bewegen sich sachte, und auf einmal sehe ich ihn wieder vor mir, Sami, wie er unter dem Baum in unserem Garten in Aleppo spielt, vor unserem Haus oben auf dem Hügel. Er lädt einen Wurm auf die Ladefläche eines Spielzeuglasters, um eine kleine Spritztour mit ihm zu machen.

»Was tust du da?«, hatte ich zu ihm gesagt. »Wohin bringst du ihn?«

»Er hat keine Beine, deshalb helfe ich ihm. Ich werde ihn zum Mond fahren!«

An jenem Abend stand der volle Mond an einem tiefblauen Himmel.

Ich gehe zurück in unser Zimmer. Afra schläft tief und fest, beide Hände unter ihre Wange geschoben. Auf dem Nachtschränkchen liegt ein Bild. Ich nehme es zur Hand, und für einen kurzen Moment stockt mir der Atem. Sie hat den Kirschbaum in dem zubetonierten Hof gezeichnet, mit seinen knorrigen Ästen und den zartrosa Blüten. Diesmal stimmen die Farben, die Linien und Schattierungen sind viel sicherer platziert.

Der Himmel ist hellblau mit zarten Wolkenschleiern und weißen Vögeln. Und wenn man genauer hinsieht, ist unter dem Baum noch eine Zeichnung aus hauchzarten grauen Strichen zu erkennen, wenn auch recht undeutlich: Es sind die blassen Umrisse eines Jungen, der Stift war hastig geführt und nicht allzu fest aufgedrückt worden, sodass man den Eindruck bekommt, als wäre er in der Bewegung eingefroren. Er ist ein Teil dieser Welt und lebt doch nicht ganz in ihr. Auf seinem T-Shirt ist ein Hauch von Rot zu erkennen, dort wo Afra begonnen hat, die Umrisse auszumalen, und dann plötzlich wieder aufgehört hat. Obwohl er etwas Geisterhaftes an sich hat, erkenne ich trotzdem deutlich genug, dass sein Gesicht zum Himmel gewandt ist.

Ich klettere neben Afra ins Bett und betrachte die weichen Rundungen ihres Körpers, und unvermittelt erinnere ich mich an die funkelnden Umrisse der Gebäude.

Vorsichtig strecke ich die Hand aus und berühre sie, es ist das erste Mal seit langer Zeit. Zärtlich streifen meine Finger an der Außenseite ihres Arms entlang und weiter über die Hüfte. Ich berühre sie, als wäre sie aus feinstem Glas gemacht, als könnte sie unter meinen Fingerkuppen jederzeit zerbrechen. Doch sie seufzt im Schlaf und drängt sich dichter an meinen Körper. In diesem Moment erst wird mir bewusst, welch große Angst ich davor hatte, sie zu berühren.

Als die Sonne aufgeht und die Dämmerung ihr Gesicht in ein zartes Licht taucht, stelle ich fest, wie wunderschön sie ist, diese feinen Linien um ihre Augen herum, die Rundung ihres Kinns, die dunklen Haare, die ihr Gesicht einrahmen, der lange Hals, die weiche Haut ihres Dekolletés. Doch im nächsten Moment stelle ich mir wieder vor, wie er auf ihr liegt, wie er ihr Gewalt antut, der Ausdruck ihrer Augen, die Furcht, der

Schrei, der in ihr feststeckt, die Hand über ihrem Mund. Ich muss an den Schlüssel denken, den ich in der Wohnung des Schleusers auf dem Wohnzimmertisch vergessen habe, daran, wie ich durch die Straßen Athens gefahren bin, ohne kehrtzumachen. Jetzt zittere ich unkontrolliert. Panisch kämpfe ich dagegen an, will den Gedanken verdrängen. Mir wird bewusst, dass ich vergessen habe, sie zu lieben. Ihr Körper, die Fältchen auf ihrem Gesicht, die weiche Haut, die Narbe auf ihrer Wange, ich habe all das vor mir, was mich zu ihr führt, in ihr Inneres, wie eine Straße, eine direkte Verbindung zu ihrem Herzen. Das sind die Straßen, die wir befahren.

»Afra«, sage ich.

Wieder ein Seufzen, doch diesmal öffnet sie die Augen einen winzigen Spalt.

»Es tut mir leid.«

»Was tut dir leid?«

»Dass ich den Schlüssel vergessen habe.«

Sie erwidert nichts darauf, sondern dreht sich zu mir und nimmt mich wortlos in die Arme, sodass ich den zarten Rosenduft an ihr wahrnehme, und plötzlich merke ich, dass sie an meiner Brust weint.

Ich weiche ein Stück von ihr zurück, um ihr in die Augen zu sehen – Trauer und Erinnerung, Liebe und Verlust, all das quillt aus ihren Augen hervor. Ich küsse ihre Tränen fort, schmecke sie, schlucke sie. Ich verleibe mir alles ein, was sie quält.

»Du hast uns vergessen«, sagt sie.

»Ich weiß.«

Und dann küsse ich weiter ihr Gesicht und ihren Körper, erkunde mit den Lippen jeden Zentimeter von ihr, jedes Fältchen, jede Narbe, alles, was sie je Schlimmes gesehen und mit sich herumgetragen hat. Anschließend bette ich meinen Kopf auf ihrem Bauch, und sie legt mir eine Hand auf den Scheitel und streichelt mein Haar.

»Vielleicht können wir noch einmal ein Kind oder mehrere bekommen«, sage ich, »irgendwann. Sie werden nicht Sami sein, aber wir werden ihnen von ihm erzählen.«

»Du wirst ihn also nicht vergessen?«, fragt sie.

Eine Weile verfallen wir in Schweigen, ich lausche ihrem Herzschlag, der in ihrem Bauch widerhallt.

»Erinnerst du dich, wie gern er im Garten gespielt hat?«, frage ich.

»Natürlich erinnere ich mich.«

»Und wie er diesen Wurm in seinem Spielzeuglaster herumgeschoben hat, als würde er wirklich irgendwo hinfahren mit ihm?«

Sie lacht, und ich falle in ihr Lachen mit ein. Ich spüre ganz deutlich, wie das Lachen ihren Körper erschüttert.

»Und als ich ihm diese Weltkarte gekauft habe«, sage ich, »und er diese Steinfamilie draufgestellt hat und sie aus Syrien hat fliehen lassen. Er hatte mitbekommen, wie Mustafa und ich auf dem Globus unsere Route geplant haben …«

»Und dann wusste er nicht, wie er die Steine übers Wasser bekommen sollte! Was für große Angst er immer davor hatte!«, sagt sie.

»Ich musste ihm die Haare sogar am Waschbecken waschen!«

»Und wie er immer am Fenster auf dich gewartet hat, bis du von der Arbeit heimkommst.« Kaum hatte sie diese Worte ausgesprochen, lässt sie ein letztes Seufzen entweichen und schläft wieder ein, und sofort kommt die Welt in ihrem Inneren zur Ruhe, und sie ist erfüllt von sanftem Plätschern wie von Wasser.

Früh am nächsten Morgen klingelt es an der Tür. Als niemand öffnet, wird erneut geklingelt und dann noch einmal. Nach einer Weile höre ich draußen auf dem Flur Schritte – sie gehören dem Marokkaner. Am Treppenabsatz hält er inne, dann geht er nach unten. Bei jedem seiner Schritte knarzen die Dielenbretter. Die Tür wird aufgezogen, gedämpfte Stimmen sind zu hören. Bei dem Besucher handelt es sich offenbar um einen Mann mit einer tiefen Stimme. Ich stehe auf und begebe mich zum Treppenabsatz, als ich plötzlich meinen Namen höre, meinen vollständigen Namen, laut und deutlich spricht der Mann ihn aus.

»Nuri Ibrahim. Ich bin wegen Nuri Ibrahim hier.«

Im Schlafanzug und mit bloßen Füßen steige ich die Stufen nach unten und bleibe stehen. Vor dem grellen Licht der Morgensonne zeichnet sich der Mann schemenhaft ab. Es ist Mustafa. Eine Erinnerung nach der anderen jagt durch meinen Kopf: das Haus seines Vaters in den Bergen, sein Großvater, wie er Honig auf das noch warme Brot streicht, die Wege, die uns in den Wald hineinführten zu den Stellen, wo die Bienen den Nektar sammelten, der Schrein, den sein Vater für seine Mutter errichtet hatte, und das strahlende Lächeln, wie wir schutzlos in der Imkerei standen, umschwirrt von unzähligen Bienen, das traurige Gesicht meines Vaters und sein dahinwelkender Körper, meine Mutter mit ihrem roten Fächer: Yuanfen – die mysteriöse Kraft, die dafür sorgt, dass sich die Lebenswege zweier Menschen auf schicksalhafte Weise kreuzen –, und unsere Bienenstöcke, das weite, lichtdurchflutete Land, Tausende von Bienen, Angestellte, welche die Völker mit Rauch ruhigstellten, die gemeinsamen Male unter dem Sonnensegel – all das spult sich vor meinem geistigen Auge ab, als würde ich gleich meinen letzten Atemzug tun.

»Nuri«, sagt er, mehr nicht, weil seine Stimme bricht. Im selben Moment entringt sich mir ein Schluchzen, ich zittere unkontrolliert am ganzen Leib, und ich habe das Gefühl, nie wieder aufhören zu können. Dann merke ich, dass Bewegung in Mustafa kommt, er stürzt auf mich zu, legt mir die Hand auf die Schulter, ein fester Griff, und im nächsten Moment zieht er mich in seine Arme, und ich nehme den Geruch eines fremden Ortes an ihm wahr.

»Ich wusste, dass du es schaffen würdest«, sagt er. »Ich wusste, dass du es hierher schaffst.«

Er weicht einen Schritt zurück, um mich von oben bis unten zu mustern, und auch wenn ich nur ganz verschwommen sehe, erkenne ich, dass er ebenfalls Tränen in den Augen hat. Sein Gesicht wirkt bleicher und älter, die Fältchen in seinen Augenwinkeln und um den Mund herum haben sich tiefer in seine Haut gegraben, die Haare sind ergraut. Hier stehen wir, vom Leben gebeutelt, zwei Männer, Brüder, endlich wiedervereint in einer Welt, die nicht unsere Heimat ist. Der Marokkaner steht neben uns und beobachtet interessiert die Szene. Erst jetzt registriere ich seine Anwesenheit, sehe seinen traurigen Blick, wie er nervös die Finger knetet, als wüsste er nicht, was er sonst tun soll.

»Möchten Sie eine Tasse Tee?«, fragt er in seinem eigenen Arabisch. »Woher kommen Sie? Sie müssen eine lange Reise hinter sich haben.«

»Ich komme aus Yorkshire«, sagt Mustafa, »das liegt im Norden von England. Ich bin mit dem Nachtbus gefahren. Aber ich bin schon sehr viel weiter gereist.«

Ich führe Mustafa ins Wohnzimmer, wo wir uns setzen und eine ganze Weile keinen Ton hervorbringen – Mustafa sitzt ganz vorne am Sesselrand und knetet nervös die Hände, ich

343

sitze auf dem Sofa. Er schaut hinaus in den Garten, dann sieht er mich an. Als Nächstes öffnet er den Mund, um etwas zu sagen, bringt aber nichts heraus, bis wir plötzlich beide gleichzeitig losreden.

»Wie ist es dir ergangen, Nuri?«

»Du kommst doch zu uns, oder?« Es klingt, als hätte er Zweifel.

»Natürlich.«

»Weil ich das allein nämlich nicht schaffe – es ist nicht das Gleiche.«

»Jetzt habe ich es so weit geschafft«, antworte ich, »da werde ich es wohl auch noch bis nach Yorkshire schaffen.«

»Wann bekommst du deinen Bescheid?«, fragt er und: »In deiner E-Mail hast du geschrieben, dass es dir nicht gut geht...«

In diesem Moment sind draußen auf dem Flur Schritte zu hören, und plötzlich taucht Afra auf. Völlig regungslos steht sie im Türrahmen. Mustafas Blick hellt sich auf, er springt auf, erst, um nach ihrer Hand zu greifen, doch dann zieht er sie in seine Arme und hält sie eine ganze Weile fest. Ich höre, wie sie ausatmet, als hätte Mustafas Anwesenheit ihr Herz von einer schweren Last befreit.

Der Tag ist warm, wir gehen hinaus in den Hof.

»Ich sehe das Grün des Baumes«, sagt Afra mit lachenden Augen. »Und dort drüben« – sie deutet auf das Heidekraut direkt am Zaun – »sehe ich ein helles Rosa. Manchmal erkenne ich die Dinge recht deutlich.«

Mustafa freut sich sehr für sie. Er legt all die Reaktionen an den Tag, zu denen ich nicht fähig bin. Der Marrokaner bringt den Tee, während Mustafa uns von den Bienen erzählt.

»Afra«, sagt er, »es wird dir dort gefallen. Dahab und Aya erwarten dich schon sehnlich, es gibt dort so viele Blumen, ganze

Felder voller Lavendel und Heidekraut, und die Bienen sammeln ihren Nektar sogar in privaten Gärten und Parkanlagen und entlang der Bahntrassen. Du wirst staunen, wenn du die vielen Farben siehst – ich führe dich persönlich hin. Wenn es warm ist, gehen wir spazieren, dann zeige ich dir all die Orte, die die Bienen aufsuchen. Wir haben sogar einen Laden ausfindig gemacht, in dem man Halva und Baklava kaufen kann!« Er erzählt mit kindlicher Begeisterung von all diesen Sachen, und trotzdem entgeht mir der verzweifelte Unterton nicht – dafür kenne ich ihn zu gut. Was er eigentlich sagen will, ist: So sollte diese Geschichte enden; noch mehr Verluste würden unsere Herzen nicht ertragen.

Dann zündet er sich eine Zigarette an, beißt und saugt an ihrem Ende. Er erzählt auch von seinen Workshops und von seinen Schülern und von der Vereinigung der Bienenzüchter.

»Sobald ihr zu uns kommt, kann Nuri mir beim Unterricht helfen, und dann teilen wir die Völker und bauen noch mehr Stöcke.« Während er spricht, wirft er mir einen Blick zu. Mit Händen und Worten will er ein Bild vor uns entstehen lassen. Er will mir unbedingt etwas bieten, das mir neue Hoffnung schenkt, das weiß ich genau. Mustafa war schon immer derjenige gewesen, der mir einen Grund zum Hoffen gegeben hat.

Ich stehe ein Stück unweit der Terrassentür und beobachte sie, dabei denke ich an den kleinen Jungen, der nie existiert hat, und wie ich diese tiefe Lücke gefüllt habe, die Sami hinterlassen hat. Manchmal vermag unser Geist sehr überzeugende Illusionen zu schaffen, damit wir uns nicht in der Dunkelheit verlieren.

»Eines Tages«, höre ich Mustafa sagen. »Eines Tages gehen wir zurück nach Aleppo und bauen die Imkerei wieder auf, und dann erwecken wir die Bienen zu neuem Leben.«

Doch es ist Afras Gesicht, das mich jetzt zum Leben erweckt, wie sie hier in diesem winzigen Garten steht genau wie bei Mustafa daheim in Aleppo, die Augen voller Trauer und Hoffnung, voller Dunkelheit und Licht.

Etwas scheint ihre Aufmerksamkeit zu erregen, und sie hebt den Blick. Inmitten der Kirschblüten im Baum sitzen auf einem Ast drei Wiedehopfe und beobachten ihr Umfeld mit ihren majestätischen Federkronen und den spitzen, gekrümmten Schnäbeln und dem Streifenmuster auf den Flügeln. Auch sie sind Migranten aus dem fernen Osten, und jetzt sind sie hier in dieser Kleinstadt am Meer.

»Siehst du sie?«, höre ich sie fragen. »Sie haben uns gefunden!«

Wir heben nun alle drei die Köpfe, und mit einem Mal breiten sie ihre schwarz-weißen Schwingen aus und erheben sich gemeinsam hinauf in den grenzenlosen Himmel.

Liebe Leserinnen und Leser,

die Sommer der Jahre 2016 und 2017 verbrachte ich als Freiwillige in einem Geflüchtetenzentrum in Athen. Ich lernte Geflüchtete aus der ganzen Welt kennen und hörte ihnen zu, wenn sie ihre Geschichten erzählten. Tagsüber arbeitete ich im Zentrum, kümmerte mich um die Kinder, kochte Tee – tausende Tassen Tee – und reinigte die Duschen, damit sich die Menschen endlich den Schmutz und den Krieg von ihren Körpern waschen konnten. Nachts besuchte ich die Camps und sprach mit den Leuten auf der Straße. Ich erfuhr, wo sie herkamen, wo sie hinwollten. Ich erfuhr auch von den Schmugglern, den Schwarzmärkten, von Menschenhandel und anderen Dingen, von denen ich später hoffte, sie wieder vergessen zu können. Aber ich konnte sie nicht vergessen, kein einziges Detail. Und so begann ich zu schreiben. Ich wollte die Geschichte eines Mannes und seiner Frau erzählen, die alles betrauern, was sie verloren haben und doch einen Weg finden, die Welt neu zu sehen und wieder zu lieben. Denn das ist es, wonach die Menschen sich wirklich sehnen. Wirklich mit offenen Augen zu sehen, ist das schwierigste Unterfangen von allen.

Zurück in England traf ich einen Mann, der früher einmal Imker in Damaskus gewesen war. Er hatte einen Weg gefunden, in England Bienenstöcke zu bauen und anderen Geflüchteten das Imkern beizubringen. Seine Geschichte und seine Stärke inspirierten mich. Ich verstand, dass die Bienen ein Symbol waren für Verletzlichkeit, aber auch für Leben und Hoffnung. Mein Protagonist Nuri war einst ein stolzer Vater und Bienenhüter, der es verstand, den Rhythmus und die wunderschönen Tänze der Bienen zu lesen, der wusste, wie man mit Bienen spricht als wären sie ein einziger atmender, lebendiger Körper mit einem Herzen. Jetzt muss Nuri es schaffen, die Verbindung zu seiner Frau Afra zu finden, sie aus den dunklen Gängen ihrer Gedanken zurückzuholen. Afra hat ihren Sohn sterben sehen, sie ist von der Explosion, der er zum Opfer fällt, erblindet. Doch sie kann sich nicht lösen, kann Aleppo nicht verlassen, denn obwohl alles zerstört wurde, ist es der Ort, an dem sie zuletzt glücklich war.

Nuri und Afra kennen die Wahrheiten des Anderen aber nicht ihre eigenen. Erst wenn sich beide erlauben, sich selbst zu betrachten, sich selbst zu betrauern und wieder Nähe und Liebe füreinander zu spüren, können sie einen Schritt nach vorne machen.

Denn das ist die wirkliche Reise, die Afra und Nuri antreten müssen:

Die Reise des Herzens und der Gedanken.

Ihre

Christy Lefteri

Danksagung

Danke an alle, die mir ihre Geschichten erzählt haben, die Geflüchteten, die mir die Augen geöffnet haben. Danke an all die wunderbaren Kinder in Faros, die mir gezeigt haben, was wahrer Mut bedeutet. Ich werde euch nie vergessen. An das Faros Hope Centre in Athen – danke für die großartige Arbeit, die ihr tut, und dafür, dass ihr mich aufgenommen und meine Hilfe angenommen habt. Danke, Elias, dass du an diesem Tag in Brighton die Geschichte deines beschwerlichen Wegs mit mir geteilt hast. Danke, Professor Ryad Alsous – dafür, dass du mich inspiriert hast, danke an dich und deine Familie für das schöne Essen, dafür, dass du mir die Bienen gezeigt und mir vom Buzz Project erzählt hast. Danke an meinen Arabischlehrer Ibrahim Othman, du hast so unglaublich viel für mich getan, hast mich beim Lernen begleitet und mir unschätzbar wertvolle Ratschläge gegeben. Danke an meine Familie, Freunde und Kollegen, die mich unterstützt und ermutigt haben weiterzuschreiben.

Danke Papa und Yiota, Kyri und Mario, für eure immerwährende Unterstützung. Danke, Marie, Rodney, Theo, Athina und Kyriacos, für alles – mir fehlen die Worte. Danke, Antony und Maria Nicola, für eure Vorschläge. Danke an Claire Bord, meine großartige Freundin, für deine Einsichten, Ratschläge und deine Unterstützung. Danke, Mariana Larios, dafür, dass

349

du alles mit mir durchgemacht hast. Louis Evangelou – danke, dass du mir zugehört hast, danke für deine kreativen Ideen. Onkel Chris, danke für deine Geduld und deine Hilfe. Danke, Dr. Rose Atfield und Celia Brayfield. Ihr seid mir bis heute brillante Mentorinnen. Danke an Bernadine Evaristo, Matt Thorne und Daljit Nagra für eure Unterstützung. Danke, Richard English, für die tollen Gespräche über das Schreiben, das Leben und all diese Dinge. Danke an meine Familie, die mir in Athen zur Seite stand – Anthoula, Thanassis, Katerina und Konstantinos Cavda, Maria und Alexis Pappa, für eure Wärme und Gastfreundlichkeit. Matthew Hurt, danke für den Rat, den du mir auf dem Flug nach Athen gegeben hast. Einen großen Dank an Salma Kasmani für das mehrfache Lesen meines Manuskriptes, für deine hervorragenden Vorschläge und deine Einsichten. Danke, Steward, dass du bei mir warst während aller Höhen und Tiefen.

Danke an meinen Verlag Bonnier Zaffre und vor allem Kate Parkin für deine unerschütterliche Leidenschaft, deinen Enthusiasmus, für alles. An Margaret Stead, Felice McKeown, Francesca Russel und Perminder Mann. Danke, Aszu Tahsin, für dein scharfes Lektorenauge und deine Änderungsvorschläge. Und schließlich: Danke an meine Agentin Marianne Gunn O`Connor. Du hast an mich geglaubt, hast mir nie erlaubt aufzugeben. Danke für die Liebe und die Unterstützung, die du mir während unserer gemeinsamen Reise gezeigt hast. Danke, Vicki Satlow, für all deine Hilfe und dafür, dass du Licht und Honig und Blumen in die Dunkelheit gebracht hast. Danke, Alison Walsh, für deine Kommentare zum Manuskript.

Alles, was ich auf meinem Weg gelernt habe, alle Menschen, die ich getroffen habe, alles, was ich sah und hörte, hat verändert, wie ich die Welt sehe.

Für immer.